魏子雲歐陽健
學術信札

主編 李壽菊、歐陽縈雪

歐陽健先生,

明年二月會議事,能肯多...

今未飿知,尚須二聯繫...

梗概。有一二友人託,已收...

但對一切自理頗有異議...

宿招待。河北師院即將此...

關共友人蔡孟玲擬張...院長...

師事,乃先自呈誠。想已轉達...

玉成之也。書去重,弟赴湛浙日...

文祺! 弟 魏子雲 即上 一...

萬卷樓圖書公司

本書由福建師範大學文學院資助出版
特此致謝

一九九〇年二月四日於南京。左起：陳年希、歐陽健、魏子雲、孫一珍、李壽菊

一九九〇年二月四日於南京。左起：歐陽健、魏子雲

一九九〇年二月五日於南京。左起：陳年希、歐陽健、魏子雲、朱昆槐、康來新、鄭向恒、周鈞韜、龔鵬程

一九九一年三月七日於南京。左起：劉冬、魏子雲、歐陽健

一九九一年三月十一日於南京。左起：歐陽健、魏子雲

一九九二年二月十四日於南京。左起：歐陽思雨、魏子雲、歐陽瑩雪

一九九二年二月十四日於南京。左起：歐陽健、魏子雲

一九九二年六月十三日於南京。左起：魏子雲、陳益源、歐陽健

一九九二年八月十八日於北京。左起：魏子雲、侯忠義、李壽菊

一九九三年三月二十九日於南京。左起：魏子雲、歐陽健

一九九六年七月二十四日於大連。左起：歐陽健、魏子雲

一九九六年七月二十五日於旅順。左起：歐陽健、魏子雲、唐繼珍

一九八九年二月二日魏子雲致歐陽健

一九八九年六月十九日歐陽健致魏子雲

一九八九年六月二十九日歐陽健致魏子雲

一九八九年六月二十九日魏子雲致歐陽健

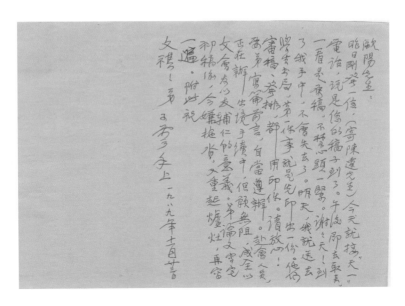

一九八九年七月二十五日魏子雲致歐陽健

一九八九年十一月二十三日魏子雲致歐陽健

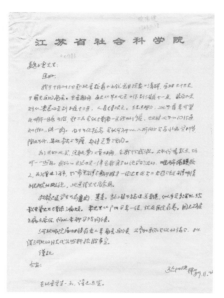

一九八九年十一月二十八日歐陽健致魏子雲

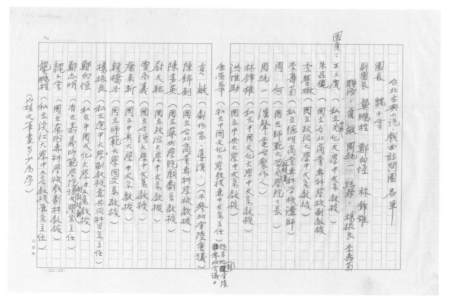

一九八九年十二月十日魏子雲致歐陽健

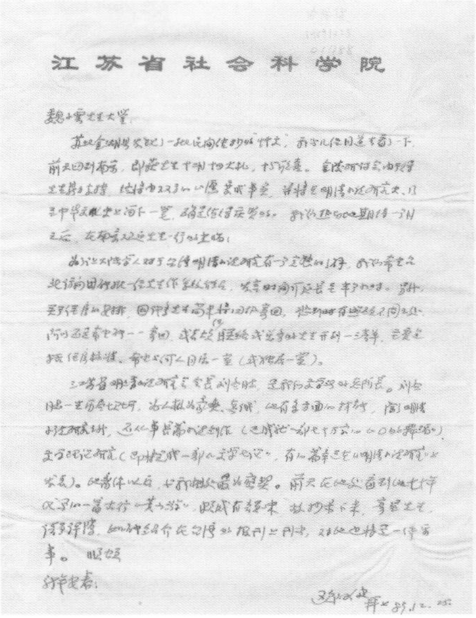

江苏省社会科学院

魏子雲先生大鑒：

一九八九年十二月二十五日歐陽健致魏子雲

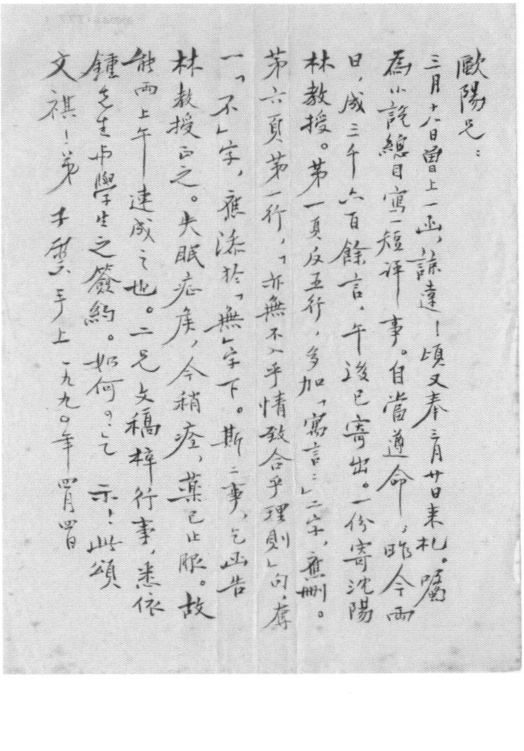

歐陽兄：

三月六日曾上一函，諒達！頃又奉三月廿日來札，囑為小說總目寫一短評一事。自當遵命，昨今兩日，成三千六百餘言。午後已寄出。一份寄沈陽林教授。第一頁反五行，多加「寫言」二字，應刪。第六頁第一行，「亦無不入乎情致合乎理則」句，應一「不」字，應添於「無」字下。斯二事，乞函告林教授正之。失眠症，今稍痊，藥已止服。故能兩上午速成之也。二兄文稿梓行事，悉依鍾先生向學生之簽約。如何？乞示！此頌

文祺！弟子雲手上 一九九〇年四月四日

一九九〇年四月四日魏子雲致歐陽健

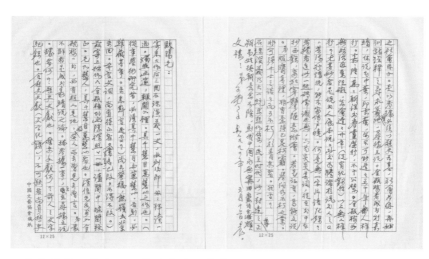

一九九〇年五月十六日魏子雲致歐陽健

一九九〇年十二月六日魏子雲致歐陽健

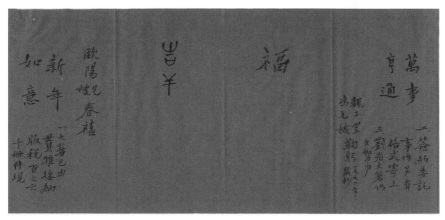

一九九一年一月五日魏子雲致歐陽健

一九九一年九月二十二日魏子雲致歐陽健

一九九一年十一月一日魏子雲致歐陽健（一）

一九九一年十一月一日魏子雲致歐陽健（二）

一九九二年一月二十一日魏子雲致歐陽健

一九九二年二月二十五日魏子雲致歐陽健

一九九二年五月二十二日魏子雲致歐陽健

一九九二年六月二十六日魏子雲致歐陽健（一）

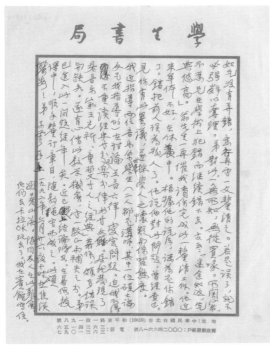

一九九二年六月二十六日魏子雲致歐陽健（二）

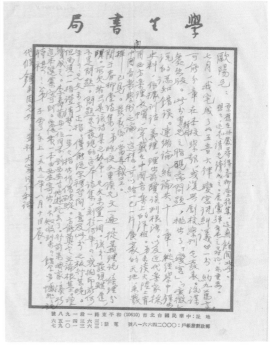

一九九二年八月十日魏子雲致歐陽健

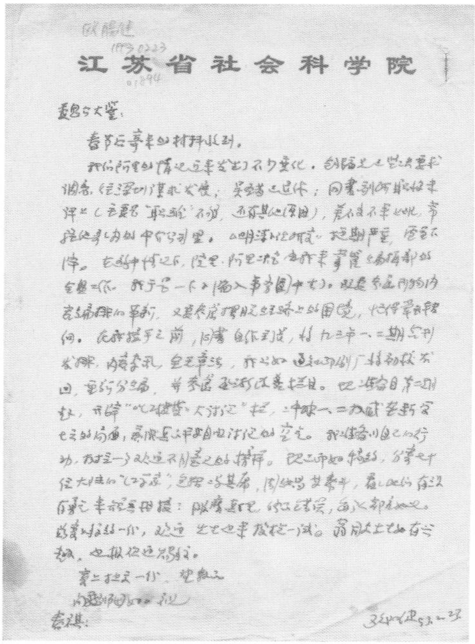
江苏省社会科学院

一九九三年一月二十五日歐陽健致魏子雲

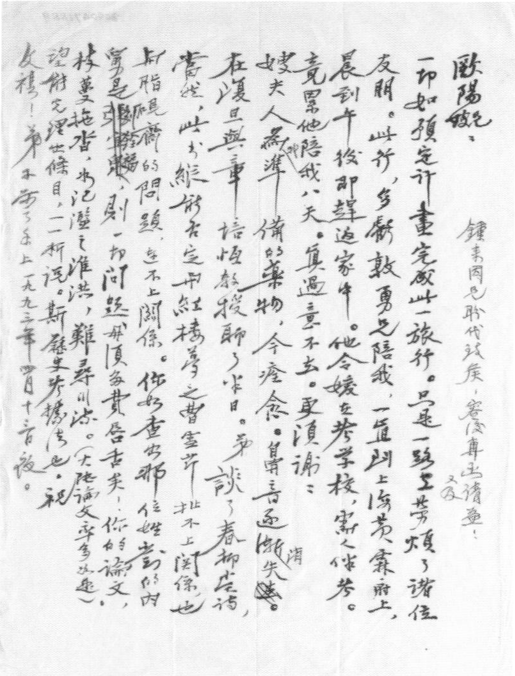

一九九三年四月十三日魏子雲致歐陽健

一九九三年十二月十七日魏子雲致歐陽健

一九九四年八月十六日魏子雲致歐陽健

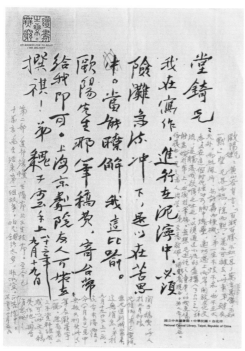

一九九四年十月五日魏子雲致歐陽健

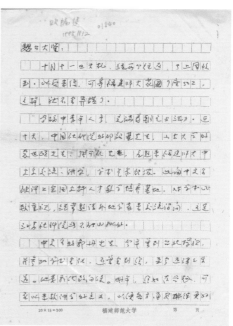

一九九五年十一月十二日歐陽健致魏子雲

一九九六年一月七日歐陽健致魏子雲（一）

一九九六年一月七日歐陽健致魏子雲（二）

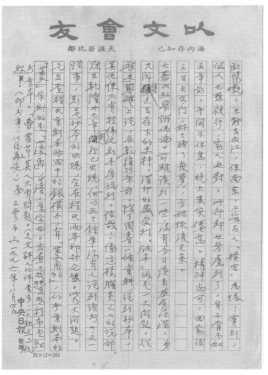

一九九六年八月四日魏子雲致歐陽健

一九九八年一月十四日魏子雲致歐陽健

序

　　為《魏子雲歐陽健學術信札》寫序，是一件值得高興的事，同時也可以約略表達一下我對魏先生的思念之情。

　　魏子雲先生是臺灣著名的作家、戲曲家、小說研究家。他的豐贍的著述、科學的考證，足以垂範後人。魏先生十分重視海峽兩岸文化交流，奔波兩岸二十餘年，流下了汗水和心血，具有廣泛的人脈。他的淵博的學養、大家的風範，以及性格的魅力，贏得了大陸學者的稱頌和讚譽，令人「服膺永佩」。我與魏先生一九九二年相識，同年八月的長春會，我陪魏先生遊松花湖、登長白山，會後漫步北大未名湖，從此開始了十多年的交往和友誼。

　　歐陽健先生無疑是大陸學者中，與魏先生交誼最深厚、時間最長久的大陸學人之一。他原是江蘇社會科學院文學研究所副所長、《明清小說研究》雜誌主編，現為福建師範大學文學院教授，上個世紀八〇年代大陸傑出的青年才俊。他們因〈三遂平妖傳原本考辨〉一文而相知，後在復旦大學東苑賓館見了面。魏先生對他的印象頗佳，在一九八九年四月八日信中說：「在滬見到你，極為愉快！您那爽朗性格，明快談吐，誠乃書生本色，難怪您的研究深入而精闢。」他們在此後的十四年中，寫下了搜集在這裏的二三九封書信，這是他們友誼的見證，是學術交流的紀錄，是珍貴的文獻資料。書信中，魏先生的音容笑貌和勤奮奔波的身影，猶在眼前。《魏子雲歐陽健學術信札》的出版，是對魏先生的最好紀念。

　　魏子雲先生是兩岸文化交流的開拓者。一九九〇年二月，他率領近三十人的代表團，來南京參加「金陵明清小說研討會」，這在當時是空前的壯舉，開啟了兩岸學術往來的輝煌時代。從人員組成、會議安排、發言內容、交通安排等，魏先生都事事躬親，勞心勞力，令人感動。然而，他的心情是愉快的。魏先生在開幕式的講話中說：「二十多年來一直在做明清小說，與大陸許多朋友通信，有的已經見過面，有的是昨晚才見，但一見如故，一點也不陌生。今天金色陽光那麼好，相互拜年，並不為遲，共切共磋，共琢共磨，希望海峽兩岸的朋友共同努力，將明清小說研究向前推進。」並在會上發表了〈證見金瓶梅乃南方人所作〉一文。「以文會友，以友輔仁」為宗旨的金陵會，給魏先生留下了深刻、美好的印象。他在詩中說：

　　　　金陵會上七重天，爭爭鳴鳴暢意談。
　　　　文友如同相思樹，一花一豆惹情牽。

　　　　金陵會是雪飛天，七日會文留史篇。
　　　　難忘驪歌惜別夜，聲聲無奈期明年。

　　歐陽健與魏先生相差二十三歲，魏先生與他是亦師亦友。他在信中說：「數年來，魏公不僅教我如何治學，亦教我如何為人。」表示：「今後唯有努力效法魏公之為人與治學，做出一點新的成績，以報厚望。」他們的心是相通的。歐陽健五十歲時，致魏先生的信中說：「今年，我也過了五十歲，所謂五十而知天命。我有兩個信條：一、不揣摩；二、不奔競。不揣摩形勢與行情，也決不奔走權貴之門，一心一意過著『農家的書呆生活』，在自己擺弄的小園子裏徜徉，也有他人所難領略的樂趣。……這些，大約與魏公有相似之處，所以每有議論，都能深得我心焉。」且「自魏公以嚴師之責以後，我

每一命筆都自然地愈加兢兢業業，不敢輕易苟且。」（一九九二年三月二十九日）魏先生也說：「對於治學一事，你我執著相似。」（一九九二年三月九日）

魏先生讚揚歐陽健先生「兄之智慧過人，又閱讀仔細」，是「具千慧目千慧心者」。極力鼓勵他研究《金瓶梅》，說：「兄如參加《金瓶梅》一書的研究，不出三年，兄可能駕乎吾儕上。」魏先生並暢言他科學研究的三原則說：

> 弟最不解者是（按指《金瓶梅》）成書嘉靖說之論。按考據一事，主在尋據立說。據者何？歷史文獻也。歷史文獻何？前人之文字紀錄也。舍歷史文獻（文字紀錄），不可缺者尚有歷史之社會因子。是以考據必須以歷史為基，社會為因，在如訓詁詮釋之尋求義理然，尋據立說。……弟服膺真理，非有意強己是稱霸。學問為不朽之業，非可強千士之諾諾而不朽於青史者。然否？（一九九〇年五月十六日）

從社會因、歷史基、訓詁方三方面確立了考據的原則，難能可貴。

然而由於種種原因，歐陽健沒去研究《金瓶梅》，卻反過來勸魏先生研究《紅樓夢》。他在一九九三年三月七日信中說：「竊以為《金瓶梅》之探研，先生以卓然成一大家，著述之豐，已至學界之冠。然接近終極真理之差一薄紙，信者早已信之不疑，而疑者終難命其首肯。」確乎如此。魏先生他終於下決心染指《紅樓夢》，說：「《紅樓》，弟有興加入。」（一九九二年十一月二十九日）這是紅學界的一大幸事。

歐陽健對《紅樓夢》脂本、脂批、脂硯齋的質疑，被大陸學者譽為「震撼紅學界的新說」，魏先生也是贊成的。他同意「程本是《紅》書原本」，給了歐陽健以極大的支持。在一九九四年十二月三

十日信中說：「你的《紅樓夢》論辨，是你在學術上的了不起的發現」，「論點無不發人猛醒，可謂疑人所不曾疑，見人所不曾見，可說是紅樓世界中的一聲警鐘」。這是知己者之言。並撰寫了甲戌本、《春柳堂詩稿》、《紅樓夢》避諱，與畸笏叟、明義、裕瑞論文章，為《紅樓》新說，增添了光彩。

目前，中國小說史的編寫，仍無什麼創新。我編的小說史，被魏先生評為「未脫魯迅窠臼」。的確，我們編小說史都是以魯迅為樣板的。在書信中，我意外發現了他對小說史的見解，振聾發聵，令人耳目一新。他參加了一九九七年七月武夷山小說研討會，但早在一九九一年一月十五日的信中，就發表了關於中國小說史的精彩、獨到，甚至石破天驚的見解。他說：「關於中國小說史，弟有一己異乎他人的看法。若從亙古立論入說，則三百篇應刊為篇首。辭賦次之。書傳、禮傳、史傳，悉從小說筆楮的記事文章。若照弟說立論，則以一縱橫時空，可就大了。只能以古小說史應之，抵南北朝止。隋唐以後，小說已成其形矣！」很明顯，魏先生大小說史的設想，實有可取之處。

書信中，還洋溢著另一種深情厚意，那就是對大陸學者在臺灣發表或出版作品的關心和愛護。人不分南北，地不分東西，他都一視同仁。他都熱心地為他們尋找報刊、書局，一而再，再而三，事無大小，樣樣躬親，連結算稿酬這種小事，都負責到底，令人動容。歐陽健先生《明清小說采正》的出版，就是先生運作最成功的範例。魏先生給此書定了書名，題了書簽，親自撰寫了序言，傾注了他的心血。

這本書信總集，將使他們的友情永存。

只憾魏子雲先生走得太早了，我企盼他們的書信永遠寫下去。現用歐陽健先生追悼魏先生的一首詩，作為這篇序言的結語罷：

隔海相知二十年，百封華翰證情緣。

始因三遂究根柢，終為紅樓發重言。

文耀千章後昆裕，基因三項鵠鑰懸。

時近清明坰野綠，雲端如見淚如泉。

詹忠義

二〇一五年十二月十九日

於北京大學

導言

隔海相知二十年

——追憶與魏子雲先生的相識相交

　　一九八五年六月八日，首屆《金瓶梅》學術討論會在徐州舉行，堪稱金學史上的大事件。原動力是時任徐州市文化局長的吳敢先生，列名發起的有江蘇省明清小說研究會、江蘇省社科院文學所、徐州師院中文系、徐州市文聯、徐州市文化局、《徐州日報》社。其時，明清小說研究會會長劉冬先生尚未康復，副會長王立興先生、秘書長李靈年先生無法抽身，便指名要我這位常務副秘書長參加。我開始以不研究《金瓶梅》推辭，禁不起學會領導以「我會名列主辦單位第一，無人出席說不過去」相勸；又考慮與會者中多有《中國通俗小說總目提要》的撰稿人，正是切磋約稿的好機會，未交論文的我便廁混到「金學界」來了，還掛名會務組副組長（吳敢先生為組長）。開幕式集體照相，又生平第一次被拉到前排就坐，推託不得。

　　就在這次學術討論會上，第一次聽人說起魏子雲先生，方知是臺灣研究《金瓶梅》的大家，不由心生欽佩之情。料想不到的是，魏子雲先生偶讀《中華文史論叢》一九八五年第三輯〈三遂平妖傳原本考辨〉，對拙見頗加讚賞，居然因此與他建立起親密的聯繫，成了他在大陸「最惦念」的學人。

　　一九八八年十月，在敦煌第四屆中國近代文學討論會上，黃霖先生交給我一個大信封，說在日本遇魏子雲先生，托他帶來給我的。打開一看，原來是他指導的李壽菊的碩士論文《三遂平妖傳研究》，

〈緒言〉中說：

> ……當老師交給我歐陽健先生的這篇〈三遂平妖傳原本考辨〉，仔細閱讀兩遍之後，我這篇論文的立論點，便在心頭閃亮了一片翠綠的沃野，於是，我的研究道路上有了前進的指標。

我回來後給李壽菊回了信，讚賞她的鑽研精神，且發揮魏先生「興趣是研究的原動力」，以為懷疑也是研究的原動力；在學術領域裏對「常識」的懷疑，往往是重大突破的開始。信中提到江蘇有召開海峽兩岸明清小說研討會的計畫，歡迎魏子雲先生和她光臨古城金陵。

一九八九年二月二十日，收到魏子雲先生二月二日來信，中說：

> 讀了您幾篇論文，非常敬佩。帶學生做《三遂平妖傳》研究，還特以先生論點為行文之結構梁椽，得益極多。在此並申仰慕之忱！

到了三月二十二日，我們在復旦大學東苑賓館第一次會了面。七十二歲的魏子雲先生，風度凝遠，溫和爽直。說他祖籍宿縣，夫人馮元娥是江西人；我說自己也是江西人，在蘇北淮陰生活了二十八年，情感一下子就拉近了。

正話是由李壽菊研究《三遂平妖傳》開始的。魏子雲先生說，論文開題之後，他在圖書館漢學中心翻閱《中華文史論叢》，見我的〈三遂平妖傳原本考辨〉，把學界早已認定的四十回本《三遂平妖傳》是馮夢龍根據二十回本補作的說法，一一提出了證見，作了否定，論證懇切踏實，理路指標貫通，遂將李壽菊喊到跟前，說大陸歐陽先生這篇考辨《三遂平妖傳》，你拿回去好好讀一讀，兩個星期內

寫出否定的報告。過了兩個星期,李壽菊噘著嘴來了,說:「老師我否定不了。」魏子雲先生說:「我諒你也否定不了;既然這樣,就以這篇文章作你的指針吧。」李壽菊的《三遂平妖傳研究》,便是從您這篇論文的基礎上向前發展出的。

我說,李壽菊是下了功夫的,論文的學術規範,值得稱道。對他讓學生隨讀隨用卡片記錄讀時的心得,讀了三遍之後再來討論的指導方式,以及從事小說研究比研究經史子集都難,小說涉及的點線面不僅比經史子集廣而且枝蔓,都表示極為贊同。魏子雲先生說,韓國有兩位來臺灣讀博士,都以《三遂平妖傳》為題,臨到答辯來請指點,問:看過歐陽先生的〈三遂平妖傳原本考辨〉沒有?她們面面相覷,回答沒有。魏子雲先生說,沒有看過這篇文章,怎麼能做《三遂平妖傳》呢?弄得她們都哭了,說得連夫人馮元娥也笑起來。

他請黃霖帶來的信,是在近代文學討論會上收到的,話題便轉到晚清小說上來。我說,臺灣林明德的《晚清小說研究》,廣雅出版公司的《晚清小說大系》,都有很高的學術價值。晚清小說可做的文章極多,最重要的是以新觀點重新清理全部遺產,可編訂一套《晚清白話小說集成》。魏子雲先生沉吟說,像這大部的《小說集成》,與臺灣的《大系》難免有重疊之處,成本較高,出版難度較大;如果你個人有學術專著,倒是比較好辦一些。

那時,江蘇省社科院文學所老領導劉冬等同志,設想要召開一次海峽兩岸明清小說研討會,且已獲得省裏汪海粟等領導的支持,我便將這一計畫介紹一番。魏子雲先生極為贊成,說臺灣學者的聯絡可由他一力促成。我還陪同魏先生夫婦去中國戲院看《戲迷傳》,出場的名角有孟廣祿、岳美緹、計鎮華、梁谷音等,魏子雲先生以行家的眼光連聲讚好,說那演技是臺灣的藝人所不及的。

二十四日中午,魏子雲先生作東回請,拉我坐在身邊,不住地往

我碗中夾菜。席間說，他幼時在家讀私塾，服膺桐城派的考據、義理、辭章，侃侃而談，自有一番碩學鴻儒風範。我與他相識不久，但已感到頗為熟悉了。二點飯畢，送魏子雲先生夫婦與連襟上汽車去北京。

　　四月八日，魏子雲先生從臺灣來信說：「在滬見到您，極為愉快！您那爽朗性格，明快談吐，誠乃書生本色，難怪您的研究深入而精闢。」在我寄出海峽兩岸明清小說研討會資訊後，他與受邀臺灣學者一一聯繫，且不斷提供希望與會學者的資訊，半年中連給我寫了十五封信。九月十八日來信說：

> 抄來名單，弟與之聯繫，答稱可以赴會者，有尉天聰、鄭明娳、龔鵬程、楊振良（包括其夫人蔡孟珍，師大研究生）、金榮華、康來新等，弟與李壽菊自會一同前來。他如曾永義因出國未回，不能肯定，不過，河北師院之元曲研究會，曾永義在內。河北師院的名單是曾永義、李殿魁（殿魁是否能去，尚在猶豫。如去，金陵小說會亦可參加）、楊振良、蔡孟珍、周純一、景小佩、張敬、朱昆槐、王安祈（以上四人是女）、貢敏、黃美序、周何、賴橋本、林鋒雄、及弟等十五人。

十月二十九日來信回饋了臺灣學者的意見和建議：

（一）此行人數如連同北會者，再加上三兩位偕帶眷屬，已超過三十人。浩浩蕩蕩矣！

（二）由於兩岸學術交流，此間尚未開放，政府僅開放探視。大家赴會，還只是探視名義。是以我等赴會，萬請不要上新聞。更須避免參予官方活動。

（三）會議以外的活動，除遊覽外，請概以文化性質為主。晚

間最好能安排戲曲演出。無論京劇、豫劇、弋陽（贛劇）或紹興高腔、山東呂劇，當然，昆劇的欣賞，更是眾所企盼。張繼青、姚繼焜老師，最好還在南京，能欣賞到。她們的錄相，在我們這裏非常風行。話劇，也希望能觀賞。並不強求。以大會能力為限。

（四）大會對我們赴會同仁的安排，無不深感彼此間的文化交融之情誼隆厚。與會者大多都會準備論文。偕眷者，除王三慶外，還有尹雪曼。他則未知。不過，有一位輔仁大學的研究生彭錦華（王三慶的學生，弟未見過），要跟著去，弟見來函說可偕眷，弟告知王三慶通知她，要她與李壽菊聯繫，以眷屬身分去，參加旁聽。未悉這樣可乎？（蔡孟珍也是研究生，她是楊振良的妻子。他夫婦以師事我。）

（五）去河北的十多人，可能同行。他們說，我們非研究小說者，不便參加會議。要求以普通客人，代為安排宿處，費用照付。並請代為安排交通旅遊，一切費用照付。上次，弟已把名單開去了。這一點，是特別麻煩您的。

十二月十日，魏子雲先生來信開列臺北古典小說、戲曲訪問團名單：

團長：魏子雲
副團長：龔鵬程、鄭向恒、林鋒雄
聯絡：貢敏、周純一
總務：楊振良、李壽菊
團員：王三慶（中國文化大學中文系教授）
　　　朱昆槐（臺北商業專科學校副教授）
　　　李豐楙（政治大學中文系教授）

李壽菊（德明商業專科學校講師）

周　何（師範大學教授兼文學院院長）

周純一（漢聲電臺製作人）

林鋒雄（中國文化大學中文系教授）

洪惟助（中壢中央大學中文系教授）

金榮華（中國文化大學教授兼中文系主任）從另地到金
　　陵參加會議。

貢　敏（劇作家、導演）（不參加金陵會議）

陳錦釗（臺北商業專科學校教授）

陳芳英（藝術學院戲劇系教授）

尉天聰（政治大學中文系教授）

曾永義（臺灣大學中文系教授）

康來新（中壢中央大學中文系教授）

賴橋本（師範大學國文系教授）

楊振良（逢甲大學副教授兼共同科目系主任）

鄭向恒（中國文化大學中文系教授）

鄭志明（嘉義師範學院副教授兼語文學系主任）

魏子雲（藝術專科學校戲劇科教授）

龔鵬程（淡江大學中文系教授兼系主任）

（以姓氏筆劃多少為序）

研究生（隨團行動參與會議）：

陳昌明（臺灣大學博士班）

吳盈靜（中壢中央大學碩士班）

楊惠娟（中壢中央大學碩士班）

丘慧瑩（中壢中央大學碩士班）

彭錦華（輔仁大學碩士班）

一九九〇年一月十六日來信，中說：

> 我們此間的文學會議，大都無官員致詞（有時也有）。但餐
> 會，則請有文化機關人員。弟是一位鄉老土，不善應對。且一
> 生不曾當過主管，也不曾做過主席。此行推我領頭，一來是髮
> 白，二來是熱心關懷了此事。今有騎虎難下之感。近日極為忐
> 忑，不知如何應付一次又一次的那些場面。兄見過我，當能了
> 然！新聞若是剪不了，萬求淡化。弟無任何條件，成為新聞人
> 物。謹此奉懇，關照關照。

總之事無鉅細，七十二歲的他都想到了、做到了。一九九〇年
一月二十五日，接魏子雲先生電報：「吾等於（30）日搭港龍航空
（045）班機（12）點（35）分抵南京」，臺灣的朋友，真的要飛來南
京開會了！

一九九〇年一月三十日清晨，只見大雪紛飛，從南山賓館下山的
小路積雪已凍成薄冰，亮滑難行。十二點三十分，港龍〇四五班機準
時在大校場機場降落，十三點十分辦完手續陸續走出來。一眼瞥見精
神矍鑠的魏子雲先生，迎了上去，將他介紹給迎候諸人。魏子雲先生
也將臺灣學者一一介紹。臺灣青年從未見過鵝毛大雪，歡欣雀躍。四
點，陪相關領導拜訪魏子雲、龔鵬程先生，商議會議的學術安排，氣
氛融洽。臺北古典小說戲曲訪問團二十四人，分別來自臺灣大學、臺
灣師範大學、中壢中央大學、清華大學、政治大學、文化大學、淡江
大學、藝術學院、藝術專科學校等。三十一日晨與魏子雲先生通了電
話，告知大體的安排：開幕式後由陳遼、龔鵬程介紹兩岸研究概況，
發言分綜論、明代、清代、晚清四專題，魏子雲先生表示完全贊同。

早飯後，魏子雲先生來看我，贈以四大冊《魏子雲先生戲曲集》，請打電報給魏師母報告平安。

二月一日，天氣轉晴，氣溫降到零下十度。八點四十分，海峽兩岸明清小說金陵研討會在南山賓館開幕。魏子雲先生講話，說「二十多年來一直在做明清小說，與大陸許多朋友通信，有的已經見過面，有的是昨晚才見，但一見如故，一點也不陌生。今天金色陽光那麼好，相互拜年，並不為遲，共切共磋，共琢共磨，希望海峽兩岸的朋友共同努力，將明清小說研究向前推進。」龔鵬程介紹臺灣明清小說研究與出版情況，如天一、聯經、遠流、錦帆、學生等出版了明清小說善本、史料、叢刊、文集，又形成某個領域的專業發言人，如康來新的《紅樓夢》，魏子雲的《金瓶梅》，等等。這是海峽兩岸第一次大規模的學術交流，開啟往後兩岸頻繁的學術交流盛會。

五日下午大會閉幕，楊振良代表臺北訪問團談感想，說幾天來共聚一堂，心連心，手牽手，是毫無疑問的。海峽兩岸隔絕了四十年，一開始的感動和種種相通，每一粒種子，都包含了一個希望。在春回大地的日子裏，有更多的繁花似錦，有更多的認同。魏子雲、龔鵬程、鄭向恒三團長向十一主辦單位贈送「以文會友，以友輔仁」之錦旗。七日晨與魏子雲先生通了電話，他認為這次會議同臺北的學術會議相比，也是開得成功的。

二月十七日回到臺北後，給我寫信述及在南京之心情道：

> 在金陵八日，多承盛情款待。……弟等此行歸來，載負之友情，最為沉重。會議間之收穫，亦云豐饒。弟深表遺憾者，乃赴會友儕，尚有未能全程與會者。特別是六名研究生在二月二日出遊，勞累大家關心。於心甚表不安。

三月十八日又有信說：

此行誠然太累，人又多，又不守秩序。本就是不折不扣的烏合
之眾，卻又太半抱著觀光與探親的心理去的，事先的承諾，變
成了一句應付話。也只有乾生悶氣。且有人被注明不參加會
議，也照樣霍進來，還自行要求辦活動。均非弟始料所及也。
終究平平順順回來，多謝上蒼佑我了。體重落四公斤，今尚未
復元，七十三歲的老朽木，不得不承認：「吾衰矣」的事實。

又寄來南京期間所寫之詩：

金陵會上七重天，爭爭鳴鳴暢意談。
文友如同相思樹，一花一豆蔥情牽。

金陵會是雪飛天，七日會文留史篇。
難忘驪歌惜別夜，聲聲無奈期明年。

孝陵又到記依稀，半世離情霧眼扉。
雪壓黃梅金點點，耐寒風骨傲窮枝。（自況也）

其後，魏子雲先生四來南京，說「南京幾乎在心情上是我的故
鄉，南京的朋友，個個對我都親如家人」，而相知程度最深的朋友，
就是比他小二十三歲的我。一九九二年一月，我寫信告知南山賓館春
節不接待外客；如不嫌棄，即可住家中。他回信說：「能住在府上，
那就太好了。弟一生過得都是儉樸日子，衣食住行，都不講究。衣，
遮體暖身即可。食，飽腹即可。住，有床褥容身即可。行，可步則
步。弟大半生在江南生活，金、衢、蘭，以及寧、紹，幾成第二故
鄉。江山、玉山、上饒，東到閩之南平、永安、長汀，再而瑞金、贛
州，遂川、泰和，都是戰時往還之地。只是一點，糙米飯吃慣了，有

油分的米，反而不適胃腸。麵食有無，已不關乎我的飯食習慣。」又說：「這次去，咱們搭公車，或借輛單車，我會騎（最好搭公車）。我不是愛遊玩的人，聽你談《紅樓夢》，最好。時間夠，咱們到徐州去一趟，如何？」他到過的贛州、泰和與玉山、上饒，都是我兒時生活過的地方，講來真是倍感親切。

我還陪魏子雲先生乘火車到宿縣龍王廟村故里，祭掃父祖墓塋。魏子雲先生說，他實在想家，總是懷念兒時那個大村子，那個大池塘；但家中全無老樣可尋，那個父親的墓，雖看出是為他歸來新修的，但魏子雲先生亦不說破。

魏子雲先生精神狀態極佳，常說自己是「寧發脾氣，不發牢騷」，「不看天空，只看地平線」，味之皆有哲理。他在信中亦說：「弟從來不強人所難。一生挺拔獨立，任情而作，隨性而為。壯年時原可在官場混得文簡武將，最不願為人作稼，寧可無土無地而自耕自耘於空無之地（藝術之地乃空無之地也）。雖未受饑餒之苦，卻生活在斷炊之虞的窮窘中不少年。月月寅支卯糧，日間上班為公，晚間寫稿為一窩兒女衣食。五個兒女都已大學畢業，這日子早已苦過來了。嘻，怎的嘮叨了這多？」他兩次來南京，即住在寒舍，兩人晚上談至十點半，次日清晨五點就起床了，接著談。他贈我《水滸傳的「致語」與三遂平妖傳》手稿，以及《小說金瓶梅》等著作，竭力動員我加入《金瓶梅》作者與成書的探索，信中甚至說：「兄如參加《金瓶梅》一書的研究，不出三年，兄可能駕乎吾儕上。何以？兄之智慧過人，又閱讀仔細也。」為了啟迪我的思緒，在信中多闡發《金瓶梅》研究意見，如一九九〇年五月十六日信曰：

> 茲寄上拙作《金瓶梅的幽隱探照》一冊（另寄），請閒中披閱
> 校正。兄乃慧人，具千慧目萬慧心者也。深信兄如涉入《金瓶

梅》一書，必有超人見地，將發人所未曾見未曾言。弟最不解者是成書嘉靖說之論。按考據一事，主在尋據立說。據者何？歷史文獻也。歷史文獻何？前人之文字紀錄也。舍歷史文獻（文字紀錄），不可缺者尚有歷史之社會因子。是以考據必須以歷史為基，社會為因，在如訓詁詮釋之尋求義理然，尋據立說。《金瓶梅》若成書於嘉靖，休說是中葉，即末葉，亦不可能遲遲五十年無人梓行。嘉、隆、萬三朝淫書春畫盛行，不干公禁，《金瓶梅》如無政治因素阻礙，怎會遲遲二十年（從有紀錄始）以上無人梓行？尤其妙者是說書人底本說。此書如騰諸於說書人之口，其流行情況，能不家傳戶曉，何竟無一字片語紀錄？考據者連此一起碼常識也無，只是炎炎其詞，徒在書中東抄西錄，妄加穿鑿隨意附會。若是證言，焉能立說。弟服膺真理，非有意強己是稱霸。學問為不朽之業。非可強千士之諾諾而不朽於青史者。然否？

接讀信後，我五月二十三日奉覆曰：

拙文承青目，愧不敢當。《金瓶梅》之研究，如潮如汐，我心亦為所動。然一則性不好趨時，二則頗有膽怯之意，故不曾發一言。魏公於我，百般關懷、獎揚，我於魏公之事業，自也不能漠不關心。唯此之故，近日於〈金瓶梅第五十二回至五十八回之比勘與解說〉，稍稍捧讀一過，初步的印象是：對於《金》學中諸多紛爭，雖不敢立定傾向，但理性判斷的砝碼，確已倒向魏公之一側。首先，謂說書人之底本，確實毫無道理；其次，此書不干公禁，政治因素可能是阻礙梓行的主要原因，我也初步認為有合理的因素。我因研究《檮杌閑評》，對於萬曆、天啟間的「妖書」及三案，也有所涉獵，先生之考

慮，實為有據。第三，成於嘉靖之事，前年揚州會議，上海陳
詔先生列舉大量史實，力圖說明書中的人、事多為嘉靖時事，
以證明成書於嘉靖；但他的文章中，又說書中有萬曆以後的
人和事。這樣一來，就使自己陷入矛盾之中：只要有一例萬曆
後事，書就不可能成於嘉靖，上限、下限之分，尚且鬧不清，
何能率然作斷？此外，《萬曆野獲編》的問題，我還未弄明白
關鍵所在，還有待於再思。總的感覺，以為先生的考據是有力
的。我要貢獻給先生的一點意見是：第五十四回行酒令，西門
慶要「風花雪月」，應伯爵為第三人，應說「雪」字，卻說了
一句「洩漏春光有幾分」，西門慶笑他說了別字。P.144說，
「這七個字，只是未能道出雪字，並無別字」；實際上，從
普通話講，「雪」—「泄」，讀音完全不同，而在蘇州話中，
「雪」—「泄」卻是同一讀音，應伯爵一時情急，講不出雪
字，就以現成的句子「洩漏春光有幾分」應付之，所以可以謂
之別字。即如《水滸傳》中雷橫聽白秀英唱唱，未帶銀子，人
說「這是雷都頭」，白父卻道：「什麼驢都頭？」乍一看亦似
前言不搭後語，而以蘇北興化語音記之，則雷—驢同一音耳。
由此可見，先生謂「有陋儒補以入刻」的是二十卷本，是正確
的。而沈德符之「時作吳語」，從「雪—泄」一例，也說明是
有根據的。

總之，關於《金瓶梅》，至少至今我還不敢公開置喙，但當努
力學習，以步前賢之後塵，做一名小學生而已。大著《幽隱探
照》俟收到後，一定認真研讀，以答厚愛！

由於種種原因，我於《金瓶梅》始終未能登堂入室，辜負了魏子
雲先生的期望。彼時我最關注脂本辨偽與史料鑑真，魏子雲先生對於

甲戌本、《春柳堂詩稿》與畸笏叟、明義、裕瑞諸事產生了興趣，反
被我拉進「紅學」這汪濁水中來了。他一九九一年十一月一日信中
說：

> 大作《春柳堂詩稿》中的芹溪問題，收到後就拜讀一過。辨疑
> 論點，極具創見。使我感到不解的是，像這樣清楚的問題，何
> 以幾十年來無人進入解說它？王利器發現了問題，卻要為別人
> 圓其說，怪哉？上一篇發表的稿件，學生書局已經寄出，想已
> 收到。那篇，我又讀了一遍。相信你這部書，當能為紅學闢出
> 了新天地。慢一點，把疑點弄弄清楚，完成一個結論再成書。
> 先別急。《紅樓夢》與《金瓶梅》不同，不同處在於它已有胡
> 適之的根深而蒂固。要想立新說，非先掘根不可。

一九九二年元月十二日信中又說：

> 客歲12月31日大札，我前天收到。行程十日，堪云迅捷。湊
> 巧，這天上午我寫完了這本《金瓶梅研究編年》（《金瓶梅》
> 的一小步）。遂有了完整而充實的情緒來閱讀你這篇脂硯評
> 析。讀了一半，就引我入彀（中了箭了）。因為你這篇辨析運
> 用的是我們桐城家法：以義理入而訓詁出。與弟研究《金瓶
> 梅》之解析《萬曆野獲編》那段話，如出一轍。弟孜孜矻矻於
> 《金瓶梅》二十年有奇，自始至終，都在解說那段話。一步步
> 的尋出了漏洞，指出了問題。然而直到今天，被承認的，只有
> 馬仲良「司榷吳關」之「時」，改正了《金瓶梅》出版於萬曆
> 三十八年之說。但已被鄭振鐸等人導誤了五十年矣。想不到
> 《紅樓夢》被胡適導誤了如此之久。下午要到貫雅去，為北京
> 廖奔的一部戲曲音樂源流的插圖事。他們沒有資金印出那麼多

的彩片。是我介紹的這部書。遂去取來，為他們依文斟酌選一版彩照、黑白插印書中（也得減少）。但卻無心處理，遂連夜讀完這篇大文。有一點我建議：自35頁寫到脂硯與畸笏那幾處最為大眾視為實證的批語，你辨析得不夠。我認為你尚須設疑出可能被紅學家反駁的問題出來，再一條條的加以解析。不必等他們提問題，你應先為他們把問題提出解答，使他們已無還口的餘地。你如今的辨析，只是點到為止。我認為不夠。作為一個單純的讀者，即有此感受，何況紅學家們？昨天下午，我到《中華日報》參加一個文藝論評的座談，主持了一場臺灣文學的發展與前瞻。會後，我便把此文印了一份給副刊主編，說：「我推薦一篇好文章。」是否能接受？這位老朋友會很快告訴我。我已給康來新通電話，他告訴我《中外文學》答說此文情質不合，述史太濃。實則，這是一句推辭語。我有不少篇《金瓶梅》的述史論，在該刊登出。那時，文學院長及中文系還有外文系主任，都是熟朋友，文去，極少有壓過三期未刊出的。後來換了主編，換了中文系主任等等，便不接受了。已近十年未向該刊投稿。中華主編，還是老友。

前函已收到。此一行程業已決定（廿九日飛甬），只差由滬到甬這一段，機票尚未訂妥。如無一位置，可能到滬轉搭火車赴甬。這樣，也許會在滬黃霖處住一晚。第二天到鄞。由於農年關係，我不能勞累你們。寧波的鄭閏只有一子已成人，住在另處。可能住在他家，過了節，初二再到南京。前函已經說了，此行絕不接受像上次似的宴請。弟一生過的是清貧日子，清粥小菜糙米飯，最合口胃。四菜一湯，在我已屬踰分。這一點，我必須這樣要求。我要到合肥去，已訂妥二月十六日由南京返港當日轉飛臺北的機票。弟會留出回頭經過南京的清談日子。

只要安排住處即可。上海復旦學報張兵兄昨來信，說是你的文章惹起了反彈，相對意見來了幾篇。不得不把幾篇《金瓶梅》壓到第二期。你的研究，越想越像我的《金瓶梅》研究，都掘了先賢的根。語云：「當仁不讓於師。」我們只要在學術的理論上掌握到真理，就不必擔心十八個鐵金剛（十八個鐵金剛也拉不動個理字）。

進展到後來，魏子雲先生甚至寫了極有份量的〈治學考證根腳起——從春柳堂詩稿的曹雪芹說起〉、〈甲戌抄本紅樓夢問題求答——乾隆甲戌脂硯齋重評石頭記讀後〉等，發表於《明清小說研究》和臺灣的報刊，在紅學界產生了很大影響。

二〇〇五年四月，嘉義大學召開小說戲曲研討會，中文系主任徐志平先生誠邀我參加。這是我第一次踏上寶島，會到了一九九〇年出席南京會議的康來新與王三慶先生，又見到了令人尊敬的曾永義與李殿魁先生，沉浸在愉悅興奮之中。四月十一日由朱鳳玉先生陪同往臺北，問起魏子雲先生，方知因病已住進老年公寓，奈行程已經排定，遺憾不能前去看望。

十年後，期盼已久的自由行終成現實，奈魏先生已於二〇〇五年十二月二十七日仙逝，再不能抵足暢談，不覺黯然神傷。魏子雲先生給我寫了一四八封信，我給魏先生的信不會少於此數，然手寫的信大都沒留底，加之寄出去的信，不一定全部收到；收到的信，也不一定全部保存，只剩下獻給臺灣國圖典藏的九十六封。二〇一五年三月，我將魏子雲先生的信提供給圖書館，俾成全璧；同時獲得我給先生信件的副本，以保有完整之資料。大家都有這樣的感覺：二人的通信不僅是以文會友的典型，也是連通海峽兩岸的珍貴文獻。在此之前，沒有這樣的通信，在此之後，更沒有這樣紙質的通信，說是「空前絕

後」，亦不為過。如果能編成《魏子雲歐陽健學術信札》，記錄海峽兩岸的文化交流，將是很有意義的事。

三月赴臺，聞萬卷樓圖書公司已將魏先生全集列入規劃，其「金學卷」十巨冊即將問世。又接第十一屆國際《金瓶梅》學術討論會第二號邀請函，得知會議議程有「金學叢書」大陸首發式一項，第一輯由魏子雲先生領銜，收入他在學生書局的版權書——《小說金瓶梅》、《金瓶梅原貌探索》、《金瓶梅的幽隱探照》，搭配臺灣近來年輕研究者的金學著作共十六本，借此向在海峽兩岸備受推崇的金學先驅魏先生獻上敬禮，意在宣示「哲人日已遠，典型在夙昔」，不覺欣喜萬分。我對魏子雲先生的考據功夫是極為欽佩的。拙著《古代作家漫話》（遼寧教育出版社一九九二年版）第九章〈小說作家考證的正確方向〉，引魏子雲先生〈金瓶梅的作者問題〉中的話：「從事考據的治學工作，若是欠缺了歷史基、社會因、訓詁方這三大原則，勢必會忽略了論點之有無歷史基礎？勢必不會去按察論點相關的社會因數之符不符合論點的立說？要是再欠缺在訓詁上的訓練，其論著縱有文辭與豐富的材料完成的理念結構，亦海市蜃樓，見不得太陽的。」鄭重表示：

> 依據了歷史基、社會因、訓詁方這三大考證原則，魏子雲先生得出了如下結論：《金瓶梅》成書於萬曆年間；傳抄時代的《金瓶梅》，是一部政治諷喻的小說，所以傳抄了二十餘年沒有人板行；萬曆末年或天啟初年方行付梓的《金瓶梅詞話》，雖然已對原書作了改寫，但還是殘餘了政治諷喻的文字，所以仍然不敢發行；直到崇禎初年，又再經改寫，才得以公開發售；《金瓶梅》的作者是屠隆，只是今天所能讀到的《金瓶梅詞話》，已非屠隆的原稿了。這些具體的結論，至今尚沒有為

多數人所接受，特別是「兩次成書」說和「屠隆作者」說，贊同的人更少，但這並不妨礙我們從總體上高度評價歷史基、社會因、訓詁方三原則以及它們之間的有機統一，把這種理性的概括看作是古代小說作家考證的正確方向。即使不贊成那些具體結論的人，也應該從這一原則出發，一一予以否證，方能真正使自己的觀點立於不敗之地。

其後，我又寫了《古代小說作家簡論》（山西人民出版社二〇〇五年版），中說：

> 魏子雲先生二十多年專注於《金瓶梅》作者與成書的探索，在海峽兩岸學術界產生了廣泛影響。他說：「考據是一門最迷人的學問。應考據的任何一個問題，都有它的迷宮，等待你鑽進去再鑽出來。要不就別鑽進去，一旦鑽了進去，就得付出耐心與辛苦以及智慧去尋求出路，走不出，就得死在迷宮裏。」（〈讀書須疑篇〉）堪稱語盡個中甘苦之言。

復引魏子雲先生的話，闡述歷史基、社會因、訓詁方三大原則：

> 立論，就是在考證領域內倡立一種新的論點，首先要考察有無歷史的基礎，「等於建築房屋，必須先取得建築基地，然後再去鳩工庀材，在基地上建築起計畫中的房屋。若未求得建築基地，雖已鳩得良工庀得上材，也是枉然，一堆散漫的材料而已」。
> 「文學作品是時代的反映，土地不潮濕，自不會長出綠苔，在明朝如無正嘉隆萬的承平淫靡社會，自不會出現像《金瓶梅》這樣的淫書。」（魏子雲：〈論蘭陵笑笑生〉）對此，可以說絕大多數研究者都是同意的。但以時代社會為因數來考察《金

瓶梅》的政治諷喻，並連帶它的作者，卻顯示了獨特的眼光。

訓詁，是指解釋詞義。在考證作者過程中，對於古代史料中帶關鍵性的詞語，如果欠缺訓詁上的訓練，或者粗心大意，都可能造成大的失誤。……（《野獲編》）文中有「此書不知落何所」之句，令人生疑：「此書既藏於丘志充手上，丘因職務調動而出守去，該書縱不隨輳伴駕而去，也不見得此書即不存於丘氏。沈氏又未說明丘手頭的這一部也是借來的。就是借來的，也有個主，怎可斷然的說：『此書不知落何所？』既云『此書不知落何所？』顯然已在斷言此書之不知所終。」（魏子雲：《金瓶梅探原》）

此書由金秀燕博士譯為韓文，改題《中國古小說作者考證學原論》，二〇一四年十月由昭明出版社出版。歷史基、社會因、訓詁方三大考證原則，必將為越來越多的學人承繼和發揚。

魏子雲先生身兼享教授、文藝作家、劇評家等身分，著作等身，文備眾體，重要著述除《金瓶梅》研究，還包括八大山人探研、評論、戲曲劇本及小說創作等共有七十餘種，近一千萬字。先生讀書、藏書、寫字、聽戲、創作--輩子，見證整個臺灣文壇的發展，博雅的文人學養，足堪為近代的碩學鴻儒典範。我尤為心儀先生所講如何寫論文，以為「（一）立一論點須有千萬點的慧心慧目觀照。（二）讀一文須有百千文的點線面為助。（三）寫論文的人在讀上既要專又要博」，堪為後學之南針。

在臺期間，由魏子雲先生公子至昌、千金貞利、高足壽菊陪同，到南港山臺北市軍人公墓拜謁魏先生夫婦，見安置在忠仁室五排二十一號，處於最頂層，仰視如在雲端，稍感安慰，歸而有作：

隔海相知二十年，百封華翰證情緣。

始因三遂究根柢，終為紅樓發重言。

文耀千章後昆裕，基因三項鵠鑰懸。

時近清明坰野綠，雲端如見淚如泉。

歐陽健

二〇一五年八月十日

凡例

一　本書收錄一九八九至二〇〇二年間魏子雲與歐陽健通信二百餘封，冠名《魏子雲歐陽健學術信札》。

二　按寫信日期編次，添加序號與標題；因故缺佚者，注明依據，予以列入。

三　所有信札俱按原件錄入，不作刪改。偶出之筆誤，或習慣用字，如「複什」改為「複雜」。原件中的「敬空」格式，亦予保留。原件中的謙稱，以小號字排印。

四　以繁體字橫排，書名與篇目，補加書名號（《　》、〈　〉）。

五　為存兩岸交流之史料，信中提及的人名，酌加注釋。包括：1.姓名（以數字標出生年）；2.身份；3.主要著作。凡涉地址、電話等個資，均特殊處理。因應現況，某些專有名稱以略稱代之。

六　選取若干信函原件與照片，彩色製版，置於書前。

七　書後附人名索引以備查。

目　次

一九八九年

001 二月二日魏子雲致歐陽健

歐陽先生：

　　讀了您幾篇論文，非常敬佩。帶學生[1]做《三遂平妖傳》研究，還特以先生論點為行文之結構梁椽，得益極多。在此並申仰慕之忱！

　　壽菊在寒假中，有旅遊之舉，將先赴泰國再轉港到北京上海等地一遊。您們能否會面？我不知道。壽菊這孩子非常單純，沒有出過門。同行的有她學姊王友蘭[2]，如到南京，盼多照顧。弟三月廿日前後在上海，希望能見面。請與黃霖[3]兄聯繫。此請

文祺！

　　　　　　　　　　　　　　弟魏子雲敬上　一九八九年二月二日

附提：

臺北市安和路198巷＊號＊F

1　李壽菊（1961-），當年正攻讀東吳大學中國文學研究所碩士學位，論文題目是《三遂平妖傳研究》，魏子雲先生為指導教授。歐陽健先生〈三遂平妖傳原本考辨〉一文，刊於《中華文史論叢》1985年第3期，這篇文章開啟了兩位先生學術交流情誼。

2　王友蘭（1951-），臺灣著名的京韻大鼓演員。一九八五年創辦「大漢玉集」劇藝團。一九八九年二月專程到天津拜師，為京韻鼓后駱玉笙女士第六位入室弟子。當年拜師之旅，李壽菊陪同攝影照相。

3　黃霖（1942-），教育部重點研究基地復旦大學中國古代文學研究中心主任、復旦大學中國語言文學研究所所長、教授；兼任上海市古典文學會會長、中國古代文學理論學會副會長、中國近代文學會會長、中國明代文學會會長、中國《金瓶梅》研究會會長等。著有《中國文學批評史》、《中國文學批評通史》、《古小說論概觀》、《金瓶梅考論》等。

002 四月八日魏子雲致歐陽健

歐陽先生：

　　在滬見到您，極為愉快！您那爽朗性格，明快談吐，誠乃書生本色。難怪您的研究深入而精闢。關於晚清小說之出版事宜，尚未進行。返家後已一周，旅遊疲累，似還未能盡消。年歲不饒人，老了。

　　徐州六月之會，弟決定不去，本身已無時間。七月十五日石家莊的關漢卿討論會，已有邀請函到來，弟能否隨同眾人赴會，尚在考慮。天熱，弟身體未必能適應。此行十數日，已感於水土不服，口乾舌枯而喉痛，歸家一周後，今始消失。內人關心弟之健康，堅決不允再涉入此一行程。明春再抽暇春節成行，更好。通訊已方便，還望不吝教言也。祝
文祺！

弟魏子雲手上　四月八日午後

003 五月六日魏子雲致歐陽健

歐陽先生：

　　關於晚清小說，回來查問，上海古籍出版社已與天一出版社接洽過。此事底細如何？六月間徐州會議，「天一」負責人朱傳譽[4]教授會出席，您們見面再詳談吧！不過，弟也曾將兄寫出的目錄等等，印交學生書局考量。此種鉅帙的叢書，海峽兩岸只能有一方出版。若是大

4　朱傳譽（1927-），畢業於上海私立中國新聞專科學校，一九四八年到臺灣，任職於《國語日報》，並任教於世界新聞專科學校及政治大學新聞研究所。一九六一至一九六七年參與編纂《臺灣史畫》、《中國近代史畫》，一九七三年創立「天一出版社」，影印出版《明清善本小說叢刊》，提供研究史料，學者稱便。

陸已準備印行，臺灣已無考慮印行餘地。

六月間的徐州會議，弟決定不去。事實上弟也抽不出赴會的時間。六月十五日的會，最遲六月十二日得離開臺北，我還有兩周的課呢，三月間已請假兩周了。有一位研究生，論文已交，試期也在六月十五日前後。七月間河北石家莊的會，朋友們拉我同行，弟則怯於天太熱，年紀大了，難適應。

另寄戲曲集三冊，補送張繼青[5]院長。

祝好！

弟**魏子雲**手上　五月六日

004 五月八日歐陽健致魏子雲（缺）[6]

005 六月十九日歐陽健致魏子雲

子雲先生大鑒：

五月六日大札拜悉多日，遲復為歉。

頃接黃霖兄信，告以朱傳譽先生來電，要我提供晚清白話小說集成的書目以及具體想法、要求。我當即寫了一份「設想」，現奉上，請便中轉致朱先生審處。書目一份，前些日寄北京一位先生處，現已函索，不久即可寄上。此事意義重大，但也有相當難度，主要在經費

5　張繼青（1938-），原名憶青，江蘇省蘇崑劇團當家花旦，江蘇崑劇院副院長、名譽院長，中國劇協第三、四屆理事。是當代最具影響力的表演藝術家之一，唱腔細膩，演活〈驚夢〉、〈尋夢〉裡的杜麗娘，及〈癡夢〉裡的崔氏，人稱「張三夢」，魏先生極欣賞她的藝術造詣。

6　本信已佚，在歐陽健日記中記載：「八日，陰。上午，寫給魏子雲、竺青信。」

上。朱先生說八月份可能來大陸，希望能在一起認真討論一下，使之實現。

　　擬議中的海峽兩岸金陵明清小說研討會，已經開始正式籌備，不久就可向臺、港的專家發出預備邀請，時間暫定明年一月下旬（春節之前）。我們希望有更多的臺灣學者光臨，故除上次由李壽菊小姐所開列的名單之外，還望再能提供一些名單，並請先生為我們作一些介紹、動員。

　　大著三冊，我已登門送給張繼青同志了，可惜那天她不在家，只好請她母親代收了。

　　另外，拙稿《明清小說的發現》，不知學生書局有否出版的興趣？此書浙江古籍出版社（總編蕭欣橋[7]先生是我很好的朋友）因為怕虧損，一直不敢接受出版，如果臺灣能予出版，則幸甚。

　　問魏師母好。即請

夏安！

歐陽健上　89，6，19

附錄：

關於編輯整理《晚清白話小說集成》的設想

　　鑒於晚清小說在中國小說史上的重要地位及巨大的文獻價值，江蘇省明清小說研究中心擬編輯整理《晚清白話小說集成》，其規模包括1900年至1911年間出版的全部白話中長篇小說共500餘部，約3000萬字。

7　蕭欣橋（1939-），一九六四年畢業於天津南開大學中文系，一九六七年畢業於杭州大學語言文學研究室宋元明清文學專業。浙江古籍出版社總編輯，著有《話本小說史》等。

　　阿英[8]指出：在中國小說史上，有兩個時期是最突出的，一是唐朝的傳奇小說，一是晚清小說。據本中心主編的《中國通俗小說總目提要》（此書將由中國文聯出版公司出版），明清兩代共有通俗白話小說1130部，而1900-1911年所作，就達527部。十二年創作小說的總量，幾乎占近六百年小說產量的一半，這是非常令人注目的。

　　晚清小說是一座尚未深入開掘的礦藏，它是晚清社會政治、經濟、文化的真切反映，具有很高的史料價值和審美價值。在晚清小說的整理和研究方面，海峽兩岸的學者都做了很多工作。中華書局出版了阿英的《晚清文學叢鈔》小說四卷，共收小說20種；臺北廣雅出版公司出版了《晚清小說大系》，共收小說77種，江西人民出版社計畫的《近代小說大系》，收錄範圍為1840-1919年，也共70餘種，這些工作都是很有意義的。但總的來說，仍不能令人滿意，大量的晚清小說仍然沉睡在各地圖書館中，甚至不為研究者所知曉。我們在編纂《中國通俗小說總目提要》的四年中，走訪了大陸67家圖書館，深感晚清小說資料的匱乏和瀕於失傳的危險。為了搶救這一筆巨大的文化遺產，保存好這批珍貴的文獻，以適應當前文化建設和世界性文化交流的需要，整理出版，已成為刻不容緩的大事。

　　關於《集成》的編輯體例，要點為：

1. 選擇善本為整理的底本，嚴加校勘，不隨意刪節改動。
2. 原書的序、跋、題詞、評語均予保留。
3. 按年分卷，每卷包括本年度的全部作品，篇幅較小的幾部作品，可按著者與題材的不同情況，合為一冊。
4. 每冊之前均請有關專家認真撰寫學術性前言，內容大體包括作者

8　阿英（1900-1977），即錢杏邨，原名錢德富，又名錢德賦。著名文學理論家、文藝批評家、劇作家。著有《晚清小說史》及歷史劇《李闖王》、《碧血花》等。

生平思想的考訂和介紹，交代版本情況，結合當時的社會背景科學
客觀地評介作品思想藝術上的得失等。

　　本中心在編纂《中國通俗小說總目提要》的過程中，已經充分掌
握了晚清小說的全目，並瞭解了各種版本的收藏情況，同時，除了本
中心的專業研究人員之外，我們還廣泛聯繫了全國各地的專家、學
者，這些都是完成《集成》的有利條件。然而，晚清小說的版本大量
散見於全國各地，其中以北京、上海、南京、杭州、廣州、長春為
多，均需親身前往借閱，加上復印費用的增大，所以經費開支較巨。
如果實施，還需要獲得經費上的支持。

　　以上設想當否，請審議。此呈
天一出版社朱傳譽教授

江蘇省社會科學院明清小說研究中心　1989，6，19

聯繫人　歐陽健

006 六月二十九日魏子雲致歐陽健

歐陽健先生：

　　前函想達督閱，另附張繼青院長函，想亦代為轉達。此間友人龔
鵬程[9]教授一行，八月將將有杭州、上海、南京之行。其中楊振

9　龔鵬程（1956-），臺灣師範大學國文研究所博士，一九八四至一九九○年為淡江大
　　學中國文學學系教授兼系主任、中文所創所所長；一九九一至一九九三年任行政院
　　大陸委員會文教處處長。曾任南華大學校長、佛光大學校長；現活躍於大陸地區，
　　先後擔任北京大學、南京大學客座教授；北京師範大學特聘教授等。代表作有《文
　　化符號學》、《中國傳統文化十五講》、《國學入門》、《中國文學史》等。先生
　　極為欣賞他的才氣。

良[10]博士及其夫人蔡孟珍[11]將去拜望張繼青老師，且有拜師願望。特為
附函先行致意。亦懇代轉。楊振良夫婦，且擬去拜望您。關於明清小
說，原說朱傳譽會去南京，如今又改期了。但願明春開會有成。祝
文祺！

弟魏子雲手上　一九八九年六月二十九日

007 六月二十九日歐陽健致魏子雲

魏子雲先生：

迭奉二函，想已達覽。

海峽兩岸金陵明清小說研討會，經過半年的籌備，現已開始著手
實施。這次會議，由江蘇省明清小說研究會與江蘇省社會科學院明清
小說研究中心發起，擬邀請海峽兩岸的明清小說研究者，在古城金陵
相聚切磋，以推進明清小說研究事業。我們主編的《中國通俗小說總
目提要》，也將在會上徵求與會諸公的意見，其意義將是很大的。我
除了極殷切極誠摯地盼望您光臨之外，還希望您憑藉自己在臺灣學界
的聲望，更多地動員臺灣所有願意與會的前輩和同輩學人蒞臨南京。
關於會議的最合適的時間，以及如何開好這次會議，都希望您能提出
寶貴意見。

我已給李壽菊也發了一函，歡迎她也能陪您來寧，不過會議有個
意見，應邀的是在學術界有聲望和成就的專家、學者，後起之秀則應

10　楊振良（1956-），臺灣師範大學國文研究所博士，曾任花蓮師範學院（現與東華
　　大學合併）教授，兼民間文學研究所所長；著有《孟姜女故事研究》、《牡丹亭研
　　究》等。

11　蔡孟珍（1959-），臺灣師範大學國文學系博士，專研中國古典戲曲、文學、俗文
　　學；著有《重讀經典牡丹亭》、《曲韻與舞臺唱唸》等。

有較突出的成績，故想請您寫一推薦意見，並說明可請她負責與臺灣的有關的聯繫工作，這樣就可以更順當一些。

朱傳譽先生處我也去了函。關於晚清小說的書目，份量甚重，郵寄不便，可否在他八月份來寧時面交，我的那份書稿的在臺出版事宜，我想拜託您全權處理，並請為之賜一序文，不勝感激。此祝

大安！

歐陽健頓首　89，6，29

008 七月二十五日魏子雲致歐陽健

歐陽健先生：

明年二月會議事，能有多少人成行？今未能知，尚須一一聯繫，始能獲知梗概。有一二友人說，已收到請柬。但對一切自理頗有異議。最好食宿招待。河北師院即如此。盼考量。關於友人蔡孟珍擬拜張院長繼青先生為師事，乃出自至誠。想已轉達。還乞玉成之也。書太重，弟赴港時再寄。祝

文祺！

弟魏子雲叩上　一九八九年七月廿五日

009 八月十二日歐陽健致魏子雲

魏子雲先生：

六月廿九日大札不知何故，至八月五日方才收到。當天下午，我即應約去丁山賓館訪朱傳譽先生。因服務人員弄錯門號，遲至晚七點，方與朱先生見面，談至十二點，因天已甚晚，只得告辭。朱先生以一研家與出版家之雙重身分，不論是造詣之精深與氣魄之宏大，都

令我折服不已。他所主持的蒐集出版小說戲曲與研究資料的偉業，大有裨於學者，堪稱功德無量。關於兩岸之明清小說研討會，他也極有興趣，表示熱情支持，希望能夠開好。我們還就《小說總目提要》、《晚清小說集成》等專案交換了意見，相信今後在這一領域，有極為多樣的合作事業。

關於楊振良先生之訪張繼青同志事，我收信後數次與之聯繫，近幾天中，更日日盼望他們伉儷駕臨。昨日上午，張繼青同志愛人來舍下，告以楊先生已在大前天來寧，小住半天，到他們家去了一次，即因機票已訂，匆匆別去，故未及見到，甚以為憾。您托楊先生帶給我的精美茶杯與信，以及托朱先生帶來的大著，都已妥收，十分感激。

明年會議事，我已收到鄭明娳[12]教授之回執。看形勢，還是比較樂觀的。為了此會有成，務望魏先生大力支持。此會因籌措經費不多，故有「食宿自理」之舉，此事我已向有關方面提出，尚在考量之中。因會後要出一論文集，預算中有一萬元以為出版補貼，若有出版社（臺灣方面的亦可）願意支持出版，省下這筆錢來，則食宿招待，就不成問題了。遙祝
大安！

歐陽健敬上　89，8，12

12　鄭明娳（1950-），臺灣師範大學國文研究所畢業，國家文學博士。自一九七九年八月起專任臺灣師範大學國文系，現任東吳大學中國文學系專任教授。著有《儒林外史研究》、《西遊記探源》、《古典小說藝術新探》、《讀書與工具》等。

010 八月二十日歐陽健致魏子雲

魏子雲先生：

　　前奉一函，諒達青覽。

　　朱傳譽先生蒞寧時，我院文學所長陳遼[13]先生適去湖南，未能晤談。本月十五日，朱先生自北京到上海，陳遼先生聞訊後，即率副所長周鈞韜[14]、《明清小說研究》副主編吳聖昔[15]和我，一同專車去上海，一則為朱先生送行，二則就海峽兩岸明清小說研究事業的合作交換了意見，我們對《明清小說研究》的編輯發行方面的合作，著重進行了探討，並取得了一致的意見，主要之點是：1. 聘請朱先生為主編，並委託他推薦臺灣學者5-7人，參加《研究》編委會，組織、推薦臺灣學者的研究成果，供《研究》發表；2. 委託朱先生在臺灣發行《研究》，以擴大刊物的影響；3. 朱先生將在臺灣方面為《研究》徵集書局、出版社的圖書廣告，以增加刊物的經濟收入。他表示，將盡自己的努力，幫助把《研究》辦成世界性的刊物。朱先生的支持，使我們倍受鼓舞，希望以此為起點，推進兩岸明清小說研究的全面合作。

13　陳遼（1931-），筆名曾亞、曾陽，江蘇省社科院文學研究所所長、研究員。著作有《葉聖陶評傳》、《馬克思主義文藝思想史》、《江蘇新文學史》、《中國當代美學思想概觀》、《臺港澳與海外華文文學辭典》等。

14　周鈞韜（1940-），歷任《江蘇青年報》社記者、編輯，一九八〇年調入江蘇省社會科學院文學研究所，從事美學和中國古典小說研究。歷任文學研究所副所長、所長，兼任中國《金瓶梅》學會副會長。一九九三年評為研究員，同年調入深圳市文聯任研究員、文藝理論研究處處長。著作有《美與生活》、《金瓶梅新探》、《金瓶梅探謎與藝術賞析》、《金瓶梅素材來源》、三卷本《周鈞韜金瓶梅研究文集》等。

15　吳聖昔（1932-），江蘇省社會科學院文學研究所副研究員，《明清小說研究》副主編。中國《儒林外史》學會理事。著有《西遊新解》、《西遊新證》等。

　　關於明年春天的會議，我已開列了一份邀請名單，寄給了朱先生，請他幫助做動員聯絡工作，爭取更多的同人與會。關於會議的食宿安排，經徵求朱先生的意見，大家認為，在會議期間，臺灣、大陸學者按同一規格接待比較好，而一般大陸學者的食宿標準，在15-30元左右，伙食費每天5元，由會議補助不足部分，如臺灣代表亦照此辦理，開支不多，且便與同大陸代表自由交往，似較妥當。此議不知您以為何如？

　　我近來又將《明清小說的發現》書稿重新編了一番，內容有所調整。此書精選了我七、八年習作中的比較有價值的論文，所論大多是以往研究中比較忽略的作品。此次朱先生來，我將新訂的目錄呈他一份，他說可以請天一出版社或學生書局考量。我非常希望這本書稿能在臺灣出版，此事還望魏先生予以玉成。

　　壽菊女士近況如何？念念。她可能參加明春的會議否？

　　問魏師母好！

　　順祝

大安！

歐陽健頓首　89，8，20

011　八月二十五日魏子雲致歐陽健

歐陽健兄：

　　八月十二日華翰，十日後即寄達，比此方寄往大陸快得多。

　　關於會議事，此間還有部分友人未收到。我不知邀了此間哪些

人？壽菊也未留名單。中央大學的康來新[16]（女）教授、文化大學的金榮華[17]（男，系主任）也願意去。請補邀請函。（臺北市陽明山文化大學中文系金榮華）（臺灣中壢市中央大學中文系康來新）。再者，同友們一致要求會議的名義刪去「海峽兩岸」四字。有些公立學校的朋友，就沒有顧忌了。請認真考量。

　　楊振良夫婦到南京，適兄外地去了。張繼青老師夫婦還有孔院長都出面接待了他。在張老師家盤桓了一日。二月間，他夫婦也要來，請再補邀。

　　還有河北師院的會，也訂二月，已函請與你們聯絡。此請
文祺！

　　　　　　　　　　　　弟子雲手上　一九八九年八月廿五日

012　九月二日魏子雲致歐陽健

歐陽健兄：

　　八月廿日函奉到，參加會議，費用大家相等，不分彼此，完全正確。弟當轉達。前函已告知河北師院主辦的元曲四大家研討會，也訂在二月，弟去函要他們與貴院聯繫，不要會議日期重疊了。想已獲知。

16　康來新（1949-），臺灣大學中文系畢業，美國印第安那大學東亞研究所文學碩士，中壢中央大學中國文學系所教授，紅學研究室主持人。著作有《失去的大觀園》、《紅樓長短夢》、《晚清小說理論研究》等。

17　金榮華（1936-），臺灣師範大學國文研究所碩士，美國威斯康辛大學碩士、法國巴黎大學研究。中國文化大學中研所教授，曾任中國文化大學中文系教授兼主任、所長，中國口傳文學學會理事長。著作有《禪宗公案與民間故事──民間故事論集》、《中國民間故事與故事分類》、《民間故事論集》等。李壽菊的博士論文指導教授。

　　兄既與朱傳譽兄說了，要他代為聯繫，弟就不去重疊。今再介紹兩位，尹雪曼[18]先生，與（貴所長）陳遼先生通過信，與弟同年，老一輩人了（臺北市四維路一八六巷＊號＊樓）。另一位龔鵬程先生（臺北縣淡水鎮淡江大學中文系主任）。請速行寄發邀請函。弟可以參加，李壽菊會隨行。

　　關於大著《明清小說的發現》一書，弟前已與學生書局談過。允於考慮。但必須送一半稿件來，審閱後方能訂約。前函早已陳明。「天一」的朱傳譽兄，為人豪邁，若願意給「天一」印行，弟也贊同。請兄自酌。

　　楊振良夫婦之未能先與兄聯繫，全由於時間短促，與人地生疏。在上海昆院，他們代他們電話張繼青老師，他們便速去車站接他們了。第二天下午就返滬趕往廣州。失禮，弟代為致歉！弟頭腦乏生意觀念。所談與朱兄合作等事，弟無從置喙。此頌
文祺！

弟魏子雲手上　一九八九年九月二日

013 九月四日歐陽健致魏子雲

子雲先生道席：

　　八月廿五日大札，不出十日，已達南京，海峽兩岸之郵政事業，效率已如此之高，令人高興。

　　關於會議事，先生之意見極是。我已與此間諸公磋商，一致同意將會議名稱定為「金陵明清小說研討會」，刪去「海峽兩岸」四字。

18　尹雪曼（1918-2008），原名尹光榮，美國密蘇里大學新聞學院文學碩士。全國作家藝術家聯盟會長，《中華文藝》月刊社社長。著作有《二憨子》、《戰爭與春天》、《海外夢回錄》和《留學外記》等。

昨天朱傳譽先生在南京與我們晤談，亦提出此點來。

邀請名單抄錄後，康來新、金榮華二先生已補邀請函。此名單除壽菊所提到者外，還據其他資料、資訊，力圖全面、得宜。我們希望能請到臺灣所有從事明清小說研究的專家、學者，相聚於古城金陵以切磋學問，從而增長我們的見識。會期已漸迫近，望先生及樂於與會之專家，能儘快將回執返回，以便及早落實有關會務，不勝感激。

楊振良先生要來南京，我自接先生大札，絲毫不敢懈怠，八月上旬天天在家靜候消息，又兩次寫信張繼青同志，請她作好接待準備。後楊先生夫婦因時間匆促，又事先訂好了機票，在南京停留時間極短，又未及與我聯繫，致使失卻見面之機會，甚為悵然。他的補邀函亦已寄上。

一個月中，與朱傳譽先生三次晤談，印象極深，後二次因有所裏其他諸公參加，便進一步就開好學術會議，辦好《明清小說研究》等事作了具體商談。明清小說研究是一項大有可為的事業，海峽兩岸的學人共同努力，定能作出更大的成績。

壽菊近日也給我來了一信，對她終於在工作上獲得了一個滿意的職位，表示衷心祝賀。

朱傳譽先生說，我的《明清小說的發現》書稿，學生書局已原則上同意出版，但要我把書稿送上一閱。我看朱先生身體不好，行李又多，不忍心麻煩他攜往臺灣，而郵寄又怕失落，只好以後再看機會托人帶去。此書若能在臺灣出版，懇請先生賜一小序，以為拙作增色。

問魏師母好。順祝

秋安！

　　　　　　　　　　　　　　　歐陽健頓首　89，9，4

014 九月十四日歐陽健致魏子雲

魏子雲先生大鑒：

九月二日大札奉到。先生對於會議之熱情關懷和支持，令我感激。

昨日我同河北師院通了長途電話，關於會期安排，經磋商，決定南京的會議先行安排，時間在二月上旬，約在二月五、六日開幕，十一、二日結束，石家莊的會議在二月十五日左右開幕，二十日左右結束。南京至石家莊，有直達之火車，交通安排當無大問題。屆時河北師院將派人來南京，迎接要去石家莊的代表。

關於會議名稱，石家莊方面似亦擬用「海峽兩岸」的提法。近看報紙，海峽兩岸書畫展覽，電影展映，好像大家都已習以為常，不以為有何別意。當然，此點還須尊重臺灣學者的意見，如以為不要，自當不用。或者在請柬上不用，而在報導時適當提一下，未知可否？

九月初曾呈一函，並附名單，聯繫諸事，還請李壽菊小姐予以協助。尹雪曼先生邀請函已發。

同朱傳譽先生所談合作諸事，我亦極缺乏生意觀念，只是希望刊物能獲得臺灣學者的支持，適當開闢篇幅，刊發臺灣學者的論著。

拙著《明清小說的發現》，我近日擬復印一份，交郵局試試看，如能郵上最好。若不能，只好以後托便人捎去。此事承關心，不勝感謝之至。此頌

大安！

歐陽健頓首　89，9，14

015 九月十八日魏子雲致歐陽健

歐陽先生：

九月四日大札拜悉，知上月杪寄呈之函，投遞迅捷，甚慰！

抄來名單，弟與之聯繫，答稱可以赴會者，有尉天聰[19]、鄭明娳、龔鵬程、楊振良（包括其夫人蔡孟珍，師大研究生）、金榮華、康來新等，弟與李壽菊自會一同前來。他如曾永義[20]因出國未回，不能肯定，不過，河北師院之元曲研究會，曾永義在內。河北師院的名單是曾永義、李殿魁[21]（殿魁是否能去，尚在猶豫。如去，金陵小說會亦可參加）、楊振良、蔡孟珍、周純一[22]、景小佩[23]、張敬[24]、朱昆槐[25]、王

---

19 尉天聰（1935-），政治大學中文系畢業。曾任政治大學中文系所教授，曾任《筆匯》月刊、《文學季刊》、《中國論壇》等刊物主編。著有《文學扎記》、《到梵林墩去的人》等。

20 曾永義（1941-），臺灣大學中文所國家文學博士，臺灣大學中文所教授，曾獲國家文藝獎，國科會傑出研究獎。二〇一四年獲中研院院士（人文及社會科學組）；著有《戲曲與偶戲》、《明雜劇概論》等。

21 李殿魁（1933-），中國文化大學文學博士，法國巴黎大學第五高研究院博士後研究，專長是中國傳統戲曲，崑曲戲迷；著有《戲曲音樂論集》、《談詞：詞的理論及其格律》等。

22 周純一（1955-），香港中文大學音樂學部博士畢業，南華大學音樂系主任，南華大學雅樂團團長；著有《崑曲音樂的神聖性與世俗性》、《禪道與琴韻》等。

23 景小佩（1951-），臺灣師範大學國文系畢業，一九七八年赴美密西里州聖路易大學藝術學院攻讀戲劇；著有《金記茶樓》、《巧禍》等。

24 張敬（1912-1997），臺灣大學中國文學系教授，北大文科研究所肄業，臺灣大學中國文學系所教授；著有《明清傳奇導論》等。

25 朱昆槐（1946-），臺灣大學中國文學研究所碩士。臺北商業大學副教授，加州大學柏克萊分校訪問學者。著作有《梁辰魚生平及作品》、《崑曲清唱研究》等。

安祈[26]（以上四人是女）、貢敏[27]、黃美序[28]、周何[29]、賴橋本[30]、林鋒雄[31]、及弟等十五人。兄列名單內之沈淑芳[32]（芬誤），壽菊東吳的學姐，論文是《封神演義》。另一「盧錦堂」[33]可能是羅錦堂[34]之誤，在夏威夷大學，治戲曲。要不，那就是我不認識盧錦堂。還有李田意[35]，這學期不在臺中東海，已回美國。他在東海中研所的課，是一年來一學期，今年上學期來過了，要下學期才來。王保珍[36]，我上次向她提過，她說在時間上說，不可能去。她有四個孩子，先生今年接任史語

---

26 王安祈（1955-），臺灣大學中國文學系博士，臺灣清華大學中國文學系所教授，榮獲第九屆國家文藝獎；著有《為京劇表演體系發聲》、《當代戲曲》等。

27 貢敏（1931-），原名貢宗耀。政工幹校（現在的政治作戰學校）影劇科畢業。曾編導過話劇、電視、電影、戲曲等類型，一九五五年曾任國光劇團首任藝術總監；編劇作品有《寒流》（影集）、《新白娘子傳奇》等。

28 黃美序（1928-2013），臺灣師範大學英語學系碩士，一九六七年赴美國佛羅里達州大學戲劇學院獲博士。曾執教於政治大學、文化大學戲劇系教授。一九七三年獲第七屆吳三連文學戲劇劇本獎；著有《論戲說戲》、《戲劇欣賞》等；戲劇作品有《傻女婿》、《木板床與席夢思》。

29 周何（1932-2003），臺灣師範大學博士，臺灣師範大學國文學系、所教授，專攻經學；著有《春秋公羊傳著述考》、《詩經著述考》等。

30 賴橋本（1938-2004），臺灣師範大學國文研究所碩士，臺灣師範大學中國文學系、所教授；著有《劇曲選注》等。

31 林鋒雄（1947-），中國文化大學藝術研究所（戲劇學門）文學碩士，臺北大學人文學院古典文獻與民俗藝術研究所教授兼所長；著有《中國戲劇史論稿》等。

32 沈淑芳（1953-），東吳大學中國文學碩士，東吳大學中國文學系副教授；著有《封神演義研究》等。

33 盧錦堂（1948-），政治大學中國文學研究所博士，曾任國圖特藏室主任，專長古籍蒐藏與維護；著有《太平廣記引書考》等。

34 羅錦堂（1929-），臺灣第一位文學博士。夏威夷大學東亞語文系終身教授；著有《中國散曲史》、《錦堂論曲》等。

35 李田意（1915-2000），耶魯大學教授，東海中文所與歷史所合聘之講座教授；著有《哈代評傳（A Study of Thomas Hardy）》、《中國小說研究論著目錄》等。

36 王保珍（1933-），臺灣大學中國文學系博士。臺灣大學中國文學系副教授；著有《東坡詞研究》、《秦少游研究》等。

所長。陳萬益[37]、胡萬川[38]、王國良[39]都向我表示不去。王夢鷗[40]不去，潘重規[41]也不可能去。王三慶[42]似乎也不去。王秋桂[43]我沒有問他。李豐楙[44]、樂衡軍[45]（女）、張火慶[46]，弟未與聯絡。今能告者如此。（尹雪曼一定去）

　　貴稿可掛號寄我。大陸郵費廉。此頌

文祺！

37　陳萬益（1947-），臺灣大學中文博士，臺灣清華大學臺灣文學研究所教授兼所長。研究專長是現當代文學；著有《于無聲處聽驚雷》、《臺灣文學論說與記憶》等。

38　胡萬川（1947-），政治大學中文所碩士。臺灣清華大學中文系教授，臺灣清華大學臺文所兼任教授；著有《真實與想像：神話傳說探微》、《民間文學的理論與實際》等。

39　王國良（1948-），東吳大學中文研究所博士，臺北大學研究發展長、古典文獻研究所教授；著有《續齊諧記研究》、《冥祥記研究》等。

40　王夢鷗（1907-2002），一九二六年進入福建學院研習國學，一九三三年赴日本就讀早稻田大學文學研究所，臺灣政治大學中國文學系教授；研究領域遍及經學、文學、美學，著有《鄒衍遺說考》、《傳統文學論衡》等。

41　潘重規（1908-2003），號石禪，受業於國學大師黃季剛先生，抗戰時期任東北大學副教授，四川大學教授；勝利後，任教上海暨南大學，安慶安徽大學，繼而泛海任教香港新亞書院，後任系主任院長，來臺任教臺灣師範大學，創設《紅樓夢》研究課程；晚年專研敦煌學，曾獲法國法蘭西學術院漢學茹蓮獎，法國科學院敦煌學研究會聘為名譽會員；著有《敦煌雲謠集新書》、《紅樓夢新辨》等。

42　王三慶（1949-），中國文化大學中研所博士，成功大學中國文學系名譽教授。專研敦煌學、古典小說等；著有《敦煌類書》、《紅樓夢版本研究》等。

43　王秋桂（1943-），臺灣大學外國語言研究所碩士，英國劍橋大學博士，臺灣清華大學中國文學教授；編有《目連戲專輯》、《梨園戲專輯》、《儺戲儺文化專輯》等書。

44　李豐楙（1947-），政治大學中文博士、教授，中研院中國文哲學研究所研究員、政治大學宗教研究所講座教授，專長道教文學；著有《六朝隋唐仙道類小說研究》、《愛與遊：六朝隋唐遊仙詩論集》等。

45　樂衡軍（1934-），臺灣大學中研所碩士，臺灣大學中國文學系教授；著有《古代小說散論》、《意志與命運：中國古典小說世界觀綜論》等。

46　張火慶（1955-），東吳大學中研所博士，中興大學中國文學系教授，專長中國古典小說、佛學；著有《說岳全傳研究》、《古典小說的人物形象》等。

弟子雲手上　一九八九年九月十八日午後三時

附錄：

月中教授吾兄有道：

　　前函計達督閱。昨接南京歐陽健兄來信，知已兩相協調過了。明清小說先在南京舉行，然後再去貴院赴會。在時間上自無問題。關於參加人士，前已函告，今又加王安祈一人，她是臺大博士清華副教授，曾永義門生。（住臺北市和平東路＊段＊號＊樓）今已有十五人。曾永義、李殿魁、張敬、朱昆槐、景小佩、王安祈、貢敏、周何、賴橋本、林鋒雄、周純一、楊振良、蔡孟珍、黃美序。弟有一門生李壽菊隨去參加南京明清小說會議，她如隨我北上，可能還有這一個孩子。（現任講師）。初步的名單大致如此。至於南京方面的名單初步協調的是：尉天聰、曾永義、鄭明娳、康來新、金榮華、楊振良、蔡孟珍、龔鵬程、李壽菊、沈淑芳、林聰明以及弟等。還有朱傳譽。南京邀的人多，弟聯繫的共有這十數位。還有一部分被邀者，已告知我，表示不能去。就是這些人，到時候，也有臨時不能去的。如今，大家都是忙人。

　　關於名稱，弟等建議不用「海峽兩岸」四字，這樣，就沒有了一海之隔的界域。不是更好嗎？此頌
時祺！

　　　　　　　　弟魏子雲手上　一九八九年九月二十五日晨

（此行可與老友雷石榆[47]見面，極為興奮。）

47　雷石榆（1911-1996），詩人。廣東臺山人。早年留學日本中央大學，期間開始詩歌創作活動，編輯《詩歌生活》等刊物。一九三六年回國後，參與創辦《中國詩壇》，後主編《西南文藝》。四十年代曾在臺灣、香港等地大學執教。建國後

信收到。信遞快了。

016 十月二日歐陽健致魏子雲

子雲先生大鑒：

　　九月十八日大札並九月廿五日致張月中[48]教授大函已先後奉到，兩岸之通郵已如此之迅速妥當，令人欣然。

　　明清小說金陵研討會承先生熱心支持，邀得十幾位臺灣的學者專家前來南京，為會議的圓滿進行，奠定了堅實的基礎，我代表此間同人，表示衷心感謝。現會議籌備工作正積極進行之中，我們將努力工作，爭取開好這次盛會，以報答先生的關心。

　　前幾天收到王三慶先生的回執，表示可以與會，且說擬帶家眷一同前來。這樣，連同朱傳譽先生、尹雪曼先生，來南京與會的也有十五人了。當然，我們還是歡迎有更多的先生光臨。近閱有關材料，臺灣大學柯慶明[49]、葉慶炳[50]先生，文化大學洪順隆[51]先生，輔仁大學廖棟

　　歷任天津大學、河北大學教授，主要作品有詩集《河漢之歌》、《國際縱隊》、《1937.7.7-1938.1.1》、《新生的中國》、《小蠻牛》以及短篇小說集《慘別》、《婚變》等。

48　張月中（1937-2005），河北師範大學元曲研究所教授、中國關漢卿研究會副會長兼秘書長、河北省元曲研究會副會長兼秘書長。作品有《古代戲曲名著選讀》、《關漢卿研究新論》等。

49　柯慶明（1946-），臺灣大學中國文學系畢，臺灣文學研究所教授兼所長。臺灣大學中國文學系教授，著作有《文學美綜論》、《境界的再生》等。

50　葉慶炳（1927-1993），筆名青木，號其齋曰晚鳴軒。早歲治學，由元明戲曲入手，其後擴及漢魏詩賦、魏晉唐宋小說，以及批評理論、比較文學之研究，涵蓋領域極廣，一生講授中國文學史課程，《中國文學史》一書自初稿刊印至增訂完成，前後歷時二十二年，用功勤勉，最稱專擅。曾任臺灣大學中文系主任、中文研究所所長，專精於中國古典小說研究，散文作品則以「晚鳴軒」散文聞名。

51　洪順隆（1934-2001），字暢懋，又字繼祖，筆名摩夫、李紅。文化大學中研所碩

樑[52]先生，高雄師院李三榮[53]先生都於明清小說撰有論著，可惜已來不及聯繫了。

拙稿《明清小說的發現》近已整理修訂完畢，我院王薇生[54]兄（他是王夢鷗先生之公子）十月份可能有臺灣之行，現在辦理手續之中。他已答應幫我將書稿帶到臺北，這樣擬更穩妥一點。如果他的計畫不能實現，我就從郵局寄上。此稿拜請先生審閱，並賜一序，不勝感激之至。

朱傳譽先生在南京時患有感冒，臨行時聞發燒達39度，不知已痊好否？

此祝

秋安！

歐陽健敬上　89，10，2

017 十月八日歐陽健致魏子雲

魏子雲先生大鑒：

九月二十五日大札奉到。次日我已收到河北張月中先生來信，最後商定兩會的安排。十月一日，朱傳譽先生再次來寧，與我們所長陳

士，文化大學中國文學系所教授。著有《謝宣城集校註》、《六朝詩論》等。

52 廖棟樑（1948-），輔仁大學中國文學博士，政治大學中國文學系教授，著作有《靈均餘影——古代《楚辭》學論集》、《倫理・歷史・藝術：古代楚辭學的建構》等。

53 李三榮（1942-），政治大學中文系畢業，高雄師範大學副教授，已退休。著作有《聲韻論叢》等。

54 王薇生（1928-），一九五四年南京大學外國語言文學系俄文專業畢業，留任助教。一九七九年任江蘇省社會科學院研究員，《國外社會科學情況》副主編，譯著有：《我愛瞿譯（海燕）》，《略論世界政治格局的走向》等。

遼見了面，他建議會期應提前至二月一日（正月初六）。我們經研究，決定接受他的建議，會期定在二月一日至五日，並已電告河北。

離開會時間不遠了，不知魏先生對於會議的安排還有什麼意見和要求，如會議的開法，包括大會發言和分組討論，要不要確定專題，以及遊覽的要求等等，盼能及時賜告。此間不久就可正式發出會議通知。上次信中提到的盧錦堂，為國立央圖特藏組的博士，於小說版本有研究。另香港梅節[55]先生，我們漏發了通知，因不知他的地址，梅先生如願光臨，我們也不勝歡迎。

我的書稿本擬托王薇生先生帶往臺北的，一則他的手續尚未完備，二則稿件太沉，不忍叫他受累。後陳遼告知，朱傳譽先生要我徑寄香港他的懷天公司，這樣確實比較穩妥，就決定明天郵上。朱先生也是聯繫的學生書局。我寫了一份「說明」，給您和朱先生各一份，主要是懇求您能為我撰一小序，以志深厚之情誼。稿中的「違礙」字樣，已作處理；當然如需進一步刪削，我也悉聽裁處。總之，此類事情，不能讓雙方為難。

遙頌

金安！

歐陽健上　89，10，8

附錄：

（一）關於《晚清白話小說集成》

據江蘇省明清小說研究中心編纂的《中國通俗小說總目提要》，明清兩代共有通俗白話小說1130部，而1900-1911年所作，就達527部。

---

55 梅節（1928-），原名梅挺秀，晚號「夢梅館主」。畢業於北京大學中文系，一九七七年移居香港，為香港夢梅館總編輯，業餘從事《紅樓夢》和《金瓶梅》研究。著作有《紅學的邊鼓》、校點《全校本金瓶梅詞話》等。

十二年創作的總量，占近六百年小說產量的一半，說明晚清小說的空前繁榮。

但是，對於晚清小說的整理研究工作，還是相當不能令人滿意的。中華書局的《晚清文學叢鈔·小說卷》和臺北廣雅出版公司的《晚清小說大系》，雖然做了有益的工作，但所收總量不多，所據版本不精，不能滿足研究和閱讀的需要。為了搶救這一筆巨大的文化遺產，保存好這批珍貴的文獻，編纂《晚清白話小說集成》，具有極其重大的意義。

本集成收集1900-1911年間全部中、長篇白話小說（包括報刊上連載而未完的）共500部，約計4000萬字。選擇善本為整理的底本，嚴加校勘，不隨意刪節改動。原書的序、跋、題詞、評語均予保留。按年分卷，每年一卷，每卷包括本年度的全部已知的小說。

我們在編纂《中國通俗小說總目提要》的過程中，走遍了大陸67家圖書館，對於晚清小說的收藏情況，比較熟悉，而且發現了前人未曾著錄的晚清小說100多種，這是編纂《集成》的有利條件。

聯繫人　歐陽健

南京市 北京西路＊號之一＊室

（二）《明清小說的發現》書稿說明

一、本書稿共收有關明清小說論文二十篇，最早一篇完成於一九八二年六月，最晚一篇脫稿於一九八九年十月。此二十篇論文，係從本人八年中所撰文章中選編修訂而來。

二、本書稿所論及的明清小說計有《三國演義》、《平妖傳》、《水滸傳》、《西遊記》、《喻世明言》、《警世通言》、《醒世恒言》、《初刻拍案驚奇》、《二刻拍案驚奇》、《警世陰陽夢》、《遼海丹忠錄》、《隋史遺文》、《檮杌閑評》、《後水滸傳》、

《剿闖小說》、《樵史演義》、《五色石》、《八洞天》、《儒林外史》、《歧路燈》、《說唐》、《娛目醒心編》、《北史演義》、《南史演義》、《鏡花緣》、《飛龍全傳》、《蕩寇志》、《薛丁山征西傳》、《年大將軍平西傳》及儲仁遜抄本小說十五種共四十四部，除對若干名著提出新說外，大部是前人較少論及的罕本珍本小說。

三、本書稿所收論文，大多在學術刊物上發表過，此次編輯成書，在內容和文字上都已作過修訂和必要的技術處理。

四、本書稿次序，以所論作品成書先後為序。

五、本書稿若能出版，敬請魏子雲先生、朱傳譽先生各賜一序，既為拙稿增色，又志難忘之情誼。

六、本書稿的出版事宜，委託魏子雲先生、朱傳譽先生全權處理。

歐陽健

一九八九年十月八日於南京

（三）《明清小說的發現》目錄

發現者言

論《水滸》主題研究的多元融合

關於《三國演義》主題探究和虛實關係的思考

《三國演義》「忠義」問題新說

決策：諸葛亮形象的本質和靈魂

　　──談《三國演義》關於諸葛亮決策活動的描寫

《平妖傳》──《水滸》的姊妹篇

《西遊記》的玩世主義和現實精神

「三言」、「二拍」中「發跡變泰」主題新說

《警世陰陽夢》得失論

悲歌慷慨丹忠錄

《三國志通俗演義》成書年代探考
　　——兼探羅貫中的生卒年及施羅關係
《三國志》‧《三國演義》‧《赤壁之戰》
《三遂平妖傳》原本考辨
河陰知縣吳承恩不是《西遊記》作者
　　〔附〕吳承恩材料的新發現
《檮杌閑評》作者李清考
《檮杌閑評》本事考證
南京圖書館藏舊刊本《金雲翹傳》看校箚記
　　〔附〕《金雲翹傳》回評
《五色石》、《八洞天》非一人所撰辨
《野叟曝言》版本辨析
杜綱生平小考

018 十月十四日歐陽健致魏子雲

魏子雲先生：

　　您好！

　　關於會期，此間已正式決定：明年一月三十一報到，二月一日至五日開會。會議名稱，去掉「海峽兩岸」四字，稱明清小說金陵研討會。會議地點，在南京師範大學（原金陵大學）南山賓館。關於收費，兩岸代表一樣標準：伙食費每天十五元人民幣，每人繳五元，會議補貼十元；住房自由選擇，最佳者為雙人間，另帶兩個套間（一為書房，一為會客廳），每人每天三十三元；其次為雙人間，另帶一小套間，每天二十一元（！）；再次為雙人間，每天十七元：以上都有地毯、衛生間，比起丁山賓館、金陵飯店，要便宜得多了。又，有臺

灣的先生（王三慶）來信問可否接待家屬，經研究，可以接待，且伙食費同樣享受補貼待遇。此外會議不收會務費，但酌收資料費（主要是《中國通俗小說總目提要》可能趕上出書，此書價格至少百元，大會送不起）。會後，已商定由河海大學出版社出版論文集，字數四十萬左右，所以要求與會者論文列印一百二十份，以便交流並收編集中。

　　有關會議情況，大體如上。正式通知正印刷中，一俟印好，我即會給在臺諸公奉上。與先生一別半載，心甚渴念。盼先生能偕魏師母一道來寧，以慰所思。

　　通知寄到之後，還想請壽菊再幫助聯繫一下，不勝感激。

　　我近兩個月來正在寫一篇《官場現形記》新論，以作為給大會交流的論文。

　　拙稿《明清小說的發現》，已於本月九日掛號寄香港朱傳譽先生處，之所以未逕寄臺灣，實在是擔心丟失，又無從查詢之故。前天又聽說朱先生還在西安，不知現在是否已返臺灣。此稿花費了我七、八年的心血，自問好像還有一點價值。出版之事，只有請先生多多費心，感激不盡。

　　此祝

安泰！

歐陽健上　89，10，14

019　十月二十二日魏子雲致歐陽健

歐陽先生：

　　十月二日、八日兩函，先後奉到。所列名單，弟僅能就近便中代為邀約，葉慶炳、柯慶明都是熟朋友。慶明電話改了，未聯繫上，慶

炳不能去。文大的洪順隆願去。另臺北商專的陳錦釗[56]教授（臺大博士，住臺北景雲街＊號）。函中的另幾位，我都不熟。恕我未代邀約。算來已有十八人。不少了。還有去河北的，也要先到南京，再近處滬杭遊幾天，再去石家莊。

邀請函，請一一速寄他們個人。弟與尹雪曼近鄰，他可能帶太太去，費用自理。弟則一人，內人無時間隨行。梅節兄住香港青衣島青華苑E座＊號（香港青衣島）。還有北京社院語言所的張惠英[57]教授，盼能邀請與會。她是黃霖的同班同學。弟的論文，一直在閱讀資料。題目暫定為〈證見金瓶梅乃南方人所作〉。弟下月中赴港，可能完稿寄呈指正後再送大會。大多數人都會準備論文。

尊稿既已寄港再轉，收到後當會送交學生書局審閱。日前還去談過。條件只有一件，大陸如決定出版，此間即無考慮餘地。實則，掛號逕寄亦可。我要李壽菊再讀讀《女仙外史》還有清人的戲劇《如意寶冊》，希望她也能提篇論文。還不知她進行如何？專科的專任講師，課有十七八節，像中學類似。也夠忙的。

近日協調如何去法？看情形元月卅日到金陵最好。再告。祝好！

弟子雲手上　一九八九年十月廿二日

---

56 陳錦釗（1942-），臺灣大學中國文學系博士，政治大學中文系教授，以子弟書、快書、俗文學等為研究重點。著有《石派書的體製：兼論現存《青石山》的版本等》、《快書研究》等。

57 張惠英（1941-），一九六四年七月畢業於上海復旦大學，一九八二年七月至一九八三年九月在美國哈佛大學燕京學社進修，中國社會科學院語言研究所研究員，中國語言學會、中國音韻學會、中國方言學會會員、海南師範大學文學院教授；著有《崇明方言詞典》、《金瓶梅俚語難詞解》等。

020 十月二十九日魏子雲致歐陽健

歐陽兄：

　　十月十四日大札，收到數日。近正從較早版本上進行〈證見金瓶梅乃南方人的作品〉一文的蒐證工作，這麼以來，就不是手頭上的藏書可以應付，不得不向外跑。同時，也得與與會的朋友們聯繫，聽聽大家的意見。茲歸納如左：

　　（一）此行人數如連同北會者，再加上三兩位偕帶眷屬，已超過三十人。浩浩蕩蕩矣！

　　（二）由於兩岸學術交流，此間尚未開放，政府僅開放探視。大家赴會，還只是探親名義。是以我等赴會，萬請不要上新聞。更須避免參予官方活動。

　　（三）會議以外的活動，除遊覽外，請概以文化性質為主。晚間最好能安排戲曲演出。無論京劇、豫劇、弋陽（贛劇）或紹興高腔、山東呂劇，當然，昆劇的欣賞，更是眾所企盼。張繼青、姚繼焜[58]老師，最好還在南京，能欣賞到。她們的錄相，在我們這裏非常風行。話劇，也希望能觀賞。並不強求。以大會能力為限。

　　（四）大會對我們赴會同仁的安排，無不深感彼此間的文化交融之情誼隆厚。與會者大多都會準備論文。偕眷者，除王三慶外，還有尹雪曼。他則未知。不過，有一位輔仁大學的研究生彭錦華[59]（王三慶的學生，弟未見過），要跟著去，弟見來函說可偕眷，弟告知王三慶通知她，要她與李壽菊聯繫，以眷屬身分去，參加旁聽。未悉這樣可乎？（蔡孟珍也是研究生，她是楊振良的妻子。他夫婦以師事我。）

58　姚繼焜（1935-），原名姚煜焜，江蘇省昆劇院著名演員，攻老生、官生。

59　彭錦華（1963-），改名：彭易璟，成功大學文學博士，臺灣南臺科技大學通識教育中心副教授。

（五）去河北的十多人，可能同行。他們說，我們非研究小說者，不便參加會議。要求以普通客人，代為安排宿處，費用照付。並請代為安排交通旅遊，一切費用照付。上次，弟已把名單開去了。這一點，是特別麻煩您的。

朱兄把聯合報退回的陳遼先生的幾篇短稿，轉給了我。弟當設法再寄他處試試。請轉告陳先生。兄的稿子已到港，到臺後，弟會送學生書局。實則，掛號寄弟即可。祝

時祺！

弟子雲手上　一九八九年十月廿九日晨七時

021 十一月七日歐陽健致魏子雲

魏子雲先生大鑒：

我十月二十三日離寧來到北京，趕校《中國通俗小說總目提要》清樣。半個月來，每天從早上六點工作到十一點，看來還得再忙二十天，才能回去。

《總目提要》全書共三百萬字，由中國文聯出版公司出版。我們之來北京，目的就是促進公司能在明年二月會議之前把書出版，以便請與會的專家批評、指正。現在看來，時間非常緊迫，能否如願以償，還要看努力的結果。

今天晚上接南京的電話，知先生給我寫了兩封信。關於會議的準備，正積極進行之中，我們正熱情期待先生一行的光臨。

關於我的書稿《明清小說的發現》，好像是學生書局表示只要沒有在大陸出版，就可以考慮接受出版（電話聽不太清楚）。事實情況是，這部書稿曾經重慶、遼寧、浙江古籍三家出版社看過，他們的評價，都是可以的，就是由於經濟因素的考慮，才不得不擱置下來；浙

江古籍出版社總編蕭欣橋（胡士瑩[60]先生的研究生），還是我很要好的朋友，只是說要我再等幾年。鑒於這種情況，我才向先生及朱傳譽先生請求幫助，希望在臺灣出版。因此，此書不會發生一稿兩投的情況，請放心。

如學生書局同意出版拙著，則一切具體事宜，都請先生作為我的全權代表。尤其殷切期望先生為此書撰一序言，以志紀念。

餘容另告。敬祝

大安！

歐陽健　89，11，7於北京

022 十一月二十二日魏子雲致歐陽健

歐陽先生：

到香港去了幾天，前晚回來，就收到陳遼先生覆函。所覆各點，異常感激。此行還有隨行者，南北兩會，已逾卅人。不過，一旦法令有所訂立，則此行大有阻礙。但願無礙。人多，卻又人人事繁，聚會不易。好在電話方便，不然，真有困難。凡能參加會議者，弟已關照同仁，必須按照會議程序全程與會。隨行者不列入吾等文學交流活動之內。以眷屬名義參加之研究生，亦請其參加會議，同於吾等之一切文學活動。弟近正改寫已成初稿之論文，縮減為萬字以內。論文提要，正在催交中，希望下月初旬能編目。

兄寄香港印件，迄今未到臺北。朱傳譽近在廣州診斷病恙，行前曾告知，說是兄寄之稿件已到港，卻又至今未寄來臺北。昨已在學生

60　胡士瑩（1901-1979），字宛春，室名霜紅簃。杭州大學中文系教授。研究範圍主要為說唱文學、戲曲、小說三個方面，而以話本小說的研究成就最大。著有《話本小說概論》、《彈詞寶卷書目》等。

書局撥電話給「天一」的業務人員請電話香港催問。今後，可逕寄弟
處。胡文彬[61]由京掛號寄弟購買之《國榷》六冊，都能收到。此頌
文祺！

弟子雲手上　十一月廿二日午

023 十一月二十三日魏子雲致歐陽健

歐陽先生：

　　昨日剛發一信，（寄陳遼先生）今天就接「天一」電話，說是您
的稿子到了。午後即去取來，一看是原稿，不禁心頭一緊。謝謝天！
到了我手中，不會失去了。明天，我就送去學生書局，第一件事就是
先印出一份。他們審稿、發排，都用印件。請放心！

　　要弟寫篇前言，自當遵辦。赴會人員，正在辦出境手續中，但願
無阻，成全以文會友以友輔仁的意義。弟論文寫完初稿後，今嫌拖
沓，又重起爐灶，再寫一遍。附此，祝
文祺！

弟子雲手上　一九八九年十一月廿三日

024 十一月二十七日魏子雲致歐陽健

歐陽先生：

　　想必已返金陵。尊稿已交學生書局，弟為安心計，特又偕同壽菊

---

61 胡文彬（1939-），筆名魯子牛、行餘。歷任人民出版社、《新華文摘》編輯，中國
藝術研究院紅研所副所長、研究員、院學位委員會委員，中國紅學會常務理事、副
會長，吉林大學兼職教授，電視劇劇本《紅樓夢》（三十六集）副總監製。著作有
《紅樓夢敘錄》、《紅樓夢子弟書》、《金瓶梅書錄》等。

印了一份下來，存在弟處，偶閒便一篇篇閱讀，並建議把〈三遂平妖傳作者考〉一文輯入，共二十篇。如何？乞告。

陳遼先生五篇大論，弟代為送出，業在《中華日報》副刊發表了一篇，今隨函將剪報附呈，請轉達。稿費擬由台幣購買美金，弟到金陵赴會時，當可一一交割清楚。

赴會人員，又增中央大學中文系洪惟助[62]教授，他要偕眷。弟意眷屬不參加會議，但以眷屬身分赴會之研究生，購資料費應照付之外，弟已建議他們必須全程參加會議。其中楊振良妻子蔡孟珍由於必須到張老師家去求學，則以眷屬名義，不參加會議。弟已與他們說清楚了。

攜眷者尚有尹雪曼、尉天聰（妻與子二人照人頭交資料費）。王三慶說他夫人可能去不了。其他未告知帶眷。弟老伴不去。大家正辦理出境簽證手續中。洪順隆說，尚未收到請函，盼寄幾份空白者與弟，以便補發。陳芳英[63]也參加金陵會。此頌

文祺！

弟魏子雲手上　一九八九年十一月廿七日

025 十一月二十八日歐陽健致魏子雲

魏子雲先生：

我於十月二十三日赴北京趕校《中國通俗小說總目提要》，歷時三十三天，於前天返回南京。在京期間，每天從早上六點工作到深夜

---

62 洪惟助（1943-），東吳大學中文系畢業，政治大學中文研究所碩士，中壢中央大學中文系教授。著有《詞曲四論》、《樂府雜錄箋訂》等。

63 陳芳英（1951-），臺灣大學中國文學博士，臺北藝術大學戲劇系副教授；著有《明代劇學研究》、《經典‧關漢卿戲曲》等。

十一點，最後幾天則從凌晨四點到子夜十二點，人弄得很乏。經過努力，此書看來可望在明年一月底出版，趕上為會議增添一點新的內容。現將此書的徵訂通知附上，供一閱。由於書價較高，會議可能以八折向與會者收取資料費，除此書外，其他雜誌與書籍，都將免費贈閱。

為了開好此會，您耗費了大量時間，令我十分感激。大札所囑數點，均可一一照辦。我們的主張也是一律是非官方的純學術活動。唯兩岸隔膜較久，為了增進瞭解，十分希望臺灣方面推定一位先生在會上專題介紹臺灣明清小說研究的概貌，此點請先生留意焉。

拙稿已送學生書局審閱，甚喜。當初將書稿迂道香港，似乎是多餘的，給朱傳譽先生增添了麻煩。朱先生從廣州寫來一信，說在醫院療養，因無確實之病區床位，所以未能寫信問候。

河北師院屆時將有專人來南京迎候，不參加我們會議的諸公，擬請河北的同志代為照料旅遊事宜。

　　謹祝
冬安！

歐陽健拜上　89，11，28

026 十一月三十日歐陽健致魏子雲

魏子雲先生：

　　您好！

自北京歸來，剛奉一信，當晚又收到十一月廿三日大札。捧讀之後，不禁熱淚盈眶。先生對拙稿的一片真情，使我畢生難忘。當初我也曾擬將手稿復印，寄上影本的，然原稿有的字體較小，復印效果不佳，只得以原稿奉寄，所以才迂道香港，以便有較多的保險係數。現

在終於安全到了先生手中，我才徹底放心了。下面一切需要辦理的手續，都想煩請先生全權代為料理。我寫這此文稿，出發點有二：一是學術界研究的面過於狹窄，大陸每年刊出有關明清小說的論文約一千篇，所論作品不出五十部，只占全部明清白話小說的二百分之一，而且百分之九十以上都是有關幾大名著的。以這種狀況，欲把握小說史的規律，顯然是難中肯綮的；二是某種極端的觀念，某權威人士斷言，古代小說中，糟粕是大量的，精華只占極少數，因此「批判」是主要的任務。我拈出「發現」二字，就是為了從積極的方面出發，去真正弘揚民族文化遺產，把一切有價值的東西發掘出來。這一點拳拳之心，諒能為先生所首肯。

《中國通俗小說總目提要》即將出版，作為主編之一，我想到的是如何取百家之長，努力使之進一步完善，為此，擬辟出專欄，一為補遺，一為求疵錄，前者為補充該書之遺漏，後者為糾正該書之疵謬。總之，此書出版以後，萬分渴望得到先生與臺灣學術界的批評指正。

為了準備明年的會，先生認真撰文，這種謹嚴的學風，足為我輩之楷模。我為此會，寫了一篇〈改革背景下對官僚體系的諦察——官場現形記新論〉，共二萬六千字，現已付打印，到時亦望得到先生之指教。

臺灣與會諸公的回執，現只收到龔鵬程先生一位的。為了安排食宿、車票等，還是希望得到回執。

謹頌

大安！

歐陽健拜上　89，11，30

027 十二月五日歐陽健致魏子雲

魏子雲先生：

　　捧讀十一月二十七日大札，萬分感動。拙稿竟勞動大駕親自復印，足見厚愛。我平日最怕的是去復印室，因事在求人，心中總感難安。而先生之七十二歲的高齡，為我區區後輩不辭辛勞，實令我沒齒不忘。

　　先生建議將〈三遂平妖傳原本考辨〉一篇收入，此點本可從命，然此文已輯入《明清小說新考》一書，此書專收考證文章，不久可由中國文聯出版公司出版。而《明清小說的發現》，主要是有關內容與藝術的論述，且我有意一篇一論，原先《三國》、《歧路燈》等都有幾篇成稿，在統編時也或刪或併，不使一部書有兩篇以上文章出現。《平妖傳》已有一文，再添此文，難免破例。如覺得此文關於版本作者的考證有助於另一文的瞭解，也可以附錄的形式，以小號字體排於篇章。以上意見，還望先生為我一決。

　　所囑洪順隆、陳錦釗、梅節、洪惟助四位先生之請函，已另行發出。再附空白函三份，請先生代為補發。此會在先生的細密照應下，定能順利進行。我們尤為欣賞先生所說「以文會友，以友輔仁」的名句，當奉為此會的宗旨。

　　近接鄭明娳先生信，言因論文準備不及，不擬與會了。我已回信言「以文會友，以友輔仁」的宗旨，實在來不及論文準備，不帶亦可，大家會會面，就是最大的快樂。她還計畫寫晚清小說中的上海，趁此機會到上海實地考察一下，不大有助於此文之撰寫嗎？故還拜託先生，動員她下決心前來南京一敘。

　　關於會議期間的文藝活動，我們已經與江蘇昆劇院商定，於二月八日晚專場演出，包括張繼青同志在內的幾位梅花獎得主，都將登臺

獻藝。另有南京電視臺攝製之《儒林外史》電視系列片，亦擬在會期放映，以便聽取批評意見。

　　陳遼先生對於您的關照，表示衷心的感謝。

　　我愛先生之書法，拙著若能出版，還想請先生為之題簽，以光耀之。

　　此頌

冬安！

歐陽健拜上　89，12，5

028 十二月十日魏子雲致歐陽健

歐陽先生：

　　抵昨（十二月九日）方行把此一訪問團，草草組織完成，眾推我老朽領隊，此行連同眷屬，已踰三十人，浩浩蕩蕩，非比尋常。頗為忐忑也。名單中之研究生，一律參加會議，前已協定，除多交資料費人民幣壹百元，其他悉同與會眾人。眷屬則不參加會議。振良妻子蔡孟珍原已接受大會邀請，以其要去張老師家問藝，不能參加會議，遂改在眷屬之列。前次所寫名單，有些朋友不能去，如今的這一名單，除了曾永義尚未返國，鄭志明[64]辦理稍遲，怕的影響行程，其他全無問題。問題只擔心法令有變就是了。一月二十九日到港，辦理一切手續，三十日上午十時乘港龍機抵金陵。攜論文赴會者，還有幾人，再告。祝

文祺！

64　鄭志明（1957-），臺灣師範大學文學博士，曾任南華大學通識學院院長、現任輔仁大學宗教學系教授；著作有《臺灣傳統信仰的宗教注釋》、《民俗生死學》等。

弟魏子雲手上　一九八九年十二月十日

附錄（一）：臺北古典小說、戲曲訪問團名單

團長：魏子雲

副團長：龔鵬程　鄭向恒　林鋒雄

聯絡：貢敏　周純一

總務：楊振良　李壽菊

團員：王三慶（中國文化大學中文系教授）

　　　朱昆槐（臺北商業專科學校副教授）

　　　李豐楙（政治大學中文系教授）

　　　李壽菊（德明商業專科學校講師）

　　　周　何（師範大學教授兼文學院院長）

　　　周純一（漢聲電臺製作人）

　　　林鋒雄（中國文化大學中文系教授）

　　　洪惟助（中壢中央大學中文系教授）

　　　金榮華（中國文化大學教授兼中文系主任）從另地到金陵
　　　　　　參加會議。

　　　貢　敏（劇作家、導演）（不參加金陵會議）

　　　陳錦釗（臺北商業專科學校教授）

　　　陳芳英（藝術學院戲劇系教授）

　　　尉天聰（政治大學中文系教授）

　　　曾永義（臺灣大學中文系教授）

　　　康來新（中壢中央大學中文系教授）

　　　賴橋本（師範大學國文系教授）

　　　楊振良（逢甲大學副教授兼共同科目系主任）

　　　鄭向恒（中國文化大學中文系教授）

鄭志明（嘉義師範學院副教授兼語文學系主任）

魏子雲（藝術專科學校戲劇科教授）

龔鵬程（淡江大學中文系教授兼系主任）

（以姓氏筆劃多少為序）

附錄（二）：研究生（隨團行動參與會議）

陳昌明[65]（臺灣大學博士班）

吳盈靜[66]（中壢中央大學碩士班）

楊惠娟[67]（中壢中央大學碩士班）

丘慧瑩[68]（中壢中央大學碩士班）

彭錦華（輔仁大學碩士班）

隨行眷屬

洪惟助（妻子二人）

尉天聰（妻子二人）

龔鵬程（妻一人）

楊振良（妻一人）

---

65 陳昌明（1954-），臺灣大學中文博士、臺灣成功大學中文系教授；著有《沉迷與超越——六朝文學之「感官」辯證》、《緣情文學觀》等。

66 吳盈靜（1966-），中壢中央大學中國文學研究所博士，嘉義大學中國文學系所副教授，著作有《清代臺灣紅學初探》、《現代散文選》等。

67 楊惠娟（1966-），中壢中央大學中國文學研究所碩士，高雄師範大學國文學研究所博士候選人，東方設計學院影視藝術系講師，著作有《聊齋志異畸人故事及其喜劇精神》。

68 丘慧瑩（1966-），高雄師範大學中文博士，彰化師範大學教授兼通識教育中心主任，著有《牛郎織女戲劇研究》、《游藝與研學——唐宋俗文學研究論集》等。

附錄（三）：明清小說金陵討論會論文

1. 萬錦情林初探　王三慶
2. 游民階級與中國小說　尉天聰
3. 《三遂平妖傳》的故事衍變　李壽菊
4. 濟公形象之完成及其社會意義
5. 明清小說戲曲中的洛神形象　洪順隆（不參加會議）
6. 談石玉昆及其作品　陳錦釧
7. 明代話本小說的報應觀　鄭志明
8. 證見《金瓶梅》乃南方人所作　魏子雲
9. 四十年來的「紅學」　康來新

附提（四）：明清小說金陵研討會論文題目

萬錦情林初探　王三慶

游民階級與中國小說　尉天聰

明清小說戲曲中的洛神形象（不參加會議）　洪順隆

證見《金瓶梅》乃南方人所作　魏子雲

濟公形象之完成及其社會意義　周純一

《三遂平妖傳》的故事衍變　李壽菊

談石玉昆及其作品　陳錦釧

明代話本小說的報應觀　鄭志明

四十年來的「紅學」　康來新

（還有數篇）

029 十二月十二日魏子雲致歐陽健

歐陽先生：

　　昨日剛把名單寄出，晚上就想到漏列了朱傳譽，他已返抵香港，還有些日子回臺北。還有洪順隆，他原說不去，昨又向旅行社辦理出境手續。那麼，名單上又要增加兩人。不過，曾永義、鄭志明、洪順隆，趕不趕得上香港的兩次簽證手續，今則未能預知。您們不必等待他們一個個的回簽，照弟寄去的名單即可。不在金陵參加會議的人，只有貢敏一個，孟珍我已列在眷屬中。弟向大家說了，凡是名在訪問團的人，都得全程參加會議。

　　河北方面，尚未來邀請函，側面獲知，會議經費可能有問題。張教授上次來信，說是在跑經費。弟已函告，不必強為其難，接待我們去參觀訪問即可。

　　十一月廿八、卅日兩函，同於今午到。弟為友多些小心，應該的。祝
好！

　　　　　　　　　弟子雲手上　一九八九年十二月十二日午後三時

030 十二月十六日魏子雲致歐陽健

歐陽先生：

　　十二月五日大札拜悉。大作正在書局審閱中，龔鵬程是該局總編輯，此次會議，參加者中，鵬程亦主要人物。弟拉他擔任副團長，另一鄭向恒教授[69]，是李殿魁夫人，有酬應長才，弟書癡，不善應對。特

69　鄭向恒（1939-），臺灣師範大學國文系碩士，法國巴黎大學高等研究所研究，中國

約此數人助之。弟被推之為首，由乎髮白也。再者，清華之中文系主任陳萬益，昨告知要參加，怕是簽證不及。弟已將空白填一份寄去，以昭敬重之忱！

先生要弟擔當講述有關明清小說在臺之發展情況，弟已商請龔鵬程兄擔任，他比我熟諳此一事實，由他作專題報告，比我省力。特此說明，請安排報告議程。鄭明娳我再問問她。她向我表白的理由，另有說詞。當然，鄭明娳能去最好，她在《西遊記》與《儒林外史》兩書上，耗去不少精力。口齒亦利。函說昆劇演出是二月八日，可能誤書。會議只到五日止。此行人中，有不少傾慕張繼青老師者，除振良夫婦，還有周何、陳芳英、朱昆槐（二人均女士），還有周純一、貢敏。弟更不用說。相信此行收穫滿載也。

陳遼先生大作還有四篇，當一一寄送出去。稿酬收到後，換成美金由弟帶去。斯乃小事，友朋常情。上次寄出名單中，漏列朱傳譽，他今仍在港未歸，他自有興隨大家行動，卻未必能全程出席會議。等他回來，再來問明。出入境他比我們方便，可隨時因商務來去香港。曾永義方行返回，去不了矣！

拙作已改寫完成，濃縮為一萬三千字，正送去打字中。請問，這些打印稿件，不易付郵，由各人帶去可乎？未帶論文者，由之以後自行補送。弟會一一交代。

囑為大著題耑，自樂為之。弟實不善書，自詡知書而乏臨池之工焉。書乃藝術，必須付之工功。劇藝亦然，知藝而無演藝之技，亦徒在筆墨口頭也。西哲謂「無技術即無藝術」，誠然！匆匆。此頌
文祺！

文化大學博士。中國文化大學教授，青溪新文藝協會監事、世界和平婦女會臺灣總會文化委員。著有《陶淵明作品研究與分析》、《中國戲曲創作鑑賞》等。

弟魏子雲手上　一九八九年十二月十六日午

031 十二月二十五日歐陽健致魏子雲

魏子雲先生大鑒：

　　蘇北金湖縣發現了一批民間傳抄的「懺文」，我與幾位同志去看了一下，前天回到南京，即獲先生十二月十日大札，十分欣喜。金陵研討會由於得先生鼎力支持，終將由雙方的心願變成事實，並將在明清小說史、乃至中華文化史上留下一筆，確是值得慶賀的。我們熱切地期待一個月之後，在南京歡迎先生一行的光臨！

　　為了讓大陸學人對於臺灣明清小說研究有一個完整的瞭解，我們希望臺北訪問團長能推一位先生作系統介紹，發言時間可延長至半個小時。另外，關於住房的安排，因許多先生尚未將回執寄回，恐到時有照顧不周之處，所以還是希望能一一寄回，或者煩任聯絡或總務的先生開列一清單，主要包括住房標準、希望與何人同居一室（或獨居一室）。

　　江蘇省明清小說研究會會長劉冬[70]同志，是我們文學所的老所長。劉冬同志一生歷盡坎坷，為人極為豪爽、真誠，他有多方面的材能，除了明清小說研究之外，還從事長篇小說創作（已成就一部七十萬字的《0的舞蹈》）、文學理論研究（即將完成一部《文學七論》，有

70　劉冬（1922-2006），曾任《淮海報》、《蘇北日報》編輯、主編，一九五二年發表〈施耐庵與水滸傳〉，一九五七年出版長篇小說《英雄的柴米河》。一九五七年錯劃右派，平反後在《雨花》雜誌社工作，一九七九年春調江蘇省社會科學院，任文學研究所負責人。到文學所做了四件大事：一是識拔人才；二是開創《水滸》作者施耐庵研究；三是組織《中國通俗小說總目提要》等課題；四是發起成立江蘇省明清小說研究會，創辦《明清小說研究》，倡議海峽兩岸金陵明清小說研討會等。著有《施耐庵探考》、《創作探秘》及長篇小說《冰嘯》。

的篇章已在《明清小說研究》上發表）。他離休以後，與我相處最為密契。前天在他處看到他七十年代寫的一篇古行〈黃山遊〉，頗感有韻味，故抄錄下來，寄呈先生，請予評騭，如能紹介在臺灣報刊上刊出，對他也將是一件樂事。順頌

新年安泰！

歐陽健拜上　89，12，25

032 十二月二十八日歐陽健致魏子雲

魏子雲先生大鑒：

十二月十二日大札於今天收到。近來投遞似乎不及以前快了。

接奉上函，我已發現名單中無朱傳譽先生，以為他大約是身體欠佳，故而不來了；現在他能一道來開會，我是十分高興的。

會期漸近，心情一方面是激動，另一方面也不無擔憂，海峽兩岸關於明清小說的研討盛會是一個無先例的事情，生怕在接待、開會方面有什麼考慮不周的地方。好在先生與我，貴在知心，諒能時時提醒我，指點我。總之，一定要努力開好此會，真正做到以文會友，以友輔仁。

我所鍾來因[71]兄的專著，承李豐楙先生推薦，已蒙學生書局採用，且簽訂了出版協議。為此我想到，拙著若經學生書局審閱，同意出版，也想煩請先生代我與書局方面簽一協議，內容可一如慣例，唯根據此間的新式規定，條文中可加「一般不作不必要的刪節」、「不添加未經作者認可的文字」之類，而後一條尤為重要。此事頻頻為先生增添麻煩，心甚不安。

71　鍾來因（1939-2001），又名鍾盤發。一九八〇年與歐陽健同時考入江蘇省社會科學院為助理研究員，後評為研究員，著有《杜詩解》、《蘇軾與道家道教》、《蘇東坡養生藝術》、《李商隱愛情詩解》等。

　　先信曾奉寄劉冬先生之詩稿一篇，諒已達覽。此次海峽兩岸會議之所以成為現實，實出於劉冬先生之倡議。他之人品才學，在我看來，遠高出我周圍之人，可惜命運多舛，未能赫耀於世。

　　順祝
新年安泰！

歐陽健拜上　89，12，28

一九九〇年

033 一月七日歐陽健致魏子雲

魏子雲先生：

十二月十六日大札輾轉三個星期方抵南京，似較前為慢。我這封信到臺灣，估計已臨先生啟程之日了。

關於會議日程的安排，尚未作出最後決定，有些還須俟先生一行到來後再行面商。據我的設想，為了求得學術討論的深入，似乎可採用分段進行的方式，即分下列四個階段：①總體研究，包括大陸、臺灣關於明清小說研究的概況，以及有關宏觀、總體研究的論題；②明代小說研究；③清代小說研究；④晚清小說研究。在每一階段的發言，先推舉安排事先準備了論文的先生，然後再進行自由發言。這樣安排，未知是否合宜？

另外，據有關方面介紹，為了表示歡迎之意，想請江蘇省副省長到會看望全體代表，未知對臺灣諸先生是否有所不便？否則，就不予安排。此會絕無官方色彩，也不介入時政的討論，是純粹文化學術的會議。還有電臺、電視臺的採訪，新聞報導，應該注意什麼分寸，都希望先生一一指點。

以上問題，在先生一行一月三十日到達之後，此間負責人將逐一徵求意見，務使與會各位都感到滿意。

會議於二月一日開幕，先生一行一月三十一日作何安排為宜？是組織在南京參觀遊覽，還是自行探親訪友？

會議通知中還有一項關於住房問題，由於多數先生未寄回執，恐臨時有不盡人意之處，是否可請負責總務的楊振良、李壽菊二位事先將食宿名單排好（包括住房等級、與何人同居一室或要獨居一室），

這樣一到南京，就可迅速將住地安排妥當，不致臨時忙亂。

由龔鵬程先生專題報告明清小說研究之發展情況，甚好，我已轉告會務組予以安排。從書目知道，龔先生有一本《中國小說史論叢》，渴望得到一本，以便細細研讀。拙著在書局審閱，如有不當之處，自可予以改訂，唯望不要加進別的不相干的文字（此點係此間之關照，或是多餘的話）而已。龔鵬程、楊振良先生，都兼出版界的負責人，或許可就大陸書稿的出版事再進一步交換意見。上信談到劉冬先生，他有一部《施耐庵與水滸的考證》書稿，一部《文學七論》的理論書稿，我所的吳聖昔先生，有一部關於《文心雕龍》的書稿，都有意到臺灣出版，如龔、楊二先生有興趣的話，也可安排一次商談。

為了開好這次會，為了我的書稿的出版，先生都耗費了大量精力，謹再次表示謝忱！不久就可見面了，我盼望這一天早日到來！

（抵達南京的機次和時間，希及時電告，以便到機場迎接）

此頌

大安！

歐陽健拜上　90，1，7

附提：

列印之論文，最好隨身帶來，郵寄恐趕不上會議交流。

034 一月十日魏子雲致歐陽健

歐陽先生：

今（十）日已將赴會名單決定，參加會議者，連同研究生共廿四人（貢敏南京人有探親活動。另外鄭向恒、陳芳英也不能全程參加會議，要去上海。金榮華在他處，趕來時再參加會議，可不必先排席

位。尉天聰有長輩在病中，親人也不在南京，若長輩病情穩定，則同行，否則，也不能赴會。）弟不希望席位空著，特此說明。弟雖年老未衰，卻也難免老化，記憶力減退。近來，腿膝有些酸疼，行動遲緩起來。由於髮白，推為頭頭，只是折磨老漢而已。有同仁建議去蘇州參觀戲曲博物館，車費我們交付。不知能在日程中安排否？

陳所長稿費台幣貳仟肆百元，當換美金帶呈。情長紙短，餘容面敘。此頌

文祺！

弟子雲手上　一九九〇年一月十日晚

035 一月十四日魏子雲致歐陽健

歐陽兄：

客歲十二月廿八日大函昨午收到。近來郵件遲緩，由於賀卡關係。朱傳譽在名單內，弟匆匆遺漏，因為他那時不在國內。昨通電話，他本月廿三、四日即可抵達南京。關於此行人員，最後名單，已於十一日寄出，相信在我們到達前，定能寄到。至於房間的分配，除夫婦外，凡未向大會指定，請以男女之別，分配房間即可。弟與任何一位，都可同房。除了幾位研究生，無不與弟相熟。還有一位研究生葉雅鈴[1]，她另家旅行社辦理，簽證能否如期，機票能否買到？尚有待。兄說前函附有劉冬先生詩稿，弟未見。此行弟與兄有同感，負荷更重。在十二日這幾天齊備一切出入手續，心始安定。幾有一月時間，未能安枕。生怕手續不齊，影響行期，如何了得。今凡能去者，除鄭志明尚待簽，全部都已完備。尤其三張來回機票，悉已由各人收執。

1　葉雅鈴，疑彭雅玲之誤。

是以弟言直到一月十二日始行心定。基乎此也。

　　同仁們希望能安排一天到蘇州參觀戲曲博物館，如可能，就安排，如麻煩，也不強求。前函業已說及。

　　兄論文《明清小說的發現》，可能換一家出版者。總之，一定可以在臺出版，條件當依兄臺指示辦理。簽約時，一定遵照所提鍾來因先生與學生所簽合約為則。

　　今有友赴滬之便，特草此函在滬寄發，可能先十一日函到達。此請

文祺！

　　　　　　　　　　　弟子雲手上　　一九九〇年一月十四日上午

036 一月十六日魏子雲致歐陽健

歐陽兄：

　　昨日剛收到十二月二十五日函及所錄劉冬先生〈黃山遊〉長歌，今天又收到一月一日函。關於住房問題，在我們想來，無甚大問題。如果33元的房間夠，就全部安排。如不夠，則安排25元的。總之，在嚴冬氣候裏，必須有暖氣。我想是有的。今天收到信時，正要趕校去上課，這學期最後一堂。在路上，我安排了一下，五位女性研究生，由五位老師帶。其中李壽菊已與彭錦華結了伴，另外

　　　康來新──丘慧瑩　　朱昆槐──吳盈靜
　　　鄭向恒──楊惠娟　　陳芳英──葉雅鈴
　　　王三慶──李豐楙　　鄭志明──周純一
　　　賴橋本──陳昌明　　魏子雲──朱傳譽
　　　貢　敏──金榮華（金如未到貢獨處，貢打鼾）

楊振良（眷）　洪惟助（眷）　尉天驄（眷）　龔鵬程（眷）

我們此間的文學會議，大都無官員致詞（有時也有）。但餐會，則請有文化機關人員。弟是一位鄉老土，不善應對。且一生不曾當過主管，也不曾做過主席。此行推我領頭，一來是髮白，二來是熱心關懷了此事。今有騎虎難下之感。近日極為忐忑，不知如何應付一次又一次的那些場面。兄見過我，當能了然！新聞若是剪不了，萬求淡化。弟無任何條件，成為新聞人物。謹此奉懇，關照關照。祝好！

弟子雲手上　一九九〇年一月十六日晚十一時

附提：

會議日程及研討題旨，卅日到後再商。卅一日最好去參觀。劉先生此一長歌，好極，讀三遍矣！

附錄：電文

台北安和路198巷＊號＊樓馮元娥　鵝毛瑞雪　我不冷　招待周到　勿念　雲

一、文已印好一二〇份，開會時帶來。還要不要提要？

二、周鈞韜先生來函，要為我寫一部研究述評，非常感動，我當得起嗎？

三、我的戲曲集，兩次都未能帶港寄出。在臺無法付郵，稍一包紮，都超過兩公斤，郵費需二十元美金。我在序文中印了我七十歲那年元旦口占的一首絕句：「爆竹加加歲月添，迎春喜得古稀年；生成一副楚狂骨，貧賤至今未怨天。」這是事實。茲附上短文一紙，這位副刊編者請作家寫他們的寫作癖好。我一生窮窘，有什麼資格能有寫

作癖好！她們非要我寫不可。我就老老實實寫了這一篇。

　　河北久未來信。不知會得成否？附上名單校樣。特別注上九位女士及眷屬。房間不會有挑剔。子雲附及。

037 一月二十五日魏子雲致歐陽健（電報）

歐陽健
　　北京西路（＊）號之（＊＊）室
　　吾等於（30）日搭港龍航空（045）班機（12）點（35）分抵南京
　　　　　　　　　　　　　　　　　　　　　　　　　魏子雲

038 二月二十一日魏子雲致歐陽健

歐陽兄嫂：

　　十三日午後離開天津，即感疲累太甚，雙目澀索，遂決定提前南行。加上在北京站接者未到月臺。同行十餘人，大小行囊四十餘件，真格是行不得也哥哥。與勞工幾經周折，不得不接受大件五元小件三元之代價，扛拉出站。時已天黑，地上雪融泥淖沒鞋。又與計程車相商，抵燕京飯店已近七時。李漢秋[2]教授曾帶車到車站，未接到。正在飯店大門相候。斯乃此行最艱苦的一段。亦弟受到埋怨最多的一段。深慚我這老馬之不識途也。在金陵八日，多承盛情款待。石家莊亦然。惜乎大雪，未能完成安國之行。可說弟等此行歸來，載負之友情，最為沉重。會議間之收穫，亦云豐饒。弟深表遺憾者，乃赴會友

2　李漢秋（1939-），北京大學中文系畢業，任職中國社會科學研究院，任中國《儒林外史》學會會長，中國關漢卿研究會副會長等。

儕，尚有未能全程與會者。特別是六名研究生在二月二日出遊，勞累大家關心。於心甚表不安。弟向有神經衰弱宿疾，心情如有負荷，即失眠。一路上，胥賴攜去的鎮定劑維持睡眠。歸家雖已三日，仍未恢復正常。體重降三公斤。需要好好調養些日子。匆此致謝，並叩

文祺！

弟子雲手上　一九九〇年二月二十一日午後

039 三月六日歐陽健致魏子雲

魏公大鑒：

二月二十一日大札奉到，欣聞先生已安抵臺北，大覺寬慰。此番大陸之行，因天氣頻降大雪，且長途跋涉，以先生之高齡，率如此龐大的代表團，其中之辛勞，確非外人所能體會者。我於會間，見先生面龐日漸憔悴，心竊痛之。本擬登門拜訪，暢敘心曲，奈因會務牽絆，又見登門拜謁者甚夥，不忍再為先生添一精力之支付，只得作罷論。此行先生所付出的精力最大，然也確然譜寫了中國文化史上的新章，其價值將隨著時代的發展，而愈益為後人所認識。

先生方返臺北，體力尚未恢復正常，即給我寫信，足見厚愛。望今後仍能不時予我以教正，且盼有再次相會之機會。

〈金瓶梅十大問題〉已拜讀三遍。我於《金瓶梅》，不敢發一言，是因為此書問題太多，且研究者眾，殊難有新見之故。總之，我對先生所云從事學術研究之考證，必須有歷史文獻之證言為立論之根據，極為贊成，如「話本」云云，從個別的例證看，似乎有說話的形式，而誠如所言，嘉隆萬三朝並無說書人之記載，這就是說，話本的形式，原本也可模仿，擬話本的大量存在，就是例證。大作已遵囑復印給陳所長一份，勿念。

關於此次會議之論文集，已決定由河海大學出版社負責編選，因
牽涉複雜的關係，我將不具體參加編選工作。臺灣學者對於此文集的
編輯有何意見？望告。

壽菊於河北會議後，又來寧小住，還到舍下看望我們。現諒已到家。

問魏師母好！祝

春安！

歐陽健拜上　90，3，6

040　三月十八日魏子雲致歐陽健

歐陽兄：

覆書奉到。陳遼兄的信也收到了。此行誠然太累，人又多，又不
守秩序。本就是不折不扣的烏合之眾，卻又太半抱著觀光與探親的心
理去的，事先的承諾，變成了一句應付話。也只有乾生悶氣。且有人
被注明不參加會議，也照樣霍進來，還自行要求辦活動。均非弟始料
所及也。終究平平順順回來，多謝上蒼佑我了。體重落四公斤，今尚
未復元，七十三歲的老朽木，不得不承認：「吾衰矣」的事實。大家
都非常關顧我。陳、周二兄再加上兄臺您。銘感五衷。他日再來，當
登門叩謝！

兄大作事，業已決定，由巨流圖書公司梓行。此事尚有一些插話
要說。陳遼兄的一本《古典小說新論》，也交由巨流梓行。稿是王夢
鷗先生學生林明德[3]送去的。在程序上交弟審閱。經與巨流發行人熊

3　林明德（1946-），政治大學中文博士，彰化師範大學國文學系暨研究所教授，研究
　　領域包括中國文學、臺灣文學、民俗曲藝等。著作《晚清小說大戲》、《典藏小西
　　園偶戲藝術》等。

嶺[4]兄相商之後，決定兩部大著同時付梓。由於兩書內容所論全是明清小說，擬用同一書名分上下編印行。陳兄的作上編，兄的作下篇，書名經弟反覆思索，擬改為《明清小說采正》（或采證）。陳兄職高於兄，年長於兄，是以我兩人相商後，陳兄之作列為上編。這樣編列以及新改書名，不知兄是否同意？兄如同意，再轉此函商之陳兄。版稅條件，悉依據鍾來因與「學生」所訂之約。可否？

徐州有約，今秋九月去。家人不同意我再奔波。再考慮了。到今天，應函謝的朋友，謝函還未寫全。

祝

雙安！

弟子雲手上　一九九〇年三月十八日晚

041　三月二十日歐陽健致魏子雲

魏公大鑒：

前奉一函，諒達青覽，念甚。經過月來的休息，想精力已恢復如前。

頃接林辰[5]先生來信，告知他已出任《中國圖書評論》顧問，此一刊物，在大陸有相當的權威性。林辰先生在大陸主持明清小說的研究、編輯、出版方面，成績卓著，他對於我們從事的工作，也一向坦誠支持。他信中說，希望我們約請臺灣的專家學者寫一篇關於《中國

4　熊嶺（1928-），從事圖書出版和書店等文化事業四十餘年，時為巨流出版社負責人。

5　林辰（1931-2015），本名段德成，曾任東北新華書店編審部、東北人民出版社、遼寧人民出版社、遼瀋書社、春風文藝出版社編輯。主持發掘整理《明末清初小說選刊》，填補了古籍出版的空白，並出版《明清小說論叢》，著有《明末清初小說實錄》、《中國小說發展的源流》、《中國神怪小說史》等。

通俗小說總目提要》的評論文章，儘快在刊物上發表。作為主編此書的人，我總感到它遠不是那麼盡美盡善，雖然聽到不少讚揚，但我心中最迫切需要的是批評和求疵。迄今為止，此書只發出了六十五本（大陸出版速度一向較慢），而臺灣來的專家所得到的二十四本，是最早發出的。既然林辰先生有如此美意，我又不便拂他的情，思之再三，只好轉求魏公抽遐大筆一揮，為我寫一那麼三、四千字的評論，不知可否慨允？大稿寫好之後，可寄給我代轉，亦可逕寄瀋陽南京街六段春風文藝出版社林辰先生收啟。

我近來繼續進行晚清小說之研究，我感到晚清這個時代太重要了，非下功夫探究一下底蘊不可。關於晚清小說之研究，我體會非要突出兩大傳統之觀點不可，一是魯迅的「譴責小說」說，一是胡適的「沒有佈局」說。二說之引發，皆由《儒林外史》而來，一者說晚清小說不如《儒林外史》之「秉持公心」；一者說晚清小說徒然拾《儒林外史》沒有佈局之毛皮且等而下之。其實晚清小說家之憂國傷時，力圖振興中華，難道不是最大的公心？晚清小說在結構上學《儒林外史》，且多有新創造。這此看來都要有勇氣進行突破才行。以上淺見，不知是否有當，請魏公教正。

拙著《明清小說的發現》給先生增添了無窮的麻煩，心甚惴惴。出版諸事可從容進行，務請不要耗費先生太多寶貴的精力。

魏師母想亦安泰，乞代致問候。謹祝

春安！

歐陽健上　90，3，20

042 三月三十一日歐陽健致魏子雲

魏公大鑒：

　　接奉三月十八日賜書，敬悉一一。金陵一會，臺灣諸君給人之印象，均極良嘉。雖隔絕有年，彼此心照，毫無陌生之感。尤其是魏公豐彩，令人服膺永佩，傳為美談。至於年輕人之喜動好遊，歸鄉客之觀光探親，皆情理中事，盡可諒解。只是苦了魏公，操心勞累。我們也有人，不善自重，給大家增添了不少麻煩。以文會友，惟有借著那「文」，才彼此尋到了「友」；如不在「文」上下功夫，卻一味地擾友，就不免令人齒冷了。好在會議的主流是好的，我們終算共同開創了一個新的交流的時代。

　　關於拙著之出版，勞魏公辛苦奔忙，心甚惴惴。出版方式，本屬形式之事，自可聽由圖書公司自行處置。然與陳遼先生之作同用一書名，分上下編印行，我卻頗有杞憂。一則我與彼係工作關係，相互間無私人交誼（我所最為投契者為終生偃蹇、已退出歷史舞臺之劉冬，而非「譽滿天下」、踔厲風發之陳遼，生性如此，無法可想），二人之書編在一處，雖係圖書公司之安排，然在此間不明真相之人看來，則我難免有甘附驥尾之嫌；二則我與彼治學宗旨不同，我重「發現」，彼善「綜合」，彼之高見，令我首肯者殊稀，合編一處，於我又有羞作齊梁後塵之慮。總之，本是各自獨立之著作，牽扯一起，於做人，於治學，似皆兩不相宜，此中隱衷，魏公閱人閱世多矣，諒能鑒察之也。為回應圖書公司之設想，可否以「明清小說研究」叢書之名刊行，我等二書，可作為其中之一、之二，以後如有其他著作，則可為之三、之四，……未審以為何如？至於拙著之書名，就照先生所擬，題為《明清小說采正》，亦甚佳，有所采擇，有所正誤，確係我之本意。以上拙見，非是我自以為是，實在處於萬不得已，請先生轉商熊嶺先生，並致感謝之意。

　　先生所賜詩作，吟詠再三，當珍藏之。我幼時也曾欲學詩學書，文革中居囹圄四載，亦有若干小詩以自詠情性。後自覺無詩才，註定

不能成為詩人、書家，便不再徒自耗費時光，故愧無詩作以答美意，乞諒。

前奉一箋，懇請先生為《中國通俗小說總目提要》撰一評論，乃林辰先生所轉托。若已草就，乞即寄我轉致。謝謝。

代問魏師母安吉。敬頌

道安！

歐陽健拜上　90，3，31

043　四月四日魏子雲致歐陽健

歐陽兄：

三月十八日曾上一函，諒達！頃又奉三月廿日來札，囑為小說總目寫一短評事。自當遵命；昨今兩日，成三千六百餘言，午後已寄出。一份寄瀋陽林教授。第一頁反五行，多加「寓言」二字，應刪。第六頁第一行，「亦無不不入乎情致合乎理則」，奪一「不」字，應添於「無」字下。斯二事，乞函告林教授正之。失眠症疾，今稍瘥，藥已止服。故能兩上午速成之也。二兄文稿梓行事，悉依鍾先生之簽約。如何？乞示！此頌

文祺！

弟子雲手上　一九九〇年四月四日

044　四月十一日魏子雲致歐陽健

歐陽兄：

三月卅一日大札，敬悉一是。關於大著出版一事，業已決定。但書名則改為《明清小說采正》，斯乃與弟商定者。出版條件悉依學生

書局與鍾來因先生之約。（鍾約弟已看過，與其他同樣，並無二致，初版照訂價10%，二版以後則照訂價增為15%，半年一結。由於政策，尚不能直接與作者訂約，遂由代理人簽約。約上附一委託書而已。）請兄寫一委託書寄弟，當代為簽約。（但弟已代為要求簽約，先付一部分。熊兄已應允，在出版時先付一部分，不必非半年一結不可。）另外，還有陳遼先生所長之《古典小說新探》一種，乃老前輩王夢鷗先生著其生徒林明德博士送來，也已接納，但書名「新探」二字感於用者已多，要我代為商之。（此書亦交弟審閱者）弟則頗感不便，建議應商之作者自作斟酌較好。正考慮代為轉達。如便。不妨代詢一聲。

　　囑寫之《通俗小說總目》評介文，已匆匆寫妥寄呈，想已達督閱。對此書之些微缺失，略有挑剔。為求文短，寫至半途，又改以文言體。不知便於刊出否？同時亦寄呈林辰先生一份，文有缺字，又附短函改正。想必是同時收到。林先生大家，還乞正後再行處理。書目所及，弟未嘗涉獵十之一。無力作評介也。

　　近讀蔣星煜[6]《西廂記考證》，縝密周詳，敬佩之至。此頌
文祺！
　　弟子雲手上　一九九〇年四月十一日（弟向不作詩，無詩才也。）

045 四月十七日魏子雲致歐陽健

歐陽兄：
　　昨接熊嶺兄電話，告以有關出版合約問題，尚須請兄先把鍾來因先生與學生書局簽訂的合約，借來看一遍。要我問你是否悉依學生書

6　蔣星煜（1920-2015），肄業上海復旦大學，上海藝術研究所研究員，中國戲曲學會常務理事，戲曲史家，著有《西廂記考證》、《中國隱士與中國文化》等。

局那一紙合約為準則，無別的意見。鍾先生的那紙合約，我已看過，
與我等所簽一樣，只是多了一紙委託書而已。請來信專對此點說明心
意。劉冬先生的那篇黃山行，寄出後，兩家已退。舊詩，此間副刊多
不刊用。昨又寄給一家雜誌去了。稿費極低。刊出機會則有。弟已附
函，要求優酬。弟對劉先生印象深刻。書生也。弟近又進入工作，首先
把尚餘之小說《吳月娘》完篇，再寫《金瓶梅》研究的新計畫。近已
校完商務排印的《金瓶梅散論》清樣，寄兄看過的「十大問題」一文
作代序，共三百六十餘頁。有一部分都是重覆論述。弟對金書研究，
頗有苦口婆心的心情，惜乎大多研究者不通考據，年輕人的攀山頭意
圖，至可憫也。祝
好！

弟子雲手上　一九九〇年四月十七日

046 四月二十二日歐陽健致魏子雲（佚）[7]

047 四月三十日歐陽健致魏子雲

魏公大鑒：

　　四月二十二日曾奉一書，內附委託書一紙，諒達青覽，念甚。

　　金陵會議期間，於二月四日出遊，湯淑敏[8]女士曾為攝一合影，後

7　本信已佚，在歐陽健日記中記載：「下午寫給魏子雲先生信，並附以委託書。」又
　四月三十日信：「四月二十二日曾奉一書，內附委託書一紙，諒達青覽。」

8　湯淑敏（1937-），江蘇社科院文學研究所研究員，《世界華文文學論壇》雜誌副主
　編，江蘇臺港暨海外華文文學研究會第一、二屆副會長，江蘇省瞿秋白研究會常務
　理事、學術委員會副主任。著有《海外文壇星辰》、《三毛傳》、《陳若曦：自願
　背十字架的人》等。

她屢言因相機漏光，此照可能已經報廢，因反覆致歉。不想最近沖洗出來，我們合影的一張，居然還相當不錯，偶然的漏光，倒增添了幾分亮色，大為興奮。現奉上沖洗出來的照片二張，可作留念。

因思拙著終於能在臺梓行，實賴魏公相愛之故，為紀念此難忘之情緣，除了請魏公賜一序冠以書首之外，可否將此照片印入扉頁，注明係作序之魏公與本書作者合影，後署湯淑敏攝？不知在技術上是否存在什麼問題？

又，我新近草成一篇〈《三國》有餘韻，虛實相混成——後三國石珠演義考論〉，此文之性質，頗可入《明清小說采正》之中，不知再寄往臺北，是否還來得及？若不行，就作罷論。

問魏師母安。謹祝

安泰！

歐陽健敬上　90，4，30

048 五月三日歐陽健致魏子雲

魏公大鑒：

四月十七日大札拜悉。關於拙著梓行事，我已於四月二十二日奉上委託書一份，四月三十日奉上照片一幀，想已先後達覽。熊嶺先生如此認真負責，令我感動。就我刻下的心情來說，只要拙著能儘早印出，裝幀稍為精美大方一點，則已滿足之矣。其餘一切，都可按例從事。

三十日信提到，我已草就論〈後三國石珠演義〉文一篇，此文按性質論，可歸入《采正》，因我短期內無其他計畫，將致力於晚清小說之研究，此文不能再入其他結集之中。今姑將此文奉上，如能趕得上編入《采正》，則甚幸，若不便，就作罷論。謝謝。

魏公為《金》書作了偉大的開拓工作，貢獻至鉅。我因金學難題甚多，故怯於研究。為報答厚愛，我極願選取一、二有關考據的題目，下一點功夫。具體計畫，容後再告。

壽菊昨天來了一信，言將下功夫深刻鑽研，令我高興。

　　祝

安泰！

歐陽健頓首　90，5，3

049 五月四日魏子雲致歐陽健

歐陽兄：

　　四月二十日大札奉到。委託書昨與交給巨流熊嶺兄，他說先發兄這一本。近將到北京再去廣州，回來再簽約。他特別說明的是，此書在臺灣出版，就不能在大陸印行了。這類書籍，臺灣出版的銷行量，一千冊而已。我的《金瓶梅箚記》自出版後，今已八年，只售出五、六百冊。這是由於《金瓶梅》太專了。非研究者，誰去讀它。

　　評《通俗小說總目》文，如有不妥之處，請林先生全權處理。弟為了推崇斯編之空前，上引崇文，下及四部。冀明古之小道已是今之大道。弟以為不若是引申，則不能置乎大編於空前的地位。雖有小遺，無大損於斯編之殊勳。類書多，都是文言，似可不予編入，太雜。不全是說部。不列文言小說，連《三國》也不能選入。凡例應改。如何？此頌

文祺！

弟子雲手上　一九九〇年五月四日

050 五月十六日魏子雲致歐陽健

歐陽兄：

　　寄來大作〈後三國石珠演義〉一文，收到後即匆匆拜讀一遍。燭照幽邃，鞭擗入裏。具千慧目萬慧心之作也。（從事學術研究者，必須具千慧目與萬慧心，否則，必難臧其事。未悉斯言是否？）尚未發稿，熊嶺先生去北京未回。弁言文詞，尚有待正者。（書名已改，不得不改。）茲寄上拙作《金瓶梅的幽隱探照》一冊，請閒中披閱校正。兄乃慧人，具千慧目萬慧心者也。深信兄如涉入《金瓶梅》一書，必有超人見地，發人所未曾見未曾言。弟最不解者是成書嘉靖說之論。按考據一事，主在尋據立說。據者何？歷史文獻也。歷史文獻何？前人之文字紀錄也。舍歷史文獻（文字紀錄），不可缺者尚有歷史之社會因子。是以考據必須以歷史為基，社會為因，再如訓詁詮釋之尋求義理然，尋據立說。《金瓶梅》若成書於嘉靖，休說是中葉，即末葉，亦不可能遲遲五十年無人梓行。嘉、隆、萬三朝淫書春畫盛行，不干公禁，《金瓶梅》如無政治因素阻礙，怎會遲遲二十年（從有紀錄始）以上無人梓行？尤其妙者是說書人底本說。此書如騰諸於說書人之口，其流行情況，能不家傳戶曉。何竟無一字片語紀錄？考據者連此一起碼常識也無，只是炎炎其詞，徒在書中東抄西錄，妄加穿鑿隨意附會。若是證言，焉能立說。弟服膺真理，非有意強己是稱霸。學問為不朽之業。非可強千士之諾諾而不朽於青史者。然否？

　　《石珠演義》乃大一統思想作祟，民主時代，此一封建制尊正朔易姓換朝意念不除，則我中國永無寧日矣！此頌
文祺！

　　　　　　　　　　　　弟子雲手上　一九九〇年五月十六日晨

附錄：

〈黃山遊〉　　　　　　　　　　　　　　　　　　　　　劉冬

　　黃山妖，善招人，廿載謀遊總未能。不顧親鄰勤解勸，寧將體骨葬天門。即攜白髮歸雲海，便把青草上石蹬。傍崖面壁橫身走，不辨松聲抑水聲。條條石級藍天近，陣陣松冠落底層。熱魂攀何苦，冷泉清且甜。忽然昂首望上空，千奇百怪寓眼簾。

　　黃山險，險難言。紫雲（峰）伴紫石（峰），天都（峰）接九天。蓮華（峰）攜蓮蕊（峰），光明（頂）煉丹（臺）邊。入蒼溟，瀾廣寒。俯視欲飄落，舉手摘星玩。百步雲天（路）飛鳥絕，懸崖峭壁暗天顏。

　　黃山奇，始信峰，太虛幻境化為真。山頭日出山坳雨，澗裏濤聲澗外風。閒猜怪石為佳話，盛譽喬松得美評。磋峨巒岫方方出，遠遠田疇淡淡蔭。正愁雙目無暇接，倏忽迷霧盡抹平。東海翻騰西海黑，南山隱沒北山清。玉女（石）羞閒徐淡出，老僧（石）恨晚入叢林。露沾碧草株株翠，沐後嵐光帶紫橙。誰復能眠寒徹骨，鱉頭佇立望東瀛。黛影千峰迎曙色，初陽染奇萬山痕。白雲如海鋪天際，旭日朱紅耀眼明。天狗望月（石）生災異，玉女彈琴（石）未有聲。豬王好食貪瓊果（石），仙人指路（石）路未名。丞相觀棋（石）無定局，石猴（石）沉著見精神。腳底雲生歸去也，還醉仙境落凡塵。

051 五月二十三日歐陽健致魏子雲

魏公大鑒：

　　五月四日手教已拜悉有日，所以遲未奉覆者，擬稍候先生之簡介耳。後林辰兄索之甚急，我不得已，只好據《戲曲集》護封中的文字

擬了二三百字寄去了，未知妥否？今又奉到五月十六日大箚，甚感。

　　拙文承青目，愧不敢當。《金瓶梅》之研究，如潮如汐，我心亦為所動。然一則性不好趨時，二則頗有膽怯之意，故不曾發一言。魏公於我，百般關懷、獎掖，我於魏公之事業，自也不能漠不關心。唯此之故，近日於〈金瓶梅第五十二回至五十八回之比勘與解說〉，稍稍捧讀一過，初步的印象是：對於《金》學中諸多紛爭，雖不敢立定傾向，但理性判斷的砝碼，確已倒向魏公之一側。首先，謂說書人之底本，確實毫無道理；其次，此書不干公禁，政治因素可能是阻礙梓行的主要原因，我也初步認為有合理的因素。我因研究《檮杌閑評》，對於萬曆、天啟間的「妖書」及三案，也有所涉獵，先生之考慮，實為有據。第三，成於嘉靖之事，前年揚州會議，上海陳詔[9]先生列舉大量史實，力圖說明書中的人、事多為嘉靖時事，以證明成書於嘉靖；但他的文章中，又說書中有萬曆以後的人和事。這樣一來，就使自己陷入矛盾之中：只要有一例萬曆後事，書就不可能成於嘉靖，上限、下限之分，尚且鬧不清，何能率然作斷？此外，《萬曆野獲編》的問題，我還未弄明白關鍵所在，還有待於再思。總的感覺，以為先生的考據是有力的。我要貢獻給先生的一點意見是：第五十四回行酒令，西門慶要「風花雪月」，應伯爵為第三人，應說「雪」字卻說了一句「洩漏春光有幾分」，西門慶笑他說了別字。p.144說，「這七個字，只是未能道出雪字，並無別字」；實際上，從普通話講，「雪」—「洩」，讀音完全不同，而在蘇州話中，「雪」—「洩」卻是同一讀音，應伯爵一時情急，講不出雪字，就以現成的句子「洩漏春光有幾分」應付之，所以可以謂之別字。即如《水滸傳》中雷橫聽

<hr>

9　陳詔（1928-），上海《解放日報》編輯，中國紅樓夢學會理事、中國金瓶梅學會理事、作協上海分會會員、七海大眾文學學會理事。著有《紅樓夢與金瓶梅》、《紅樓夢小考》等。

白秀英唱唱，未帶銀子，人說「這是雷都頭」，白父卻道：「什麼驢都頭？」乍一看亦似前言不搭後語，而以蘇北興化語音記之，則雷一驢同一音耳。由此可見，先生謂「有陋儒補以入刻」的是二十卷本，是正確的。而沈德符之「時作吳語」，從「雪一洩」一例，也說明是有根據的。

總之，關於《金瓶梅》，至少至今我還不敢公開置喙，但當努力學習，以步前賢之後塵，做一名小學生而已。大著《幽隱探照》俟收到後，一定認真研讀，以答厚愛！

《後三國》文如能收入，最好。關於照片事，未悉可否允我所請？我見臺灣所出諸書，護封側都有作者小照，今從篋底尋出一張，奉上備用。湯淑敏女士有一張與先生合影照片，囑我一同奉上，請檢收。

　　此頌
安泰！

歐陽健頓首　90，5，23

052 六月七日魏子雲致歐陽健

歐陽吾兄：

　　五月廿三日大札拜悉。正要函告劉冬先生〈黃山遊〉已薦表《暢流半月刊》上，稿費台幣伍佰元正。只有弟去南京時，再折合美金奉上。隨函附印件一份，原書似不好寄去。其中尚有另一老人冰雪詩數首。有一疑問請教：像這位河南八七老翁的詩，五言且不管它，兩首

七言，都不講平仄。日前，常林炎[10]先生來信，和弟一首詩附來，也不講平仄。常先生是國文大師輩，不可能不知平仄之叶。我用紅筆劃上的字，全是仄聲。是不是，已經把古人的平仄之規範改了？請釋吾疑？

出身書院的我，應會寫詩。由於我長於義理，理性濃於感性，師輩不逼我作詩填詞。這一套法則，我卻懂得。此次大陸之行，感興大發，口占好幾首。十九都是失眠夜湊成。茲錄記入日記中的幾首如左，請賜正。

（1）關長王短曲情間，爭短爭長爭是難。
　　　短短長長管它麼，南腔北調歌同源。（曾擬用南昆北曲）

（2）元宵瑞雪兆豐年，走馬燈前走馬看。
　　　低問明天分別後，何時再會續前緣。

（3）金陵會上七重天，爭爭鳴鳴暢意談。
　　　文友如同相思樹，一花一葉惹情牽。

（4）金陵會是雪飛天，七日會文留史篇。
　　　難忘驪歌惜別夜，聲聲無奈期明年。

（5）孝陵又到記依稀，半世離情霧眼扉。
　　　雪壓黃梅金點點，耐寒風骨傲窮枝。（自況也）

10　常林炎（1920-1995），北京師範大學國文系，河北師範學院中文系教授，著有《宿莽集》等。

這些打油之作，難登大雅，錄給友好一哂已耳。

熊嶺兄偕女大陸遊歷去了，近日方能歸來。《石珠演義》可以編入。熊歸後要先薦兄稿。出書總在半年後，可能還要遲些。陳遼兄的委託書由林明德出面是對的。弟日前已與林明德通了電話。他夫妻二人我都相識。他夫人賴芳伶[11]也是教授，臺大碩士。弟近應約編寫兩本教科書，今年已被拴牢。近正寫作中，若兩月間可完成一本，九十月間可能到滬杭金陵走一趟，見見老友。「文友如同相思樹，一花一豆惹情牽」也。是否？

兄讀書具千慧目萬慧心者。若步入《金瓶梅》研究，必是一位神將下界。但弟從來不強人所難。一生挺拔獨立，任情而作，隨性而為。壯年時原可在官場混得文簡武將，最不願為人作嫁，寧可無土無地而自耕自耘於空無之地。（藝術之地乃空無之地也。）雖未受饑餒之苦，卻生活在斷炊之虞的窮窘中不少年。月月寅支卯糧，日夜上班為公，晚間寫稿為一窩兒女衣食。五個兒女都已大學畢業，這日子早已苦過來了。唅，怎的嘮叨了這多？

今日休息，處理手邊的雜事。近半年，都沒全力卯在這兩本書上。見到陳遼兄為我致候一聲。說是已與林明德教授通過話了。

《金瓶梅的幽隱探照》一書，沒有收到嗎？忘了托誰帶到大陸投郵的？希告我近日收到未？祝
儷安！

弟子雲手上　一九九〇年六月七日

---

11 賴芳伶（1951-），香港大學文學博士，東華大學中文系教授。研究專長現當代文學。著有《文學詮釋新視野》、《唐代詩選：大唐文化的奇葩》等。

053 六月二十一日歐陽健致魏子雲

魏公大鑒：

六月七日手教敬悉。說到舊體詩，自應嚴格依律從事。有人或才力不足，或怕下苦功，遂以種種理由為之辯護，還有自詡為改革創新的，可發一笑。平仄而外，還有用韻，為求自由，稍稍放寬一點，情有可原。但一些人又以「三通韻」、「四通韻」為革命，竊以為大可不必。屢得先生佳作，愧無以報，謹錄奉獄中詩詞十首以呈。從平仄講，中有一句不協，因在獄中，苦無他字以代之，只好聽之。世上詩千種萬種，獄中詩乃第一真情性之流露，且因情感最為激動而時間又較有餘暇耳。臺灣那一出版社如能組織人編一本《獄中詩詞大觀》，選古今獄中詩加以評注，定可獲得暢銷。所贈詩中，「短短長長管他麼，南腔北調歌同源」，內人以為有深義，我也以為然。

劉冬先生對〈黃山遊〉之刊出，表示感謝，並歡迎您九月來寧時暢談。

鍾來因之書已由學生書局印成，甚佳，且其扉頁中之介紹，頗不迴避大陸作者之身分，因思我上次之稿，不免過於拘泥，現另擬一份奉上。江蘇省社會科學院今年年底將慶祝建院十周年，年底或年初擬辦一成果展覽會，《明清小說采正》如能稍稍趕在年底出書，就可增添一份喜色。此事或可麻煩熊嶺先生予以關照。

我近日鑽進晚清小說，頗有大的發現，尤其是四大名著，都已形成與前人截然不同的評價。北京大學將主編一套「中國古代小說評介叢書」，共100種，邀我任編委，不日將赴京參加編委會，七月六日可以回來。

《金瓶梅的幽隱探照》尚未收到，我擔心是寄丟了。

代問魏師母好。敬祝

安泰！

歐陽健拜上　90，6，21

附錄：

獄中詩詞若干抄呈魏公

　　余「文革」中因日記故，被拘留四年，雖身繫囹圄，於世事未嘗忘情，乃習作古詩詞以述意。然僅止吟之口，記之心，未得形諸筆墨，出以示人。自知絕無詩才，平反以後，從不作詩以糜費時光，唯於獄中之詩詞，卻頗自珍惜，為其出之真情性耳。屢得魏公佳作，愧無以報，只得錄出其中之若干以呈。

驚夢

　　夫妻搖櫓桂花香，欸乃清歌[1]下九江。
　　天際一聲[2]幽夢斷，同囚紛起曉風涼。

1968年9月1日

1.我妻唐繼珍善歌，聲甚清越。
2.獄中晨起，不敲鐘，不吹哨，唯看守大喝道：「起床啦！」聲極淒厲。

中秋四首步杜甫原韻[1]

　　今夜淮陰月，雲淹不得看。已經風與雨，未卜寧和安。
　　感事剛腸熱，悵別鐵檻寒。何當重聚首，慎勿淚闌干。

1968年10月6日

　　二度中秋月，王營席地看。[2]備嘗筋自健，飽識魄猶安。

寄意征雲急，緣情駐霧寒。似聞揚壯曲，直把青霄干。[3]

1969年10月6日

孰料檻中月，復須三度看。當空寂寞白，坐地奈何安。
而立情懷釋，未殘氣血寒。[4]欲隨黃鶴去，風雨交相干。

1970年9月15日

今夜殷勤月，隔窗兩探看。[5]雲端知契闊，世外顧隨安。
顛沛識真柢，隱淪邈廣寒。飛聞片只語，奈阻銀河干。[6]

1971年10月3日

1.於獄中四度中秋，以杜甫〈月夜〉情韻作為中秋詩。
2.淮陰縣看守所建於王營，乃王家營之簡稱。
3.余妻善歌，性剛強豪爽。
4.其年余已三十，且多病。
5.新換一號子，有東西窗，故明月兩得相見，徹夜不寐。
6.放風時有新來犯人告：「你愛人下放……」，後未聽真。

滿江紅 · 述懷

　　乍起風雲，屈指數，二百餘日。高牆外，杏紅柳嫩，人間限隔。
夜伴綠眉[1]磬折眠，曉捧紫盆[2]箕踞啜。孰料今毞首幽王營，心如
棘。　　忖行止，皆磊落；衷心向，毛主席。縱廁身圈溷，難損
芳潔。居事猶懷孺子心，臨征豈用懦夫色。正銜鞭欲渡愁鷹澗，
韁繩勒。[3]

1969年3月20日

1.人謂居獄中者，皆紅眼睛綠眉毛。

2.獄中進食，用紅紫色之大瓦盆。

3.先哲曰：如果我放鬆了自己的拳頭，是會發生不幸的。

采桑子·我今

　　我今不識愁和悔，坦蕩胸襟，磊落生平，耿耿星河鑒我心。

　　我今惟覺疚和愧，辜負深情，耽誤青春，結草銜環待再生。

1969年5月20日

七絕·遺懷仿杜牧

　　鵠面蓬鬢重德行，端凝儀態孰能輕？

　　三年一覺王營夢，贏得鋼窗執直名。

1971年6月8日

減字木蘭花·臘八贈友人

　　時逢臘八，深院一快清邐邊。[1]堪羨三餐，配料頻添興致盎。

　　幸交摯友，松柏後凋識四九。夜緊北風，難阻桃花即便紅。

1972年1月24日

1.此日放眾人洗浴，人各一盆熱水，大喜過望。

虞美人·病魔問答[1]

　　病魔賞識頻相顧，恐我太淒苦：「隱淪世外些許年，孰得這般殷切意纏綿？」「感君盛意多多拜，捐棄亦何礙？倘能一線生機回，願借東風長此送君歸。」

1972年5月28日

1.七二年春夏，余大病累月，幾死獄中。及稍痊，即獲釋放。大難不

死，倖耳。

054 七月十日魏子雲致歐陽健

歐陽兄：

六月廿一日大札拜悉。抄來獄中詩作，是否兄所寫？血淚斑斑。嫂夫人真是行家，此二句已改過。已列在石家莊的數篇裏面，附呈。弟已說過，兒時在書院學訓詁義理，先生不鼓勵我作詩填詞。弟長於義理，不培植我在感性上發展。是以一向不寫詩，也不填詞。（詞在四十年前談戀愛，填了不少。都在炮火中失去了。）下面談正事。

熊嶺由北京回來，說是大陸方面對於兩岸出版以及盜印事務，訂有法則。凡是個人委託出版者，他們概不承認。臺灣印，他們也印。說是大陸作家都是拿公家工資寫作的。所以熊嶺要與兄相商，是否應透過北京這一中華什麼機構來簽約？他耽心印出後，大陸又印了。我還不詳內容，你問問看。祝
好！弟八月下旬或會到金陵。

弟子雲手上　一九九〇年七月十日晨

附錄：

二月七日石家莊召開元曲關王馬白研討會，為期五日。惜別之夜，友情戀戀。雖雪飛天寒，友情亦溫暖如春，因口占之。

石家莊是雪飛天，五日會文留史篇。
難忘驪歌惜別夜，聲聲無奈期明年。

石家莊河北師院召開元曲關王馬白研討會，百家爭鳴，關長王短

難爭其是。然曲本同源也。律呂，五聲和之也。

　　關長王短曲情間，說短說長說是難。
　　短短長長莫管伊，六同六律五聲連。（六同、六律，見周禮春官
　　大司樂）

六同，六呂也，屬陰。六律，屬陽。
五聲，宮商角徵羽也。律呂，五聲和之也。

　　鄭志明論文是《關漢卿戲劇的宗教意義》，引來劉維俊教授異
議，認為宗教須有教義，而關氏作品中之崇天意念，乃中國人之通
義。比方圓實也。

　　關王馬白百家談，各說短長各立言。
　　一句漢卿宗教義，引來異議比方圓。

　　元宵節，擬去關漢卿故居安國一遊。安國諸君子且備藥膳以待遠
客。惜大雪封路，未能達，折車遊大佛寺。得賞奇觀，亦大樂也。

　　安國藥名震萬邦，漢卿故居更添香。
　　藥材備饌期文友，無奈雪封去路茫。

055 八月五日歐陽健致魏子雲

魏公大鑒：
　　六月二十一日，曾奉一札，並謄抄文革中獄中詩詞若干以呈，不

知有否收到？念念。獄中詩詞向未示人，所以敢冒然抄呈者，為屢得魏公佳作，無以回報，而竊以為其中又有若干真情耳。

七月中旬，承壽菊美意，動員我在臺北之大姨母隨她們的「昆曲之旅」，一道來遊滬寧，又一路上加以細心照料，使我們能夠聚首暢談，真是感激不盡。壽菊原擬亦來南京，後因黃山之遊，改變計畫，由我姨母帶來一信，略知她在上海，觀戲訪友，心情暢快，幸喜。

我於六月底與蕭相愷[12]兄去北京，參加北大侯忠義[13]先生主編之「中國古代小說評介叢書」，此叢書擬撰寫九輯八十種，分「簡史類」（斷代）、「史話類」（分題材）、「基礎知識類」（如古代小說的史料、版本、書目、禁書、作者考證）、「文化類」（如古代小說與神話、宗教、民俗、歷史、倫理等）以及作家作品類，計畫明年底完成，後年出齊。此叢書選題有一點新穎性，如能完成，意義很大。分給我撰寫和負責編輯的選目較多，一、二年中要全力以赴了。

魏公原計畫八、九月重遊滬寧，但不知何時可以成行？盼及早告知，以便作好迎接之準備。

問候魏師母！即頌

大安！

歐陽健上　90，8，5

12　蕭相愷（1942-），江蘇省社科院文學研究所研究員，曾任文學研究所所長，著有《水滸新議》、《稗海訪書錄》、《中國古典通俗小說史論》等。

13　侯忠義（1936-），一九五九年畢業於吉林大學，曾任教於北京大學中文系，現任北京大學圖書館古籍整理研究室主任，教授。一九七四年參與重編北京大學版《中國小說史》，著有《中國文言小說書目》、《中國文言小說參考資料》、《中國文言小說史稿》、《漢魏六朝小說史》、《隋唐五代小說史》，主編《明代小說輯刊》、《中國古代珍稀本小說叢書》、《古代小說評介叢書》、《中國小說史叢書》等。

056 八月十六日歐陽健致魏子雲

魏公大鑒：

七月十日大札於八月十五日收到。細檢臺北之郵戳，確為七月十日，而南京之郵戳，為八月十四日十五時。一封信竟走了一個半月，為以往所罕見。所幸未曾丟失，也就隨它去了。

關於兩岸出版事，我去查了一下有關規定，現稟復於後：

國家出版局（87）權字第51號通知稱：「作者向臺灣轉讓版權，可以要求國家出版局或各省、自治區、直轄市新聞出版局、版權局協助辦理，也可以自行草簽合同。」

國家出版局（88）權字第8號通知稱：「對臺灣出版大陸作者作品，應儘量提供方便。……大陸作者或其他版權所有者授權臺灣使用作品，可以委託中華版權代理總公司代理，也可以由作者或其他版權所有者直接同對方商談草簽合同。」

由此可見，以往我委託魏公全權代表與熊嶺先生商談草簽合同之事，是符合有關規定的，完全有效的。海峽兩岸同為中華，為了宏揚民族文化，所做的一切好事，都應該受到鼓勵和讚揚。至於臺灣方面先印，而大陸又印，更不須耽心，因為主動權在我，只要我不「一女二夫」，這邊是絕對不會出現這種事的，請熊嶺先生千萬放心，我一定會遵守合同的規定，在有效期內，不謀求第二家的重印。我只希望拙著能早日印出，以便為溝通兩岸作一點貢獻。

先生關於從事考據的三大原則：歷史基、社會因、訓詁方，極為精闢，確為顛撲不破之真理；此次北大所編古代小說評價叢書，分給我的選題有《古代小說版本漫話》、《古代小說作家考證漫話》，當以先生之三大原則為南針，並大量引用先生關於《金瓶梅》作者與版本的意見。其實豈但《金瓶梅》如此，即《水滸傳》和施耐庵，又何

嘗不是如此？劉冬先生探考施耐庵之生平，主張採用系統的觀點，其實質亦不脫三大原則，只是施耐庵之熱已經過去，至少在臺灣不曾有過反響罷了。

先生如一旦確定了來金陵的行程，盼即示知，以便早作準備。

請向熊嶺先生致意！

祝

大安！

歐陽健上　90，8，16，晨

057 八月二十一日魏子雲致歐陽健（信底）

歐陽兄：

八月五日大函奉到。六月廿一日函及詩詞，弟收到後，曾經作復，怎的不曾收到？（查底稿是七月十日發出。）

關於文稿印行事，諸多變數。熊嶺先我函詢於兄（應在七月十日前發出），但八月五日來信均未提及。此事，將影響到臺灣整個出版界，上海蔣星煜教授的兩本著作，弟為之推薦出去，都答說今後臺灣出版大陸作家著作，問題重重。學術著作又本厚利薄，往往是賒本買賣，只是為兩岸學術交流而已。若一旦橫生枝節，誰也不願花錢還惹麻煩，昨已退了一部回來。

原決定今（廿一）日隨同楊振良、蔡孟珍夫婦到金陵，停數日再去上海、杭州。徐朔方[14]也回了信，還畫了一張路線圖，情意至感。卻

---

14 徐朔方（1923-2007），原名徐步奎。浙江大學教授，美國普林斯頓大學客座教授。兼任國家古籍整理出版規劃小組顧問、教育部全國高校古籍整理研究工作委員會委員、中國戲曲學會副會長等。著有《牡丹亭校注》、《長生殿校注》、《湯顯祖詩文集編年箋校》、《湯顯祖全集》（箋校）、《湯顯祖年譜》、《湯顯祖評傳》、

因手頭工作（在寫教本，共三種，劇校用）走不開。楊振良夫婦今天已啟程，這時想已到了南京。九月徐州的梆子大展，我也去不了。等一下我回吳敢[15]的信。還買了一部原本大小線裝兩函的《金瓶梅詞話》贈給金瓶梅學會，也必須我親自帶去繳成。那樣一尺多厚的部頭，不親自攜帶，怕過關麻煩。

嫂夫人善歌，我還不知道？弟會唱皮黃，卻已沒有嗓子了。十月間也許有杭州之行。再說。祝

好！

弟子雲手上　一九九〇年八月廿一日夜

058 八月三十日魏子雲致歐陽健

歐陽兄：

影印稿奉到，馬上讀了一遍，感觸萬千。總而言之，這是二十世紀中國人的悲劇。但如從歷史觀之，人類社會又何處不然？不久前，孩子們租來的一卷西方的電影錄帶，描寫一處監獄（女監）的黑暗，一位女記者冒充女犯入監，付出了極大的犧牲，幾乎丟了性命，終於揭發了出來。人在動物中最為萬惡，禮，偽也。荀卿之有性惡說，也是看透了人心。《孟子》的性善說是理想主義，強人所「難」。西方人弗羅依德的人格論，以本性（獸）、人性、神性三階段別之，較有道理。這問題會越扯越多。見面再聊吧。

關於出版問題，弟已電話與熊嶺談了，把信copy給他。他小心謹

《論湯顯祖及其他》等。

15 吳敢（1945-），浙江大學土木系畢業，徐州師範大學中文系研究生畢業，中國《金瓶梅》學會副會長兼秘書長，中國礦業大學文法學院兼職教授。著作有《金瓶梅評點家張竹坡年譜》、《張竹坡與金瓶梅》、《20世紀金瓶梅研究史長編》等。

慎，按部就班的作。他說也曾有信給你。弟昨日把兩本教科書都寫完了，還有一本，由弟率領六人共同寫作，十一月底交稿。正策畫中。（都是劇校用的書）。你的詩、詞均情韻鮮靈，仿杜數首好極。弟不如遠甚！弟極少寫詩。

　　楊振良夫婦到南京去，我忘了一件事，忘了把劉冬先生的稿費（新台幣伍佰元）帶去。（帶台幣去比換美元還好些吧？）又有朋友非要我十月間同去北京，再飛成都，弟委實不想動。是一批電影戲劇界友人。再談，祝

好！

弟子雲手上　一九九〇年八月三十日

附提：

嫂夫人均此！再見時當請嫂夫人歌一曲。

059 九月十六日歐陽健致魏子雲

魏公大鑒：

　　八月三十日大札敬悉。所論何嘗不是，但性惡性善，總交雜在一塊，難以理清。即如我那篇文章，能在一九七九年刊出，也是一樁非同尋常的事，說明事情還是在朝善的方面轉化。而在我的問題的處理過程中，許多素不相識的好人，還是挺身而出，仗義執言，所以，我的心底亦始終未脫對於善的嚮往。我因歷史之故，未能受正規之教育，而四年囹圄生活，不啻我之大學也，如何做人，如何做學問，都在那所大學中有大的收穫，甚至連做詩的平仄，也是在其間學到的。所以，每當我回首那段難忘的歲月，不是沮喪，而是感到不虛此行，普希金所謂「那過去了的，就會變成親切的懷戀」，堪稱至言。

　　熊嶺先生未曾給我來信。本月初，大陸十幾家古籍書店、出版社，與臺灣來的近十家出版社（包括學生、國文天地），在南京丁山賓館開了一個會，中心是關於合作出版之事。看來形勢還是在進一步的好轉。對我來講，就怕書稿品質不高，將來的銷路不暢，影響了熊嶺先生的經濟收支，別的都沒有什麼。關於這方面的規定，我看是不難理解的，似乎不構成什麼障礙。總之此事煩魏公多方交涉，心殊難安。

　　我兩個月中寫成《曾樸與孽海花》書稿，共七萬字，自感還有一點新意。

　　我們所裏的領導班子已經調整，陳遼已經卸任，現由周鈞韜君以副所長身分主持工作。

　　問魏師母好！祝

秋安！

歐陽健上　90，9，16

060 九月十八日歐陽健致魏子雲

魏公大鑒：

　　前天剛奉上一函，即接到熊嶺先生九月十日來信，信中說他六月底曾寄來到一函，但未收到。在九月十日的信中，談到兩個問題：

　　一、巨流圖書公司與大陸中華版權代理總公司簽訂了代理委託書，巨流公司原則上必須取得兩岸官方登記，且不敢出版兩岸皆有版權之書。

　　二、臺灣出版書不景氣，在民營商業考量下，不能推出市場上不熱門的產品。

　　因此，拙著不能在巨流出版。

　　七月上旬，我姨母從臺北來寧，已經言及壽菊談起，我書稿在出版上碰到了一些挫折，近期內難以付印。後王夢鷗先生的公子王薇生兄告訴我，說林明德先生來南京，與他談起，我的書已經開排。但因未最後落實，心中一直不放心。現在看來，所云中華版權代理總公司的事，並不是最主要的問題。因為此間有過規定，鼓勵大陸作者在臺灣出版學術著作，並提供方便，中華版權公司的設立，為維護作者的權益，而非設置障礙。九月初大陸十幾家古籍出版社與臺灣十來家出版社在南京丁山賓館聚會，我去看了遼瀋、中州古籍出版社的朋友，他們說上頭為大陸的出版優勢的喪失而感到擔憂，但也沒有什麼辦法。這次會議，就是想宣導合作。又據此間規定，凡作者與臺灣出版社簽約的，可以報省出版局備案，無須一定經中華版權公司代理。至於一書在兩岸皆有版權之事，關鍵在於作者，我只要不投給大陸的出版社，就不會有這樣的事。

　　因此，癥結恐怕還在於銷路。我的書不會是暢銷的熱門，也許還會給熊嶺先生帶來經濟上的虧損。如果是這個原因，我也不好強人所難。我在巨流的書目中看到，他們出版的《中國古典文學研究叢刊》的「小說之部」（一）（二）（三），已經三印，好像銷路還可以，因此我已去信建議熊先生考慮可否將拙著亦編入叢刊的「小說之部」作為（四）（五），那樣似乎可以附驥而行。

　　當然，如果實在不行，也只好作罷論。此事一再為魏公增添麻煩，心甚不安。如不是當初想像一切順利，我也不忍心這樣打擾的。好在我此生亦算是久經磨難，命運蹇滯，也就不再興歎了。

　　我近來研究曾樸與《孽海花》，自覺頗發現一些前人未道及的真諦。「但問耕耘，不問收穫」，我輩書生，也只能樂此不疲。

　　即頌

秋祺！

歐陽健上　90，9，18

061 九月二十六日魏子雲致歐陽健

歐陽兄：

　　九月十六日大札奉到，昨午後即電話轉告熊嶺兄，他說已有信寄上，估計時日，您十六日發函時，信尚未到。他作事一板一眼，又見到臺北街頭，翻印之大陸書籍充斥。作家授權，大陸如無保障，則勢必血本無歸。他已與北京什麼版權機構簽約，說是大陸作家應通過他們。弟對此毫無瞭解。看情形吧，但弟可能保證者是，熊之為人，乃厚重君子，他出版弟書數種，今亦未收回成本。並不全在生意經上。

　　兄辛勤可佩，又成《孽海花研究》一冊，至為崇敬。可自成一書出版。弟自五月一日起到八月廿九日，也完成兩本劇校教科書（一）《中國戲劇史》（十二萬言）；（二）《國劇表演概論》（八萬餘言）。已交稿，明秋可出版，再呈教正。繼《潘金蓮》後，（大陸有印行，見未？）再寫之《吳月娘》正在連載。茲附呈其中〈秋菊之死〉一篇。100％是虛構，書中無此情節，弟有所感也。

　　有友人到南京去。劉冬先生稿酬新台幣伍佰元托帶呈。沒有電話。請他們函詢。弟總想出門一次，只是手頭事尚多。一時行動不得。此頌

文祺！

弟子雲手上　一九九〇年九月廿六日

062 九月三十日魏子雲致歐陽健

歐陽兄：

　　九月十六、十八兩函，先後奉到。隨之又接奉陳遼兄一札，於是此一周折之三數月，弟方始豁然。遂連夜電話，主動提出罷論之議。陳遼兄委弟代為取回稿件，弟則建議熊仍退還林明德，免生誤會。此間如同盤盞，遊來遊去，縱不露鰭，亦不時碰鰓。此一事件之若是結果，何以先允諾而後食言？熊亦有其不得已之苦衷，弟深諒之也。稿昨已送還，弟當再大力向商務印書館推薦（陳兄稿林明德負責）。兄在讀書上之成就，千萬人亦難獲其一。上海蔣星煜亦才人也，且辛辛耕耘至今不懈。散文，小說，考證，無一不出乎類。近弟有劇校教科書纏身，且有一劇在開始排演，否則，十一月間當去師大赴會，今難成行。正擬函告南京師大王臻中[16]主任。寒假擬專程去。祝
文祺！

　　　　　　　　　　　　　弟子雲手上　一九九〇年九月卅日上午

附提：

近托友人帶去新台幣伍佰元給劉冬先生，收到未？

063 十月十三日歐陽健致魏子雲

魏公大鑒：

　　九月廿六日大札並劉冬先生稿費，已由一位女士登門送達，謝

16　王臻中（1939-），歷任南京師範大學教授、中文系主任、文研所所長、副校長、校黨委書記，江蘇省作協黨組書記、主席，中國作協第六屆主席團委員、第七屆名譽委員，江蘇省政協常委等。著有《文學美探源》、《文學語言》、《文學學》等。

謝。

　　讀了〈秋菊之死〉，使我大為敬佩。人說創作需要熱情，研究需要冷靜，二者似難相容；然而，研究文學之人，如根本不懂創作，談起文學來，總覺如隔靴搔癢，難中肯綮。劉冬先生平日談文學，頗感多真知灼見，原因就在他也在日日命筆為小說，二十年不輟，五易其稿，已成七、八十萬言矣。有了創作實踐之經驗，談起文學來，就大不相同了。魏公相比起來，更是大才，既有大量劇作問世，又有戲劇史、表演概論出版，是《金瓶梅》的專家，又能據以新創小說，真叫人佩服得五體投地也！相形之下，我輩只有一副兵器，且舞弄不精，真倍增羞赧！

　　新近寫成之《曾樸與孽海花》稿，經周圍二、三友人看過，尚以為有新意，已送北京侯忠義兄處審閱了。今奉上目錄一頁，供一哂。

　　熊嶺先生信已收到多日，我諒解他的難處，在商品經濟的時代，怎能不考慮盈虧呢？只是，現在兩岸之間並無統轄之關係，他為何要與中華版權代理公司訂一個束縛自己手腳的協議呢？大陸方面，現在問題是「出書難」，只要作者不一稿兩投，它決不會再去印一本臺灣已出了的書的。總之，此事只有聽其自然了。

　　我明天將赴濟南參加第五屆近代文學討論會，會期一周。代問魏師母安吉。祝

秋祺！

歐陽健敬上　90，10，13

064 十月十九日魏子雲致歐陽健

歐陽兄：

　　托友人把劉冬老師的一筆微末稿酬帶去。據說已經帶到，交兄

收轉。關於大著弟已推薦給商務印書館，這家老店要按程序辦理。請
人核稿認可後，即與作者簽約發排。行動總是慢一些的。弟附有推薦
函。審閱人十九都是熟人。推薦函，他們會見到。此事弟前已說了，
熊嶺有不得已的苦衷。見面再談。

　　附上推薦貴編短文。此文瀋陽林辰先生未發刊，是否有文字不妥
之處？弟尚不能體會。弟從小道大道說起小說一向不被重視，說到書目
之崇文四庫之失，前者繁而無用，後者編選有其目的。都不如貴編之
富而好禮者也。缺失多在二手資料上，總之，如此大書，期乎篇篇都
從原版目之手之，大非易事。有此成績，非今之大陸友人，無可臧其
事者。此間個人星散，力難集也。弟擬明春專程訪友到京滬杭一遊。
堅辭教職。作一無罣無羈人更好。祝
文祺！

弟子雲手上　一九九〇年十月十九日

065 十月二十二日歐陽健致魏子雲

魏公大鑒：

　　我於十月十四日赴濟南參加第五屆全國近代文學討論會，二十一
日返抵南京，即奉到九月卅日大函，心甚感動。

　　我和不少同仁都有一種錯覺，以為臺灣近來經濟起飛，於文化學
術事業自當特別重視，不會過於計較經濟上的盈虧；或者又以為臺灣
之出版業之善於商務經營之道，不會出現出書賠本的現象。經此一番
周折，我方明白，不論在大陸，還是臺灣，經濟規律都是鐵面無情的
規律，我輩文人，何能違拗？可歎的是，一方面書攤上充斥著兇殺、
偵破以及風水、看相的書，一方面大批有價值的學術著作難以問世，
精神文明又從何說起呢？

當然，熊嶺先生自有其苦衷，我亦深為諒解。尤其是拙稿蒙魏公賞贊有加，即不能問世，亦深深感激。事已至此，又得先生再次向商務印書館推薦，實在於心不安。望魏公千萬不要過於奔走，有損身體，一切聽其自然可也。

在山東的會議上，我就《孽海花》的研究作了發言，頗引起一些同道的興趣。會議的中心是如何深化近代文學研究，聽了頗有收穫。復旦大學有意在明年秋天召開國際近代小說研討會，邀請臺灣、香港及美國、日本、蘇聯等地的專家與會，未知魏公有興趣參加否？

劉冬先生的稿費已轉到，陳遼先生的信也已送達，勿念。

問魏師母安吉。祝

著安！

歐陽健上　90，10，22

066 十月二十六日魏子雲致歐陽健

歐陽兄：

大著已送商務印書館，且附函推薦。商務作業按程序來，先請人審查，然後決定。時間上要慢一點。此間經濟受客觀條件影響，入於低迷，各業景況走衍。斯亦整體因素。印行學術著作者，只這幾家。弟受託還有數件，已兩處婉退。上海華東之蔣星煜教授，有兩部，蔣先生創作與學術水準高，有一本遊記，已陸續刊登副刊，另兩本學術著作，則兩處退回。不是別的，正如　兄所說，出版者先在成本上考量，第二方是學術。弟所作〈秋菊之死〉全部重寫，在原書，又領出賣了的。弟要秋菊留下個清白的女兒身離開那個骯髒的西門家，離開那個污濁的世界。不過，這一寫，又把吳月娘塑造得太好了。出版時，特在該篇後加一附注。昨日，為了吳月娘又特地為她加寫了一篇

〈吳月娘嫁〉，寫吳月娘知道要嫁到西門慶家作正頭娘子，西門家還現擺著二三兩房，還有陪房丫頭也收過房的，還有個十三歲的女兒。嫁過去如何在那樣個家庭中安身處世？以及女人初嫁時的性心理。特別是對西門慶那種專意在風月場中渾跡的漢子，她嫁過去怎樣應付？又補寫了這一篇放在開頭第一章。同時，在塑造吳月娘性格上，也為全書寫出了一篇開宗明義。第一本《潘金蓮》大陸已印行（版權尚未解決）。《吳月娘》是第二本。明年出版，再請 賜正。下學期決定辭去教職（兼課），三月間可望在金陵再聚首長敘。此頌
文祺！

弟子雲手上 一九九〇年十月廿六日

067 十一月八日歐陽健致魏子雲

魏公大鑒：

十月十九日大函奉到之次日，即陪劉冬同志赴蘇北大豐參加施耐庵重要文物出土十周年學術座談會，十一月六日歸來之次日，又收到十月廿六日由劉冬同志轉來之第二封大函，心甚感激。

大豐的會議，為紀念施耐庵文物十周年。乃略約言之，十年前後，有一批文物陸續出土，重要的有〈施廷佐墓誌銘〉，及幾塊「地券」，還有《施氏家簿譜》的發現，引起了學術界的關注，但也有幾位名家對此表示懷疑，更加進了一些非學術因素的干擾，弄得撲朔迷離。但事情還是大有進展，由於劉冬同志等人的努力，眉目日漸清晰。我在會上發了一篇文章，概括了劉冬探考的主要成就和經驗。記得您曾經高標「歷史基」、「社會因」、「訓詁方」三大原則，在劉冬關於施耐庵的考證中，也似乎同樣貫徹了這樣的原則。與會者對於他的功績表示了讚賞，這給了他以很大的安慰。現將我的文稿奉上，

請賜正。海外對於劉冬的施耐庵研究,瞭解極少,加上一批北京的專家的歪曲宣傳,可能還有不少的誤解,如魏公有可能,盼將此文轉有關報紙或刊物發表,我已在文中作了必要的技術處理。我明年春天有一寫作《古代小說作家考證漫話》小冊子的計畫,也是北大《古代小說評價叢書》中的一種,想把《水滸》、《三國》、《西遊》、《金瓶》、《紅樓》等等作者的探考的問題綜合起來加以評述,以給讀者一個較系統的知識,有關《金瓶梅》作者的問題,將著重介紹魏公的觀點,並貫串您的三大原則,不知當否?

商品經濟的更大勢力,使得兩岸的出版業,尤其是學術出版都變得十分不景氣,而一些莫名其妙的書,倒出得非常容易,不禁使人喟然長歎。

拙稿承魏公青目,又向商務印書館推薦,感激異常。然商務是名出版社,要求一定更高,成與不成,也只好聽眾命運之安排。君子固窮,我輩命筆為文,從來不想借此高發,所以魏公在和他們商洽的時候,不要堅持經濟上的要求,只要能夠印行面世,哪怕降低乃至放棄稿費,也都未嘗不可。此間的不少學者,也有花錢買書號、自印自賣的,我所的王白堅[17]兄,為印一本書,自己就已經先墊了四千元。

您關於秋菊的再創作,與劉冬同志談起,頓時悟到了真諦,您要秋菊留下個清白的女兒身,離開那個骯髒的西門家,離開那個污濁的世界,顯示了您普渡眾生的大胸襟,也表現了您對於那個污濁世界的抗爭與憤懣,相信價值定在《金瓶》之上。

林辰來信,告知大稿本已由他編好,即將付排,但主編以為是文言體,與該刊之宗旨不合,他來信要我設法,我已與江蘇社科院主辦

---

17 王白堅(1929-),江蘇省社會科學院文學研究所副研究員,著有《楊文驄傳論》、《夏完淳集箋校》等。

之《學海》雜誌聯繫，他們已同意發表。後來我看了一下《中國圖書評論》，這份雜誌主管者級別雖高，但所刊文章都較淺近，不屬於學術刊物一類。

問魏師母安吉。此頌

撰安！

歐陽健敬上　90，11，8

068 十二月六日魏子雲致歐陽健

歐陽兄：

近來，忙於拙作《蝴蝶夢》一劇的排演與錄製（電視播出），昨日一大早就起床，匆匆吃了早飯就趕往攝影棚，汽車行程四十分鐘。直到今天上午六時方行攝製完畢。我熬了一個通宵。今日睡了三小時起身，收到劉冬先生十一月二十六日函，知他因中風右手書寫不便，必須左手扶持，方能動筆，至為不安。弟雖已決定明春三月到京、滬、杭等地一遊，但能否一如心願？尚難決定。內人已決定不隨行。同住的兒子去年結婚，今年添了個小子。如今兩人都為了奔生活，上班工作去了。作祖母的總得承擔這份看帶孩子的責任。弟一人行動，頗感孤單。總之，此行弟極具決心。辭去兼課，可以無顧慮的多談談。多逗留幾天。（住處太高貴也不成，請先安排。）見了面，咱得有得聊呢！

弟子雲手上　一九九〇、十二、六

一九九一年

069 一月三日歐陽健致魏子雲

魏公大鑒：

十二月六日大札於元旦前收到，深為先生執著藝術的精神所感動。《蝴蝶夢》的片子，不知是否能輸入大陸，以便我輩一飽眼福？

我近兩月來，忙於為北大的評介叢書撰寫《古代小說與歷史》一題的書稿，不想因此一番忙碌，竟打開我的思路，想在此基地上，寫一部較有份量的書，名曰《古代小說歷史通論》，計畫從縱橫兩方面來探討小說與歷史的關係，縱的分為五章：一、神話傳說——兼有歷史的小說品格的遠古文化；二、「正史」「稗史」——歷史和小說在「史」的範圍內的分工；三、講史平話——民間藝人在「正史」以外另造的歷史世界；四、「志傳」「演義」——融渾信美兩大要素的歷史小說；五、時事小說——超前於史籍編纂的小說創作。橫的也分為五章：一、小說對於史家筆法的取法；二、小說對於史傳文學更高的綜合；三、小說對於正統史觀的承襲和突破；四、虛實之爭是把握歷史與小說本質的關鍵；五、用歷史來研究小說和從小說去研究歷史。文史不分是中國文化的傳統特點，我想把上下古今的歷史和小說打通了來研究，從而弄明白一些最基本的規律。當然，這需要相當的功力和眼光，盼能得到魏公的指教。我現在只能先從橫的五個方面為叢書寫一個簡要的稿子，以後待其他任務完成以後，再全力來啃這塊骨頭。

我下一步的計畫是先完成叢書中的另外兩個題目：《古代小說作家考證漫話》、《古代小說版本考證漫話》，此二題都將涉及到《金瓶梅》的作者和版本問題，然我平時於此未下過苦功，對動態也不夠

留意，尤望魏公明以教我。

　　閱《金瓶梅藝術論》，周中明[1]之斷章取義，至為顯然。如魏公所云「泰昌元年無冬至」，亦似可斟酌。張無咎〈平妖傳敘〉，署「泰昌元年長至前一日」，可證泰昌元年有冬至。光宗在位僅一月，從廷議，是年八月以前為萬曆四十八年，八月以後為泰昌元年，次年方為天啟元年。一愚之得，未審當否？

　　我去年十一月八日曾呈一書，不知收到否？此次來信，路上竟走了二十幾天，我擔心上信是否已經丟失。

　　知魏公明春要來南京，不勝欣喜。住處我當事先安排，儘量省儉一點為好。

　　有一朋友陳周昌[2]君，想與先生聯絡，並贈所著《亂世英傑》，今將此信附上。書籍另以印刷品付郵。

　　代問魏師母好。謹祝

新年安泰！

歐陽健上　91，1，3

070　一月五日魏子雲致歐陽健（賀卡）

歐陽兄嫂春禧

　　新年如意　萬事亨通

　　一、大著已由貫雅接納版稅百之六千冊付現

1　周中明（1934-），安徽大學中文系教授，校學術委員會委員，中國紅樓夢學會常務理事，《紅樓夢學刊》編委，中國金瓶梅學會理事，著有《簡明中國文學史》、《賈鳧西木皮詞校注》、《子弟書叢鈔》等。

2　陳周昌（1940-2005），一九八〇年參加中國社會科學院招收研究人員考試，被錄取為陝西省社會科學院文學研究所，副研究員，著有《中國古典小說新論集》、《曹操傳》、《唐人小說選》等。

　　二、簽約委託事件另有格式寄上

　　三、劉老大著仍在努力

魏子雲　馮元娥鞠躬一九九○年歲杪

附提（一）：

背井離鄉五十秋　擎刀秉筆未曾休　楚狂接輿誠多事　荷蓧丈人卻少愁　林子種梅嚴子釣　釋家祝發道家遊　何方還有隱逸地　肩起餘年寧自囚

　　　憶自抗戰興棄學從軍擎刀秉筆未嘗休止也自詡救國實則楚狂接輿一類何如荷蓧植杖芸者自耕自給樂乎九疇則少煩愁然今世又何能得也仲尼云有道則穀無道則隱際今之世偌大地球何方還有隱逸地耶天上星辰閃電眼人間山水長寰雲隱無地矣
　　　詩實不佳洵是心志舒悶已耳

庚午歲杪　魏子雲

附提（二）：

　　一、兄照片及小傳，商務送請審查委員退回後，失去。可見這班人之毛躁。補一份。

　　二、敘由弟用心執筆。只是版稅低了些，好在付現。

071 一月十日魏子雲致歐陽健

歐陽兄：

　　我是八月六日到長春的，南京只有鈞韜兄一人來參加會議，已把帶來的二校稿大作明清小說采正交鈞韜兄帶去，請校妥後，掛號郵寄貫雅，再清校後就付印了。看情形九月間可望出書。

這次會議，可以說相當成功，寧波師院的鄭閏[3]為屠隆提出了不少
族譜上的證據。弟也寫了一篇《金瓶梅作者屠隆考補正》。稿乃弟手寫
縮小複印。茲將手頭的一篇附上，省得再印。乞賜正。（其中還有小
問題。黃霖認為不夠明確，劉輝[4]也表示不同意楊柔勝是屠妻。）評情
請問鈞韜兄可也。弟八月廿二日回臺北（廿日到港），十六日到北京
休息幾天。身體有病徵，隨我來的是李壽菊、陳益源[5]（博士生）。祝
好！

弟子雲手上　一九九一年一月十日

072 一月十五日魏子雲致歐陽健

歐陽兄：

　　一月七日的信，昨（十四）日就收到了，不過八天。河北石家莊
的信，動輒一月左右。總之，兩岸郵路還不正常。此間的掛號信，大
陸不登記。是以此間也不接納掛郵。大著《明清小說采正》（改用證
亦可以，更通常些。）已由貫雅接納。版稅只有6%，但首版以一千
冊付現。其他則以實售量半年一結。合約已寄去，請照該社寄件認可
後，簽章寄弟。終於，完成了此一心願。題耑與敘文，當遵囑成之。
蝴蝶夢已攝製完成，不夠理想，五月間，還有舞臺演出。或可加以補

3　鄭閏，寧波人，著有《金瓶梅和屠隆》。

4　劉輝（1937-2004），一九六一年畢業於北京大學中文系，一九八〇年調入中國大百
　　科出版社，為中國《金瓶梅》學會的會長；著有《金瓶梅成書與版本研究》、《金
　　瓶梅論集》等。

5　陳益源（1963-），成功大學中國文學系主任、教授，兼任國際亞細亞民俗學會副會
　　長、臺灣中國民俗學會理事兼秘書長、臺灣文學館館長等。著作有《剪燈新話與傳
　　奇漫錄之比較研究》、《從嬌紅記到紅樓夢》、《元明中篇傳奇小說研究》、《古
　　代小說述論》等。

救。線路不合，怎辦？

關於泰昌元年問題，弟推演此一問題，早在十年前即已成文發表。大陸江蘇古籍出版社一九八六年一月印行之《臺港金瓶梅研究論文集》，曾收入此文（全書弟占過半）。茲印上兩頁，請一閱便知。此一問題，尚無人作此深入而精密的分析。弟之發明（現）不下十多有餘。大陸學人治學，不講倫理。十九被襲去作為己見。憾然憾哉！劉公大著，在努力尋找中。

兄所告之寫作新猷，極為興奮。關於小說史，弟有一己異乎他人的看法。若從亙古入論立說，則三百篇應刊為首篇。辭賦次之，樂府再次之。書傳、禮傳、史傳，悉小說筆楮的記事文章。若照弟說立論，則此一縱橫時空，可就大了。只能以古代小說史名之。抵南北朝止。隋唐以後，小說已成其形矣！

弟淺見以為如何？

《蝴蝶夢》五月中的舞臺演出，弟為藝術總監，能否在三月間成行訪友清興？尚待此一工作計畫研訂出後，方能決定。近周內當與演出者商訂妥當。

如再到金陵，當可促膝長談。此頌
文祺！

弟子雲手上　一九九一年一月十五日

託問
劉公年祺！

073 一月十七日歐陽健致魏子雲

魏公大鑒：

　　接奉新春詩箋，萬分感動。魏公離鄉背井，五十餘年，擎刀秉筆，著述辛勤，而為拙稿多方奔走，不遺餘力，魏公愛我實甚矣。今後唯有努力效法魏公之為人與治學，做出一點新的成績，以報厚望。

　　近年來臺灣出版界不景氣，而自知書稿實不為佳，若非魏公之大情面，殊難有今日之結果。契約條款甚好，我已簽好，奉上二份，另一份大約是留我存底的，不知當否？簡介亦另草一份，本不願多列無價值之頭銜，但為書籍之推銷計，多說一點，似也不無用處。魏公親自為我題簽撰序，當大為此書增色，望序中多加指撥批評，越重則越好。我近日已寫成《古代小說與歷史》，下一步當著手作《古代小說作家考證漫話》、《古代小說版本考證漫話》二題，凡涉及《金瓶梅》的內容，我將仔細學習魏公之著述，並努力貫徹其中的治學精神與科學方法，望能得到魏公的教誨。

　　三月新春來寧時，我意仍請魏公住在南師大的南山賓館，那裏比較安靜，且費用較廉，不知以為何如？

　　《學海》所刊書評，已出清樣，不久即可出版。

　　問魏師母好。祝

冬安！

歐陽健上　91，1，17

074 一月三十日魏子雲致歐陽健

歐陽兄：

　　奉到你的契約簽覆，翌日（一月二十五）即掛號寄貫雅林小姐[6]。弟於一月二十六日晨即離臺北赴港，隨龔鵬程兄到海南大學文學院聯合舉辦的「儒家文化與現代化」學術研討會，二十七日就到了海口。弟這次到海南來，十九是出來透口氣。來此今已三天。會明天結束，再後就是遊覽，二月四日回臺北。

　　在會場上，認識了同鄉周繼旨[7]教授，在南京大學任教，說起住處距北京西路不遠。遂托他帶去這幾句話。目的只是說我這些日離家到海南島玩去了。在這次幾天討論上，我次次準時到離，做回聽眾，收穫可真不少。會議不只是宣讀論文，還要提意見，並答辯。相當熱鬧。三月間可能到南京。再談！祝

好！

弟子雲　在海口市海南大學

075 二月六日歐陽健致魏子雲

魏公大鑒：

　　一月十五日大札奉到多日，因晝夜趕編《中國通俗小說鑒賞大辭典》，把覆信的事給耽擱了，實在抱歉之至。大辭典是南大學出版社約周鈞韜、蕭相愷和我編纂的，在出版社的用意，還是出於經濟效益，我們則考慮此書將對三百部小說作出評析，可以拓寬一下視野，

6　林惠珍，臺灣貫雅出版社負責人，經手《明清小說采正》出版事宜。

7　周繼旨（1932-），南京大學哲學系教授，孔子研究會副會長，著有《論中國古代社會與傳統哲學》等。

對讀者不無益處，因此就接受了。此書春節前編好，年底可以出書。

　　《學海》雜誌刊載大作書評，清樣排錯太多，編輯部前天找到我，又細細根據原稿與臺灣刊發的樣子校對了一下，因紙上寫得太密，不知最後是否都能改正。書評發表於《學海》第一期，已經延誤了。書評中您已表述了對於小說與歷史的觀點，我以為完全正確。遠古時代，無文字，結繩記事，輔之以口頭傳講，所講的內容，可以說是歷史，也可以說是小說；後來有了文字，記言記事，實亦屬於小說文筆，左傳、史記，都是如此。文史的分家，確應在晉朝以後。史家總是瞧不起小說家，其實，史體無論是紀傳、編年、記事本末，無不有割裂之弊，唯小說是高度完整的綜合，是對歷史的真正的還原。總之，此一問題可以做許多文章。

　　江蘇版之臺港《金瓶梅》研究論文集已經借來，粗粗讀過，先生關於泰昌元年事，說得非常清楚，我的疑問，是孤陋寡聞所致。小說影射現象，毫無疑問是小說史上大量存在的現象，上自唐宋下迄明清，例證甚多，不勝枚舉，完全可以寫成一篇專論。關於三案，我因弄《檮杌閑評》，還寫過四萬字的本事考證，情況還有點數，所以日後擬下一點功夫探索一下，並把結果報告先生。

　　近日因準備《古代小說版本漫話》的寫作，翻了一下《石頭記》甲戌本，忽然產生許多疑問。第一，是關於此本的來歷。卷首三行的下半角被撕去，莫非有什麼隱情，本子中「玄」字不避諱，令人懷疑不出清人之筆。第二，是關於胡適的判斷。他以為曹雪芹的第一個本子就是這一殘破不全的十六回，且就命名為「重評…」，都極不合事理。我於紅學素來不敢問津，碰到這些事，還得到小心摸索一番才行。

　　拙稿終於能夠梓行，令我感激。大箚中云「終於完成了此一心願」，愛我之心，殷勤感人。書名似仍用「采正」為好，「采證」云

云，容易聯想到「採集證據」，產生歧義。合約已簽好奉上，諒已收到。合約條文甚好，通情達理，並無巨流那種要求。時光荏苒，我今年居然苟活到了五十周歲，如能順利出版，倒也是極有意義的紀念。敘文盼以批評賜正為主，如總目提要書評最好。我們在南京總統府的合影能收入最好。

　　春節將屆，遙祝魏公、師母安吉。並期待三月在金陵晤面暢談。
　　此頌
春禧！

歐陽健敬上　91，2，6

076 二月十五日魏子雲致歐陽健

歐陽兄：
　　今天是辛未農年初一，回想去年一年，大多時間耗在戲劇上。雖然寫了兩本有關戲劇的教科書，卻放下了計畫中的一本《金瓶梅》研究，尋思一下，應是一大損失。《蝴蝶夢》一劇，電視的三集，雖已播放，由於製作上的經濟條件以及演出者時間上的問題，匆匆進棚，是以諸多未達理想。今又決定在五月中旬搬上舞臺。弟當力求有所補拾電視的缺失。弟擬三月間先到南京，再到滬杭。此行純為訪友。見面再聊。若是未能把大著尋到出版處所，就無顏走這一趟了。去時，當把序文帶著。請兄先看看。
　　劉冬兄的大著尚待努力。兄如進入《金瓶》，必有後來居上之勢。《金瓶》的編年，就是一大問題。祝
好！

弟子雲手上　一九九一年二月十五日

附提：

有一本《施耐庵評傳》（山東教育出版社）不知能買到否？請問詢一下。

077 二月二十二日歐陽健致魏子雲

魏公大鑒：

　　庚午除夕，周繼旨教授來訪，攜來手教，給我們平添了一番節日的喜悅。

　　諺云：過年容易過日難。今年春節，我幾乎整天伏案，終於寫成了一篇〈重評胡適的紅樓夢版本考證〉。我隱約感到，小說研究中有些地方深入不下去，或者歧見重重，許多問題都通到胡適的身上。比如他考證《紅樓夢》，只強調作者與版本，不搞本事，其實，就小說創作而言，本事即素材來源，是最重要的。胡適不要人家搞本事，其實是把作者的生平當作本事。中國人做小說，是有所為而發的居多，而隱射就是重要的一項，紅樓夢「大旨談情」，只是一種障眼法。但要反省胡適的考證，問題很多，我為此先從版本入手，似乎比較容易把握一些。我在文章中談了四個問題：1. 胡適1921年版本考證中的矛盾；2. 甲戌本辨疑；3. 脂本與程本的比對，以證明脂本之晚出；4. 劉銓福是脂硯齋。所談都是和紅學界對著幹的，但自覺還是做到言之有據，言之有序的，此文不知能否成立？還望魏公審裁。謹將此稿奉上。若感到有發表的價值，可否請轉薦《中外文學月刊》、《大陸》、《書目季刊》等雜誌，以引起臺灣紅學界的討論？

　　三月將臨，乞儘早告示來寧時間與日程，以便安排。

　　問魏師母好！謹頌

春安！

歐陽健　91，2，22

078　二月二十六日魏子雲致歐陽健（電報）

北京路（＊）號之（＊＊）室歐陽健
（3）月（6）日搭港龍（45）班機於午後（2）時抵金陵魏子雲

079　四月十日魏子雲致歐陽健

歐陽兄嫂：

離金陵之後，黃山之遊，得老天賞一晴日，得見黃山俏顏，石奇松異，還算不虛此行。雖去是慢車，12小時行程，由屯溪到滬又是普通客運，行程十三小時，一整天在風雨中行進。可也經歷過來。總之，弟自小過過苦日子。在屯溪隨同潘志義[8]吃每餐一元五角的飯食，卻也甘之如飴。潘志義只讀了六年小學，一路上向我談說他研究《金瓶梅》是汪道昆的作品，提出的許多歙縣（徽州）的特殊風尚與建築，處處都顯示了他過人的智慧，只是知識淺，未能上符於明代的社會。

我似乎在上海曾有一信寄呈，請黃霖兄代發的（也許未寫），蔡敦勇[9]兄已回信。回來之後，內人檢視嫂夫人所贈禮物，無一不是昂貴的，一再表示不安。實則，你我相交，決不在乎玉帛，在學術的互

8　潘志義（1952-），黃山市三涵《金瓶梅》研究所所長。主要研究方向《金瓶梅》與徽州。

9　蔡敦勇（1936-），江蘇省文化藝術研究所研究員、中國金瓶梅學會理事、金瓶梅國際資料中心主任、金瓶梅研究編輯部主任、江蘇戲曲學會與美學學會理事。著有《金瓶梅劇曲品探》、《戲曲行話辭典》等。

磋。今後，咱們可得省去這些。我帶去的全是微薄的紀念品。此一風尚，咱們中國人真得學學西洋人。

貫雅的林惠珍已去日本，今與該社羅小姐聯繫，告知兄稿已發排，看來允寫的敘論應在下月成稿，稍撥手頭冗繁，就要閱讀大作執筆為文了。稿成後，當先呈正後再發。

劉老府上之聚，最為難忘，弟居然坦誠一己的處世為人與治學，未免有賣老氣概，溯之汗流。茲印呈短文數則，數來都是四十年前的自勉，今已乏此豪氣，只是積跬步而前，不止步於原地而已。行將就木之年，縱有干雲豪情，又何敢筆之！

由屯溪趁客運車赴滬，行程長，風雨晦晦，可以說是行程在冷風苦雨中。坐車上無所事，居然在思維中記錄順口溜黃山百零五句（五言），陳美林[10]兄嫂贈我湖筆，囑寫一幀作念，遂發筆錄之，寄出後，方始想到劉老所作〈黃山遊〉一詩，兩相比并，有下里巴人與皇室貴胄之異。雅俗天地懸矣！弟順口溜黃山，乃出於下里巴人的俗口也。

翻閱明清小說，方知《忠義傳》早經討論。似乎還未能確定在容與堂本前或後？弟對此問題，距離尚遠，不能再有所置喙。

劉小姐[11]的問題，尚未去問瓊瑤[12]，下次再專函馳報。敬請兄行轉陳。祝

文祺！

弟子雲手上　一九九一年四月十日午後

---

10 陳美林（1932-），一九五〇年考入浙江大學文學院中國文學系，畢業後一直從事教學和科研工作。現為南京師範大學資深教授、博士生導師、校務委員會委員，著有《吳敬梓研究》、《吳敬梓評傳》、《新批儒林外史》等。

11 劉小姐，劉冬之女，瓊瑤迷，因為太愛看瓊瑤的戲劇，根據戲劇的發展，推論瓊瑤的血型是O型。

12 瓊瑤（1938-），原名陳喆，畢業於臺北女中（中山女高）；是臺灣著名的言情小說作家、影視製作人。著有《窗外》、《心有千千結》等。

附提：

馬上撥了電話，瓊瑤是O型，平鑫濤是A型。她前夫馬森慶是A型。兒子小慶也是A型。瓊瑤要我謝謝劉小姐精讀了她的書。容再另函專陳。

080 四月十五日歐陽健致魏子雲

魏公大鑒：

相聚而又分別，又已一個多月，想已安返臺北。照理早就該致函問候，奈北大侯忠義先生主編之《古代小說評介叢書》，要在四月二十四日召開編委會，我必須把承擔的《古代小說版本漫話》與《古代小說作家漫話》二本書稿完成帶去，憂心如焚，晝夜趕寫，所以竟未能及時寫信，有罪有罪。

此次相見，魏公不僅教我如何治學，也教我如何做人。關於《金瓶梅》的課題，我一直不敢碰，這次也得先生啟迪，稍稍開竅。我寫的兩本《漫話》，談版本的一本對《金》只稍稍提了一下，談作家的一本，則在第六章蘭陵笑笑生的幾十位候選人中，寫了幾千字，多是介紹性的。另外，我又寫了第九章，以〈小說作家考證的正確方向〉，分別介紹了胡適、魏公與劉冬的研究方法，寫魏公的第二節，我多復寫了一番，謹奉上。因寫得匆忙，未能細細斟酌，不知是否把握住魏公的主旨與精髓，乞賜正，在以後看校樣時，可以改正。關於《金瓶梅》，至今還無新的領悟，唯覺對於謝肇淛的〈金瓶梅跋〉，殊堪注意，謝文名為跋，但卻不附在《金瓶梅》書後，而「詞話本」中，弄珠客序之前，又多一序一跋，跋應在書後，詞話本卻放在序前，細品文意，廿公跋與謝跋如出一轍，我懷疑可能是謝跋的改寫，不知有道理否？（謝為萬曆廿年進士，稱「廿公」，似亦有據。）

照片已經印出，奉上。問師母好。我四月三十日會議結束（在大連開），五月初即可回寧了。祝

大安！

歐陽健　91，4，15

081 四月二十二日魏子雲致歐陽健

歐陽兄：

今（廿二）日收到四月十五日大函及所寫有關《漫話》中特別把我寫入部分，未免出於情誼之篤，過分抬舉了我。不知能否為編者採納邪？由於是寫我的文，是我步入這迷宮廿年有餘的一本書，是以我特別能夠領會。弟前函曾經說過，兄如參加《金瓶梅》一書的研究，不出三年，兄可能駕乎吾儕上。何以？兄之智慧過人，又閱讀仔細也。

關於這短文，第169頁第五行，引用弟文「見不得太陽的。」應在「太陽」二字之上，加一「大」字，「見不得大太陽的。」原文陋奪。再第175頁第七行第八行的這一段「考察『未幾時』這個……的緣故」。可刪去改為：「這就是未能查出確實的歷史基礎——『馬仲良司榷吳關』——的史實，是萬曆四十一年。同時，也由於沈德符的語言，在語意上也有故作含混的隱藏。這些，都是歷史上的基礎，社會上的因子，與訓詁之間的相互關連。關於此一問題，還有一處……」這樣寫，就與史料上的問題關連上了。也把歷史基、社會因以及訓詁的考據方法合一了。

不幾天，我寄去兩函，還附印了弟早年所寫的幾篇散文，其中寫了草、水、葉等，同時，也把向瓊瑤查問來的血型，符合了劉小姐的推想。可惜劉小姐不走咱這條路，憾哉！

　　《吳月娘》已出版,不敢寄。怕是像《潘金蓮》一樣,被查扣。
八月間到東北開會,再托周鈞韜之帶回吧。祝
好!

弟子雲手上　一九九一年四月二十二日夜九時

附提:

所以明朝人論及《金瓶梅》的文字都有隱藏及暗示。弟正在重詮這些
文辭的內涵與蘊藏。

082 五月五日歐陽健致魏子雲

魏公大鑒:

　　四月下旬赴瀋陽、大連參加中國古代小說評介叢書編委會,五月
初回到南京,先後奉到四月十日、二十二日兩大函,並黃山紀遊五古
及散文,不勝欣喜之至。我愛「恰如嬌羞女,急以袂遮靨」狀紅日初
升之佳句,尤愛「老戀未服老,服老非老戀」之堅毅精神。散文中,
〈草〉和〈理〉兩篇也使我喜歡。長詩和散文我都已複印送給劉老,
他也稱譽不已。劉老乃一真人,才人,然命運多舛,未能有大成就,
令人歎惋。

　　瀋陽的編委會,開得很好。中國古代小說評介叢書共九輯八十
冊,將力爭於今年底一次推出,我所撰之《古代小說與歷史》、《古
代小說作家漫話》、《古代小說版本漫話》、《曾樸與孽海花》四
種,蒙主編與編委青目,已通過審定,交出版社作技術處理,不日即
可發排。有關169頁和175頁的改正,我已寫信責任編輯,請代為修
改。下一步我還有寫作《晚清小說史》的任務,最遲的交稿日期在七
月十日,所以還得拼一拼。

　　會議期間，還與出版社商定了編纂《中國古代小說總目提要》的規劃，此書擬收錄古代全部文言與白話小說，體例與通俗小說總目提要比，略有更易。全書將達到一千萬字，四年內完成。另外，還與侯忠義先生合作，撰寫《中國古代小說史》，分八卷，二百萬字，二人各撰四卷，我寫的是宋元、明、清、晚清四卷，也將在四五年內完成。提要的凡例已經列印，俟印出後，當呈上，請指正。

　　因忙，對於《金瓶梅》，還不能投入其中。目前想到的是詞話本的二序一跋，似乎還有一點什麼文章可做，也只好在七月份以後再動手了。關於《紅樓夢》的問題，我在兩本漫話中都涉及到了。這次在編委會上，與幾位專家交談，他們都認為我的想法是有道理的，也許會對紅學研究產生某種大的影響。這個領域中，可以做的題目很多，關於脂硯，就可以寫出三篇大的文章：一、脂本辨疑，證明脂本不是早期的稿本或抄本，而是晚於程本的本子；二、脂批辨疑，證明脂批不是在紅樓夢創作過程中加的批語，而是在成書以後加的批語，加批的目的不是為了作者，而是為了讀者，其時間比幾家評本還要晚；三、脂齋辨疑，證明脂硯齋決不是曹雪芹同時代的人，他是同治年間的劉銓福的偽託。寫這些文章，又需要時間，現在還無暇顧及。二月間呈上的那篇文稿，只是起了一個頭而已。這篇文章，前些日鍾來因兄要去看了，也頗以為是，甚至還寫信向王三慶先生作了介紹，我知道王三慶先生是臺灣有功力的紅學家之一，也很希望聽到臺灣紅學界對我的觀點的評價。為此，可否請魏公與林惠珍小姐商量，請求她同意把這此文亦編入拙著《采正》之中？《采正》中涉及到了一些明清小說，卻少了《金瓶梅》、《紅樓夢》，若將此文補入，豈不可以彌補一下缺憾？——若不便，就作罷論。

　　最後，請代問魏師母安泰，祝
大安！

歐陽健　91，5，5

083　五月十五日魏子雲致歐陽健

歐陽兄嫂：

　　近兩月來，從不夜作的我，也不能不在晚飯後繼續工作。好在我不大看電視。就這樣，終把兩本劇校教科書又重新修刪了一次。太深了，不適高中用。《中國戲劇史》的原本，已交學生書局印行，作為大專用書，刪改本則給高中用。另一本《表演概論》，改不了，略刪篇幅，也就算了。日昨方行竣事。

　　大作《紅樓夢甲戌本研究》，極有見地。脂硯齋的翻案，說服力尚欠缺。望能再加強。續入《明清小說采正》已關照。稿已遵囑給了學生書局的書目季刊，當去copy一份寄貫雅。林惠珍在日本，六月底返國，八月初再去，要一年後始返國。

　　雜務仍多，推又推不掉。貫雅催敘文，下月定可完成。接兄函見所列未來工作，全是由惠於社會文學大眾的書，若是情形，舍大陸以外，鮮能臧於斯事。我不多說了。弟近二十年來，孜孜矻矻，以《金瓶》一書論，印行文字亦逾二百萬言，雖所論被肯定者尚少，自信所建體系，業已根深而蒂固。憾於大陸方面，鄉土性太強，非治學之道矣！八月可能北去長春，若南來，目標是寧波天一閣，不可能到金陵來了。揚州、上海兩地之會，似也不可能參予其盛。但已研究問題之探索為重。〈遊黃山〉乃順口溜，牧人俗口之文，無是論。還是劉老〈黃山遊〉。祝

好！

　　　　　　　　　弟子雲手上　一九九一年五月十五日

附提：

再有稿來，能以繁體字書寫，則方便多矣。

084 六月六日歐陽健致魏子雲

魏公大鑒：

五月十五日大札敬悉。

中國古代小說評介叢書，已進入最後衝刺階段。我除了趕寫《晚清小說簡史》以外，還得催稿、看稿、改稿，以盡編委之責，所以忙得焦頭爛額。好在我於晚清小說中幾大名著，都盡力找到了自己的觀點，使小說史的格局大體上能支撐起來，心中還是很欣慰的。近日研究《老殘遊記》，我發現這部小說實際上是寫作者對於現實和未來如何改革的理性思考，無論是對自然景物的描摩，對社會眾生相的刻畫，還是對三教合一的議論，都貫串著作者的深層的思考，因而使它獲得了較同時代作品更為深刻的價值。大約再有一個月，這部簡史就可以脫稿了。

在此期間，我還草擬了《古代小說總目提要》的凡例，已有不少同道表示願意參加合作。凡例是工作的基礎，需慎重斟酌。現將凡例呈上，渴望得到您的指教。尤其是關於小說的界定，子部小說提要的寫法，以及是否要寫評語等等，是否妥切，均請不吝是正。

關於《紅樓夢》版本一文，承補入《采正》書中，不勝感激。些許瑣事，屢次打擾，心中甚以為不妥，以後當力戒之。誠如所示，關於脂齋的翻案，僅有一點影子，尚不足以定論，暇中當再尋確證，予以充實為是。

知魏公近兩月來，晝夜工作，甚為感佩。唯望注意勞逸結合，保

重身體為要。《金瓶梅》之研究系統，海內當推魏公為第一家，我願認真揣摩，以便有所長進。八月如來長春，乞賜關於《金瓶梅》之大著，令周鈞韜兄帶我。大陸學人之「鄉土性」，大約表現在若干地方為證此書為該鄉該土之所出方面，探索爭鳴，也自有其好處，可以幫助研究的深化，我在《古代小說作家漫話》中，寫了〈古代小說考證的額外收穫〉一章，就是講的這個意思。除此而外，一般還是能夠包容各種觀點的，至於功力態度如何，則又是另一個層次的問題了。

四川要舉辦一次國際《三國演義》文化節，時間大約也在八九月份，沈伯俊[13]兄來信要我推薦臺灣學者，我已請他給您發出邀請，不知能去一遊否？

《采正》排出清樣以後，是否要我校對？林惠珍小姐月底回來，請代致謝忱。

問魏師母好，祝

大安！

歐陽健　91，6，6

085 六月十七日魏子雲致歐陽健

歐陽兄：

六月六日大札，十四日奉到。讀所附〈中國古典小說總目提要〉凡例，便難禁不作翹首之待。不過，第四條說「書名前之新鐫、新刊、繡像等冠詞，不予錄入。」弟意似不適宜。應予詳錄為是。斯乃

13　沈伯俊（1946-），一九七〇年畢業於四川大學外文系，歷任文學研究所副所長、哲學文化研究所所長、文學研究所所長，四川大學文學與新聞學院教授，中國《三國演義》學會常務副會長兼秘書長，著有《中國古典小說新論集》、《三國演義辭典》、《羅貫中和三國演義》等。

拙意，提供參改。弟近正讀「采正」各稿（影印留在手頭備用者），推想出稿可能排完，林惠珍本月底回來，八月再去，要一年後，方能修習告一段落。擬在本月底寫妥此序寄去。也許她會到我家來。近觀王安祈「袁崇煥」一劇，竟把文官寫成武將。使我大動肝火。是以讀了兄寫「丹忠錄」一文，讀後感觸更深。袁崇煥其人，自天啟二年因愛紙上談兵而蒙皇上召見，即註定他今後勢必步上滅族的命運。戰前論和，縱為戰略所設，未稟上知而專行，足可下獄罪之矣！此人妄自尊大，形成了他的情敵，遂有「五年滅遼」的豪語上陳。雖有寧遠一役之勝，由於他之不知兵，更不知敵，未能權衡全局，此役之勝，反而造成他一敗塗地的凶兆。毛文龍的出身，雖不能與他進士及第者比。但毛文龍之治理皮島，進可攻，退可守，萬一遼東不保，還可東遁高麗。袁崇煥如不專權跋扈，自大狂作祟，若能與毛文龍偕手合作而無間，共禦北遼大敵。則朱明一朝之亡，似不致若是之速。當就，撒爾滸一戰，朱明必亡，即已註定。

「丹忠錄」寫毛文龍，固有偏袒，但其中寫袁崇煥與毛文龍相會飲宴那一回，袁氏的先遠而後近，已刻畫出袁崇煥之尊大像矣！如此領兵督師，在那舊封建時代，怎能不步上死路？崇禎以磔刑下詔命，非仁君也。祝

好！

弟子雲手上　一九九一年六月十七日

明春三月金陵見。

086 七月二日歐陽健致魏子雲

魏公大鑒：

六月十七日大札日前奉到。

我已撰就《晚清小說簡史》，共十五萬字，謹將篇目奉上，供一曬。由於篇幅限定，加之催稿甚急，故此稿尚未愜心意，自問有幾點或可成立：其一，拈出「新小說」一詞，以「改革」二字貫串其中；其二，劃分發軔、第一高峰、第二高峰、餘波四個階段，稍顯其演進之跡；其三，於幾大名著，都力圖提出新見，且與全書基調一致；其四，於若干為前人所輕忽之作，亦有所發現、採擷。然終因篇幅太小，不能盡言。以後若有機會，再添寫十五、二十萬字，則可補此缺憾。

於晚清時代，頗生感慨，君主立憲，絕非壞事，其時若非滿人執政，結果當不會如是，推而廣之，歷史之陰錯陽差，往往會改變其發展之方向。大箚言袁崇煥若能與毛文龍偕手合作，則明亡不致若是之速，誠為的論；若明代不亡，中國之資本主義發展，定當捷速於清，中國的命運可能就是另一個樣子了。再推前二百年，若朱元璋之太子標不短命夭亡，則朱棣不可能篡奪建文之位，而明代之首都，當仍在南京，那麼即使到了滿族興起，也不可能一入關就攻下首都，雙方之較量，可能會有更多的反覆。總之，一著錯，就會全局變。歷史真如著棋，難怪令後人頻生感慨。

稍事休整以後，擬著手寫《紅樓夢》三辨：脂本辨正，脂批辨疑，脂齋辨考。尤其是第三個問題，尚須再費一點力氣，方能寫出有說服力的文字來。

關於中國古代小說總目提要凡例所提示的一點甚是。我起初考慮的是作為條目名，應是書的本名，這樣檢索起來，比較醒目，若一一錄入「新鐫」等冠詞，則在「新」字後就得列入一大批小說。現決定：條目仍錄本名，而在版本項中，則詳錄「新鐫」「新刊」之類，以顯全貌。不知以為何如？

林惠珍小姐想已回來。近悉她的貫雅除出版了周中明的書之外，還出版了朱淡文[14]的《紅樓夢研究》，馮其庸[15]的序已刊出。可以想見林小姐對明清小說研究著作出版的熱心，令我欽佩。請代為致敬。大序寫好，可寄我一份，當設法先予刊出。

再收到下一次來示，大約已近七月底，屆時魏公當赴長春金學會矣。我因拿不出論文來，長春就去不成了。預祝一切順利。

問魏師母安吉，祝

暑安！

歐陽健上　91，7，2

087 七月十一日魏子雲致歐陽健

歐陽兄：

七月二日大札，昨（十）日奉到，對兄之工作成績，由衷贊佩。弟雖力持慎讀，際茲繁華社會，極難過隱士生活。加之一位無力租賃居處的兒子，婚後住在一起，二人都在上夜班，一在餐廳一在美國期貨公司。育有一子今已蹣九閱月，扶著桌案邊就會走圈圈。又無力傭人，老伴便成了褓母。有時我也得加入。生活有了極大阻礙。就這樣，弟每早四時許起床，還寫了兩篇論文，一是〈薛岡筆下的文吉士與包岩叟〉，一是〈金瓶梅作者屠隆考補正〉，後一篇已印好（自行抄寫），帶去長春作為參加會議論文。此文有許多突破。譬如明傳奇

14　朱淡文（1943-），上海師範大學文學研究所副研究員。著有《紅樓夢論源》、《二十四才女傳》等。

15　馮其庸（1924-），名遲，字其庸，號寬堂。歷任中國人民大學教授、中國藝術研究院副院長、中國紅學會會長、《紅樓夢學刊》主編等職。著有《曹雪芹家世新考》、《論庚辰本》、《夢邊集》等。

《玉環記》乃屠隆夫人楊柔勝（卿）作（改作），似可以確定。《花影錦陣》中二十四幅題字，也可以確定是出於屠隆手筆。弟已把一衲道人與煙波釣叟這兩個筆名，有證據把它們畫成了等號。都是從屠隆作品中尋到的證據。（寄上這篇萬餘字的論文，請賜正。）

近閱報載，大陸自即日起，要加強臺灣到大陸人士出入境檢查。弟已購得一部影印原刻線裝金瓶梅致贈江蘇社會科學院文學所，準備帶到長春交周鈞韜帶回。給南京師大的那一部，明春回鄉探親時再帶去。為了怕惹行程上的麻煩，這次不帶了。等你們寄一份入境證明後再帶吧。請轉告周鈞韜。（本擬一併帶去，李壽菊、廖淑芳、陳益源三人跟同我去。帶得了。但一經海關檢查，可就麻煩了。不知小說《吳月娘》可以帶去否？還在考慮中。）

林惠珍已回來，上周到我家來過，她九月還要去。再去便以學生身分去。還要考「托福」（留學條件）。關於出版社事，她已委託他人，暫時還不管。我已催促社方能在本月將打字稿完成，由我帶到長春，交周鈞韜或郵寄。弟敘文當在其內。此間不易有發表之處，尚未寄出。（也不擬寄出，怕給主編朋友為難。此文雖非佳構，弟則是用心寫的。幾本熟稔的書，都未介紹創意。）

明春，弟當再來，若不再兼課，會在南京多留些日子，作幾次演講，應是無問題的。《晚明小說簡史》，惠珍等人（全社）本月十六日請我吃飯，當轉致，希望再考慮一本。祝
好！大嫂均此！

弟子雲手上　一九九一年七月十一日晨

附提：

請轉告周鈞韜帶書時，「箚記」當再帶一本給他。弟家電話（02）70117＊＊。

088 八月二十日歐陽健致魏子雲

魏公大鑒：

鈞韜自長春返寧，十七日晚送來《采正》大樣。我因二十一日晨要去貴陽參加《紅樓夢》學術討論會，給我的時間只有三天，為此，我每天六點開始，一直校到夜一點，總算校了出來，人已弄得十分疲乏。

此書能在貫雅出版，實在要感謝魏公之厚愛。大序對我譽之太高，令我愧煞。只有視為一種鞭策，當永遠以魏公為楷模，踏踏實實，兢兢業業，為學術做一點探索的工作。

我在校對時，順便又做了一點刪削與改正，目的是使全書體例一致。平常寫字太草，所以給印刷帶來不少麻煩，心甚不安。書稿本擬逕寄貫雅，然因大序我也校了一下，不知妥否，故還是呈上，請過目。

長春會議有進展，令人高興。然亦知魏公身體欠安，心甚念念，望多多保重。

又，大序我已與我院院刊《學海》談好，他們同意在年內或明年第一期刊出。此書出版後，臺灣如要購買，不知有何手續？

精神實在不支。容貴陽回來後，再詳細稟報罷。

問魏師母好，祝

大安！

歐陽健　91，8，20夜

089 九月三日魏子雲致歐陽健

歐陽吾兄：

　　八月二十大函，二十九日就收到了。校稿到今（九月三日）尚未
到達。總還得幾天。昨（九月二日）日上午到了貫雅，把兄信留一影
件。當時只有一位廖小姐在（林惠珍即去日本社務已不經管，她要明
年十月才回來），羅小姐照顧孩子入幼稚園事。國內購書事，需要他
們另函告知。

　　鈞韜兄有未帶書給你？似乎有一本《金瓶梅審探》，還有一本
《吳月娘》。不知鈞韜兄尚缺《審探》，帶了《箚記》給他，還有
《吳月娘》。這次本來帶去不少書，因突見新聞，說是近來海關檢查
甚嚴，遂於行前又留下一些（特別是原影本詞話）。因而把王同書[16]
兄的幾本也未帶去。累他來信問。只有明年到南京時再帶了。原擬十
月去寧波，今已取消此行。今接張繼青來函，說是十二月中旬將去香
港演出。問我能否赴港觀賞？如時間能配合上，（今年的課又加了兩
節，變成每週六節，要到校兩次。前天教務處來電話協調時間，雖已
推拖，看來成效不大。今年的課程改了。）我會到港去觀賞張老師的
戲。反正簽證兩年，隨時可以購票啟程登機。弟近來（七月初）檢查
身體，如心臟、肝臟還有雙肺以及右下腹，都有疑問待重檢，由於赴
東北開會在即，我不曾理會，一去理會，只有徒增心理負荷。反正我
生活如常，飲食睡眠無異狀，工作照常。不想去添煩惱，是以至今沒
有管它。手頭工作，不亞於兄。不過，咱們也得姑息一下自己。別太
累了。

---

16 王同書（1938- ），時為江蘇省社會科學院文學研究所助理研究員。著有《施耐庵之
　　謎新解》、《水滸‧施耐庵面面觀》等。

　　在長春，朋友們照舊對我另眼看待。友情負載，愈來愈沉。長白山之遊，開闊了視野。聯想到富士山。稍閑當文抒之。

　　還有，弟手寫劉冬〈黃山遊〉一文寄呈。何以未道及？沒收到！
祝
儷安！

弟子雲手上　一九九一年九月三日午後四時

090 九月十二日歐陽健致魏子雲

魏公大鑒：

　　接奉九月三日大札，知貴體有疑待檢，心切念之。對於一己之健康，我意既不能過於「理會」，也不能絕不「理會」。此間有人，恃有公費醫療，天天跑醫院，事業無成，而身體亦未見壯健。我幾年來，也很少（可以說是怕）上醫院，醫療卡上除了兩次醫齒痛的記錄，幾乎是一片空白。過於看重，徒增心理負擔，確為至言。然既已有疑，還是得排除才是，遷延耽擱，失去治療機會，也非上策。此外，還須減輕工作上的負荷為是。記得前次說您已辭去教職，專心寫作，因何反添了課程？

　　我九月一日從貴陽回來，利用晚上的時間，認真拜讀了《金瓶梅作者屠隆考補證》與《吳月娘》。猶如哥特巴赫猜想，陳景潤達到了一加一的境界，可謂攀上了新的高峰。在《金瓶梅》作者諸說中，屠隆說經魏公探幽燭微，可說是最有說服力的一家。《補證》關於《玉環記》與《金瓶梅》的觀照，對楊柔勝與屠隆關係的考證，確見功力，煙波釣叟名號的印證，《綵毫記》的細節的鉤索，都非率爾為文輩者所能為，令我嘆服。然此一問題，信者益信，而疑者自疑，要每一個人都承認，除非發現一個版本，上署「屠隆撰」三字方可，但果

真如此，又要大家去考證什麼呢？可惜我對《金瓶梅》未下功夫，俟異日騰出手來，當細心研習一下。《吳月娘》一書，可以說是越往下讀，越見興味，對於此一「糾纏舊作」的創作方式，歷來不易討好，《吳月娘》的成功，恰在於「百分之八十的虛構」。此一創作的成功，意義在於，在被人認為是極黑暗、極醜齷、極不道德的《金瓶梅》世界中，勾畫了一線光明、一片乾淨的道德領域。黑與白，美與惡，總是相伴相生，絕無絕對的黑與惡、而沒有絲毫的白與善的道理。我在文革中，飽經磨折，但卻感到廣大民眾，仍是好的，他們給了我光明與勇氣。我尤其喜歡小說中西門慶死了以後的部分，不僅秋菊之死寫得好，元宵之死，也寫得有感染力。春梅的性格也極出色。「月娘受窘」、「舊家池館」等章的心理描寫，皆堪稱上乘文字，結末之妙悟有無，雖為佛家之妙諦，亦有普遍真理存焉。竊以為，於國家，於民族，不能丟棄有無；於個人，則確實應該「欲通大道，莫管有無」。自經挫跌，我自問於名於利，毫不貪心。且如職稱問題，我們所裏，副研究員有七人，都到了年限，年底年初，就要評定升職事。其餘六人，身任所長者有之，年近退休者有之，氣盛者亦有之，因思學問無窮，何必與之爭，遂決定不予申報，以求解脫。錢穆云：不求成功，但求不失敗，我不伸手，又有何失敗？此乃我讀《吳月娘》之頓悟也。

　　八月二十四日，去貴陽參加《紅樓夢》程本刊行二百周年討論會，因我準備了四篇論文，受到會議的破格接待，讓我不受時間限制的講了一個小時。我除了講脂本的不可靠、脂本從程本而來外，還對脂批的性質、脂批中所謂「本事」材料以及脂批的年代進行了辨析，對脂硯齋，則從三代的演化中表述他的真相，在會上引起了強烈反

響，魏紹昌[17]、楊光漢[18]、曲沐[19]等都認為是帶有革命性的突破，是振聾發聵的驚世駭俗之談，對紅學研究將起大的推動。在會上，已經贏得了一批贊同者；一些表示要「再想一想」的人，也承認我的觀點不是嘩眾取寵，是對材料的鑽研中得來的，需要認真對待。只是由於遼陽市已事先開了一個紅學會，吸引了一批紅學家；上海九月一日，與康來新教授率領的臺灣紅樓夢之旅又有了一個懇談會，吸引了一批紅學家，貴陽會上的紅學家到的不多。魏紹昌先生趕回上海以後，還介紹了我的觀點。看來今後將面對著人家的還擊，看來得糾纏上一、二年才能脫身。我回來以後，擬了一個《紅樓新辨》的計畫，準備索性放開手來，系統地研究一下。茲奉上《新辨》篇目，請指正。

回來以後，還有一兩部叢書書稿要處理，江蘇古籍出版社一位副總編，是社科院調去的，忽然來求援，要我在九月底之前幫他編好一部二十萬字的書稿，朋友之義，不幫也不行，只好勉力為之，真是忙得苦不堪言。

《采正》稿未知寄到否？三天校正，實在太緊了一點，可能還有差錯。此事煩魏公辛苦奔走，實在不該。我以前建議把我們在孫中山總統府的照片放在扉頁，不知有否辦到？

鈞韜只帶給我《吳月娘》一書，《審探》、《箚記》等，我都沒

17　魏紹昌（1922-2000），一九四三年畢業於上海光華文學院歷史系，歷任上海市作家協會資料室負責人，研究館員，全國紅樓夢學會理事。曾去美國哈佛大學和哥倫比亞大學講學，著有《晚清四大小說家》、《我看鴛鴦蝴蝶派》、《紅樓夢版本小考》等。

18　楊光漢（1938-2013），一九五五年考入雲南大學中文系，一九五九年留校任教，著有《紅樓夢：一次歷史的輪回》、《雲南苗族民間故事集成》、《西部苗族古歌》、《苗族的遷徙與文化》、《漢語》等。

19　曲沐（1933-），一九五九年畢業於北京師範大學中文系，貴州大學人文學院中文系教授，中國《紅樓夢》學會理事、中國《三國演義》學會理事、貴州省《紅樓夢》研究學會副會長。著有《紅樓夢會真錄》、《紅學百年風雲錄》、《煙霞集》等。

有，以後再說。我是準備下功夫細心研究一下的。

所書劉冬黃山遊詩早已收到，詩與書法，堪稱雙絕，當珍藏之。

又，明年三月，我的朋友陳周昌將在西安主辦一個三國演義學術討論及旅遊活動，歡迎魏公光臨，一同遊覽古都西安，好嗎？

問魏師母好，敬頌

秋安！

歐陽健　91，9，12

091 九月二十二日魏子雲致歐陽健

歐陽兄：

九月十二日大札與文稿同日收到。正遇上中秋，與兩天假期，要週二後，社方才會來取。弟稿兄校正甚感，改了兩書的先後秩序最是。在我指導學生寫論文時，參改書的次第排列，我最重視，不准他們亂列一氣。古聖有云，知其先後，則近道矣也。曾下決心辭去那四節兼課，所以三月間在開學前就逃到金陵，又去徐州又去黃山，又到滬杭甬等地，二十多天方回。結果，校方寧願把課扔在那裏等我回來。校長是會議桌上常見面的朋友，俗謂「情面難卻」遂又回到教室。那時這麼回事。今年，學制改變，這學期有六節，要兩天。我的體檢一看專案會令人出冷汗，五臟無一完善，又三項心、臟、腹要重檢。我至今未理。蒙周有言：生也有涯。又說：生，時也；去，順也。適時而生，順時而亡，斯乃自然也。機器會銹蝕，會磨損，肉體又何能違此常理。弟如今一切正常，自不想交出折騰。交給自然之神玄處理可也。弟在工作上一生不爭不說。論文會引起反響，小說乃閑文，是研究中的副產品。未重視它。

祝

好！

弟子雲手上　一九九一年九月二十二日中秋佳節

附提：《紅樓》一書當與貫雅商之

請轉告鈞韜兄，張繼青十二月間到港演出。弟可能到港看戲。五天時間抽得出，書帶港請繼青劇團帶回成嗎？希告。

092 十月三日歐陽健致魏子雲

魏公大鑒：

中秋大札拜悉。以身體喻機器，確為至言。然機器須保養，須維修。吾公體檢既有疑點，還望予以重視。總體上藐視疾患，持一種達觀態度，與局部上重視疾患，持一種認真的態度，二者似宜結合起來。魏師母需要您，我們大家需要您，明清小說研究大業需要您。

關於屠隆，周鈞韜回來說寧波發現的家譜中，有「明賢里」的記錄，惜語焉不詳，而您的論文中又未敘及。如確有此事，意義重大。

我本擬集中精力考證《紅樓》之版本，上月侯忠義先生忽交給我一緊急任務，叢書中《古代小說禁書漫話》一題，撰稿人難以完成，要我在十月底前趕出，只好把手中的活兒放下。現已寫了三萬字，估計可按期交出，只是太急了一點。

關於《紅樓》的問題，我新近發現張宜泉的《春柳堂詩稿》刻本中關於曹雪芹的幾首詩很有疑問。此書刻於光緒十五年，其時張宜泉的嫡孫尚在青壯年，按年代推排，張宜泉當為嘉慶年間之人，不可能與曹雪芹同處一個時期。此外疑點尚多，擬寫一專文辨析之。

《紅樓新辨》的論辯對象，主要在大陸的學術界，貫雅能夠接受，當然是好事，但那樣一來，大陸的人反不易看到，失去針對性。

《采正》將出，我正面臨一個向朋友贈書的問題。許多朋友該送，但全部稿費實際上只能買六十本，遠不敷贈書之用。日前貫雅筑齡[20]先生表示，云大陸的購書，可用交換的方式，不知這一交換方式，具體做法如何？是否可以書換書？如我們編的《明清小說年鑒》，可否與《采正》交換？如何結算？都是從來沒有經歷過的事。

再說到《紅樓新證》，可否由貫雅與大陸的某一出版社聯合出版？或者貫雅先印，然後大陸再印？此間已有兩家出版社表示了興趣的意向。

《金瓶梅》原本，可請張繼青同志帶來南京。又，我十月二十日至二十八日將去上海復旦大學參加國際近代文學研討會，若臺灣有先生也來參加，請他帶到上海交給我也行。

最後，還是懇望魏公去好好檢查一下，不宜大意！

我和內人都問魏師母安泰！

祝

秋安！

歐陽健　91，10，3

093 十月十一日魏子雲致歐陽健

歐陽兄：

十月三日函，今（十一）日就收到了。關於買書贈友，誠是一大問題。尤其是兩地物價懸殊，把全部稿酬（版稅）投入，也不過百本而已。弟這次去東北，就買了一百五十元美金的書。報上見到說海關檢查加嚴，又留下了一大部分未帶，是以有些友人的《吳月娘》都

20　筑齡，臺灣貫雅出版社負責人。

忘了帶去。我還帶了一本《金瓶梅審探》給你，書上寫了整頁的閒話。鈞韜兄說他還缺此書。兄沒有說收到這一本，想必他留下了。《金瓶梅箚記》（五五一頁）銷得最慘，八年了，只賣去三百多本，「巨流」自己沒有門市，不能與別家書交換抵賬，所以他不發，姜太公釣魚式，現金來，再寄書。最近因倉庫滿，四折出了一部分書。我去拿了十冊。帶了五本到東北。行李不能過廿公斤，幸好李壽菊跟了去，二人合併算，方能過關。每年一結的版稅，往往不夠抵買書的賬。這事，我與貫雅商詢再告。林惠珍到日本去了。經理方面是位羅小姐。編輯方面是位閻先生。要送這多書嗎？我的書《金瓶梅》購贈大陸友人，臺灣方面我不送。沒人要我那些書。小說，也只送了廿來本。

　　「明賢里」三字是屠本畯寫在劇作《飲酒仙歌》中的句子，以劇中人憨翁（田叔自稱老憨）自稱「家住明賢里洗墨溪畔」。弟已另文寫〈屠本觴政跋的史實啟示〉一文，已給復旦學報。寧波鄭閨文，敦勇在吳敢處印有一份。如有興趣，可就近一閱。　兄《紅樓》新見，將啟扶輪導向之功。明春節弟再來金陵，圍爐談。病，不理它。祝好！

弟子雲手上　一九九一年十月十一日夜八時

094 十一月一日魏子雲致歐陽健　094

歐陽兄：

　　大作《春柳堂詩稿》中的芹溪問題，收到後就拜讀一過。辨疑論點，極具創見。使我感到不解的是，像這樣清楚的問題，何以幾十年

來無人進入解說它？王利器[21]發現了問題，卻要為別人圓其說，怪哉？上一篇發表的稿件，學生書局已經寄出，想已收到。那篇，我又讀了一遍。相信你這部書，當能為紅學闢出了新天地。慢一點，把疑點弄弄清楚，完成一個結論再成書。先別急。《紅樓夢》與《金瓶梅》不同，不同處在於它已有胡適之的根深而蒂固。要想立新說，非先掘根不可。

關於《金瓶梅》，弟一進入便發現它的原本是有關政治諷喻的書，卻招來「索引派」的嘲諷。當黃霖提出屠隆說，我便查出屠隆可能寫作《金瓶梅》的動機，是由於他的罷官時獲罪於君上。迄今六七年無人回應。今年，方始加入了寧波的鄭閏，又提出了一些新證。主要的一件是屠本畯的《飲中八仙記》報家門「家住洗墨溪畔明賢里」，可能他是「欣欣子」。我在琉璃廠買到了一部吳江人吳稼嶝的《玄蓋副草》詩集，其中有一首五古十八句，其中兩句說到屠隆的罷官是「謠諑一興妒，深宮擯娥眉」，已證明了屠隆的罷官，是由於他所寫的〈賀皇子誕生〉文，引起了深宮寵妃鄭氏的妒火，湊著有人劾屠隆詩酒放浪，便借機削籍。可以說，此一問題已定，其他問題，都可迎刃而解。我遂寫了一篇〈為金瓶梅作者屠隆畫句點〉一文，《書目季刊》答應一月間刊出。

兄此文，擬再投臺大《中外文采》試試。過去，文學院長中文系主任等，都是我的朋友，那幾年，該刊發了我不少《金瓶梅》研究，一換了人，再換了主編，寄去稿便一壓半年，不得不去信要回。這次，試試看。

我再繼續寫《編年》，不知張繼青是否肯定十二月十八日起在港

21　王利器（1912-1998），四川大學中文系畢業，北京大學文科研究所研究生，著名國
　　學大師，中國社會科學院特約研究員。著有《文心雕龍校正》等書。

演出六天，如不變，我十二月廿日到港（有研究生的課），可以把書
目的稿費為你帶去，還有書。近正校我的《中國戲劇史》，明年一年
可望出版，計畫年初幾到合肥，探親後，返金陵留兩天。再到寧波。
或由上海返港。總之，明年春會回來聚聚。白堅兄的一篇稿，已投了
四次，近又寄到《國文天地》去。如今大陸熱已冷了。祝

好！

弟子雲手上　一九九一年十一月一日

095 十一月十七日歐陽健致魏子雲

魏公大鑒：

　　十一月一日大札拜悉，《書目季刊》抽印本也已收到。

　　謝謝您的勉勵與提示。我的毛病在一下子涉及的問題太多。像
《紅樓夢》這樣大的題目，看來不能畢其功於一役，確實需要長期的
努力。我當效法您的成功經驗，一點一點地做下去，每一篇文章只解
決一個具體問題，逐漸深入，慢慢進行，最後才劃一個句點。《紅樓
夢》的領地，以往我一直不敢涉足，以為有那麼多的權威在前，豈容
我輩置喙；不料恰恰是眾口一辭的「公理」，正暗藏著謬誤。我當遵
照您的明示，注意掘根的工作，胡適[22]的作者考證，同樣需作一長文；
另外，俞平伯[23]、顧頡剛[24]這兩員新紅學主將，也有不少問題值得檢

---

22 胡適（1891-1962），字適之。現代著名學者、哲學家、文學史家、詩人和新紅學派
　　的創始人之一。著有《中國哲學史大綱》（上卷）、《國語文學史》、《白話文學
　　史》（上卷）、《胡適文存》等。

23 俞平伯（1900-1990），原名俞銘衡，字平伯。現代詩人、作家、紅學家。與胡適並
　　稱「新紅學派」創始人，著有《紅樓夢辨》等。

24 顧頡剛（1893-1980），名誦坤，字銘堅，號頡剛；小名雙慶，筆名有餘毅、銘堅
　　等。中國現代著名歷史學家、民俗學家，古史辨學派創始人，現代歷史地理學和民

討。周汝昌[25]謂紅學有四大支柱：脂學、曹學、版本學、探佚學，看來無論哪個大專案，都有重新反思的餘地。

十一月六、七日，江蘇紅學會在鎮江又開了一次研討會，北京、上海、貴州都來了人。這次會與貴州的不同，除了熱烈的贊同者外，也感到了一種排拒的氣味，學術研究中的是非，不免會損失某些權威的利益與威望，他們感到不悅，也是必然的。因此，我預計一、二年內，會因我而挑起一場大的論爭，對此，我已經作了思想準備。不知臺灣紅學界，對於拙見有何反映？

關於《紅樓》與《金瓶》研究的異同，我完全贊同您的意見，《紅樓》是一下子被胡適指定為曹雪芹（曹寅家的曹雪芹）的自敘傳，於是人們全都集中到這唯一的方向去了；而《金瓶》由於沒有胡適這樣的權威來定調調，所以竟然出現了百家爭鳴的局面，幾十種方案都嘗試了，至今還有新說紛紛出來，這樣也好，可以讓人有個比較，看出何者有理，何者純是胡論亂道。屠隆說就其研究方向來說，是正確的，既考慮到成書年代的大背景，又考證出許多具體的細節，二者結合起來，方能構成科學的結論。大作《畫句點》刊出後，乞賜寄一份，以便研讀。俟《紅樓》的問題略有眉目，則當就《金瓶》事細加思考，以求為先生助一臂之力。

本來計畫於近日撰寫〈重評俞平伯紅樓夢作者考證〉、〈袁枚、明義關於曹雪芹史料辨疑〉二文的，忽接侯忠義先生函示，言叢書中最後一本《兩漢系列小說》，因撰稿人發生問題，不能完成，命我於

俗學的開拓者、奠基人。著有《古史辨》、《漢代學術史略》、《史林雜識》、《中國上古史研究講義》、《中國疆域沿革史》等。

25 周汝昌（1918-2012），字禹言、號敏庵，後改字玉言，別署解味道人，曾用筆名念述、蒼禹、雪羲、顧研、玉工、石武、玉青、師言、茶客等。中國著名紅學家、古典文學研究家、詩人、書法家，是繼胡適等之後新中國紅學研究第一人。紅學代表作《紅樓夢新證》。

年內趕出，以便保證叢書於明年五月出版，於是只好停了下來。

盼望明年春天與您相見暢談，尤望魏師母也能來南京一遊。

順頌

冬安！

歐陽健拜上　91，11，17夜

附提：

今後我如有新稿，擬逕寄《書目季刊》，未悉可乎？

096 十一月十八日魏子雲致歐陽健

歐陽兄：

昨天，為你領來稿費台幣七千五百元。正趕上台幣升值，升到一美元換台幣二十六元（王同書那兩千元還是廿六元三點幾）。弟下月廿日到香港去，一來有研究生的課，二來想看張繼青的戲。打算把贈送社科院文學所的那部《金瓶梅》帶港，不知能否請繼青帶去。兩函，十幾斤重，還有給你的，給陳遼的，給同書的，都不敢多帶。給師院的那一部，等明春我來再親自帶上。此書已不易買到了，前幾天我的學生陳益源代一位美國華僑買到一部八折六千四百元（壽菊說的），因為臺灣已飽和，印工貴，線裝工人都沒有了。印五百部要疊半房間，三年五年休想賣得出（房租更貴得難以負擔）。無人願投下這一筆資金。臺灣的社會，是以時間計算金錢代價的。當然，也以金錢能一變十而十變百來計算成本。像我，還是生活在五十年前那種農家子的書呆子人物，幸好還有個能含辛茹苦的老伴兒，不計較我能不能賺錢多少。否則，我是無法在《金瓶梅》這部書上孜孜矻矻沒名沒利的浸淫了二十年不移窩的。今夏，我在北京琉璃廠書肆買到一部民

初景本《玄蓋副草》（萬曆卅八年刻本）（吳江人吳稼嶇的詩集），其中有一首〈答屠緯真〉詩五古十八句，其中有「憶昔遊京華，秉禮兼稱詩，侯王及庶士，交結篋等夷。觚爵飲無算，藻翰縱橫飛。謠諑一興妒，深宮擯娥眉」，已把屠隆的罷官主因，乃獲罪深宮娥眉，自是指的鄭貴妃了。我又寫了一篇〈為金瓶梅作者屠隆畫句點〉一文，商請《書目季刊》發刊於下一期（元月出版），校樣已打出來了。我認為屠隆的罷官既可決定是起因於「深宮」，則一切問題，悉可迎刃而解。不知那些封我為「索隱派」的大家們，將再作如何解釋？（弟那篇〈論屠隆罷官及其雕蟲罪尤〉一文，黃霖的那本《金瓶梅考論》（遼寧出版）已附錄，在我的《金瓶梅原貌探索》中附錄了的。）吾兄第二篇《紅樓夢》春柳堂詩問題，極為有力，希望你這一部分清結後，印之成書。《紅樓夢》的研究，就要另起爐灶了。再問，稿費是否請張繼青老師帶去？祝

好！嫂夫人不另！

弟魏子雲手上　一九九一年十一月十八日

097 十二月六日歐陽健致魏子雲

魏公大鑒：

十一月十八日大札拜悉。我十七日也曾奉上一信，大約也收到了。

吳稼嶇《玄蓋副草》的發現，極有價值。「謠諑一興妒，深宮擯娥眉」，是屠隆罷官主因的鐵證，吳曾官南京光祿寺典簿，累遷雲南通判，他是浙江孝豐人（孝豐今已劃歸安吉），對屠隆的內情一定十分瞭解，他的話，是可信的。您從《金瓶梅》的政治寓意入手，找到了屠隆這一合乎邏輯的人選，如今又獲得了諸多的證據，從大的方面

看，確實可以畫上句點了。我深為高興，並致慶賀之意。

學術界總有那麼一班人，往往從自己凝固的成見出發，去阻撓、壓制或嘲笑異端的思想，一時看來，雖聲勢浩大，其實並無嚇人的法寶。我的《紅樓夢》探索，近來又有進展，一篇〈脂齋辨考〉，黑龍江大學學報決定提前安排在明年第一期刊出，可惜的是將一萬五千字刪為一萬一千字了。此文補充了那篇重評胡適的文章的不足。另一方面，也有人在寫文章與我商榷，《紅樓夢學刊》專約了上海的陳詔撰文，復旦的應必誠[26]也寫了一篇，明年年初均可刊出。可以預計，明年紅學界，將是相當熱鬧的。

信中講到名利的問題，我深有同感。今年，我也過了五十歲，所謂五十而知天命。我有兩個信條：一、不揣摩；二、不奔競。不去揣摩形勢與行情，也決不奔走權貴之門，一心一意過著「農家的書呆生活」，在自己擺弄的小園子裏徜徉，也有他人所難領略的樂趣。我的老伴，與我患難與共，相濡以沫，人老而情彌篤，這些，大約與魏公有相似之處，所以每有議論，都能深得我心焉。

張繼青同志據報載，去北京參加亞洲戲曲的討論會了，她是否按時去香港，尚不清楚。有一次與蔡敦勇兄通電話，好像也不是去演出（劇團無此計畫），而是個人的訪問。若然，要她帶若許重物來，心中似過意不去。我意若不方便，送給所裏的《金瓶梅》就暫時不必帶來，因為現在唯周鈞韜一人弄《金瓶梅》，他手頭似有全本，並不過於緊切。

筑齡先生前函來告，說收到清樣以後，兩個月內出書。若《采正》已出，則乞捎來一、二本樣書，會給我們迎接新年帶來更大的快

---

26 應必誠（1936-），復旦大學中文系教授，全國《紅樓夢》學會理事，全國小說學學會理事，上海《紅樓夢》學會副會長。著有《論石頭記庚辰本》等。

樂。稿費之類，請張繼青同志帶來南京，我再到她去取。她是著名的
藝術家，過於勞動她，總覺不好意思。

想此信到時，您亦將啟程赴港，萬望多多保重。

問魏師母安吉！

祝

大安！

歐陽健上　91，12，6

098 十二月八日魏子雲致歐陽健

歐陽兄：

由於主持的一本劇校教科書，要趕著在年底結束，原定月之廿
日赴港之舉，不得不延期到明年再說。也許明春節後到南京來吧。
稿費已換妥美元二八六元。敦勇、同書各七十六元。我到時再帶去
了。已寫信去問王同書的令兄，他回南京探視如年前成行，托他先帶
去。否則，你們只有等我來了。《春柳堂稿》，已由康來新與中外文
學聯繫，我今午送給來新，要她轉交過去。關於書目的文章，龔鵬
程、康來新等，都認極具探討性。不過，我印給翁同文[27]教授看（翁
先生對《紅樓》有研究，西南聯大（清華）歷史系，長我兩歲），他
的意見是：（1）百年後的劉某人不可能去假造脂評，沒有理由這樣
作。（2）脂評諸多可與曹雪芹自傳的生活符契，這些生活狀況，都

27　翁同文（1915-1999），一九三五年考入清華大學歷史系，抗戰期間轉到昆明西南
聯合大學文學院，歷任德國波恩魯爾大學中文系教授、美國威斯康星大學東方語言
系教授、新加坡南洋大學教授。一九七七年應臺灣東吳大學端木愷校長邀請，任該
校歷史系教授，著有《中國科學技術史論叢》、《藝林叢考》、《四庫提要拾補》
等。在德國魯爾大學任教時，開設《紅學導論》課，發表《補論脂硯齋為曹頫遺腹
子說》、《紅樓夢研究與文物鑒別》等。

是胡適之後考證出的，劉某與曹家有何密切關係？怎麼假造得起來？
（3）自胡適考證紅書是曹雪芹自傳後，近七十年來，尚無人能否定
脂評不是曹雪芹同時的熟知曹家生活的人。因為脂評太真切了，無人
想到去否定。所以翁先生認為你提出的否定證據，還不夠有力。駁不
倒脂評語言中的符契了曹雪芹生活的狀況。昨晚（十時）在電話上談
了這些。當我告知你還有一篇張宜泉的問題一文，他告訴我關於張宜
泉這人物，已有人說起，認為清代有兩個張宜泉，前後非一人。如看
作一人，那就亂了。他要我告訴你查查，先弄清楚他。翁先生是我的
好友。他是永嘉人，為人正直爽快，治學謹嚴。在天地會這一歷史
的演衍上，有其獨到的創見。早為海內外視為真知灼見。對於《紅
樓夢》，他認為此書乃曹雪芹的自傳體小說，先「怡」（紅院）而後
「悼」（紅軒）。即已傳明瞭他自己生活上的先樂而後悲。他認為胡
適的《紅樓》考證，可以說是漏洞百出，只有認定此書乃曹雪芹自傳
這一成就。卻也不是不可予以推翻的，但必須有強有力的證據。他認
為如想指出脂評者是誰？必須先從評語上去尋求。這是翁先生讀了你
書目那篇文章後，在昨晚給我電話上的一番意見。弟對《紅樓》連一
知半解也談不上，自無插嘴的餘地。翁先生的話，固有一己的主觀，
但卻無任何山頭意味。可供參考。至於其他等治紅學者，為張欣伯[28]、
劉廣定[29]（臺大）、王關仕[30]（師大）等，尚未見及此文。康來新可能
會聯繫他們一讀。總之，會引起議論的。附上弟短文，欣喜今夏在北

---

28 張欣伯（1936-），《石頭記研究專刊》主編，著有《張欣伯批刪石頭記稿》。

29 劉廣定（1938-），一九六〇年畢業於臺灣大學化學系，一九六八年美國普渡大學化
學博士，後回臺灣任教，一九九三至一九九六年創立中央大學化學研究所暨化學系，
現為臺灣大學化學系榮休教授及兼任教授。二〇〇五年當選英國皇家化學會會士
（FRSC）；著有《中國科學史論集》、《化外談紅》等。

30 王關仕（1938-），臺灣師範大學中文博士，臺灣師範大學中文教授。著有《紅樓夢
研究》、《微觀紅樓夢》等。

京琉璃廠買到一部明萬曆卅四年刻本《玄蓋副草》，發現了屠隆罷官的主因，誠我前所推演者，許多問題，將可逐一迎刃解之。再談！祝文祺！

　　　　　　　　　　弟子雲手上　一九九一年十二月八日晨

嫂夫人同此！

099 十二月三十一日歐陽健致魏子雲

魏公大鑒：

　　大雪中接奉十二月八日大札，如坐春風。大約是氣候的關係，此信在路上竟走了二十天。

　　《紅樓夢》研究中積下來的疑問太多了，要一一廓清，尚需時日與耐心。近日細閱陳慶浩[31]〈紅樓夢研究簡論〉，得知翁同文先生著有〈補論脂硯齋與曹顒遺腹子說〉（載於《大陸》雜誌三十一卷一期）、〈曹雪芹的出生年月〉（載《幼獅文藝》第二四七期）、〈漫談脂硯齋批語引詩〉（載《新天地》六卷六期），是一位研究紅學的老專家，對他的關心，我表示感激。我完全同意他的意見，要指出脂硯齋是誰，必須先從評語上去尋求，這是一切評紅的關鍵，迴避不得。恰好我寫了一篇〈脂批「本事」辨析〉，似乎可以回答翁先生的考題，我就以繁體字抄了出來，現奉上，請予審正。我在此文中，已將紅學界所認定的最重要的脂評，都作了新的解釋，我以為，其中絕大部分是小說評點的手法，而為後人所誤解；也有少數，是後起者的作偽。所謂劉詮福的評語，大部分是前者，即「今則寫西法輪齒，仿

31　陳慶浩（1941-），一九六〇年在香港中文大學畢業，法國國家科學研究中心研究
　　員，法國遠東學院、巴黎第七大學教授，編有《新編石頭記脂硯齋評語輯校》。

《考工記》」；後一部分坐實與曹家的關係，以及標出干支年代的，則是民國以後人為迎合胡適的需要的作偽，其中「玄」字不避諱，也是一證。此一問題我已寫了〈脂齋辨考〉，九二年《求是學刊》第一期可刊。出來以後，當呈上。

關於張宜泉的問題，一條材料說是興廉，但與我們所論的關係不大，因為有關芹溪的幾首詩，就出在《春柳堂詩稿》之上，只要肯定了詩稿作者與曹雪芹無關，問題就解決了。春柳堂一稿由康來新先生帶去《中外文學》，非常感謝。比較起來，這篇論脂批的，意義更重大，可以爭論的問題，也更多。如果可能，是否可給那一家報紙的副刊，分段連載，以引起討論？聞臺灣九二年五月有《紅樓夢》研討會之舉，先行刊出，正可為會議增添一分氣氛。便中請代向翁同文先生及康來新、龔鵬程諸先生問好，並請他們不吝賜教。

我臨時接受的撰寫《兩漢系列小說》的任務已完成，九二年大約可以集中精力弄一下《紅樓夢》了。

這幾天南京下了大雪，氣溫達零下十二度，為幾十年所罕見。不來香港也好。今天已是九一年除夕，離春節也只有一個月了。不知魏公春節後何時成行，何時抵寧，擬作何安排，都盼及早告知，以便早作準備。需要我辦什麼事，亦請示之。

　　問魏師母好！祝
闔府安吉！

　　　　　　　　　　　　　　歐陽健上　91，12，31，下午

一九九二年

100 一月三日魏子雲致歐陽健

歐陽兄：

今已決定本（一）月廿六日赴港，廿九日到寧波。不過由港飛鄞這一段的機票，尚未肯定。若訂不到票，就到上海再坐火車去。但願有票，免去這一番上上下下的折騰。擬在二月五日或六日到南京，此行有一半目的是到南京。一是送去那兩部《金瓶梅》，以謝去年三月兩單位對我的厚待，二是把你們這幾位的稿費帶去。此行日程是先到寧波，到天一閣看看書。鄭閏寫了一部《屠隆年譜》，計廿六萬言。然內容錯誤不少。由於他是美術出身，尚不善於運用資料，也不大會選擇資料。把稿帶回，當面一一指點，該刪的刪，該考的考。這類書，資料如無層次，先後顛倒，紀事再有錯誤，就等於廢紙。再說，寧波周邊各縣市，乃我五十年前舊遊。想藉機再去看看。說來，這是老人心情了。一九三九年秋到寧波，此後即在寧、紹（興）金（華）蘭（谿）龍（遊）衢（州）以及江山、玉山等地輾轉來去。一九三七年秋末由徽州流亡到衢州，到一九四二年春撤往福建，前後有五年之久。我之所以能聽懂吳越語言，就是在此一時期學來的。怎的想到三十年後用在《金瓶梅》研究上面。得非上蒼安排？李青蓮有詩云：「天生我才必有用」，信哉。說到下一句，我就感慨了。我一生未賺大錢，直到今天，要不是老大，每月貼補家用，我第三子可能無力養活兒女。去年一年，我的兩個兒子失業，至今還在打工。三子成家，有一子今已十五個月。媳婦辭了工作，在家帶孩子。他賺的錢只夠他養兒子的。本來，老伴兒要求我減少這一趟。我去年答應了合肥的姪子，不願失信。再說，如不去這一趟，很難有可靠的人把你們的錢帶

去。上個月，決定取銷香港之行，也為此。寫信問王同書的哥哥，何時去南京探親？信去今已一閱月，尚未回復。我有了上說的那許多因素，決定在寒假動身，否則，要到暑假了。我二月十六日由南京搭機到港，當日轉機回家。

　　此行兩過南京，無論如何，不再接受社科會與師院的宴請。弟可能年初一或初二由鄞到南京。住一晚或兩晚，即去合肥堂侄處。我已去信要他初二撥電話到敦勇家。再在電話上說定車程。回來時，可在南京多留一兩天。飛機票是二月十六日。走這一趟，減少了六月的棗莊之會。會期正當期末考，事實上，也去不了。把預算移到這一趟。老伴兒卻擔心我的小腿水腫仍未消失，不在乎大兒又多破費。不過，我在年初一、二到南京，除了住處的安排，（可以再住南山賓館嗎？沒有客人，暖氣汀是問題。）還得在你們家飲食。添麻煩了。這次去，咱們搭公車，或借輛單車，我會騎（最好搭公車）。我不是愛遊玩的人，聽你談《紅樓夢》，最好。時間夠，咱們到徐州去一趟，如何？一月廿六日前應能得到兄的回信。祝
文祺並祝閤家新年歡樂！

　　　　　　　　　　　弟子雲手上　一九九二年元月三日夜
（不另函了，我要趕寫完手頭這部分）

附提：

請轉告鈞韜、敦勇、同書，還有陳遼兄、陳美林兄以及冬老。

101 一月十一日歐陽健致魏子雲

魏公大鑒：

　　元月三日大札拜悉，知公將蒞臨南京，無任歡忭。

來寧以後，就住在我家好了。我的大孩子已經結婚，搬出去住了，家中可以空出一大間居室來。南師大春節放假，不止是取暖，連吃飯也成問題，再說也不方便，不如我們聚在一塊，過一個歡樂的春節，促膝論文，更為相宜。我愛人唐繼珍說，請轉告魏師母，望她千萬放心，在我們家，一切都會好的，也希望這次不要帶任何禮品，我們之間，完全可以免去一切客套。只是請告知您的飲食口味，如愛吃米飯還是麵食，節下願喝一點什麼酒，以便我們有所準備。上次在我這裏吃飯，我因不諳待客之禮，連一只烤雞都未切開，至今引為笑談。千萬不要說隨便安排。

來寧以後，還想去看看什麼朋友，到什麼地方去看看，也望在下次信中告知。如要去徐州，我一定陪同前往。

春節中，火車一向是空的，尤其是正月初一、二，倒是出門旅行的最好時間。望電告到寧時間，我一定到車站或機場迎候，車子問題，不難解決。

我近幾天寫成一篇回答復旦大學應必誠先生關於脂本的商榷文章，還擬寫〈從狄葆賢[1]的批語看有正本與程甲本的先後優劣〉，都想同您詳細談談。

其他幾位，我都將一一轉告，勿念，

為趕上此信發出，就不多寫了。祝

新年好！

歐陽健上　92，1，11

1　狄葆賢（1873-1941），字楚青、楚卿，號平子、平等閣主人。早年中舉人，後留學日本。創辦《時報》，辦過有正書局，出版《小說時報》、《婦女時報》和《佛學叢報》。著有《平等閣詩話》、《平等閣筆記》等。

102 一月十二日魏子雲致歐陽健

歐陽兄：

　　客歲12月31日大札，我前天收到。行程十日，堪云迅捷。湊巧，這天上午我寫完了這本《金瓶梅研究編年》（《金瓶梅》的一小步）。遂有了完整而充實的情緒來閱讀你這篇〈脂硯評析〉。讀了一半，就引我入彀（中了箭了）。因為你這篇辨析運用的是我們桐城家法：以義理入而訓詁出。與弟研究《金瓶梅》之解析《萬曆野獲編》那段話，如出一轍。弟孜孜矻矻於《金瓶梅》二十年有奇，自始至終，都在解說那段話。一步步的尋出了漏洞，指出了問題。然而直到今天，被承認的，只有馬仲良「司権吳關」之「時」，改正了《金瓶梅》出版於萬曆三十八年之說。但已被鄭振鐸[2]等人導誤了五十年矣。想不到《紅樓夢》被胡適導誤了如此之久。下午要到貫雅去，為北京廖奔的一部戲曲音樂源流的插圖事。他們沒有資金印出那多的彩片。是我介紹的這部書。遂去取來，為他們依文斟酌選一版彩照、黑白插印書中（也得減少）。但卻無心處理，遂連夜讀完這篇大文。有一點我建議：自35頁寫到脂硯與畸笏那幾處最為大眾視為實證的批語，你辨析得不夠。我認為你尚須設疑出可能被紅學家反駁的問題出來，再一條條的加以解析。不必等他們提問題，你應先為他們把問題提出解答，使他們已無還口的餘地。你如今的辨析，只是點到為止。我認為不夠。作為一個單純的讀者，即有此感受，何況紅學家們？昨天下午，我到《中華日報》參加一個文藝論評的座談，主持了一場臺灣文學的發展與前瞻。會後，我便把此文印了一份給副刊主編，說：

2　鄭振鐸（1898-1958），傑出的作家、詩人、學者、文學評論家、文學史家、翻譯家、藝術史家，也是著名的收藏家，訓詁家。編集出版了《中國文學研究》。

「我推薦一篇好文章。」是否能接受？這位老朋友會很快告訴我。我已給康來新通電話，他告訴我《中外文學》答說此文情質不合，述史太濃。實則，這是一句推辭語。我有不少篇《金瓶梅》的述史論，在該刊登出。那時，文學院長及中文系還有外文系主任，都是熟朋友，文去，極少有壓過三期未刊出的。後來換了主編，換了中文系主任等等，便不接受了。已近十年未向該刊投稿。中華主編，還是老友。

　　前函已收到。此一行程業已決定（廿九日飛甬），只差由滬到甬這一段，機票尚未訂妥。如無一位置，可能到滬轉搭火車赴甬。這樣，也許會在滬黃霖處住一晚。第二天到鄞。由於農年關係，我不能勞累你們。寧波的鄭閨只有一子已成人，住在另處。可能住在他家，過了節，初二再到南京。前函已經說了，此行絕不接受像上次似的宴請。弟一生過的是清貧日子，清粥小菜糙米飯，最合口胃。四菜一湯，在我已屬踰分。這一點，我必須這樣要求。我要到合肥去，已訂妥二月十六日由南京返港當日轉飛臺北的機票。弟會留出回頭經過南京的清談日子。只要安排住處即可。上海復旦學報張兵兄昨來信，說是你的文章惹起了反彈，相對意見來了幾篇。不得不把幾篇金瓶梅壓到第二期。你的研究，越想越像我的《金瓶梅》研究，都掘了先賢的根。語云：「當仁不讓於師」。我們只要在學術的理論上掌握到真理，就不必耽心十八個鐵金剛，（十八個鐵金剛也拉不動個理字）。
祝
好！
　弟子雲手上　一九九二年元月十二日晨六時（五點醒來，睡不著了。）

103 一月二十一日魏子雲致歐陽健

歐陽兄：

　　一月十一日復函，今午奉到。能住在府上，那就太好了。弟一生過得都是儉樸日子，衣食住行，都不講究。衣，遮體暖身即可。食，飽腹即可。住，有床褥容身即可。行，可步則步。（近年老，不良於行，出入則搭公車。非趕時間，極少乘計程車。）弟大半生在江南生活，金、衢、蘭，以及寧、紹，幾成第二故鄉。江山、玉山、上饒，東到閩之南平、永安、長汀，再而瑞金、贛州，遂川、泰和，都是戰時往還之地。只是一點，糙米飯吃慣了，有油分的米，反而不適胃腸。麵食有無，已不關乎我的飯食習慣。

　　此行之第一站，選停寧波，主要為屠隆史料。鄭閏的屠隆年譜，我打算好好指點他重寫。再閱讀一番史料，期能有所啟發。初一二到南京，既住兄處，就早一天來。初三、四到合肥去。今尚未得堂侄回信，是否返宿縣家鄉？未定。徐州去不去？到時再看。敦勇函稿均收到，望告知他。關於考據，他還欠臨門之技。再談。祝
闔家康樂！！

弟子雲手上　一九九二年一月廿一日

104 二月十七日魏子雲致歐陽健

歐陽兄嫂：

　　昨晚到家，已踰午夜；12時十分。誤在中華將行李裝錯飛機，在轉盤邊等行李不見。到服務處始領到，上一班飛機就運到了。小兒子在機場等了兩小時有餘。今年出行，確是感到行動及反應都遲鈍起來，虧了同書兄會闖，把行李送入了關，辦完托運他才出關。還有一

件糊塗事，在合肥把身上所有的外匯兌券都給了志山，到了機場方始知道服務費非付外匯券不可，而且加到了60元。好在身上還有現金21元，交同書兄20元去兌換，要不然那張百元的支票若不收（還有一張百元支票），可就多了麻煩。人民幣還有四、五百元。這種雙重標準的措施，給我們造成了不少不便。（兌錢還找了八元多，原想給同書，不敢為。）昨日是此行最累的一天，在機場等行李，幾踰四十分鐘，又不能出關向接我的兒子打個照面。我又性急，真是焦灼萬分。再遲一刻鐘，我兒子就搭最後一班客運回臺北了。昨晚入睡已近清晨二時。午飯後，睡了兩小時的午睡，這時，感到了心爽目明，馬上提筆，為你作此函。

此行廿二日，十次上下，除了南京，兄等與我相左，處處都是朋友照顧。若無這多好友熱忱照顧，我可能半途停止下來。老了，除了頭腦還靈活如故，腳腿可不成了。下次，如再到各地，只宜作單點往返，不適多點轉折。這一點，弟必須注意。

這只手提袋，已為我筋迸肉炸服務了十年有奇（八二年在新加坡為了處理書買來的，原來有輪為腳，由於書太重，第一趟腳就折去三只），今又經過嫂夫人熱心為它動了接筋骨補皮肉的精巧手術，呵！又恢復了原貌，而且比原來的它更矯健了。這第一趟行動，它居然方方正正一些兒也未走樣。我告訴老伴說：「你瞧，我又買了同樣的一個。」她一看是修改的。遂說：「修理過了。是誰有這好耐心與好縫工？」我要她猜，她第一句就猜到了是歐陽嫂夫人。我休息幾天後，第一篇要寫的就是這只袋子的重生。看來，它還得為我再服務十年。啊呀！可能嗎？

同書給我把91年的四本明清小說包妥了，還有一本《聊齋縱橫》。獨缺他的《水滸》新證那本。在他家我還問：「《水滸》在包

中嗎？」答說在。他似乎在避免給我這本書。他知道馬幼垣[3]是我稔友，可能顧忌這件事。關於《水滸》是大豐施耐庵說，至今我還不能同意。弟的觀念就是歷史基礎。不過，吳從先的這段讀後，值得去追其蹤跡。從事學術研究，尤其是作者問題，最忌鄉土感。《金瓶梅》、《紅樓夢》都曾陷入（如大觀園建地之爭，小說家言，怎能以實論。）。山東友人來信，（楊傳珍[4]）已放棄賈三近說，要我把《金瓶梅》地理圖繪妥帶去。（不能到會，會後到也在祈盼。）劉冬兄論文已拜讀數篇。邏輯無法周圓。一句話即可決之，即此大豐施耐庵非作水滸傳者也，方志家族強志之也。（弟非研究者，讀大家資料有此感懷已耳。）《紅樓夢》問題，弟已進入兄之論點範疇，極可能拔刀殺入此一戰場。兄遭遇之生活歷驗，倍蓰於我。先君子事弟當進行查詢，或有眉目可陳。弟早已痛知先人骸骨之無存，欲蓋彌彰之拙計，非欺君子之方焉。弟仍疑心胞妹之死因。思之如錐刺心。住筆，稿會處理。祝

闔家安樂！

> 弟子雲手上　一九九二年二月十七日午後四時

附提：

同書《水滸》望購一本海郵寄來。此次嫂兄之關顧非筆墨事耳！

3　馬幼垣（1940-），香港大學文學士、美國耶魯大學博士，在美國夏威夷大學執教逾，一九九六年榮休後任該校榮譽教授。曾在美國斯坦福大學、臺灣大學、臺灣清華大學、東海大學、香港大學任客座或兼任教職。著有《中國小說史集稿》、《水滸論衡》、《水滸二論》等。

4　楊傳珍（1957-），山東棗莊學院中文系副教授。

105 二月二十五日魏子雲致歐陽健

歐陽兄嫂：

　　歸來即寄上一函，謝多日照顧。

　　大著已出版，貫雅說已海郵寄去一冊，可能經月始達。五百餘頁，彩色封面，尚稱不俗。弟題書端，枝椏巴叉，內子以蟹爪喻之。弟非善書者也。

　　令先椿萱事已得確息，容再一述往年行狀。文稿當逐一處理。附文一閱即可。祝

文祺！

　　　　　　　　　　　弟子雲手上　一九九二年二月廿五日夜

106 二月二十七日歐陽健致魏子雲（佚）[5]

107 三月九日魏子雲致歐陽健

歐陽兄嫂：

　　二月廿七日大札，昨日奉到。十日行程，正常。近來，閒雜應酬特多，有關金書計畫中得《淘真》，尚須一篇篇寫。為了說明我的研究並為了減輕大陸方面銷路，擬寫兩本小書，（1）《金瓶梅的誕生》（2）《金瓶梅史料詮釋》。此一想法，乃從來因兄函引發。此事弟早經感到遺憾與無奈。兄讀弟文可以見及，雖一意念引發，也不忘把那

5　本信已佚，在歐陽健日記中記載：「二十七日，多雲，陰。上午，寫給魏子雲先生長信。」又，魏子雲一九九二年三月九日信：「二月廿七日大札，昨日奉到。」

引發意念的朋友姓名道出。此一誠實行為，不惟無損於一己的創意，更有益於問題的弘揚。此一學術道德，未可使之淪亡。

令先君事，此間尚有同學在世。1938年入武昌青年幹部訓練班，結業後，青年團成立，任寧都分團幹事長，後任總團秘書、訓導等職，1946年即脫離，返家助父辦學。令先堂是第二期，說是在寧都結婚，同學中尚有弟友人。稔知者已有數人作古。所能道及者，止此而已。內子高中時代，正在贛州，她是贛女中畢業，先考入中正大學，後隨同學們改入陳鶴琴創辦的幼稚師範專科。令先君、堂可能曾是內子師長。內子性不喜政，未陷入此一漩渦，她原應嫁作高官夫人（追求過她的人士，今在臺作高官者不下三人），卻作了我的貧賤婦。這些都是我第三部小說中要寫的。近來，尚須為兩本《金瓶梅》短稿工作，今年，希望能動筆完成《土小子》。你沒有見到我讀書的那個書院（塾屋），廟已扒了，房子有兩進院，說是拆了。如今方始想起忘了看看改建後的現況。先人屍骨已無存，今後，似不可能再回去增加心傷。弟早已告訴兄，死後火化，灑之海洋，不占大地寸土。自無處來，仍歸於無。一生寫了踰千萬言書稿，能否存之，悉後人事，非我個人所能祈冀。自也不必遺言，應如何如何？你說是吧？

原說擬請元娥[6]的同學赴金陵之便，帶上幾本書。結果，取消了此議。第一，只去兩人，不住南山賓館。第二，這些老太太無不行動遲鈍，帶了去也是東托西托，結果誰也收不到。金錢，不是知己，更是托不得。商量後再說。六月的棗莊會，陳益源如去，由他帶去交給金陵友人如敦勇等，較必可靠。至於貫雅如何與你聯繫，我還沒有問。

你的那篇〈紅樓夢脂硯齋辨析〉，弟已發在一本散文集中（小說論集）每個字三百元（其餘都是發表過的講稿付過演講費不再付酬或

6　馮元娥（1920-2012），魏子雲教授夫人。

是已發表過的），小補而已。臺灣學術刊物少，且各有圈子，連《中外文學》也擠不進了。擬再向東海大學試試看。

　　對於治學一事，你我執著相似，弟幸於兄者是幼入塾屋，學得訓詁、義理、辭章、考據一套桐城家法。（尚有神理、氣味，格律、聲色八字，更是今日絕響，斯乃桐城研習文章義理的要訣，今已無人能實驗之矣。）那天，恕弟冒昧，重現了先師教我時之嚴辭屬色，事後頗為不安。未知兄能以知己交我也。今得來書言及此，心始安然。別忘了「四兩撥千斤」的要領，今後，兄面對的脂硯問題，還多著呢。不過，有理路可循的，以條理一一析出答之。無條理可循者，則不必答。若有話要說，則以側筆論之。切忌有嘲諷之筆。（弟往往有，願共正之。）

　　來因兄也是性情中人，弟有長信作覆。其中例說到兄之紅樓脂齋的先破而後立的考據立論原則。來因兄勢必會持函相示。實則，弟也是感慨與無奈中的流洩也。同書來信，要我提出讀《水滸》之謎的意見。包中並無此書。此事可能與幼垣有關。幼垣弟兄都是我的好友，泰來治學總在大題上小做，耗去筆墨不多，所營建者則大而又高。幼垣全力於《水滸》，所存版本，世上僅其一人。對施耐庵大豐之說，極不同意。弟對劉兄之敬佩全在能印證兄所言上。印證劉公之器度學問，誠然君子。南京，幾成弟返鄉第一基地。如可能，當選南京作終老之鄉。

　　《梅筆夢彈詞》容去查尋書目。再報。季士家[7]先生事，問詢後再答。

7　季士家（1934-），江蘇省社會科學院歷史研究所研究員，明史專家。一九六〇年畢業於中國人民大學歷史檔案系。長期從事明清檔案、文物考古的研究和實際工作。曾多次主持參與明孝陵的考古研究，是江蘇省明史研究的權威學者之一。

帶回的書稿尚無暇批閱。再允寄金燕玉[8]小姐的憨子史料，尚未尋出。我的書桌，亂得像個荒貨攤子。那個袋子，元娥每每相示友人，贊嫂夫人待我等厚。祝

好！

弟子雲手上　一九九二年三月九日上午

108 三月二十二日歐陽健致魏子雲（佚）[9]

109 三月二十九日魏子雲致歐陽健

歐陽兄嫂：

頃已原則決定，六月十三日下午二時到南京，港龍那班飛機。擬在敦勇家住一晚，翌日同車赴徐州，到山東赴會。本不擬參加，一是為了盡責，不願把期末考倩人計算成績，二是九〇年的那筆稿費已罄。三是怕這大會中引起激動失態。如今，劉輝來信，一再要我到會，課已有人願代。（我介紹一位學生輩講師到北京，告訴劉說她可以代我處理成績的事。）國外有三十位參加，最少有四之一認識。想想，去一趟也好。遂電話旅行社訂了票。

兄的兩篇《紅樓》文章（書目的那篇及〈春柳堂〉那篇），弟為之編入一本文集，編列了稿費台幣七千元。（已取來）那麼，這次

8　金燕玉（1945-），歷任新沂縣黃墩中學、新沂中學教師，江蘇省社會科學院文學所研究員，俄羅斯莫斯科大學研修高級訪問學者，中國當代文學研究會女性文學委員會副主任委員，中國茅盾研究學會理事。著有專著《王蒙、陸文夫小說欣賞》（合作）、《美國兒童文學初探》等。

9　本信已佚，在歐陽健日記中記載：「二十二日，雨。星期天。寫給魏子雲先生信。」

來，可把貫雅版稅一併帶去。還有合肥那位親家要的《金瓶梅》，已
買到一部精裝（五冊），帶到南京，放在兄處留待他們來取。回到南
京，再到三峽去看看。以後看不到了。去一趟不易。近寫《明代金瓶
梅史料詮釋》。

文祺！闔家平安！

弟子雲手上　一九九二年三月廿九日

附提：

三月二日給來因兄的信，不知收到未？兩函，均已先後收到。請問一
聲。

110 三月二十九日歐陽健致魏子雲

魏公大鑒：

　　三月九日大札，於昨晚收到，此次竟走了十九天，與上次僅六、
七天，懸殊甚大。來因兄寄給的書評，我曾婉言諫阻，竊恐擾亂清
思，增加不快，然他還是寄上了。古人云：才勝德謂之小人。古往今
來，小人可謂無時無地皆有之，何況此輩之才，又係歪才。撰寫《金
瓶梅研究發展之繫年》，以表各種材料與觀點之所自，確有必要，也
給那班竊人之見以為己功者以示警，庶望其不致重犯耳。

　　說到治學之道，自魏公以嚴師之責以後，我每一命筆，都自然地
愈加兢兢業業，不敢輕易苟且。可見我這個人，尚不是麻木之徒，今
後還請直言教我，嚴則實愛也。

　　近日研讀脂評，我發現大量內證，表明脂硯齋不唯不是曹雪芹之
同道知己，而且決是另一時代之人。就中有一條，極為重要，然因我
缺乏戲曲史方面的知識，只得寫信求教：

　　第二十二回「聽曲文寶玉悟禪機」，敘寶釵向寶玉念「魯智深醉
鬧五臺山」中《寄生草》云：「慢搵英雄淚，相離處士家。謝慈悲剃
度在蓮台下，沒緣法轉眼分離乍，赤條條來去無牽掛，那裏討煙蓑雨
笠卷單行，一任俺芒鞋破缽隨緣化。」脂批云：

　　此闋出自《山門》傳奇。近之唱者，將「一任俺」改為「早辭
　　卻」，無理不通之甚。必從「一任俺」三字，則「隨緣」二字，
　　方不脫落。

　　批語云「近之唱者」，則批者乃作者之後世人可知。唯此戲，為
出《虎囊彈》，又為昆曲之折子戲。若能查明改唱「一任俺」為「早
辭卻」的時間，此批所加的時間，不就昭然若揭了嗎？所以，當是一
極重要之線索，不知此一意念當否？有無確實之史料可查？
　　下一步，我擬寫〈有正本批語構成辨析〉，分從眉批、總批、
夾批三方面，一一剖析批語的來歷與性質，再寫一〈紅樓夢探佚辨
誤〉。今後擬以自說自話為主，不去與人糾纏。從應必誠的文章之
後，還無第二篇東西出來，看來一時還不可能有重大的衝擊，我輩當
從容應對，又何必動氣呢？
　　先父之行狀承調查落實，感慨繫之。曾有遺墨，書「仕宦連蹇，
而不知一傍貴戚之門，是一癡也……」等，後於文革中不得已而毀
之，遺憾之至。劉冬老曾云，先父從政，乃抗戰與國共合作之時，不
應有此結局，甚至要我申訴，思之再三，還是作罷論。一介書生，誤
己誤人，良可痛心。閱《柳下惠坐懷不亂說》，見引「直道而事人，
焉往而不三黜」，我輩無他長能，「直道而事人」而已。
　　信中曰擬選南京為終老之鄉，此議或有可取。南京天氣，人氣，
似都較臺北為佳，現在開放、改革，當有進一步考量的價值。

　　來因兄二十二日發病住院，開始以為是中風，弄得十分緊張，現已排除，始稍安。

　　春寒料峭，陰雨連旬，開春以來，唯那天遊玄武湖天氣為最佳，天意可知。

　　憨子史料，似可寫成專文，交《明清小說研究》發表。問魏師母好。祝
大安！

歐陽健上　92，3，29

111　四月九日魏子雲致歐陽健

歐陽兄：

　　三月廿九日大札，昨（八日）午收到，行程十日，正常。弟對那篇短文，毫無干擾。只是深感來因兄之為人坦直，遂提筆一口氣寫了近二千言覆書。不想，來因有恙糾纏。不知兄見此長函未？我想來因會給你看。知來因已無恙，慰！

　　我帶來的那本書目，已為兄讓給一位友人，半賣半送，索來美金五十元。將可與存弟手中的稿費美金兩百餘元，將來再加上貫雅的版稅，一併在六月間帶去。（弟如不去，陳益源去。預定在敦勇家或兄家住一晚，六月十四日同去徐州。可能還有鈞韜與陳遼等兄台）。這事擱下，不必瑣屑啦！下答所詢：

　　關於戲劇《虎囊彈》，經查莊一拂《戲曲書目》，說是源自昇平署底本。按昇平署繼南府成立於道光七年。若據莊目，對兄研究目標，太有利了。可是，此劇在《綴白裘》第三集，即收有此劇。再按梓行於今日的《綴白裘》，乃乾隆刻本，共十二集，初集刻於乾隆庚寅（卅五）年，最末一集刻於甲午（卅九）年。依中華書局鉛印

本。怪的是，二集序於甲申（廿九）年，三集序於丙戌（卅一）年花朝日。四集序於丙戌仲秋。五集序於戊子（卅三）仲夏。六集序於庚寅（卅五）年季春上浣。七集序於辛卯（卅六）年孟春。八集序於癸未（卅八）年孟春。九集序於壬辰（卅七）年榴月上浣。十集同九集壬辰秋，十一集甲午（卅九）春，十二集（甲午）夏。各集序刻年月不相次。但有一點是確定的，乾隆本《綴白裘》第三集刻於乾隆卅年春。最早的序刻本是乾隆癸未（廿八年）。再說，據《辭海》說，《綴白裘》最早集刻於康熙。只有四十卷，到了乾隆增加了一倍有餘。弟未曾研究此一有關板本的問題。但從《虎囊彈》一劇已錄入《綴白裘》三集，其中〈寄生草〉一段中的「一任俺芒鞋破鉢隨緣化」，在我見到的兩種刻本，都已改為「敢辭卻」（也不是「早辭卻」）。由此看來，在第三集《綴白裘》（乾隆刻）集梓時，此一歌詞就改過了。若據此推斷，這條資料，無助於兄之「疑」點。應放棄。要不然，你得查出康熙間的刻本。再者，清朝還存有兩部曲集，一是《九宮大成譜》，查一查其中有無《虎囊彈》這齣〈山亭〉（亦稱〈山門〉）的戲辭。此一曲譜，似早於《綴白裘》。另一《納書楹曲譜》，也不妨查一查。不過，既然《綴白裘》第三集已錄有此劇，辭已改了。即足以證明在乾隆卅一年之前，這句辭已經改過。則脂批之說，當在乾隆丙戌前。距壬午不過數年。與兄所疑難以附契矣！弟已查證過不下十次有關莊一拂的書目，最少半數以上發現他的編目與著錄，極為馬虎。只是在所見到資料中抄抄而已。絕少用腦去疑，也不用手去翻證。資料夠就清楚些，資料不夠就以訛傳訛。像這一類的書目家，比鄭振鐸、孫楷第[10]（孫目也錯得多）又次一等矣。譬如這

10　孫楷第（1898-1986），字子書，敦煌學家，古典文學研究專家、敦煌學專家、戲曲理論家、教授。以小說戲曲類為多，所著《中國通俗小說書目》、《日本東京所見小說書目》可稱是小說目錄學的開山之作。

件資料，如不查其他，光是依據他的說詞，兄大可以之為據來寫之入文。豈不被人抓住了小辮子向牆上撞嗎？不過，他提出的《忠義璇圖》倒可以查一查（在清宮大戲）。大陸早就印過了。

有關戲曲的問題，請就近一詢敦勇兄。他在這方面用的功夫比我多。弟是票友。

友人羅太太今（九）日到漢口去。托她帶去一包書（內有三本《中國戲劇史》，一本《金瓶梅幽隱探照》均已題好，一贈敦勇、一贈來因。餘二給兄。）收到後函知我。此頌
文祺！

弟子雲手上　一九九二年四月九日午

附提：

兄之《紅樓》脂批問題，最好不要重複，不要枝蔓，大題小作，切忌小題大做。

112　四月十六日歐陽健致魏子雲（佚）[11]

113　四月二十三日歐陽健致魏子雲（佚）[12]

11　本信已佚，在歐陽健日記中記載：「十六日，多雲。上午，寫給魏子雲先生信。」
12　本信已佚，在歐陽健日記中記載：「二十三日，多雲。上午，以繁體字謄清〈也說紅樓夢脂批山門〉，計二千字，即寄魏子雲先生。」

114 五月六日魏子雲致歐陽健

歐陽兄：

　　四月廿三日寄來脂批山門的詮解一文，收到後即一氣讀完。感受是你又陷入了當年你們說《水滸傳》是大豐施彥端（耐庵）所作的主觀感情意識之誤。看來，你似乎未見到我的信。我的信已詳細抄錄了《綴白裘》十二集上的敘文寫作年月。要兄就近去請蔡敦勇兄幫忙。首先要去查考的是《虎囊彈》現存抄本中的〈山亭〉（山門）的一折，是「一任俺」還是「敢辭卻」（或早辭卻）。弟又查到松陵李克明敘於乾隆廿九年的刻本只有一冊，分陽、春、白、雪四集（有〈山門〉在內）。初看時，以為是後續，今再翻閱，似又有待究的問題。但足可想知錢沛恩在乾隆廿八年編《綴白裘》時，已是續編。弟見到的刻本是鴻文堂梓行於乾隆四十二年本子，只有首集程大衡敘於乾隆卅五年的敘文。可以說此本最差。弟手頭的鉛印本是大陸中華書局的。第八集敘於乾隆癸未（廿八年），顯然有誤。因為文中有敘於七集之後語，七集敘於辛卯（卅六）年，八集刻於壬辰（卅七），這些問題，都是後來出版者改纂的錯誤。必須在版本上一一對勘清楚。決不可亂猜。如今，兄的此一問題，脂批的此一「山門」問題，關鍵頗大。如照目前所見〈山門〉的史料觀之，脂硯是曹雪芹同時代人，成分較大。第一，〈山門〉一劇在乾隆前半頁刻出的《綴白裘》上，業已收有此劇，足以證明此劇在乾隆初年即已流行。第二，《虎囊彈》作者有二說，一是康熙年間人丘圓（此人有康熙中葉在世的史料）。二是康熙末、乾隆初之朱佐朝。若是丘圓，此劇在康熙就流行了。第三，必須查到《虎囊彈》最早抄本（版本），如是「一任俺」，則脂硯所批足可否定兄之一切設疑。若不是「一任俺」三字，則兄之設疑，無人能撼山矣。弟所寫短文，只在助兄說明脂批山門那句「無理

不通之甚」一語，無助於脂硯非曹同時代人。義理不能違背歷史基礎。此類考證，必須小心，切忌率爾。若一旦發現有誤，馬上停止。若發現已走入死胡同，馬上回頭。如施肇瑞的遺曲，如何與施彥端合兩為一？不能憑己之主觀意識「抓住鬍子就叫爺」（先師語）啊！祝好！

弟子雲匆匆手上　一九九二年五月六日

附提（一）：

六月十九日能否到金陵？再告。

附提（二）：

關於綴白裘，弟見到的四種本子，其中錯誤極多。相隨、相辭與《相離》也是問題。

115　五月十六日歐陽健致魏子雲（佚）[13]

116　五月二十二日魏子雲致歐陽健

歐陽兄嫂：

　　決定六月十三日午後（二時許）到南京。往常一樣時間，港龍飛機。此行純為開會，還要趕回期終考，統計學生成績。回程機票，尚未訂妥。總之，廿三日上午必須登記返抵臺北。（預定時間廿二日由

13　本信已佚，在歐陽健日記中記載：「十六日，多雲，夜雨。上午，寫給魏子雲先生信，再談《山門》的脂批事。」

南京登機）。在南京，應有一日之聚。關於「山門」，兄必須去尋到
《虎囊彈》抄本。此一關鍵有決定性。無確證，不可妄加穿鑿附會。
考據之事，萬不可強無力有。此頌
文祺！

弟子雲手上　一九九二年五月廿二日

117 五月二十八日歐陽健致魏子雲（佚）[14]

118 五月二十九日魏子雲致歐陽健

歐陽兄：

　　翁先生要我問你兩個張宜泉，如何界分的？他在關切。

　　為了你這一句話，我一直跑到今天。尋到了該書四種，方知此書
康熙年間即已出現，名《醉怡情》，最早之《綴白裘》即由《醉怡
情》改頭換面而來。我在臺見到的《綴白裘》，最早的一種即前函告
知的李克明敘於乾隆廿九年的寶仁堂刻本。現仍在蒐尋資料。有一
點，必須請兄在主觀感情上，採取冷靜，能冷靜方能客觀。弟認為此
一史料，關鍵性極大，若能尋到乾隆十年以前的《虎囊彈》傳奇本，
查出〈山門〉（原名〈山亭〉）這一齣，確是「敢辭卻」不是「一任
俺」，則兄的此一立論，便穩如泰山。否則，相對論者，因此一件證
據，兄論即無反駁正理。弟一再請兄拜託戲曲研究專家，查到《虎囊
彈》傳奇本之藏處。不必在《綴白裘》上著眼。錢氏的《綴白裘》刻

---

14 本信已佚，在歐陽健日記中記載：「二十八日，多雲。繼續謄清〈「省親四曲」與
　《紅樓夢》探佚〉，畢，計十三頁，三千八百字。寫給魏子雲先生信，以文稿寄
　上。」

本，最早是乾隆廿八年。不過，刻於乾隆十年之《九宮大成譜》，未收《虎囊彈》，清宮之戲，僅有《勸善金科》一種。根據曲目，都說「虎囊彈」尚有殘本廿七齣存世。應不難尋得。弟見兄在心情興奮中匆匆寫了那篇短文給我。讀後感於兄在主觀感情上，意識極濃。斯乃治學之大忌。一旦陷入，勢必穿鑿附會，東拉西扯，出乎考證義理界線，則不成文矣。是以弟馬上出言阻止，不要率爾為之。證據不全，應暫緩論此問題。退而言之，如果《虎囊彈》傳奇本尋不到，或尋到是乾隆以後的，在此情況之下，自可以現有證據以義理貫通而體系之。仍不忘在說辭上留餘地。你我治學情誼，如兄如弟，每出重言，情重在心也。

已決定六月十三日午後二時許到南京，與往日一樣。有陳益源兄同行，廿三日午後三時在南京登記返臺北。同於二月十六日時間。到家午夜矣！廿四、五兩日還有期終考試。此行，你我總有短暫之半日相聚。

為山東會又寫了五萬餘言，內容是明代《金瓶梅》史料詮釋，定名《金瓶梅研究必讀》。以自費購二百本，可能帶一百本給大會。行李不能超過廿公斤。清校時，感於仍有穿鑿附會之疵，急於付梓，改不得矣。呈兄後，還盼認真指摘。兄之各項事務，可帶上。咱們免去相互覥贈。熟朋友了，不可再拘於俗禮。嫂夫人手縫之舊袋又派了大用。書，全靠它裝載。

照片等等，全部收訖。已有函說到。（短文數則，容讀後再報。）正作此信時，奉到五月十六日大函，此一脂批問題，弟基於淺知，認為極具關鍵，萬不可以感情處之也。祝

文祺！

弟子雲手上　一九九二年五月廿九日午後五時

119 六月二十六日魏子雲致歐陽健

歐陽吾兄：

當日安抵家，時間已踰午夜，晨一時過矣！賴藥物始能入眠。一累，失眠症就犯。明天還得去上課，處理學生成績。此行最使我心情平適者，莫過於兄讓賢。浮名微利，爭它作甚。曹子桓有言：「人壽有時而盡，榮辱止乎一身，未若文章之無窮。」子桓時為太子，有此心胸可敬。然其一旦有位，則親手足也視同敵手。可悲也。弟心情率真而迴腸不曲，總是張大口而直言。蓋知兄不會怪我也。兄在義理運用上，誠然理清辭達。但尚忽略歷史、社會二事為之助。如袁中郎贊《金瓶梅》勝枚生〈七發〉多矣一語，作「卻病」義理解之喻。委實可通。但與當時之歷史、社會二事，不能相埒也。一是在歷史上十年間無人再論《金瓶梅》，再論《金瓶梅》已是「觸政」問世以後事。且又是出乎袁中郎筆下。二是此等書必遂有人板行，居然遲遲無人板行。則非萬曆中葉後之社會所能有也。有此二事為證，則「卻病」義理之喻，在比重上自然平衡不起矣。春柳堂之張宜泉問題，翁同文先生認為你的那篇文章誤二人為一人。此事，如兄沒有弄錯，應行再寫一文釐清之。若是誤了，就不必強辭以奪理。弟對此一無所知，無從置喙。所關心者，不忍兄在學術上犯錯而繼續錯下去。古云：「迷途知返，先典悠高。」翁先生一再催我請你完成此一釐清工作。他近來身體不好，在休養中。根據他的說法，認為是你錯了。錯把前人誤為後人了。他說他對此問題，曾經查過。見你有此異說，遂采學人之懷疑與保留態度。

我近指導兩位音樂系出身學生（二人都是講師，其中一位碩士論文是我指導的），在討論五言六律變宮問題。迫我不得不重讀經史等書之樂書律書等文籍。居然發現了老音樂家王光祈、童斐等人之「經

典」著作，頗多錯誤與缺失。遂有心借此教學機會，寫一駁正與補失之書。弟已進入此一問題經年矣。近已步上結論階段。在暑假授課中，順手厘定章目，隨教隨寫而成之。此頌

儷安！

　　　　　弟子雲手上　一九九二年六月廿六日夜十時在焦溪避暑山莊。
　　　　　隨同友人在此聚會。他們去卡拉OK玩去了。我在賓館寫信。

120　七月八日歐陽健致魏子雲（佚）[15]

121　七月二十四日魏子雲致歐陽健

歐陽兄：

　　七月八日函，前些天寄到。《春柳堂集》，應把版本及偽造部分釐清。斯乃重要課題。李壽菊昨天與一位同學到西安去遊玩去了。我規她們兩個女孩子，不要輕易作絲路沙漠之行。做長輩的只能說這樣一句話。作父母者，也不過如此。湊巧，那本散文集寄到，要她帶一本到西安掛號寄出。你可以早些見到。此間不掛號，平寄十九遺佚。

　　昨接到陳遼兄來函，計畫明年舉辦海峽兩岸明清小說研討會。參加者遴第一流人物。囑弟先行在此遴選。當可全力贊助。他為弟寫了一篇〈中國戲劇史評贊〉，抓到了重心。此文寫得簡潔有力。當設法謀地發表。自當另函奉聞。陳先生在弟心目中是位敦厚型友人。此一小書，他讀得極仔細。感激之至。此間有一短評（《書目季刊》），一

15　本信已佚，在歐陽健日記中記載：「八日，多雲，陰。上午，寫〈脂批「文法」辨析〉。寫給魏子雲先生信。」

下筆就說此戲劇史來看，此書分量未免太輕。頗不以為然也。且也不大贊成弟所史觀到的戲劇形態。見仁者之說，不必反問也。

《五音六律變宮說糾議》（擬以此名命書）已完成六章，五萬餘言。近又受閒事干擾，不得不停筆數日。還有兩章結束（不算緒論及結論）。然而，已把二千年來之糾結問題，尋出根蒂。此一問題乃指導學生論文，偶然想到。居然在經書之溫故知新中獲得了「糾議」性的結論。變宮變徵之說，歷代音樂家誤也。書好後，不惟無處發表，連出版處所，諒也難求。誰要印這類專書。

張蕊青[16]小姐搬家。這裏附上美國趙岡[17]先生來函。請轉達。劉小川兄可以直接把文章寄給趙先生指正。弟對政治、經濟，極為模糊。問大嫂好！弟今年不可能再到大陸去。書能賣到稿費，又當別論。兄退出是非圈最對。子桓有言：「人壽有時而盡，榮辱止乎其身，未若文章之無窮。」魯迅到死，也不曾獲得教授聘書。教授、院士都是學問的代名詞。弟在自選集中前面的幾篇散文詩，幾是弟心性的剖白。望兄指正之。此請

文祺！

弟子雲手上　一九九二年七月廿四日午

122　八月八日歐陽健致魏子雲

魏公大鑒：

16　張蕊青（1964-），時為《明清小說研究》編輯，現為復旦出版社副總編。

17　趙岡（1929-），一九五一年畢業臺灣大學經濟系，一九六二年獲密西根大學博士學位，先後在密西根大學、加州大學（柏克萊）、威斯康辛大學任教三十多年，主要研究領域為中國經濟史，還是《紅樓夢》考證專家，著有《中國棉業史》、《中國土地制度史》、《中國經濟制度史論》、《紅樓夢研究新編》等。

七月二十四日大札拜悉，散文集壽菊亦由蘭州寄到。我注意到許鄧璞[18]先生在後記中對我的鼓勵，感激之至。便中乞代為致謝。

我接受來因兄的建議，對於《紅樓》，先集中攻版本與脂學這一環，而把有關作家的考證暫緩一步，因為所涉及的問題太大，恐怕紅學界益發承受不了。比如裕瑞的《棗窗閑筆》，我已發現重大疑點，也只有先放一放。眼下所從事的版本、脂硯的研究，已經使紅學大家如芒刺在背了，七月在揚州召開國際《紅樓夢》會議，也不願讓我參加，我也頗有自知之明，何必去擾亂專家的清興呢？

天氣太熱，翻翻散文集，覺我那篇張宜泉文排版錯誤太多，恐怕是我寫字太草，又是簡化字之故。先生幾篇大文，如〈春秋書法〉，〈談考據〉，〈讀音問題〉，〈古典戲劇與古典文學〉等，我都細心地讀了，收益匪淺，益感治小說者，非有相當的國學根柢不可，只有好好補課。第一六三頁「方言音」一節，提到「甓」字，記得在一篇談歇後語的文章中看到，此字即「打破砂鍋甓（問）到底」之甓字，意即裂縫，或可為先生作一補充。不知對否？

明年之海峽兩岸會議，乃陳遼同志所籌備，對象不止於明清小說，尚包括整個古代、當代文學研究，邀請與會者，希望是第一流的學者。若能順利召開，當對文學研究起一推動作用。信中之意，已代向他轉達。

關於變宮變徵之論，我一無所知，想一定有極大之價值。敦勇兄在此間編一期刊《藝術百家》，可否擇其中一節，交他先行發表，以餉讀者？

趙岡先生之信，已轉給小張了，勿念。

問魏師母好！

---

18 許鄧璞，字邵城，著名報人許君武之堂弟。

　祝
大安！

歐陽健上　92，8，8

123　八月十日魏子雲致歐陽健

歐陽兄：

　　七月，我完成了《五音六律變宮說糾議》一書，約九萬言。可能分章在本校學報，或《復興劇校學刊》先發表。後謀處出版。此書有類同兄之脂硯齋問題，挑出了「變宮」、「變徵」說的認知錯誤。連緒論、結論共十章。從經學中錄出史料，依據訓詁、義理，理出前賢誤判根源。以及近代樂家採用西方樂理衣帽，穿戴在中國音樂上的洋相。弟未讀大陸上有關中國音樂學術之論。這樣，可以給一己一片廣袤的天地，來發揮己見。發表後，當再裁呈。

　　關於《春柳堂詩集》，弟昨夜又重讀兄文一遍。從義理說，條例分明。所欠者只是該詩集之版本，兄文未置一詞。該書發現雖遲，不是問題。問題是發現的這本詩集，刻於何年？或排印於何年？兄文未予正指。僅能從字裏行間，意及此書之版行甚晚。但尚須一一指證清楚，一步步指出作偽破綻。方能奠定立論根基。望續成之。李壽菊與一位同學，到西安等地遊玩去了。行前來我家，湊巧這本選集寄到。要他帶一本到西安寄出。不知收到未？錯字多，憾然。祝
時祺！

弟子雲手上　一九九二年八月十日晨

代候鍾來因兄好！並祈大家同仁和諧！

附提：

原想在此處尋得《春柳堂詩集》，迄無餘閑攻此。想想，還是請兄續成之。《虎囊彈》原本之尋證，亦重要。

124 八月二十四日魏子雲致歐陽健

歐陽兄：

　　八月八日大札，收到已一周。散文集中大文，錯字太多。兩文是趕著補進去的。來不及給我看，校者又不認簡體字，又無紅學知識，程度又差，自連猜的能力也乏。想來，真是抱歉之至。不過，此一問題，師大王關仕教授，在電話中提一些意見。他說：脂硯齋的評語，在蘇俄莫斯科藏之本，乃道光年間物，其間即錄有脂評。乙卯本也有脂評。但在光緒以後本，後人假入脂評者，亦復不少。此一部分，必須釐清。王關仕乃弟好友，研究《紅樓》多年。對大觀園之址主金陵說。此一考證極有工力。十年前曾約之演講。趙岡在臺北的這些年，我與王關仕、翁同文夫婦等，不時餐聚聊天。近年來，趙返美，翁先生近來健康不佳。（翁已七十七歲，清華出身，讀歷史，陳寅恪[19]門生）。王先生所言這些，弟未曾涉獵。插不上嘴。來因兄囑在版本上著眼，乃高人之見。許許多之糾結，首應在版本上著力。弟前函之乞兄查考春柳堂張氏詩集之出版年月，以及詩之寫成年月，都與版本有密切關係。《虎囊彈》之初本，也有其關鍵性。

　　關於春間之明清小說戲曲研討會，弟已開出名單寄陳遼兄。可逕

19　陳寅恪（1890-1969），字鶴壽。中國現代最負盛名的歷史學家、古典文學研究家、語言學家、詩人。著作有《隋唐制度淵源略論稿》、《唐代政治史述論稿》、《元白詩箋證稿》、《金明館叢稿》、《柳如是別傳》、《寒柳堂記夢》等。

行函邀，比弟介入較好。當然，弟會全力協助。能否達成期望目標，未能估計。世態多變，人事如水也。盼知陳遼兄。

　　另封寄去拙作《五言六律變宮說糾議》一文之緒論及結論兩文。兄讀後當蠡知一些梗概。實則，弟以九萬言之篇幅立說，所論者只不過一事。五音六律自五弦琴增入「文武」二弦，改為七弦，音律之和合已亂，蓋五音與六律（十二律呂）之和合，而八音克諧，乃循天地之陰陽五行運轉。宮商角徵羽五音聲乃宮中（土），商西（金），角東（木），徵南（火），羽北（水）之五方位。加上文武二弦，五音變成七音，則五行之方位，無位容之矣。是以古人遂有變宮變徵之說，謂之五聲二變。更有漢人以「應鐘變宮、蕤賓變徵」之說，曲語文武二弦之代宮代商。因而後人為七弦琴立出之次第，各是其是。再加上馬遷又有「律數」與「鐘分」之衍生。天哪！亂上加亂矣！民國以來，西洋之音樂家又加入以音聲之顫動頻率與律數合而計之。中國之禮樂又何止是禮崩樂壞，簡直一團亂麻，一灘爛泥。弟讀經出身，略知五音六律，因成是書。將自費印之。為斯一新時代留下狂言已耳！此頌
文祺！

　　　　　　　　　　　弟子雲手上　一九九二年八月廿四日晨

附提：

稿讀後可轉敦勇兄，當另函致敦勇。

125 九月三日魏子雲致歐陽健

歐陽兄：

　　寄去的兩篇有關古琴音律的短文，想已收到。仲尼云：「有不知

而作者，吾無是也。」弟一向遵此聖訓。今作之音律一文，乃「不知而作」，蓋對古琴音樂，未能知也。雖說立論無誤，五音六律之紊亂三千年，誠由於加入文武二弦所引起。然弟尚無此一學力（音樂方面）貫通之。容後再一一貫通後，再行改正。寄去的兩短文，棄之可也。萬勿發表。請告知敦勇兄。

文祺！嫂夫人均此不另。

弟子雲手上　一九九二年九月三日晨七時

126 九月四日歐陽健致魏子雲

魏公大鑒：

　　大札並《五音六律變宮說糾議》緒論、結論已先後收到。我缺少音樂細胞，在上初中時，與同學一起弄個二胡來學，人家早已宛轉動聽，而我卻難成腔調，遂爾棄之，且於古文素乏根底，故大文雖認真讀了三遍，仍覺荊棘滿眼，無從領悟，實在赧顏！但我從直覺中感知，確實切中了近代樂家不明訓詁、義理以及用西洋樂理亂套我國固有之禮樂之要害，是極有意義之力作。昨日專程往敦勇兄府上，將二文送去，並請他安排在《藝術百家》刊出，順便向他討教若干疑難問題。

　　關於《春柳堂詩稿》版本，卷首有貴賢、延茂序，署光緒己丑；自序不署年月；卷末有濟澂跋，亦署光緒己丑季春，末二行云：「副護軍參領銜內務府會計司主稿筆政德貴敬刊」，則此書之刊行，當即在光緒十五年（1890）。拙文未予指明，確是一大毛病，然只須在原文中加以補充，似難再寫一文論述矣。

　　至於脂評，蘇俄列寧格勒藏本，題名《石頭記》，不署「脂硯齋重評」字樣，故不能統稱為「脂本」。現存三脂本（甲戌、己卯、庚

辰）中的評語，誠如王關仕教授所說，內容較為複雜，添加的年代不一，頗難縷清；但有一點是明確的，即較早的批語（包括道光間的列藏本），都是關於小說的文字、技法的，唯有晚出的脂本中的批語，方帶有作者的家世生平、小說本事的內容，而這卻是紅學家所以看重脂評的原因。我寫的《脂批性質辨析》、《脂批年代辨析》，九、十月間都將發表，到時，當拷貝一份呈上。

紅學家在舊的規範中思維久了，一聽到神聖的脂批、脂評竟有人敢於懷疑，就本能排拒起來。陳詔兄在《紅樓夢學刊》第三期刊出一篇即興式的感想，批評我的觀點道：「這真是震聾發聵、令人吃驚之談！自從二十年代初期胡適介紹脂本以來，多少讀者、研究者研讀《紅樓夢》兩種版本系統——脂本和程本，高度重視脂硯齋的批語，毫不懷疑脂本是先於程本、接近原著的早期抄本，難道又上當受騙了嗎？」就是這種心態的真切反映。林辰先生在《中國圖書評論》第五期上發表〈震撼紅學界的新說〉，這是大陸第一位公開支持我的文章，且出於林公之手，令我感奮。

《虎囊彈》之初本，已寫信去北京托朋友尋覓，敦勇兄也答應代為訪查。

來因兄又患黃疸性肝炎，住院隔離治療，聞近來稍好一點。

照片剛沖洗出來，奉上請查收。

我家長子新添一孫女，次子考上東南大學系電子工程系，忙碌了一個夏天，弄得十分勞乏。

問魏師母安吉！

祝

秋安！

歐陽健上　92，9，4

127 十月十四日歐陽健致魏子雲

魏公大鑒：

　　前奉一信，諒達青覽。九月三日大札奉到後，我即給敦勇兄打電話，告知尊意。

　　林辰先生公開發表文章，對我關於脂批偽託說表示支持，並願意向出版社推薦我的《紅樓新辨》書稿。為此，我將文稿作了修訂潤飾，暫限於版本的考辨，計六章二十五萬字，已經寄去瀋陽了。關於曹雪芹的考辨，遵來因兄之建議，暫且放一下，二年以後再說。張宜泉，裕瑞（陳益源給我寄來裕瑞文稿的影印件，可初步認定《棗窗閑筆》非裕瑞之手跡）等，都暫且不問了。

　　我現在正著手編纂古代小說總目提要，出版社有興趣，計畫編成500萬字的規模，文言、白話小說，統收在內。每日沉浸於唐人小說之中，不覺進入一個全新的世界。

　　最近發表兩篇關於脂批的文章，復印了寄上，請嚴予批評。

　　天已轉涼，盼保重！

　　問魏師母安吉！

　　祝

秋安！

歐陽健上　92，10，14

128 十月三十一日魏子雲致歐陽健

歐陽兄：

　　十月十四日大札奉到。數日前也收到瀋陽林辰兄來函，並附來大作〈甲戌本脂評作於嘉慶十九年說〉一文。證見頗有支柱之力。兄

兩文似是重寫前文。弟對此向無知，對此問題，已引發興致。關於此一問題，來因兄意見甚是，先從版本上作起。但無論從何一論點入手，考據學原則，則不可忽略。那就是「先破而後立」。一如拆房改建，必須先拆除舊建，方能建新廈。如有新基地取得（又發現了新說），固可在舊建之他處營建，則必須先有建築基地（弟說的「歷史基礎」）。否則，麗辭儷語，亦海市蜃樓耳。

兄的此一問題，幾成阿房之勢，此喻基其有廣覆三百里，高遮天日之大。非可學楚項一火而成焦土。故須拆而磚木堆之，一如秦俑然。（《漢志》稱秦皇改為一車六馬，秦俑未之見也。）兄文已打此方向進行，弟則認為還未能以井田為域而理之。且忌小題不要大做，此一問題，應從大中見小而大題小論。不要枝蔓。三五千言一篇。每一篇都能掌握一個小論點。先提疑而破之，再設論而立之。

至於出版問題，牽涉稅捐，極不易兩岸合作。另文覆林兄，見附件。由於文化事業在經濟主導環境之下，已日趨沒落。經濟原則是積聚金錢為富，文化則是積聚知識為富。以理說來，二者一也。但自古以來，無分中外，富而好仁者，終屬少數。尤其現代，功利建築在現實上。商家有句口語：「賠本的生意不作」。如今讀書人已成末流，小學程度，只要有頭腦，能吃苦、能拼，不十年可成億萬之富翁。讀書人必須安分守己。文章好壞，不能以斤兩衡。屈原先生早就說過：「黃鐘毀棄，瓦釜雷鳴。」「千鈞為輕，一羽為重。」非始於今日也。

《五音六律變宮說》第二遍重寫稿，今又寫成。不到五萬言。少第一稿三之一強。這一遍已寫出創見。想不到周公制禮樂，亦不遵五音六律之和合，而加文武二弦，以成七音。七音，不協六律者也。禮壞，樂崩，自茲始矣！

（此文尚須監禁些時日，嚴審判定後，再付印。）

（鐵定自費印製。上書詮釋，等於自費印。）

你這篇文稿，弟意莫急於出版，望能達成移宮換羽也。祝

好！

弟子雲手上　一九九二年十月卅一日

129 十一月十五日歐陽健致魏子雲

魏公大鑒：

我十月二十八日赴開封參加全國《水滸》討論會，之後，又去邳州參加了江蘇省明清小說研究會年會，十一月九日夜方回到南京，不久就接到十月三十一日大札，甚為欣悅。

此番在開封，邂逅馬幼垣先生，並有幸聆聽了他長達一個多小時的演說。馬先生刻意搜求海內《水滸》版本的精神，令人欽佩，但他據梁山泊排座次存在的不合理處，推測《水滸》原先就有一個「祖本」，此一祖本後來被砍得七零八落，現存《水滸》前七十回已被改得亂七八糟，最接近原貌的部分是招安以後的結論，卻是違背了他自己關於一切都要從版本實際出發的原則的。他對於排座次的觀點，是從一種理想主義出發的，即排座次是一定遵循著公平、合理的標準進行的，凡是功勞大的、品德高的人一定是排在天罡之數的。殊不知從歷史看，從現實看，事情往往不是如此。由此，他斷定《水滸》的「祖本」出現於弘治時期，施耐庵、羅貫中都是靠不住的之類，也就完全失卻了歷史的基礎。

開封會議因參加人數甚多，與他交談的人更是不少，我因生性不喜趨奉，故除小組會上與之切磋一二外，竟未與詳談一回。他的起居

自有劉世德[20]先生照拂，諒無大的問題也。

　　說是《水滸》會議，但其間卻充滿了「紅樓夢氣」，會上談《紅樓》，會下亦談《紅樓》。我們的新說，倒頗贏得不少朋友的嘉許，已有幾位表示要下海參戰，助我一臂。據聞北京之紅學大家，已經決定改變不予置理、任其自生自滅的方略，決心組織力量，全面反擊了。在揚州的紅樓夢會上，山西宋謀瑒[21]先生遞交了一篇文章，充滿了「文革」時期大批判的火藥味，大有泰山壓頂之勢。然心躁氣浮，較之應必誠、陳詔的二文，尤見色厲而內荏。我的《紅樓新辨》，本擬暫告一段落，專心於古代小說總目提要的編纂，視此形勢，看來已欲罷不能矣。歸來後，已著手撰一《棗窗閑筆辨疑》，分從版本、內容、史實三方面加以辨析。陳益源兄為我拷貝得潘重規先生在香港影印的《薑香軒文稿》手稿本，可證《棗窗閑筆》非裕瑞之稿本，更從內容與史實考訂，證明其亦為後人之偽造。此說若成立，則吾之脂批偽託說，可立於不敗之地矣。

　　林辰先生於我之探討，支持甚力。關於《紅樓新辨》之出書，系他主動來信表示可大力相助，而寫信給魏公，圖在臺出版或合作出版，卻為我所未料及。既然有困難，暫緩一下也罷。信已轉林先生，勿念。

　　總之，九三年紅學之爭論，已成騎虎之勢，面對強大對手，我當遵魏公之教誨，力求以井田為域而理之，穩紮穩打，先破而後立。

　　現在市場經濟之風，已刮遍大陸，我輩於金錢富貴，絕不眼熱，

20　劉世德（1932-），一九五五年畢業於北京大學中文系，分配至中國社會科學院文學研究所至今。現任中國社會科學院文學研究所研究員，著有《紅樓夢版本探微》、《曹雪芹祖籍辨證》等。

21　宋謀瑒（1928-2000），山東晉東南師專教授，中國紅學會理事，著有《關於紅樓夢稿的幾個問題》、《曹雪芹與尹繼善、傅恒交遊考》等。

一心致力於「末流」，不信學問無用之說也。

十二月中旬，將赴大連參加古代小說叢書出版之研討會，屆時當與侯忠義、王汝梅[22]、林辰諸君會面。

匆此，望珍重。祝

冬祺！

歐陽健上　92，11，15

130　十一月二十九日魏子雲致歐陽健

歐陽兄：

十一月十五日大札奉到。我廢棄了已寫成的九萬字，又重新章節，今又成五萬言，大致上可以交代我要說明的先師講荊軻傳的變徵問題。同時，已發現到的文武二弦之不協七音問題，也說了一些。更發現到聖王賢相之制訂禮樂，竟以政治學理，加入樂理。五言六律於焉崩矣！已送出打字，未再浪費時間，東送西送。下月當可列印出來，當寄兄。（如明春可到金陵，當帶來。不知陳遼兄籌備通過未？）今收到馬幼垣新著《水滸論衡》，其中有排座次一文。弟讀後再說。研究者都難免有主觀。若一旦有人指出，應虛心接納。接黃霖兄函，告以徐朔方兄有文駁我等屠隆說，「文勢洶洶」。實則，李開先說只要胡雲翼（胡雲翼七十一回中此人萬曆廿年尚在世）一人史料即足以否定。弟在臺北尚未見到吉大學報。來得遲。《紅樓》，弟有興加入。祝

22　王汝梅（1935-），一九五九年畢業於吉林大學中文系，一九八〇年在華東師大中國文學批評史師訓班結業，一九九三年赴加拿大多倫多大學東亞學系訪問。現任吉林大學中國文化研究所教授、《金瓶梅》研究室主任，中國金瓶梅學會副會長、吉林省紅樓夢學會副會長，著有《金瓶梅探索》、《中國小說理論史》等。

好！大陸論文銷路極差，十九不願接了。

弟子雲手上　一九九二年十一月廿九日

嫂夫人均此！

另件乞轉敦勇兄。近來閒事多，心情亦不暢快！

131 十二月二十一日歐陽健致魏子雲

魏公大鑒：

　　我去大連參加古代小說評介叢書編委會，月中回到南京，即奉到十一月廿九日大札。前天專程往訪敦勇兄，送去大函，並暢談半日。吉大學報適相愷兄手頭有一份，敦勇雲將復印了寄上。

　　古代小說評介叢書共九輯八十冊，共六百餘萬字。我所撰者有《古代小說與歷史》、《古代小說版本漫話》、《古代小說作家漫話》、《古代小說禁書漫話》、《晚清小說簡史》、《曾樸與孽海花》、《兩漢系列小說》七種。現已出版，第一次印刷一萬部，每部200元，不另賣。我所寫之樣書，尚未寄到。如收到，當呈上求教。這次參與編撰叢書，對我是一個鍛煉和學習，關於《紅樓夢》之版本，就是因此而逼出來的。

　　《紅樓》事看來已現燎原之勢，贊成者，共鳴者，漸次增多。我經天津往大連，應南開大學中文系邀請，向四十餘名研究生作兩小時之學術報告，反應良佳。貴州、雲南、遼寧、山東、江蘇、湖南，都有人寫信撰文，表示聲援。然而，這也引起了一班權威的反感。北京的紅學家姑且不論，萬萬沒有想到的是章培恒[23]先生的態度。我所寫

23　章培恒（1934-2011），中國古代文學研究中心主任兼古籍整理研究所所長、復旦大學中國語言文學博士後流動站站長。兼任教育部人文社會科學專家諮詢委員會副主任委員、教育部全國高等院校古籍整理研究工作委員會副主任委員等。專著《洪升

的〈紅樓夢「舊時真本」辨證——兼答應必誠先生〉一文，經張兵提出修改意見，已決定發表《復旦學報》明年第一期，章聞之，出面干預，一定要求撤下，張兵拗不過，只好從命。總之，明年將是《紅樓》論爭的一年，此事既涉及學術問題，又涉及學風問題，風浪將是不小的。從其深刻程度而言，也許將超過《金瓶梅》。魏公擬加入，令人高興。

明春金陵之會，問陳遼君，言經費尚未落實，正在爭取云。看來如期召開，已成問題。敦勇說，即使不開會，也歡迎您來金陵度假，那樣更好暢敘。我也是這個意思。若來，即住我家，我們一起細細考證《紅樓》，豈非人間之大樂事乎？

今天是冬至。冬季到了極至，就該向春天過渡，不快之心境亦當過去，望多保重。

問魏師母安吉！

祝

大安！

歐陽健上　92，12，21

研究》、《中國文學史》等。

一九九三年

132 一月十二日魏子雲致歐陽健

歐陽兄嫂：

　　去歲十二月廿一日大札奉到。關於《復旦學報》事，萬不可臆測這那？章先生或是站在復旦的立場，不願學報陷入此一涉及諸多人事上的成見紛擾，遂有此行為。望能曲諒之。凡事，如能放下自我，走到對方的心理位置，去以對方的立場想想，準會改變自我的臆測，而減少自我煩惱。尤其是學術上的問題，只要在一己論點的基礎上，能夠日起有功而開疆拓土，各類建築自會如秦皇之阿房，覆壓三百餘里，遮蔽天日。縱然被楚人一炬而成焦土，後人亦不能忘卻阿房宮之宏偉壯麗。何必計較乎此。問題是治學者的論點，有無基地？換言之，你的論點落實了沒有？弟對兄此一問題，曾道及關鍵在《春柳堂》這部詩集之真正作者以及此書之成書與一次次出版演變之年月，這些應首先探討清楚。若是，方能確定吾兄所立論點之基地何處。否則，無論寫多少篇章，所論還只是設疑的問題。一如弟設疑之屠隆，到今天，提出的論據，雖已一步步拉近，終欠臨門一腳，踢球進門，才能使眾口雖張而不敢為聲。但設疑於屠隆之論據，則不易被驅離出境。所據證物無不適乎法合於理也。

　　前者，弟曾向兄言及《水滸》中的一篇施肇瑞作〈秋江送別〉套曲。今者，又在書店買來王同書兄之大著《水滸白駒施耐庵》，其中也論到此一套曲。對於曲之辭意詮釋，雖有見仁見智之異（弟可能有另外義理的詮釋），然所持論點，則尚欠（一）施肇瑞是何時代人？元耶？明耶？清耶？無確據。（二）不能因為名上有耐庵二字，即肯定是大豐年譜中的施彥端。（三）魯淵、劉亮二人是何類人士？應先

查明年籍。確定了這三人是元末明初人，始能像同書這樣行文的方向去詮釋這七闋曲詞。（四）否則，有什麼歷史基礎說這位「耐庵施肇瑞」就是大豐施彥端的另一名乃同一人。（五）這件資料的來源，也有疑問待考之處。弟據以上疑點，則不能同意同書的這種以一己主觀意識的考證。先立柱子然後再把由主觀意識搓成的繩子，一根根向柱子上拴。試想，立於一己主觀心理上的那根柱子，經得起別人伸手扯拉那主觀意識搓成的繩子嗎？

就憑我上述的五個問題，那根主觀心理上的「柱子」，便站立不住了。是不是？

我的《五音六律變宮說》業已付印，春節後（約二月中）可能成書。已在《復興學刊》發表了三章（共六章），應該這幾天可以見到刊物。我想，還是把成書再寄好了。

（也許楊振良夫婦二人到南京，會托他們帶去。）

（還有兩本黃霖的博士生托我找的書，也托兄代付郵。）

關於徐朔方先生大文，王汝梅兄業已印了寄來。我寫了三張稿紙的覆函給徐公。今印一份呈上，知兄關懷。實則，徐公所舉，乃雞毛蒜皮，鄭閨才智夠，工力欠。黃霖則無大誤，但行文乏堅定鏗鏘之剛，然徐述夔乃清乾隆間人，推不到「五色石」上去。弟在《小說金瓶梅》中有專文。兄有弟此書可參考。並希賜正。

春節後，能否到金陵一行？看來，可能去不了。這筆稿費用到《五音六律》這本書上了。（自己花錢印，這書誰要印他？）印五百本，留著送人。敦勇兄，另復。祝
雙安並祈闔家康泰！

　　　　　　　　　　　　　弟子雲手上　一九九三年一月十二日

附錄：魏子雲致徐朔方書

朔方吾兄：

　　大札拜誦多日，今又奉到長春王汝梅兄寄來鴻文。拜讀（吉林大學近期學報）所刊〈金瓶梅考證要實事求是〉大文。這「實事求是」四字，至契吾心。自問弟二十年來之《金瓶梅》研究考證，未嘗踰越乎是。文中所摘鄭、黃二氏文之誤判，向大處說，乃陷於主觀之疏忽，責之「改造」、「偽證」，未免訾之切矣！按「主人留作著書緣」句，當是鄭閨所據版本問題。改，則無由也。弟對此詩，未興賦趣，自無心得可言。也不曾翻檢弇州四部稿。

　　至於黃霖說「花營錦陣」之廿四篇乃一人所作，雖無實證，作此推想，並不為過。說是笑笑生一人作，書中六回有汪道昆之「方外司馬」綽號在內，卻也正說明該書之成，當在萬曆中。再說「煙波釣叟」一名，在萬曆卅四年刻本之《楊家府忠勇通俗演義》中，乃其參訂。似不必再往前推。

　　此書二十四幅題辭，乃一人手書。弟早已言之。

　　《山中一夕話》乃《開卷一笑》之改頭換面重印本，弟早有專文論及（見拙作《小說金瓶梅》頁226－239）。而《開卷一笑》亦天啟刻本。（有辟諱字可證）。《八洞天》與《五色石》二書，也是明人作品。《遍地金》乃剽取《五色石》之前四篇而另換名目者也。弟也寫有專文論及（見拙作《小說金瓶梅》，頁240-243）。非徐述夔作。兄所據資料有誤。徐述夔乃清乾隆間人，可以辟諱字鑒之。

　　關於弟之《金瓶梅》研究，判定《金瓶梅詞》話是改寫本，在兄評論之拙作《金瓶梅的問世與演變》一書，即已肯定是改寫本。更可以說弟之《金瓶梅》研究，進入之始，即已發現《金瓶梅》之「演變」複雜，抄本與刻本有極大差距。弟提出的這些問題，在拙作早期

之《金瓶梅探原》以及《注釋》、《箚記》中，全可尋得。迨所寫
《金瓶梅的幽隱探照》出（一九八八年十月出版，文則成於成於一九
八七年間），則已肯定《金瓶梅》之演變，不但應分抄本、刻本兩個
階段研究，而且抄本也有前期後期之別。刻本之有十卷本（詞話本）
廿卷本（批評本）之前後分界，更有實物可據。是以弟推論出屠隆是
前期抄本之作者，可能在後期抄本流傳時，即另起爐灶而改寫。至於
鄭、黃二人之行文，仍因循一般論者之籠而統之，未能融入弟之研究
於一而貫之。弟雖未言今見之《金瓶梅詞話》（十卷本）及《批評金
瓶梅》（廿卷本）改寫者是誰？卻已明示出此一改寫本乃袁中郎為主
導。晚年之屠氏，醉心戲曲，組家班而自編自演。且出堂會於豪門。
再加上酒色交攻，復迷於三教合一，時思得道。是以弟推想屠氏金瓶
梅改寫本，流出未完，即未再繼。（或已成書，不願再公之世也。）
斯乃弟之研究成果，未感強人以同。考據應實事求是，誠哉！斯言，
盼兄以此四字探討弟之二十年來研究成果，若有違「實」而所求非
「是」，尚請大斧劈之。

　　請問，所有提名之《金瓶梅》作者候選人，堪證之史料，有誰可
與屠隆並駕而齊驅？關於《金瓶梅》之政治諷喻，弟一下筆即感於第
一回的劉漢之寵戚而興起廢嫡立庶之意，斯乃《金瓶梅》頭上的王
冠，戴不到西門慶頭上去。不就指出《金瓶梅詞話》之為改寫本乎？
此一問題，乃弟廿年來孜矻探鑿，至今未輟之專務。惜乎所有從事金
書研究者，幾無一人循此「實事求是」。弟時期有人持大斧劈我，未
有也。（呈兄之《明代金瓶梅史料詮釋》小書，望賜教正。）

　　考據既要「實事求是」，則所求之「據」，必須符「實」，能符
乎「實」，方能得乎「是」之和數。若獲「據」不能符乎「實」，則
所得焉能為「是」？按屠氏之《栖真館集》有給王胤昌尺牘，謝他為
罷官之冤，有函要他「宜如子長之報任安書，李陵之與蘇屬國，刳腹

腸於紙上，寫涕淚於毫端」以申不平。斯時，屠氏放廢已「五易裘褐」。尚有身為太史之官，函之應學馬遷報任安書、李陵與蘇武書。按屠氏罷官之辭，乃「曠廢詩酒」，何得於放廢五年之後，還有人期之學馬遷之報任安書？不是怨懟於皇上，何得以學馬遷報任安書等之？今者，吳稼嶝《玄蓋副草》給屠緯真詩有句云：「憶昔遊京華，秉禮兼稱詩。侯王及庶士，交結篾等夷。觚爵飲無算，藻翰縱橫飛。謠諑一興妬，深宮擯娥眉。」弟以為此數語，即已明寫屠之罷官，乃罪及「深宮」鄭氏之「妬」也。此一「妬」字，自是涉及俞顯卿之劾屠隆放縱，牽及屠氏之賀皇子誕生等文。斯即屠氏冤呼之「必逐之而快」，「斯其故不可知矣」底因也。

　　兄對「訓詁」一事，所習與弟不同。弟出身塾屋，籍皖而宗桐城義理學派者也。吳氏之此詩數語，吾兄或另有義理訓之。一如兄訓釋枚乘之《七發》文義。（《吉林大學學報》一九八七年一期）認為枚生《七發》的「主旨是人間最好的享受都比不上要言妙道，」還望兄對《玄蓋副草》這幾句詩，有所訓釋見賜。

　　近來，弟健康日非，膝酸股腫，坐不扶物則立起難。好在腦尚清明，手尚能寫，案頭工作，未輟而已。明秋，望能在寧波見。斯所期也。肅此敬頌
年禧！

弟子雲手上　一九九二年十二月二十五日午

133 一月二十五日歐陽健致魏子雲

魏公大鑒：

　　辭舊迎新之際，拜誦大札，倍感欣喜。數年來，魏公不僅教我如何治學，亦教我如何為人。即如復旦章培恒先生事，雖說我可能不無

影響可循，但盡可心懷放寬，不要陷入毫無意義的煩惱之中，以致影響學術上的冷靜判斷。再說在《紅樓夢》的探討之中，雖有一二權威因種種原因加以攔阻，但已有越來越多的人表示理解和支持，這是更叫人增添信心的。

我利用春節的時間，正在寫我計畫中的《紅樓新辨》中的最後一篇〈明義題紅樓夢辨疑〉。在這本書稿中，所要全力解決的是《紅樓夢》的版本問題，包括：1. 脂本與程本，究竟誰是《紅樓夢》的真本；2. 脂批是否真的是曹雪芹同時代脂硯齋所為。而《春柳堂詩稿》問題，只是《史料辨疑》中的一節，它所涉及的問題，是張宜泉所言曹氏的史料是否可靠的問題，並不涉及《紅樓夢》（因張宜泉未說過曹氏寫過《紅樓》的話）及其版本。所以，《史料辨疑》這一章完全抽下，也不妨礙我的整體判斷。當然，此事由我而起，自應由我進一步加以考實。然張宜泉其人名不見經傳，《詩稿》又僅一種本子，探討其成書與演變，尚無材料為基礎，這也是我感到苦惱的事。茲奉上《紅樓新辨》全書之目錄，就中可以看出我的大致思路。

關於施肇瑞問題，應該承認江蘇的學人，確實帶有較濃有情感色彩。去年十月，我在開封遇到劉世德先生，對他說：十年來，我們兩個人好像調了一個個（換了位置），他說何以見得？我說，十年前，你對施耐庵的文物史料要求是何等嚴格：這不合常例，那不合規格；而十年後，你對曹雪芹的墓石卻變得那般的寬大為懷，什麼體例、常規，都不要了。其實，我自己在施耐庵、曹雪芹的問題上，也扮演了不同的角色。對曹雪芹，我覺得許多材料不可靠，而對施耐庵，就少了那麼一點戒備心理了。所以，排除一己之見，實事求是，是最重要的。但話又要說回來，對施耐庵的事，學界中人也確實有成見，如馬幼垣先生，他從排座次的意見推衍開去，以為《水滸》之成書不可能於明初，所以對施耐庵自然不予理會了。大箚中所提五點，魯淵、劉

亮為元末人已有確據，其他幾條只能說有可能，而不能敲實。作為一種推論，我以為劉冬等的說法不妨可以存在，以待今後之檢驗，也不必因少了確據就全然抹殺。

給徐朔方先生的信寫得甚有風度。《五色石》為明人之作，非徐述夔之《五色石傳奇》，可以定論。

我下一步將全力轉向《古代小說總目提要》的編撰，《紅樓夢》事，除準備參加可能在河南新鄉召開的學術討論會之外，不擬再投入多少時間了。對於我來說，要說的話已說了，只待學者與專家的評說。

問魏師母安吉！祝
文祺！

歐陽健上　93，1，25

134 二月二十三日歐陽健致魏子雲

魏公大鑒：

春節後寄來的材料收到。

我們所裏的情況近來發生了不少變化，鈞韜兄已堅決要求調離，往深圳謀求發展；吳聖昔已退休；同書副研職稱未評上（主要是「職齡」不夠，還有其他原因），差不多不來上班，常駐他哥哥辦的仲介公司裏。《明清小說研究》拖期嚴重，品質下降。在這種情況下，院裏、所裏決定由我來掌管編輯部的全盤工作，我於是一下子陷入事務圈中去了。既要考慮刊物內容編排的革新，又要考慮擺脫經濟上的困境，忙得暈頭轉向。在我接手之前，同書自作主張，將九三年一、二期合刊發排，內容雜亂，全無章法，我只好通知印刷廠將初校發回，重新分編，並考慮逐漸改善欄目。現準備自第二期起，開闢「《紅樓

夢》大討論」欄，衝破一、二權威壟斷學壇的局面，養成真正平等自由討論的空氣。我準備以自己的行動，樹立一個歡迎不同意見的榜樣。現已印好稿約，分寄七十位大陸的「紅學家」，包括馮其庸、周汝昌等泰斗，看看他們有沒有勇氣來短兵相接？服膺真理，修正錯誤，每個人都應如此。茲寄上稿約一份，歡迎先生也來投槍一試。翁同文先生如有興趣，也極歡迎賜稿。

　　寄上拙文一份，望教正。

　　問魏師母好！祝

春祺！

歐陽健上　93，2，23

135　二月二十七日魏子雲致歐陽健

歐陽兄：

　　估計時日，你們應該有信來。行程業已決定，全是民航的機票，沒有轉圜的餘地（不能改也不能退）。三月廿六日下午二時半到南京。四月七日我鄉淮北市濉溪縣有個會，弟決定去。卻必須七日晚由徐州坐夜車趕回上海，十一日上午八時卅分民航飛港。十二日下午五時半回臺北。在港還有一個研究生的論文問題。因為南京返程飛機，不能配合我的時間。

　　《春柳堂詩稿》，弟已略有譜知。此事只要一查《福州府志》及《侯官縣志》，該興廉其人，曾否任過縣令？即可確定資料真偽。何以無人查？弟為此跑二次圖書館，福州府只有乾隆十九年前修，又無《侯官縣志》。但《鹿港同知》則無其人。弟已加入此一問題。此一詩稿，此間只有一部在臺中，已托友影印。弟亦疑此詩稿有問題待考。近又協助編一本有關小說論述文集，又選了兄等（最少五位朋

友）文稿編入，視經費情況，酌酬薄意。如時間允許，像去年一樣，
最好能帶去。每人百元美金也是有補的。一切都在變，此一文學研究
班，弟已主持教務達十六年之久。今年起停辦，文集也只編這一冊，
以後，不再繼續。弟讀了上次選入的〈春柳堂詩集辨析〉一文，極為
遺憾，錯字連連。不是弟編校，只提供稿件而已。兄寫論文，似還須
步入精簡之道。大陸友人治學之論，往往在資料上鋪張。兄文弟連讀
三遍，方始理出文路。已寫一短文寄出。容讀完詩稿後，當再續論問
題。此頌

儷祺！（《五音六律》請指教）

弟子雲手上　一九九三年二月廿七日午後五時

136　三月六日魏子雲致歐陽健

歐陽兄：

　　二月廿三日大札及探佚辨誤一文，昨日收到後，即一氣讀完。
此文比弟編入文集那篇〈春柳堂詩稿辨析〉，寫得明白瞭暢多了。有
關《詩稿》問題，弟已函告。今又讀竟該詩稿全文，又寫一短文（共
兩短文）。實則，此一詩稿作者之非八旗藝文編目之「興廉宜泉先
生」，不必查《侯官縣志》，亦堪證之絕對不是同一人。是否楊鍾羲
就錯二為一？尚請追查。考據如法官判案，凡案中所涉疑點，首應一
一查明審結，方能作判。考據一事，先探根本，枝葉扶疏，理之難
也。吾兄知乎疑，且能在不疑處有疑。斯善讀書者也。先儒已言之。
只是兄亦如他人，總是見而未探（如兄指出王利器先生之運用資料，
明知而不問，只求保住己之一貫論點，良是治學大忌）。弟讀竟該詩
稿，馬上肯定該詩稿作者宜泉先生張氏，非八旗藝文編目之興廉宜泉
先生。何以？該詩稿之作者，生活所及之地，率多局於順天府，南方

僅有遊天臺山及釣魚臺兩詩。閩、臺兩地人事風物，無一片語隻字。甚至連《侯官縣志》也不必查了。至於詩稿中之有關曹氏問題，弟淺見與兄同，此書可能是張介卿在光緒間付刻時，動過手腳，無他，強以《紅樓夢》作者貼祖上金面也。要不然，就是與劉家內兄有關？此一問題，應去追探劉銓福。弟決定三月廿六日乘民航班機下午二時半到南京。詩稿事還有得討論呢！總之，弟已為《春柳堂詩稿》問題，提出贊助。用筆名，免惹嫉。

鈞韜兄一直是弟心目中的才子，當勸其安下來好。弟擬請同書伴我一遊紅草湖（洪澤湖）的五十幾公里環湖道路等等。弟之突然又決定藉春假出遊，主要原因是有一筆稿費來了。（廣州花城）弟請他們寄上海黃霖兄處。到後，請他匯人民幣五千元至兄處。兄如能抽出三天時間，希望與同書伴弟到洪澤湖看看，此處乃弟兒時耳鼓中的神秘處所（土話叫紅草湖）。四月七日濉溪縣的會，也請陪我走一遭。弟預定四月五日或六日去，七日會後，連夜乘夜車到上海，盤桓三數日，十一日一早返港。在港還有學生聚會。十二日返家。

（洪澤湖之遊，如何安排？請同書兄辦，他有此長才。弟作東主，有這筆費用。千萬不要客氣。不過，萬不可宣揚也。我們三幾人就成了。）臺灣在變，弟有安老之想。再談。

祝文祺！

弟子雲手上　一九九三年三月六日

137 三月七日歐陽健致魏子雲

魏公大鑒：

二月二十三日曾奉一書，諒達青覽。昨又收二月二十七日大札，喜甚。敦勇兄前些日已告知來寧資訊，且已作好接待之準備。送陳遼

先生之《書目季刊》已轉交，給黃霖兄之書籍已掛號寄滬。另有一篇〈金瓶梅研究二十年後記〉，感慨甚深，不知可否交《明清小說研究》發表？盼示。

此番再蒞大陸，適逢清明，當返故里，重溫鄉情，而回臺又經上海，則在南京時間，就不多了。如何安排？亦望告以尊意。

我接手《明清小說研究》編輯事，頗思有所振作，我之所以選擇「《紅樓夢》大討論」為增進活力的首次行動，目的就是為了實現真理與公平。有些人在舊的思維模式中習慣了，一旦碰上新說，還未來得及細細掂量，就斷言「連ABC都不懂」。不徹底地擺出來，是非曲直是難弄清的。還有人憑藉手中掌握的刊物，專搞一言堂，有人說這不是紅學，而是「紅霸學」，我們就該讓不同的觀點都有發表機會，實行真正的自由討論。這次討論，從《研究》第二期就可開始，至少討論一、二年。

來示言已加入《春柳堂詩稿》之問題，甚佳。胡文彬先生近日來信，對我的觀點頗加贊同，說他早有疑問，然未深入一步，遂爾中止。歡迎先生撰出文章，參加《明清小說研究》之大討論。竊以為《金瓶梅》之探研，先生已卓然成一大家，著述之豐，已居學界之冠。然接近終極真理之差一薄紙，信者早已信之不疑，而疑者終難命其首肯。在此情勢下，不如暫時放一下，轉而攻《紅樓》之堅城，以先生之力，定當大有發見也。

編了十幾年的論文集，今年忽然停辦，令人惋惜。其間當有經費、人力之困難在。如今商品經濟世界，一切以錢為驅動，我輩當有所以處之之法。我以為可否考慮以《明清小說研究》雜誌為基礎，試行兩岸學術研究之某種合作？比如雙方共同組織一個專欄，一個專號，雙方提供稿件，予以經費上的資助。那樣，所費不多，而容易出成果，出人才。此事俟先生來寧，可再當面請教。

前日，王安祈先生之舅父胡大有[1]先生來舍下相訪，為之求購書刊，我已轉送《明清小說研究》一冊。

問魏師母好！祝

春安！

歐陽健上　93，3，7

138 三月十四日魏子雲致歐陽健

歐陽兄：

三月七日函，昨午後收到。原可不寫信了，我廿六日午後二時半到。飛機是中國民航，十二時十五（或卅）由港起飛（機票還未送到，時間或無問題，我會再撥電話給敦勇）。然而，關於春柳堂，卻有些話，骨鯁在喉。還是再寫這封信吧。什時可在二十五日到達。弟只是趁熱鬧，不擬改攻《紅樓》，弟要寫水土三弄。第一、《春柳堂詩稿》待尋者多，而且，似與劉銓福有關。春柳堂有內兄姓劉。第二、此一《春柳堂詩稿》，絕非八旗書目史料中的那個《春柳堂詩稿》作者。弟在電話上與翁先生談了。他居然也未讀到此詩集，弟已印寄給他，他在電話上聽我的讀後感，業已動搖，認為這是大發現。我說這是歐陽先生之功。他要我加入。歐陽，我可不能加入，一加入就會廢寢忘食，怎能丟下已下筆的小說。（此三弄一年可成書）放下我尚須一簣土的《金瓶》。不可也。所以我把一切疑到的，見了面全部提示給你。第三、到今天，方始憾於海峽兩岸的紅學家，竟不會從事考據工作，真是遺憾。弟去時將帶來已寫成的三篇短文給你發，需要繼續探索的問題，一一列出交給你。這事，不是三天兩天一月兩月可

1　胡大有，王安祈之舅父，南京某中學教師。

以查考到的。總之，審結了春柳堂，脂硯齋的問題，可能迎刃而解。第四、我判定這位《春柳堂詩稿》作者，可能生於乾隆末嘉慶初。自序中的丁丑春闈，可能嘉廿二年（一八一七）。此人不可能與《紅樓夢》曹氏有關係。好！見面再談。

時祺！

弟子雲匆復　一九九三年三月十四日晨八時

附提：

感冒已轉鼻炎，啞音極重。

139 四月十三日魏子雲致歐陽健

歐陽兄嫂：

　　一切如預定計畫完成此一旅行。只是一路上勞煩了諸位友朋。此行，多虧敦勇兄陪我，一直到上海黃霖府上，晨到午後即趕返家中。他令嬡在考學校，需人伴考。竟累他陪我八天。真過意不去。更須謝：嫂夫人為我準備的藥物，今痊癒。鼻音逐漸失去。在復旦與章培恒教授聊了半日。弟談了《春柳堂詩》，當然，此書縱能否定與《紅樓夢》曹雪芹扯不上關係，也與脂硯齋的問題，連不上關係。你如查出那位姓劉的內舅是劉銓福，則一切問題毋須多費唇舌矣！你的論文，枝蔓拖沓，如氾濫之淮洪，難尋川流（大陸論文率多如是）。望能先理出條目，一一析說。斯歷史考據法也。祝

文祺！

弟子雲手上　一九九三年四月十三日夜

附提：

鍾來因兄盼代致候，容後再函請益！

140 四月二十五日歐陽健致魏子雲

魏公大鑒：

　　三月三十日送別以後，趕著編定了《明清小說研究》第二期。為第一期遲遲未能印出，四月三日即赴丹陽印刷廠，不想碰到諸多人為的麻煩，在丹陽一住八天，至十日晚等裝訂出十冊樣書，方始返寧。十二日將第二期稿子交印刷廠排印，十四日即與蕭兄赴京參加中國小說史叢書編輯會議，二十二日回來，又得準備校看第二期之樣稿了。魏公此番來大陸，我本應陪同北上，一則照拂左右，二則亦可問學論道，奈因諸多事務羈身，實在憾之不已。

　　敦勇兄帶來的幾本大著，我已分送有關各位。赴京時，也已將香煙轉送劉輝同志。勿念。我還專程去看望了胡文彬先生，與之暢論紅學。他於《春柳堂詩稿》亦持懷疑態度，對於《棗窗閑筆》、《題紅樓夢》之類，也認為需重新審視。關於我的觀點，他認為：要大家都表示接受，一時尚難做到；然而要駁倒，眼下也不可能。蓋真正從事版本研究的，尚無其人之故也。

　　花城來信，要我們五月初完成程甲本校注工作，並即赴廣州定稿。他們準備年底推出此書。為此，我除了應付日常事務外，得全力以赴，別的都得以後再說了。

　　請問魏師母安！祝

大安！

歐陽健上　93，4，25

附提：

送給章培恒先生的茶葉，將視情況送滬。

141 四月二十六日魏子雲致歐陽健

歐陽兄：

　　前函計達。〈脂硯本事辨析〉一文，我已讀了兩遍。由於我一向不曾涉獵此一問題，兩遍後還理不出頭緒。然而，你的行文枝蔓拖沓，也是一病。（斯乃大陸學人論文的通病，總是在篇幅上鋪張。）翁先生通了電話，他仍認為《春柳堂詩稿》有不少詩作，可以與曹雪芹生活拉上關係。昨晚，劉廣定來電話，說是向我請教春柳堂的問題。我沒有通盤向他述說。他也查了《福州府志》及鹿港同知等史料，認為王立器判斷有誤。然而對張宜泉之與曹雪芹同時代，則持故說。他要讀你那篇〈論春柳堂文〉，今已印出寄去。他說是胡文彬的催促，你的堅邀，方始下筆草此文。

　　兄接編編務，對個己損失太大。萬乞不要張旗擂鼓，每期兩篇足矣！再者，兄再論此問題，務乞精簡，一個問題一個問題歸納而條理的提出問題。兄之讀書必須會疑，已得先儒所示。就是談問題太拖沓。我說過，馬泰來[2]的寫法，最值參考。祝
文祺！嫂夫人均此！

　　　　　　　　　　　　　　弟子雲手上　一九九三年四月廿六日

2　馬泰來（1945-），美國普林斯敦大學東亞圖書館館長；著有《建置華文古籍權威檔案論=Proposal for the Establishment of an Authority File for Chine》、《Bibliographical Access to Chinese Resources in North America: Past, Present and Future》等。

142 五月三日魏子雲致歐陽健

歐陽兄嫂：

　　四月廿五日大札奉悉。知你奔波四方，尤其印刷一事，周折定多。弟總望多多寬諒於人，必能減少心境煩憂。弟之所以不大贊成你接編務，良不願你減少研究工作。當然，這些雜事，也得有人付出犧牲。歸來，雖至今尚未步上一己心願下筆之小說寫作，卻已完成了《文史》（劇校）教科書編印工作。弟又成一本戲劇著作《文學、歷史、戲劇》，今已有十八篇，擬再寫兩篇湊成廿篇，找出版者印行。奶是擠出來的，油是榨出來的，文章是逼出來的。

　　在上海與章教授談了半天，說到《春柳堂詩稿》。禮已送過，（他公子五月一日結婚，也送了禮），那筒茶葉，請打開泡茶嘗嘗吧。學生春節送的，不知發霉無有？臺灣溫度高。如已霉了，就丟棄。

　　到今天，尚未翻閱《棗窗閑筆》等。又讀了大作《脂批本辨析》，兩遍了，還理不出端緒。我怪你的文字寫得枝蔓，實則，我對此一問題，胸中尚缺少可以種植此一種子的田地。翁同文、劉廣定，似難一時放下固有的定見。關於張宜泉詩稿，他二人都偏向固有說法。只是不得不承認王利器的判斷有誤。弟見解，迄未發表，自也不便傾腹與之論。在上海，也有所保留。如丁丑科問題，瀛臺問題，家世顯赫問題，只與翁說過。也沒有向兄指出之詳。弟無時間參予，必要時，會扮演程咬金。

　　敦勇回去，漏帶給福勤[3]的那一本，不知黃霖兄補寄到未？九月

3　劉福勤（1941-），筆名孔凡丁、劉念群等。江蘇省社會科學院研究員。中國魯迅學會理事，江蘇省魯迅研究會副會長，江蘇省瞿秋白研究會副會長，江蘇省語言文字工作委員會委員，求真詩社副社長，《瞿秋白研究文叢》主編。著有《阿Q正傳創

見。祝

　　時祺！謝謝為我帶北京見劉輝兄。

弟子雲手上　一九九三年五月三日

附提（一）：

九月間來，會帶去大家的薄酬。今還未辦理結算工作。人多，只那一
碗粥。

附提（二）：

《復旦學報》的那篇文章〈談君〉，弟讀不懂。大陸學者，寫相對
論，十九欠缺剝筍工作，總是表達一己主觀，剝不出對方瑕疵。憾！

附提（三）：

寫於信封上：到花城，請將《吳月娘》廿本樣書帶到南京去。（他們
只寄了一本來。）子雲又及

143 五月十一日歐陽健致魏子雲

魏公大鑒：

　　四月廿六、五月三兩封大札均已拜悉。書贈傅青主語，尤見愛我
之深。我在開封《水滸》會上，曾講到「戰勝自我」的問題，大約也
就是「能勝己乃能成物」的意思。不過，說說容易，真正付之實踐，
談何容易？再說勝己者，克服一己的短處也，並非連長處也要放棄。
即以《紅樓夢》之脂本、脂批而論，需要「勝己」的，並非我這「紅

　作論》、《心憂書多餘的話》、《魯迅心史》等。

學外之人」，而恰恰是號稱「紅學家」的大人名公。起先他們以為我
不過是偶發怪論，可以聽憑自生自滅；後來忍不住了，便有幾位出來
撥弄，然而，不論是應必誠、陳詔，還是復旦的談君，簡直不知輕
重。今得確切消息，馮其庸、劉世德、林冠夫[4]、蔡義江[5]幾位大帥已經
各自撰成宏文，將於《紅樓夢學刊》今年第三期全面還擊了。我的愚
見是否能夠站住，就看他們的還擊是否能擊中要害了。對此，胡文彬
說，我的觀點暫時雖不能為所有的人所接受，但要把我駁倒的人，現
在也還沒有。我同樣有這個自信。

　　《紅樓夢》與《金瓶梅》不同，它不是草萊開闢，可以讓人自由
馳騁，它是廣廈林立，要另起新樓，必須將舊屋一一拆除，清除廢墟
方成，這就必然要博舊屋主人之悻悻，起而排拒之。惟此之故，《紅
樓夢》之大討論，勢在必行。我們的刊物縱可不大張旗鼓，但人家已
不讓了。故學術之論爭，勝己固為美德，勝人也屬難免。只是注意態
度之平和。

　　《明清小說研究》第二期已看過二校，六月初可以出書。劉廣定
先生來信，說有一篇大作近日可以寄到，我擬刊於第三期。

　　〈脂批本事辨析〉，寫得雖然較長，但在我已覺壓縮了許多。因
為幾乎每一點都是有針對性的。茲奉上新發表的〈脂本「原稿面貌」

4　林冠夫（1936-），一九六二年畢業於復旦大學中文系，同年考取該校中文系研究
　　生，一九六五年畢業。曾先後在中國影協、國務院文化組等單位工作，中國藝術研
　　究院紅樓夢所研究員，著有《紅樓夢版本論》、《紅樓夢縱橫談》、《紅樓詩話》
　　等。

5　蔡義江（1934-），中國《紅樓夢》學會副會長，中國古典文學普及研究會副會長，
　　中國韻文學會常務理事，中國詩學研究會常務理事，中國唐代文學學會理事，《團
　　結》雜誌主編。曾兼教於清華大學、中國新聞學院等高校。籌創中國《紅樓夢》學
　　會、《紅樓夢學刊》。著作有《紅樓夢詩詞曲賦全解》、《論紅樓夢佚稿》、《紅
　　樓夢校注》、《紅樓夢叢書全編》等。

辨證〉，此文似乎只專門講了一個問題，不知是否比較精簡明晰一些了？

我近來忙於統看《紅樓夢》的校注稿，擬於十八日赴廣州。吳月娘之事，定當找有關人士辦妥，勿念。

茶葉已打開嘗過，極好。

問魏師母安！並祝

闔家安泰！

歐陽健上　93，5，11

144 五月二十七日魏子雲致歐陽健

歐陽兄嫂：

五月中旬，在臺大開會，會見金陵胡忌[6]先生，托帶去《五音六律變宮說》數冊，贈送各友。（書重不敢勞累太多）敦勇回信說兄不在南京，我知在廣州花城。想已歸來。上次說的那筆稿費，今始領到。（如此函正面）。弟受聘主持之中國古典文學研究班，進行已十四年，今年廢止。由學生整理之講義，印成文集。但學生整理之文稿，十九不能刊用，改之不易，弟不得已幾全部剔除。另選兄等這十六篇編成一集。由於經費先已付給整理講稿學生（鼓勵性質），此項預算所餘無幾。經相商後，以篇計酬，不論字數多寡，每篇以台幣1500元付酬，不敷之數，由編輯費中補足之。（補亦不過千餘元）湊成整數較好。此一主張，乃弟權宜以友情處理。由於選了兩次。第一次選了十篇，字數還不夠，第二次又選了六篇。所選悉以適合中國古典內容

6　胡忌（1931-），一九五〇年始從盧冀野學曲，一九五三年入趙景深之門，一九五七年任中國戲劇出版社編輯，一九七八年轉調江蘇省昆劇院，一九八四年度去美國耶魯大學講學一年，著有《明清傳奇》、《宋金雜劇考》、《昆劇發展史》等。

之斷代為主。是以不能均衡，有一篇者，有三篇者。特此說明。除了北京的兩家，七月中旬我有學生北上帶去，南京徐州友人，則待我九月間帶去。在寧波會上托敦勇帶回。（全交台幣如何？）此頌

大安！並乞待特告南京友人。

弟子雲手上　一九九三年五月廿七日

附錄（一）：

敬啟者：

本會編印《中國古典小說賞析與研究》一書，其中〈下篇〉蒙

先生提供大陸學者研究已發表之大作很多篇，其中採用部分章節或短篇。茲將各大作篇名及作家與致贈薄酬分別列表，敬請設法

惠予分送以資答謝為感。此致

魏子雲先生

中華文化復興運動總會文藝研究促進委員會敬啟
82年6月25日

附錄（二）：收據

茲領到中華文化復興運動會〈警世陰陽夢得失論〉〈三遂平妖傳原本考辯〉〈悲歌慷慨丹忠錄〉稿費新台幣四千五百元正

此 據

經領人：歐陽健

詳細地址：魏子雲代轉簽印

中華民國八十二年六月廿五日

145 六月三日魏子雲致歐陽健

歐陽兄嫂：

　　近來，應酬的會議不少，能不去，盡情不去。像我，怎能不切記萬不可浪費時間了。《土小子》只寫了三篇，又停筆數月。近來，將摒去一切雜差，定下心來寫這本小說。

　　劉定廣的《春柳堂詩稿》看法，與他在電話上的說法不同了，在電話上，他還認為可以與曹雪芹關聯上。日昨通電話，我告訴他把「丁丑科」疑在乾隆廿二年，距離光緒十五年序文太遠了。他又寄來鄭藏卷廿三、四回證見一文，方始感於《紅樓夢》的問題很多。如能肯定此一殘抄本兩回在脂本前，則兄的疑點，又多了一個旁證。不過，肯定不易。

　　對於脂本，弟不曾涉入，是以讀兄論，有相當大的距離，很難置喙其間。弟一再盼兄將所論問題，一一條理出來，一條條列出，再一一加上按語提出創見。這樣，當可使局外的讀者，也能獲得梗概。像《紅樓夢》的脂批，都是對書中人物的描寫之論，寫的好不好？對不對？兩者一比對，必能使讀者評斷。切忌作一己主觀意識的概論評斷。像你這篇〈脂硯本事辨析〉一文，我讀了好幾頁，還摸不著頭緒。例說的時候，又是枝枝椏椏統而論之。這是大陸上的學人，行文立說的通病。一人的年譜，也能枝蔓三、四十萬言。盼兄再寫脂批問題時，用條理例出，這樣試試看。

　　不知兄能理解我這本《五音六律變宮說》的論點與理路否？這一本書，在論點上只寫了一個看法，六律只能正五音，變宮應是（強宮上生）增加文武二弦的第一弦百〇八絲的徵，以徵代宮者也。（兄如讀不懂，我就寫失敗了。）孔子口中的「樂壞」，應是指此。其他均未及之。此頌

文祺！

弟子雲手上　一九九三年六月三日午後

附提：

花城至今不理會簽約的事。事後，一切他說的才算。

146 六月二十日歐陽健致魏子雲

魏公大鑒：

　　我於五月十八日赴廣州參加《紅樓夢》新校注本的定稿工作，歷時近一月，前幾天方回南京。此次新校注本，以程甲本為底本，以程乙本為主要參校本，不到萬不得已，不參考其他程本系統的本子，堅決不理會脂本，因此，是一個嚴格意義上的程本，在紅學版本上，是有相當意義的。我們的目標，是恢復程本的真本權威，揭穿脂本的偽託面目。通過全書的校注，我感到這個目標是達到了，我們的觀點，也得到了全面的檢驗，可以說是毫無塞礙，暢流無阻。另外，在注釋上，也有不少新的發現，都是對確定我們的新觀點，極為有利的。

　　這本新本《紅樓夢》，計畫在十二月出版，出書之後，擬在南京或上海舉行《紅樓夢》版本切磋懇談會，以使研究深入一步。

　　關於《紅樓夢》的討論，主觀上想收束，已不可能。劉廣定先生寄來〈細讀原典，再研紅學〉，態度是極好的；但我又收到蘇州一位作者的長文，全面反對我對《春柳堂》的分析，認定張宜泉是曹雪芹的朋友，並寫信問我有否全文發表的「雅量」，為了推開這場討論，我意一字不改刊出。此外，北京的紅學家，已準備了八篇重頭文章，將在《紅樓夢學刊》一下子拋出，一場大論爭，已勢在必行。看來熱鬧還在後頭。

就我來說，關於《紅樓》，本擬就此打住，沉下心來搞一點其他的問題。我的《紅樓新辨》，已在落實出版事宜，出版社就怕虧損，想自費印刷了再說。

在花城時，曾與溫文認[7]先生通了電話，詢及《吳月娘》的樣書，他說已經全數寄黃霖兄了。我因多數時間在從化，在廣州時住得也遠，未能面見溫先生，既然已經解決，也就未曾去見他。

《明清小說研究》第二期已在六月一日出版，樣書已囑張蕊青小姐寄上，稿費俟九月來寧波開會再送，如何？

盼《土小子》早日完成，世事中最有價值的，只有那唯獨自己才能做的事，而《土小子》正是其中之一，他人所無法替代者也。應酬之類，無法相比。

問魏師母安吉！祝

大安！

歐陽健　93，6，20

147 七月十二日魏子雲致歐陽健

歐陽兄：

寄去的稿酬名單及稿酬金額，想早收到。湊巧，有友人蔡院長信發[8]教授到南京去，商允將這筆款台幣二萬一千元帶去。原擬帶去台幣，據說台幣可以折得人民幣，幾與美金相等。後來，我的大兒子

7　溫文認（1951-），筆名文任。花城出版社文化藝術編輯室主任。在各級刊物發表
　　小說、報告文學、散文、評論數十篇。選編出版《新加坡馬來西亞華文小說選》、
　　《古代奇案小說選》。

8　蔡信發（1939-），國立師範大學中研所博士，中央大學中國文學系榮譽教授；著有
　　《史記謗書之釋疑》、《國字傳承與展望》等。

說，還是換成美金帶去，大陸的友人較為方便，也較相宜。於是我馬上去兌換美金，當日牌價每元兌台幣廿六元八角。（售出價）則每份台幣1500元只能兌五十五元捌角餘。銀行沒有小額鈔。跑了三家方始兌到50、10、5三種。其他兩家只有100、50兩種。這樣，只能帶去每份（1500台幣）美金五十五元（共七百七十元）。其他餘額每份台幣廿元光景。等我九月到寧波時，再交敦勇或同書帶去。我預定九月十一日由港直飛寧波，省得轉上轉下，太不方便。

我的小說已在進行寫作，兩月來已成十篇（每篇都在七千字左右）。預定第一弄四十至五十篇。行文時，儘量濃縮。《土小子》已改為《土娃》，考量到小說是寫人的藝術，不得不將三弄的人物命名，作了重新考量。今年秒，希望寫完第一弄。《紅樓夢》事，望心情開闊，目光遠大。處人處事，要律己厚人。祝
儷安！

弟子雲手上　一九九三年七月十二日晚九時

附提：

美金共七百七十元。請交陳遼兄與你共同處理。名單在兄處。

148 七月十九日歐陽健致魏子雲

魏公大鑒：

六月廿七、七月十二兩封大札俱已拜悉，甚感。托人帶來之美金，陳遼十六日如數交我，至昨日，已經一一交付有關人士。周鈞韜來辦調動深圳之手續，適在南京；吳敢之款托敦勇轉交，故七百七十元已全部處理完畢，請釋念。

知已全力從事小說之創作，大慰我心。唯小說是感情的藝術，行

文似應縱筆所之，而不必「儘量濃縮」。又「土娃」之名，在我的感覺，反不及「土小子」之有韻味，請酌。

《紅樓夢學刊》第二期刊出慎剛〈1992年的紅學界〉一文，稱「由於許多紅學家認為歐陽健對《紅樓夢》版本十分不熟悉，難以與他正面討論，所以至今反駁文章不多。近來一些紅學家已表示不能讓這種觀點再擴散下去……故而他們已開始撰文，準備對此說進行全面批駁。」聞該刊第三期將發表馮其庸、劉世德、林冠夫、蔡義江諸權威的「批駁」宏文。在此情勢下，我決定將《紅樓新辨》即行出版，以示「決不改口」的決心。此書由花城給一書號，我自費付印。茲寄上目錄，請審正。孤立起來看，各篇似不明所指，其實，我的每一句話都是有所指的，紅學家心中是有數的。我相信自己的學術良心，並對今後的前途，充滿自信。

問魏師母好！祝

大安！

歐陽健　93，7，19

149 八月二日魏子雲致歐陽健

歐陽兄嫂：

七月十九日大札奉到，知這筆稿費，業已分致完畢，謝謝！不過，每份還餘下臺幣廿元有零。（九月間帶去）弟已決定九月十二日午後由港直飛鄆。會結束後，隨同南京友人到南京。可能還要到淮陰去一趟。我說「可能」是因為推薦宋長榮[9]等來臺北，尚未定案（未正

9　宋長榮（1935-），曾用名宋寶光，京劇表演藝術家，京劇藝術大師荀慧生傳人。以《紅娘》一劇蜚聲海內外。

式簽約又有人搶此場地），如未定案，半途吹了，我就無顏去矣！人間事，利在前，像我這人物的性格，每被敬而遠之。為了想與兄等友人多聚幾天，昨又將所訂機票，延到廿五日，仍由南京返臺北。

關於《土小子》，在寫到第八篇，要上小學了，方始發現《土小子》之名，無法在上學後，繼續用下去。對小說人物，影響太大，遂決定改。原擬之《土小子》、《好男兒》、《好妻子》，都太露，遂深思三日後，全部改過。今已寫完第十七篇，土娃七歲了。九月間到南京，可能已成廿五篇或卅篇。全部或許不止四十篇（第一部）。

此次集稿匆匆，周折頗大。未能選入鍾來因兄，甚為歉然。局於題材也。

文祺！《紅樓新辨》，章目醒然！

弟子雲手上　一九九三年八月二日晚九時

附提：

避免酬應。我們好好聊聊，近處走走。又及。

150 八月二十四日歐陽健致魏子雲

魏公大鑒：

我七月二九日赴廬山，參加工會組織之休養團。我之所以爭取此一名額，目的是為了參加在廬山召開的關於《水滸》、《紅樓夢》研討會。八月十日返抵南京，即接成都巴蜀書社關於《明代小說輯刊》編委會的通知，即飛往四川。八月十九日飛回南京，二十日晨又陪劉冬老驅車往大豐參加施耐庵紀念館建館典禮。前天方回，又接得《紅

樓夢》新校注本之清樣已寄上海，我擬於明日往滬，與陳年希[10]兄會合，同赴北京師大，以該校館藏之程乙本對校此本之校記，完畢後，可能逕下廣州，完成全書的校對工作。再返南京，當已九月中旬，正好可以恭候大駕了。

此番出行，見聞頗多，正好俟魏公到來，細細敍談。

敦勇兄送來大著《五音六律變宮說》三本，劉、王二本，已轉致矣。

疲於奔命，尚無暇靜心拜讀，然自知以我之魯鈍，必難窺其底奧，令人汗顏。

《明清小說研究》第二期的樣書與稿酬，當於見面時呈奉。

行色匆匆，不及細寫。問魏師母好！

祝

大安！

歐陽健　93，8，24

151 九月二十八日魏子雲致歐陽健

歐陽兄嫂：

《土娃》一書未必能寫得好。只是如同法國小說家普魯斯特的往事回想錄而已。

此行雖僅短短相聚，歡愉之情，愈乎常。老伴出來之後，就每日惦記家中。不得不按預定行程返家。過港時即轉機返臺北，未在入港

10　陳年希（1948-2011），一九八二年畢業於上海師範大學中文系。一九九六年三月十二日，評為副教授。二○○三至二○○六年，派赴澳門教業中學任教。二○○七至二○○九年派赴韓國光州全南大學人文學院擔任客座教授，教授漢語普通話課程，並擔任研究生導師。積極參與《中國通俗小說總目提要》條目的撰寫，與歐陽健、曲沐、金鐘泠共同校注《紅樓夢程甲本》，對陸士諤材料的蒐集研究有突出貢獻。

逗留。

　　兄脂硯齋問題，弟迄未步入宮牆，對所提疑點，乃考據之應疑之點，當待證之以據也。徐乃為所論，不無是處。弟外行人之直接反應。尚不足以扮演程咬金，手中尚無斧鉞也。不過，吾兄再寫此類文章時，以條理按釋之，單刀直入，鞭之裏。則易理解矣！水滸之施肇瑞問題，頗有探討價值。附及，祝

儷安！

弟子雲手上　一九九三年九月廿八日

附提：

名單務請寄來以證不訛。又及。

152 十月十八日歐陽健致魏子雲

魏公大鑒：

　　九月廿八日大札拜悉。

　　此番相聚，過於短暫，憾何如之？若我早二日返寧，請魏師母到舍下小住，該多好啊！願以後有機會彌補。

　　《紅樓夢學刊》第三期刊出劉世德、蔡義江、宋謀 、楊光漢、唐順賢[11]五篇大文，集中對我進行了「商榷」，這在大陸紅學界，恐怕還是第一次（十年前之批戴不凡[12]，尚無此種聲勢），由「不予理睬」到「全面批駁」，終究是好事。惜乎此種文章，徒有嚇人之架勢，而無

11　唐順賢（1941-1995），中國紅樓夢學會會員，上海市松江縣紅樓夢學會會長。
12　戴不凡（1922-1980），筆名梨花白、嚴陵子、柏繁等。文化部文學藝術研究院戲曲研究所研究員，文藝批評家，戲曲史專家，《紅樓夢學刊》編委。著有《論崔鶯鶯》、《戴不凡戲曲研究論文集》、《小說見聞錄》等。

服人之力量。其餘各篇，因未見我之辨《棗窗閑筆》與列藏本之文，往往抓住兩點，以為足以制我死命，所以暫時不去置理。劉世德一文，倒是全面肯定《春柳堂詩稿》的。由於此一問題涉及有限，容易解決，且劉文於訓詁，往往不通，所以草成〈春柳堂詩稿的訓詁〉一文，以答問難。《紅樓夢學刊》向為一言堂，不一定肯發表，故將此文呈上，望予批評，若能向臺灣之報紙、刊物推薦，使兩岸紅學界一齊來參與討論，恐怕不無好處。便中，此事亦請告知劉廣定先生。

《紅樓新辨》已排出清樣，已開始校看了。

名單寄上，請查收。記得共十六篇，但細寫下只十五，蕭、周二位空著，待補。

　　順頌

大安！

　　　　　　　　　　　　　　　　　　歐陽健　93，10，18

153 十月二十一日魏子雲致歐陽健

歐陽兄：

十月十一日大札及稿件，業已收到。且已拜讀一過。我希望你改變寫作方法，採取我前幾次說的「歷史考據法」，一如弟寫《明代金瓶梅史料詮釋》那樣。別再用說書體式那一套，先來上一段「致語」，免去了吧！一條條引錄，再以一語語批而破之。結論，再展示一己的建築。未讀《詩稿》者，也能一目了然。弟回來今已整整一月，大多時間都被人間紅塵大道軌轍了去。七會八會，把我的寶貴時間，扯得支離破碎。原計十一月脫稿的《土娃》尚未能再動筆續寫。

（尚欠十三篇，已寫成卅二篇）吳新雷[13]孫遜[14]等文友來，十九日去相聚了大半日（耗時整整一天）。當晚去聽上海民族樂團演奏，體會到「化境」二字真義。認識了古琴家龔一[15]先生。給了我一卷音帶，聽後，熱淚盈眶，這種絲桐傳出的金聲，踰一甲子未入耳矣！而師已屍骨無尋。能不淚眼追懷！談了一小時，尚未能徽徽相應。祝

好！嫂夫人鈞此！

弟子雲手上　一九九三年十月廿一日匆匆

附提：

此函托同書兄面陳。同書亦才人也。望相互切磋。

154 十一月二十日歐陽健致魏子雲

魏公大鑒：

　　我十一月一日赴福州，參加《中國小說史叢書》撰寫研討會，此一叢書，乃在前之「評介叢書」基礎上，再拓寬加深之舉。仍由侯忠

---

13 吳新雷（1933-），一九五五年八月畢業於南京大學中文系，一九八六年三月晉升為教授。著有《中國戲曲史論》、《兩宋文學史》、《曹雪芹江南家世考》等。

14 孫遜（1944-），上海師範大學人文學院院長、教授，中國紅樓夢學會常會理事、上海市古典文學研究會副會長。《文學評論》編委、中國紅樓夢學會副會長，上海高校都市文化E研究院首席研究員。著作有《紅樓夢脂評初探》、《紅樓夢與金瓶梅》（與陳詔合作）、《董西廂和王西廂》、《明清小說論稿》等。

15 龔一（1941-），江蘇啟東人，一九五七至一九六六年間在上海音樂學院附屬中學、本科學習古琴，中國古琴演奏家，現任中國琴會會長，也是中華人民共和國文化部二〇〇八年認定的「國家級非物質文化遺產項目（古琴藝術）代表性傳承人」之一。

義、安平秋[16]二先生主編，分給我的任務，為《晚清小說史》，要求九四年內完成。我雖有《晚清小說簡史》之輪廓，但仍需披覽大量材料，所以《紅樓夢》之事，幾無暇顧及矣。

只是《紅樓》之紛爭，由我而起，亦不能聽之任之，《明清小說研究》明年仍擬繼續開展研討，我只準備撰一文交《紅樓夢學刊》，如他們無發表之度量，再說。《紅樓夢學刊》第三期劉世德等五文，不知是否寓目？如能流覽一過，則恐大有益處。

我近日由《紅樓》中北靜王之名（世榮？水溶？）尋得一「歷史之證據」，容草文以陳述之。上次奉上之文，既不合用，棄之可也。

本月二十五日，江蘇紅學會將在烏龍潭聚會一天，吳新雷先生訪臺介紹，亦為重要之節目。

在福建時偶染感冒，回來之後又百事繁忙，尤其是刊物占去了不少時光，不惟要籌畫內容的革新，還得操持印刷、發行事宜，所以精力一直未得恢復。

餘容再敘，祝

大安！

歐陽健　93，11，20

155 十一月二十八日魏子雲致歐陽健

歐陽吾兄：

接北京侯忠義兄來函，知兄等又在為《中國小說史叢書》在進行

---

16 安平秋（1941-），一九六五年畢業於北京大學中文古典文獻專業，北京大學中文系教授，全國高校古籍整理研究工作委員會主任。著有《史記版本述要》、《評古文觀止二關注》，主編《中國古代文化史名著選譯叢書》、《中國古代小說評介叢書》等。

編著。這多年來，大陸此類史料之整理與著述，完成前所未有之成就。嘉惠後世，其功偉焉！

兄臺駁述有關《春柳堂詩》稿文，實則用不著費事，弟那篇短文，足以配上兄前論，有力說明《春柳堂詩稿》中的曹雪芹，不可能與《紅樓夢》作者曹雪芹攀上關係。至《春柳堂詩稿》中的宜泉先生，生存年代，似可在詩稿中尋得線索。如清實錄（道咸年間），以及順天府所屬各縣志書，或能尋得如詩稿所書之人名史跡。不過，投下時間精力太多。

第三輯帶來兩本，一本遞寄到劉廣定，手中的一本，今又不知放在何處（手下雜物太多），很想以兄稿為底本，重新對對第三輯中的一篇論《春柳堂詩稿》文。讀了一遍，可以說莫知其所云。（便中再檢寄第三輯一本給我，海郵即可）

已交海郵掛號寄出拙作《金瓶梅研究廿年》一冊。此書之成，乃翁同文先生之催促。弟感慨頗深。學者論著，應注史料源頭也。兼課到明年學期結束停止，今年是留任一年，75歲公立大專都不准再聘了。弟早已請辭。《土娃》已停筆兩月，今又繼續。不知年底能煞清不能。還有九篇。寫得不好，成後請正。祝

好！嫂夫人均此！

弟子雲手上　一九九三年十一月廿八日晚

156 十二月三日魏子雲致歐陽健

歐陽兄：

上午剛發出一函，下午就收到十一月廿日大札。

關於《紅樓夢》爭戰事件，此間文壇可說知者極少。報章雜誌也說來沒有此一問題消息。試想，兄的大作我往哪裡送？上次的那些作

品，湊巧我與友人共同編幾本文集，應說全是主編利用職權、人情收進去的。兄那篇〈春柳堂稿〉，何以給了稿費七千台幣，這次選了四篇，才給了你六千元。正因為選的篇數多，稿費預算分配不過來。書已印出來了，每本八百多頁。南京十多人，只能給一本。書還在我處。我主持的這個文學班，已結束。連郵費都無處開銷了。特把事實說在這裏。

我總是把兄臺當作知己交往，所以在考據論文寫作方面，不時向兄說重話。信寄出後，就後悔未免交淺言深，得罪人。就以兄這篇駁劉世德文來說，只要舉弟文所指之「得仰大明懸」一語，就可以全盤否定張宜泉是曹雪芹同時代人。何必再論那些「親杖履」？弟所舉意見，翁同文、趙岡、以及劉廣定都認為該詩稿已屏出《紅樓》門外矣！（劉廣定還略有懷疑）祝

好！

弟子雲手上　一九九三年十二月三日晚

附提：

今再對此問題略事發揮（如寄稿）。俗謂打蛇要打要害！一竿可矣！又及。

附錄：《春柳堂詩稿》非乾、嘉時代作品

魏子雲

自從一部敘刻於清光緒十五年（一八八九）的《春柳堂詩稿》，於一九五二年被發現，由於詩稿中寫有一首〈和曹雪芹西郊信步憩慶寺原韻〉，另有三首有關「曹芹溪」的詩。其中兩首有注，一在〈題曹芹溪居士〉詩下注：「姓曹名霑字夢阮號芹溪居士，其人工詩善

畫」，一在〈傷芹溪居士〉詩下注：「其人素性放達好飲，又善詩畫，年未五十而卒。」遂被紅學家們引為信史。四十年來，據此詩稿，述論曹雪芹生卒年者，何止百篇？幾無一不以該詩稿之「年未五十而卒」為則。

歐陽健先生首表懷疑，認為此詩稿的作者張宜泉先生，不可能是曹雪芹同時代人。當我求得此一部光緒十五年刻本《春柳堂詩稿》，首尾閱讀一遍。發現詩中有一首〈題太陽宮有感〉，句中有：「廟破非今日，蕭條已有年。當沾臨照普，得仰大明懸。」這首詩中的「得仰大明懸」文句，似乎有「絕不可能出現在乾隆年間文士的筆下。」這一句「違礙」而且「悖逆」的詩句，乾隆年間的文士，那裏敢寫出「得仰大明懸」的句子？

「大明」二字，乃前朝（明代）人的稱頌「本朝」辭也。

按我國文字獄之擴大興張，莫過於滿清一代，最不肯寬鬆處理的一朝，就是乾隆在位的這六十年間。據近人楊鳳城等編著的《千古文字獄》（清代紀實）一書所寫，據統計在乾隆一朝興起的文字獄，竟有一百三十餘起之多。平均每年兩起還不止。其中可以比擬的一件，就是徐述夔的《一柱樓詩》詩案。

徐述夔只是乾隆三年的舉人，作過一任縣令。他死後，兒孫們於乾隆廿八年（一七六三）把亡父的遺稿《一柱樓詩》刻了出來。十年後（卅九年）乾隆下令要徹底根絕有違礙字句的書籍，使之不得存藏民間，著令自動呈繳，一律免究。這時，徐述夔的兒子徐懷祖也故世了。他的孫子徐食田竟因此被人說他們曾為祖父刻書，進行敲詐。徐食田一想，被人檢舉敲詐，遠不如自己檢呈，還可以免罪。就這樣把所刻《一柱樓詩》送呈官府。

按理，刻書極由刻家自呈，官府依令了斷即可。偏偏有位審閱的師爺發現詩中有「明朝期振翮，一舉去請都」句。認為這是一句反清

復明的文義，無有寬恕的餘地。於是查辦。結果，已死的徐述夔、徐懷祖父子，剖墳開館戮屍，孫食田處斬。連一開始處理本案的二品大員，也連坐了處斬監侯。連列名該書的校對者，也判了斬刑，予以恩改監斬候而已。時為乾隆四十三年事。

試想，這部《春柳堂詩稿》的作者，若是曹雪芹同時代人，「得仰大明懸」這種文句，有膽子寫出來嗎？

由嘉慶到同治，由於外侮日亟，文字獄遂沒有了史錄（光緒有一件），所以我判斷《春柳堂詩稿》不可能是乾嘉時代作品。

157 十二月十二日歐陽健致魏子雲

魏公大鑒：

十一月廿八日大札拜悉。南京大學商學院院長訪臺，已由張蕊青轉請他帶去《明清小說研究》三、四期。四期上有張蕊青所撰評《吳月娘》一文。另二期關於《春柳堂詩稿》之文摘，《新華文摘》已經刊出。

頃接劉廣定先生來稿，據臺灣方志，已查得宜泉任鹿港同知為咸豐三年、同治元年，是一個很大的收穫，此文擬於《研究》明年第一期刊出。

關於脂批脂本，我也發現了兩條重要線索：

一、庚辰本十六回，在趙嬤嬤的側批：「文忠公之嬤。」按清代諡為文忠的，唯傅恒一人，傅恒為乾隆皇后親弟，乾隆三十四年七月死，諡文忠，而脂硯齋之批語年代，為十九年甲戌，二十四年己卯，二十五年庚辰，不可能活到三十四年以後。又，《紅樓夢》寫家事說，乃索隱派之一家，最早起於嘉慶年的舒敦（？）《批本隨園詩話》，故此批當在嘉慶之後，非雪芹同時人所為。

二、北靜王名，程本作世榮，脂本作水溶。王伯沆[17]批曰：水溶乃永瑢。永瑢為乾隆第六子，乾隆八年生，而《紅樓夢》之開筆，以十九年至少扣去十年計，在乾隆九年前，所以絕不可能將永瑢作為北靜王的原型的（永瑢乾隆三十七年方轉郡王）。

以上兩條，非以往之「以理度之」可比，有比較確定的年代，似乎較有說服力，不知以為當否？

照片拖了許久，近方印出，奉上乞諒。

問魏師母好！祝

冬安！

歐陽健　93，12，12

158 十二月十七日魏子雲致歐陽健

歐陽吾兄：

這篇短文，業已刊出。原文前印呈，並勸兄臺今後反答問題，不必一條條爭論。擇要以四兩駁千斤，勝過東拉西扯，越扯問題越多，反而離開本題，意氣到以外去了。

我對脂批毫無心得，蓋一向不曾涉獵。趙岡兄說《春柳堂詩稿》，剔出《紅樓夢》以外，也不致影響到脂批是後人偽造。我只仔細讀了兄論脂批兩篇，雖曾讀了也不曾獲得什麼。只有十六回本，兄所指疑點，認為有可追尋問題。弟無心閑出來，去做這事。這一擱，

---

17 王伯沆（1871-1944），名瀣，一字伯謙，晚年自號冬飲，又別署沆一、伯涵、伯韓、無想居士等，清末至民國年間著名的國學大師。曾先後執教於兩江師範學堂、南京高等師範學校、金陵女子大學、中央大學等院校。曾精讀《紅樓夢》二十遍，從讀第十六遍起，先後用朱、綠、黃、墨、紫五色筆圈點批註。前後持續研究二十四年，共做批語一二三八七條。《王伯沆紅樓夢批語匯錄》一九八五年江蘇古籍出版社出版。

就放下了。如今早忘得乾乾淨淨。

　　海郵去《金瓶梅研究廿年》，收到後示知。弟明秋起不兼課了，十月間到南京，可以多留些時日。祝

好！夫人均此！

弟子雲手上　一九九三年十二月十七日

附提：

大陸還存了六千人民幣。十月來南京花用。也可能北上，到石家莊與北京走走。附及。

159 十二月二十六日歐陽健致魏子雲

魏公大鑒：

　　十二月三日、十七日二封大札並大著《金瓶梅研究二十年》均已妥收，南京大學商學院院長攜回之大書，亦由張蕊青轉來，謝謝。

　　《明清小說研究》明年第一期已編發，我將〈春柳堂詩稿非乾嘉時代作品〉重抄一過，發於首篇，其二為劉廣定先生之再談《春柳堂詩稿》文。他已尋得宜泉咸豐三年、同治元年二任鹿港同知的史料，堪稱一大發現。

　　關於《紅樓夢》之探研，蒙再三啟我愚蒙，實在感激，「交淺言深」，非事實也。不過此事關涉兩個方面。一是所論是否能夠成立，一是所論之方式是否妥當。憶昔文化大革命中，大字報鋪天蓋地而來，羅織了一大堆罪名，以至於世人皆曰殺；此時此際，若僅以一語，是無法以四兩駁千斤的。《紅樓夢學刊》連續兩期以十萬餘言的篇幅壓來，是企圖造成一種聲勢。所以，不全力抗爭，是不明智的。為此，我已寫〈紅學辨偽論〉與〈眼別真贗　心識古今〉二文，前者

為給劉廣定先生覆信，已順便奉上矣。文中提到庚辰本「文忠公」的
批語，傅恒死於乾隆三十四年七月，而脂硯齋據趙岡先生認為死於乾
隆二十六年，則此脂批，非後人偽造而何？

　　前寄上一信並照片，諒已收到。念念。

　　明年十月來寧，令人高興，望到時可以暢談。相信到那時，《紅
樓夢》討論已經有了大的眉目了。

　　問魏師母好！祝

冬安！

歐陽健　93，12，26

160 十二月二十八日歐陽健致魏子雲

魏公大鑒：

　　前天剛呈上一書，今天中午又收到關於《紅樓夢》避諱的大作，
拜讀之後，十分振奮。《紅樓夢》之不避諱，約有三說為之辯護：一
曰「反封建」說，二曰「反清」說，三曰「小說可以不避」說。然
而，統統繞不過一個理字去。先生大文，痛快之極。潘先生認定甲戌
本先出，故相信原稿之不避諱。實際上，有正本才是脂本的祖宗（包
括正文、批語），有正本出清末，避諱，而脂本在民國，所以忘了避
諱，道理是極淺顯的。考「反清」說之起源，最早在民國，而抄本正
為迎合此風所造就。此事可寫一大文。

　　《明清小說研究》第一期已下廠發排，我考慮這篇避諱論更有意
思，就電話通知印刷廠，把那篇〈春柳堂〉的換了下來。因為潘先生
之文章此間人未看到，所以我在抄錄大作時，略略作了些調整，不知
可否？

　　前信已經談及，我找到脂本與脂批後出的硬證，一是北靜王「水

溶」，一是「文忠公」之批，詳見我寄給劉廣定先生的文中，如可能，請節取第十七頁倒數第二行至第二十六頁最後一行，冠以〈脂本脂批晚出之證據〉，轉給刊發潘先生大文之報紙一試，或可引起大的興趣。

　　問魏師母好！祝

大安！

歐陽健　93，12，28

附提：

此信送達，已到九四年了，願新年安泰！

161 十二月二十九日魏子雲致歐陽健[18]

廣定兄：

　　大函暨附來歐陽大文，奉到。歐陽類此似所寄之文，我手頭已有一篇稍短者。業已回信，告知此一紅學之爭，臺灣只有少數人知道，且無興趣參與討論。在我看來，是無處可送。兄所見中副刊出之弟所寫短文，即所答歐陽函之意見。此一短文，已在弟寫〈從春柳堂詩稿的曹雪芹談起〉一文，已經說到，（《明清小說研究》二期）。近又查證了清朝文字獄案，益可證明此一「得仰大明懸」詩句，委實不可能出現於乾隆年間文士之手。弟非《紅樓夢》研究者，不知紅書中違礙字句，尚有其他更不可能出現之悖逆字句處，如63回中之大談胡人侵華。讀潘重規先生論及辟諱一文，方始知道。讀後不勝惘然！

18　此為致劉廣定函之影本，同時發歐陽健者，蓋為事關紅學研究之信息，須及時知會之故。

　　經查看紅學家史料，弟始行獲知《紅樓夢》一書之流傳於世，刻本則為乾隆辛亥56年，翌年又重刻。該本雖敘稱乾隆五十六年，可能發售已是乾隆之後。據潘文說（見《中央》長河版本月廿一、二兩日）程高本已刪去大明燈等違礙文字。請教老友王關仕兄，答以（查校注）程甲本未刪，程乙本刪去。但程高本已刪去63回那一大段。甲戌、庚辰均未刪。這些有違礙字句抄本，若確實傳抄於乾隆年間，最大的理由應屬潘重規與索隱派蔡氏之推說，反清復明者暗中撒出者也。可能是秘密傳抄。（卻也無人檢舉？怪哉！）乾隆年間人筆下之所見抄本，究竟如何？紅學家尚有大工程待作。今見之抄本，無不發現於乾隆以後。像抄本63回那一大段耶律文字，能在乾隆中葉（五十年上至廿年）傳抄於世，且是一頁頁斷續送出換取酒食，誠然不可思議。

　　至於，「大明宮」一辭，史有其名。唐高宗時建於龍朔二年，時稱西內。《紅樓夢》此一「大名宮」似是拾取唐之此一宮名。按避諱雖有「臨文不辟」原則，那是文史過上名辭，非照寫不可，始准不辟。《紅樓夢》是小說，居然不辟？似應追查抄本之流傳時代。程高本之刻行年代，究否確為乾隆辛亥或壬子？還有，乾隆年間人筆下寫到《紅樓夢》刻本者是那幾位？行之於文，確不確實？都是紅學家應去追究的工作。對於前人之文，不能見之即信為實物。吾師每詈我等：「不要抓到鬍子就叫爺！」弟非此書研究者，一無所知，只是循路檢拾遺穗而已。

　　歐文明日送到學生書局。此頌
文祺！

弟魏子雲手上　一九九三年十二月廿九日

附提：

此文已送《書目季刊》（學生書局編），六月可刊出。經我窮吹一陳，稿留下了。弟未拜讀。文戰，且忌睚皆必爭。四兩撥千斤也。又及。

一九九四年

162 一月二日魏子雲致歐陽健

歐陽吾兄：

　　十二月廿六日大函奉到。照片已奉到，且已寄去潘重規先生文、弟寫的短文。今此短文已薦表。可作同一題為二刊出。潘先生文更應編入刊出。避諱問題關鍵極大。

　　張繼青明天到臺北，弟亦有一番應酬。浙江昆劇團三日才走。徐朔方還托人帶信來。周傳茗[1]令嗣約來一飯。

弟子雲匆及

附錄（一）：由「得仰大明懸」推測《春柳堂詩稿》年代

魏子雲

　　自從一部敘刻於清光緒十五年（一八八九）的《春柳堂詩稿》，於一九五二年被發現，由於詩稿中寫有一首〈和曹雪芹西郊信步憩慶寺原韻〉，另有三首有關「曹芹溪」的詩。其中兩首有注，一在〈題曹芹溪居士〉詩下注：「姓曹名霑字夢阮號芹溪居士，其人工詩善畫」，一在〈傷芹溪居士〉詩下注：「其人素性放達好飲，又善詩畫，年未五十而卒。」遂被紅學家們引為信史。四十年來，據此詩稿，述論曹雪芹生卒年者，何止百篇？幾無一不以該詩稿之「年未五十而卒」為則。

1　周傳茗，疑為周傳瑛之誤，周傳瑛（1912-1988），著名崑曲表演藝術家，屬「傳」
　　字輩演員，五十年前演活《十五貫》的況鐘，名揚天下。其子周世琮為江蘇省崑劇
　　院導演，編導《十五貫》、《牡丹亭》。

　　歐陽健先生首表懷疑，認為此詩稿的作者張宜泉先生，不可能是曹雪芹同時代人。當我求得此一部光緒十五年刻本《春柳堂詩稿》，首尾閱讀一遍。發現詩中有一首〈題太陽宮有感〉，句中有：「廟破非今日，蕭條已有年。當沾臨照普，得仰大明懸。」這首詩中的「得仰大明懸」文句，似乎有「絕不可能出現在乾隆年間文士的筆下。」這一句「違礙」而且「悖逆」的詩句，乾隆年間的文士，那裏敢寫出「得仰大明懸」的句子？

　　「大明」二字，乃前朝（明代）人的稱頌「本朝」辭也。

　　按我國文字獄之擴大興張，莫過於滿清一代，最不肯寬鬆處理的一朝，就是乾隆在位的這六十年間。據近人楊鳳城等編著的《千古文字獄》（清代紀實）一書所寫，據統計在乾隆一朝興起的文字獄，竟有一百三十餘起之多。平均每年兩起還不止。其中可以比擬的一件，就是徐述夔的《一柱樓詩》詩案。

　　徐述夔只是乾隆三年的舉人，作過一任縣令。他死後，兒孫們於乾隆廿八年（一七六三）把亡父的遺稿《一柱樓詩》刻了出來。十年後（卅九年）乾隆下令要徹底根絕有違礙字句的書籍，使之不得存藏民間，著令自動呈繳，一律免究。這時，徐述夔的兒子徐懷祖也故世了。他的孫子徐食田竟因此被人說他們曾為祖父刻書，進行敲詐。徐食田一想，被人檢舉敲詐，遠不如自己檢呈，還可以免罪。就這樣把所刻《一柱樓詩》送呈官府。

　　按理，刻書極由刻家自呈，官府依令了斷即可。偏偏有位審閱的師爺發現詩中有「明朝期振翮，一舉去請都」句。認為這是一句反清複明的文義，無有寬恕的餘地。於是查辦。結果，已死的徐述夔、徐懷祖父子，剖墳開館戮屍，孫食田處斬。連一開始處理本案的二品大員，也連坐了處斬監侯。連列名該書的校對者，也判了斬刑，予以恩改監斬候而已。時為乾隆四十三年事。

試想，這部《春柳堂詩稿》的作者，若是曹雪芹同時代人，「得仰大明懸」這種文句，有膽子寫出來嗎？

由嘉慶到同治，由於外悔日釁，文字獄遂沒有了史錄。（光緒有一件），所以我判斷《春柳堂詩稿》不可能是乾嘉時代作品。（93-12-17 中央）

附錄（二）：《紅樓夢》的避諱問題

魏子雲

拜讀潘重規先生大著，有關《紅樓夢》之處處不避清代違礙禁令之文字避諱，認為該書不可能是旗人曹雪芹所作，續其前說。讀後深有所感。

我一向不曾在《紅樓夢》書上，用過功夫，是以潘夫子所舉證之這些寫在該書抄本系統上的違礙清代禁令，且已產生踰二百件文字獄的事件。雖今再重述，無不令文士悚骨。竟居然出現在一位「卒於乾隆廿七年」。尚年未五十的文士筆下，委實令人不解。

善於考據的胡適先生，怎的不曾注意到清代避諱問題？

七十年來，從事《紅樓夢》研究的人，何止千焉！雖有人如俞氏平伯先生，曾為文論之，卻委婉於問題之外（見潘文引）。蓋凡有異議者，如潘重規先生之非議作者曹雪芹說，或繼之有人持另說者，似乎悉遭「紅學」大浪一波波推之彼岸。

我不是從事《紅樓夢》一書的研究者，前些時對於南京學人歐陽健先生之非議「脂批」舊說，以及今再拜讀了潘夫子的這篇有關避諱問題之舊說重提，使我在考據上一向注意文辭上涉及的歷史基礎，作為立論述說的第一要義，又得一證。所以我認為潘先生的這篇舊話重提，應是今日咬著一說而從事《紅樓夢》研究的學人們，都應該有所

警醒，面對著該書中的這些應避而且絕對該避的乾隆年間人，怎敢一邊寫一邊送出門去，換取酒飯一飽，忘了自己的腦袋。任憑社會的文字違礙，一年興起數次大獄的案件於無視無聞。居然有人敢寫那像六十三回中的大談胡人匈奴（見潘文，讀者可覆按原書），雖然這位作者是一時興之所之，一時忘了，或者有心於此（反清復明的心意），傳抄者能無視無戚乎？也無人檢舉，豈不怪哉！

若說這是一位漢人寫出，秘密傳出去的。論理，則不無可能。然而傳抄了幾十年，到了乾隆五十六年方有刻本問世，竟未見到有人檢舉書中有「大明宮」，還有「大明角燈」，還有那麼一段長文，論胡人耶律之入侵中原。怎能容於乾隆年間的社會。

社會因素，是從事考據者的第二要義。

從《紅樓夢》的稿本問世情形來看，程本（無論甲乙本）應是該書最早流傳世間的本子。雖然還有甲戌、庚辰、己卯等抄本傳世。還有「與曹雪芹同時代人脂硯齋」或「畸笏叟」以及其他什麼人的批。可是，這些抄本全是後出。都是程氏刻本流行後再出世的。如果說，這些抄本（尤其脂硯的一評再評本），就是程氏刻本以前傳抄於乾隆年間的抄本。則應是嘉慶以後的人，隨抄隨改的本子。從書上存在的那麼多違礙字句來論，是絕對（可以用「絕對」二字）不可能傳抄於乾隆年間的。

但在程氏刻本，潘夫子文中提到的這些違礙字句，都不能找到。（潘夫子文中說的）我對我手中的《紅樓夢稿》本「大明燈」則是「太明燈」、「大明角燈」是「角燈」，第六十三回的那一大段文字，有五百字以上，全部刪了。

究竟，程氏刻本是來自原稿本呢？還是甲戌、庚辰等抄本是原稿本？此一問題，敬請紅學家們應去考證清楚，否則後出的抄本如無問題，似也不會是在乾隆年間傳抄的本子。必是嘉慶以後，方始逐漸傳

出的。

如果是這樣，潘夫子之說可以成立。否則，所有該書抄本及批註，都是嘉慶以後人筆墨。後人筆墨，有所偽篡，事理必然也。（94-1-1中央）

潘重規先生文刊《中央日報》長河版八十二年廿一、二兩日

163 一月二日歐陽健致魏子雲

魏公大鑒：

一九九四年來臨了，謹向您的一家致以忱摯的問候。

年前曾奉上二信，諒已達覽，近再閱所寄之潘重規先生大文，發現此文中「不避御名諱」、「不避太子的名字」、「不避親王的名字」、「不避與皇帝稱號的關連的字樣」、「不避皇帝專用的字」、「不避大明」、「不避夷夏」、「不避地名諱」各節，與陳詔發於1981年的《《紅樓夢》不避諱論》全同，甚至連措辭、句式，均無二致。唯一不同的是關於民族思想的發揮，而其關於甲戌、己卯、庚辰三本與有正本關係的辨證，恰好是倒置了的。為此，我寫了〈關於脂硯齋重評石頭記的諱字〉一文，將此事梳理了一遍，寫作時力求按您的指點，集中論證，不予枝蔓。現奉上，乞指正。

又，潘先生大文刊於何年何月何報，盼告知，以便在《明清小說研究》發表尊作時予以注明。

九四年開始，我將全力投《晚清小說史》的寫作，《紅樓》一事，暫告一段落。

餘不一一，祝

大安！

歐陽健　94，1，2

164 一月十一日歐陽健致魏子雲[2]

165 一月十五日歐陽健致魏子雲

魏公大鑒：

致劉廣定先生函與大文拷貝，已先後拜悉。

《紅樓夢》之民族主義說起於清末，盛於民初，並無小說本身的依據，而是政治鬥爭的產物，魯迅云：「革命家看出排滿」，是很對的。民元以後，宣統仍居於紫禁城內，滿人的復辟，仍未死心，故《紅樓夢》民族主義論，於此甚為不利。而滿人之炮製大量抄本「史料」，當非無因。試思，曹雪芹的全部親密朋友，如敦誠、敦敏、明義、明琳、宜泉等，竟然統統是滿人，這樣一個人，還可能寫出反滿的小說來嗎？所以，六十三回之文，當為後人所加，其始作俑者，乃平等閣主人狄葆賢也。要之，脂本之不避諱，既不可能產生於清初，就必然產生於清末。以程甲本為原本，又得一力證。

吾公二文，我已追交印刷廠，但不知版面是否容得下，只有俟清樣到來再看。潘先生之文，因三分之二同陳詔（上信已言及），所以勢難安排，以免引起糾紛。

我們校注的程甲本，月底可由花城出版，港澳幾家報紙發了消息。

《紅學辨偽論》中有兩處需修改，見另紙，煩請代轉《書目季刊》。前又奉上一文，是談避諱的，想已達覽。

問魏師母好！祝

2　影本，與編號162同。

大安！

歐陽健　94，1，15

166　一月二十三日魏子雲致歐陽健

歐陽兄：

　　再寄上潘重規先生文一篇。總之，《紅樓夢》問題可能越搞乎越多。《土娃》已近尾聲，不可能如兄期望的好，而我，卻是盡了力。十月間到南京，也許能把成書帶去。正準備自己付印。三月起，準備動筆寫第二部分，抗戰八年生活，結構將采短篇與中篇的組合，不再像《潘金蓮》與《吳月娘》那樣，統一短篇成之。十月間到南京時，可以多留些日子，你新寄來的稿子，得壓一壓，無處可送。此頌
文祺！

弟子雲手上　一九九四年一月廿三日

附提：

來因兄請代問候！
今（廿四）天收到更正稿，已交學生書局。

167　二月五日魏子雲致歐陽健

歐陽兄：

　　近以高價在估肆購得一九六〇年二次印出的甲戌抄本。同時，師大教授王關仕兄又把他的《紅樓夢》研究一書贈我一冊，其中《甲戌本脂硯齋評語研究》就占三百餘面。最少二十萬字篇幅。他的結論是在曹雪芹以前，就有了《石頭記》稿本，今傳本（連抄本算上）都是

曹雪芹與脂硯二人攜手改寫的。雪芹一面寫，脂硯一面批。雪芹又隨時接受脂硯建議改。尚未改完，雪芹就死了。未完的部分脂硯改完。但改稿也可能只改到了八十回。這些問題，我至今尚無力置喙。

　　粗略翻檢一過，可以肯定此本，決不是胡適認定的，是乾隆甲戌抄本。這個抄本，是乾隆甲戌以後的抄本（因為書中說到甲戌抄本），從那些抄本（甲戌亦其一）過錄來的？似乎尚無人從事此一問題的研究。王關仕兄已有此看法。他的甲戌本脂評研究，已指出此一「抄本」上的評語，非止脂硯一人，最少在三至五人。在我看來，這個抄本到了劉銓福手上，已是咸豐間，再上推五十年，還到不了乾隆。然而，脂硯的評語，委實與作者有密切關係。潘重規先生的研究，認為該書乃明代遺民手筆，文中所寫人物，有所指喻，「真事隱」、「假語村言」、「不寫年代」，乃一部朱明褪色的繁華落盡之感興作品，卻也更能釋出《紅樓夢》的旨趣。這是弟初步看法。

　　康來新將於今年六月在臺北召開紅學會議，這孩子要我也湊湊熱鬧。對此書我又毫無研究，要說還有幾分興趣，都是你這幾篇脂硯齋研究，挑逗起的。卻也不敢率爾。杜麗娘被春情引發起遊園雅興，匆匆梳理，竟在丫環手中的鏡鑒中見到自己的半個臉，就看到髮髻偏了。說：「沒揣菱花偷人半面，迤（挑）逗的彩雲偏。步香閨怎把全身現。」所以我只想出了一個小題目：〈甲戌本的問題求答〉。擬將讀王氏對甲戌本評語研究之後，略抒己見，提出幾個問題求教而已。或有助於兄之慧心慧眼。

　　在《這個大時代裏》的第一部《土娃》今已寫完，共四十六篇（每篇七千字上下）。已付樣，今秋到南京，或可帶去成書。再行面呈郢正。下學年不再接聘，此行可能與金陵諸友，多盤桓幾天。此頌文祺！

弟子雲手上　一九九四年二月五日

附提：

嫂夫人均此不另。

168　二月九日歐陽健致魏子雲

魏公大鑒：

今天是癸酉年除夕，遙祝您和師母精神愉快，身體健康！

敦勇兄昨天專程送來一月二十三日大札，並給陳、王二位的信、款，我已轉交，請釋念。

潘重規先生文已細讀。他認為「在滿清政權下，不論是任何時期，都不會公開寫出違禁犯諱的文字」，此點與我們的觀點一致；但又說《紅樓夢》的鈔本，是「私人借閱傳鈔，沒有公開發表，不會觸及犯諱的考慮」，就有點以意懸斷。《紅樓夢》不是明代遺民之著作，既要「傳」鈔，就不可能不考慮犯諱。他舉「夢稿本」為例，其實此本並非稿本，卻又在外觀上弄得像經作者修改的樣子，尤其是假中之假，許多紅學家早就不相信了。所以，犯諱的唯一解釋是，脂本只可能在不存在「犯諱」的民國以後。總之，《紅樓夢》的問題，確實是越搞乎越多，我這裏又收到幾篇，《明清小說研究》將陸續刊出。

只是我已全力轉向《晚清小說史》的著述了，關於《紅樓夢》，只能在一邊看看熱鬧。

《土娃》已將完稿，令人神往，希望能早日快睹。

鄭閏我未見過，聞寧波師院已令其自謀出路，復旦張兵寫了一篇評介他關於屠隆考證的文章，為之張目、不平，擬由《明清小說研究》發表。

我們整理的程甲本《紅樓夢》，不日就可出版。

此祝

大安！

歐陽健　94，2，9

169 二月二十日歐陽健致魏子雲

魏公大鑒：

新春收到二月五日大札，快何如之。

甲戌本是《紅樓夢》所有抄本中最關鍵的一種，這是因為：它出現時間最早，而且其所標年分也最早。要解開種種紅學之謎，非抓住甲戌本這一要害不可。

甲戌本為「曹雪芹原本」的話，除了裕瑞《棗窗閑筆》不可靠的說法之外，唯一有文字依據的是劉銓福的跋。劉銓福之跋寫於同治年間，上推五六十年，還到不了乾隆，他有什麼根據說「脂硯是雪芹同時人，事皆目擊」呢？劉跋中的「今則寫西法輪齒，仿《考工記》」的話，有不同的理解，攻破這點，事情就比較有眉目了。

甲戌本不避「玄」字，由此只能派生出兩個結論：一、此書乃明遺民手筆，志在反清復明；二、此本為民國後人所抄。前一結論，竊以為雖有索隱派之大量論證，但率多牽強難信，說《紅樓》是民族主義作品，實起於二十世紀初前後。因而，更大的可能是民國後人所為。然而，不論何種觀點得以成立，眼下之以為曹雪芹系曹寅之孫，在乾隆甲戌前寫成《紅樓夢》之說就難以立足，而整個紅學大廈，就將發生動搖了。

王關仕先生之說，實來源於裕瑞。紅學問題要有突破，恐需先排除定見，將一切材料統統重新審查考訂，然後再細緻推演。若否定了

這一頭，又據另一頭並不可信的材料立論，同樣要誤入歧途的。

康來新先生召開紅學會議，很有意義。可否請她在會後將大會情況寫一詳細報導，交《明清小說研究》發表。〈甲戌本的問題求答〉寫成後，亦盼交我刊出。我的〈紅學辨偽論〉和〈脂本中的諱字〉二文，如有可能，請帶到會上交流，並徵求批評意見。

《土娃》已殺青付梓，令我感奮。我相信它是一部有厚重歷史感的大著，亟望先睹為快。省紅學會秘書長曹明[3]先生，正研究大陸籍臺灣作家的劇作，四卷本《戲劇集》已借給他去研讀了。

我在花城出的程甲本《紅樓夢》與《紅樓新辨》，拖了下來，大約三月份可以問世。

即頌

大安！

歐陽健　94，2，20

170 三月七日魏子雲致歐陽健

歐陽兄：

按照行程於三月二日返抵臺北。在南昌托陳東有[4]寄出的稿子，想已收到。關於《紅樓夢》硃批，確有不少問題，若說抄本及硃批係民國年間人偽造，我還不能體會至此。說《紅樓夢》作品是明末遺老為反清復明而作，潘先生寄來兩本《新解》，翻了幾篇，頗感穿鑿。此

3　曹明，《江海學刊》資深編輯，江蘇省紅學會秘書長。

4　陳東有（1952-），一九八〇年考入江西大學，先後獲文學學士、文學碩士學位；一九九四年考入廈門大學，獲史學博士學位，曾任南昌大學教授。著有《人欲的解放——明清社會經濟變遷與大眾審美》《金瓶梅文化研究》、《正說三國演義》等。

書寫江南織造曹李兩家事，成分較大。但曹雪芹不可能是曹寅後人。
弟未嘗進入紅樓世界，不敢再多置喙。稍事推託一些應酬，即動筆寫
第二部《金士》（八年抗戰），剪裁將有所改變。今年，必須完成
它。

　　湊巧，大作媽祖神昨今兩日刊出，今剪下附寄。今年，也許不再
奔波，完成這三部（或四部）再休閒優遊。此頌。
文祺！

　　　　　　　　　　　　弟子雲手上　一九九四年三月七日午後

附提：

嫂夫人均此。

171 三月八日歐陽健致魏子雲

魏公大鑒：

　　托陳東有兄轉寄的《土娃》目錄與大稿兩篇，均已拜悉。《土
娃》氣勢恢宏，而又極富鄉土趣味，令我神嚮往之。

　　〈甲戌本紅樓夢問題求答〉已編入《明清小說研究》第二期。我
很欣賞關於「守錢虜」與「四月廿六日芒種」的發現。「虜」字出現
在批語之中，足證此批絕不可能產生在有清一代。因此，關於脂硯與
作者合作的話頭，還須慎之又慎。「四月廿六日芒種」之發現，乃
《金瓶梅》研究成功經驗之引入，確實卓識非凡。照我之愚見，此當
為康熙四十五年，最為愜當。而且連累而及，也就解決了不避雍正之
諱的問題了，蓋其時尚無此必要也。程甲本唯一不避諱的，也是雍正
之諱，原來之底本，可能就是不避的。而程甲本又系活字排印，不暇
細檢，所以造成此一疏忽。

吾公多次以治學點、線、面之論教我,深受啟迪。紅學領域太大,太複雜,現在所形成之點,距成線,成面,尚有一定距離。從不避諱言,此書應在乾隆之前(明遺民之手)或抄於清亡之後(至少在嘉慶以後)。從批語看,又似乎脂硯齋確實存在,又與作者聯手合作。第四部分論批語,是大文中最易引起歧義的部分,蓋因為論者已多,糾葛也層見迭出,頗易顧此失彼。其中以脂硯為女性甚或史湘雲之見,乃出於周汝昌首創,且已為多數人所否定捨棄,今重提此說,若無硬證,恐有不妥。為保險計,我已擅自刪去幾行文字,其餘則未加改動。區區此衷,吾公鑒諒。

我從未向《中央日報》投稿,也無任何聯繫,不知拙文何由刊出?此文乃我《晚清小說簡史》之第一章,曾在《江蘇教育學院學報》發表,《中央日報》大約即據此轉載。便中乞代為瞭解一下詳情,以釋所念。前次奉上關於《紅樓夢》諱字一文,可否亦轉《中央日報》長河版一試?

周汝昌在《揚子晚報》刊文,言收到康來新會議通知,專為紀念甲戌本,且云甲戌本是最早的「定型」的「精鈔本」;又攻擊程甲本是乾隆、和珅密謀炮製的偽本云。

此次到南昌,是否與師母同行?何時返臺?念念。

　祝
大安!

歐陽健　94,3,8

172 三月十三日魏子雲致歐陽健

歐陽兄:

由南昌托陳東有寄去的文稿,想已收到。有一點忘記說明,那一

篇〈甲戌抄本問題求答〉一文，是給康來新的紅學會議寫的，在六月以前，不可先行刊出，（會是六月七日開始，活動一周。）此文大多別人說過了，無甚發明。

　　曹明先生來信，說是讀到我的戲劇集，想列我在戲劇家中論述，我很害怕。自問在這方面只是個愛好者。談不上是研究者。再說，我的觀念是音樂、戲劇原是文學中事。古之學者，鮮有不知音樂與戲曲者。今則，分道揚鑣，互不相知。弟素不願從文學中走出，被歸到別類去。兄素知我，當可為我言。此請

文祺！

　　　　　　　　　　　　弟子雲手上　一九九四年三月十三日上午

173　三月二十日歐陽健致魏子雲

魏公大鑒：

　　三月七日大札拜悉。昨天又於曹明先生家得十三日大札。《明清小說研究》第二期已編好多日，約定二十日由印刷廠取去發排。接信後，遵囑將〈甲戌本紅樓夢問題求答〉抽下，連夜趕編一篇新稿補上。

　　〈求答〉文頗多新意，我三月八日的信中已經提及，如「虜」字的犯忌，「四月廿六日芒種」，等。但紅學這東西，陷阱太多，稍不留神，就會陷入其中。如推測脂硯齋是女性，此說為周汝昌所獨倡，已為學界所非。且周汝昌其人，學風人品不正，偽造曹雪芹佚詩，尤為人所不齒。《揚子晚報》最近刊出周文，對胡適頗唱贊詞；而實際上，四十年來，一直罵胡適（可謂之漫罵、咒罵）的，就是此人，今見康來新要紀念胡適，他就昨詆而今譽了。

　　〈求答〉暫時不發也好。俟紅學會議之後，再作一點改訂，仍交

《研究》發表。又，康來新的會議，也請人寫一報導給我，都可在第三期刊出（六月底寄來）。

關於曹明先生，他原在陳遼主持的臺港作家研究中，承擔了一項戲劇家研究的任務，已經寫成。後聞知我有戲劇集，就借去研讀，想寫一篇專文，不與已經寫成的十位同列。我想，他既有所感，要寫一點評論，也無不可，不論如何，戲曲創作在您的事業中，仍是極有份量的一翼。我已告曹公：不宜以單一之戲劇家視之，而應在文學事業總體中來考察。此意曹公已領會矣。

接《中央日報》長河版張堂錡⁵先生信，言我的〈改革——晚清小說繁榮的契機〉，系由某位學者所推薦予以轉載的，而〈媽祖神〉一文，並非我所寫，為手民所誤，我已寫信要求改正，以免產生誤會。從信上看，長河版對學術文稿似頗有興趣，我想，我那篇關於「諱字」的文章，是否也可麻煩轉給他們一閱？

我們校注的《紅樓夢》程甲本，聞已經出版，但迄今未收到樣書。

問魏師母好！祝
大安！

歐陽健　94，3，20

174 四月六日魏子雲致歐陽健

歐陽兄：

三月二十日大札，月底收到。第二天即遵囑將我手頭大作脂硯齋一文掛號寄中央報。張堂錡是長河版主編，青年人。主編（負責人）

5　張堂錡，《中央日報》副刊編輯。

梅新（章益新[6]）核定。此處稿件公開，大陸方面稿件，刊用不少。有一位名劉孔伏的重慶文化人。此公專門東抄西剪，雜湊成篇。兩岸學術未交流前，即曾輾轉來函聯繫我，寄來《金瓶梅》稿件，日本方面他也投寄。後來，發現全是抄襲，也抄了我的片段文字。近年來，中央報長河版，刊出他不少短文。都是拼湊來的掌故。中央偏愛這類。二月杪，居然寫了一篇〈金瓶梅作者問題〉，簡直胡說八道。請看弟這篇短文就知道了。三月六日給梅新的，三十日始出。你一看就知道了。不知媽祖一文是不是此一劉某抄襲拼成者。不過，至今未見更正。今後，兄如有文章，可逕寄臺灣各報刊，不必寄我轉，反而影響刊用。我寫信給王同書。前些時，選用了兄等一些舊稿，那是我主編選集，掌握了些許經費，分給一些好朋友報銷而已。推薦二字，在此間無大作用。反而傳出閒話。

關於《紅樓夢》研究，弟向未涉入，這幾篇短文，只是一時情發，大多前人談過。弟無任何因緣，只是談出隨感。不過，說史湘雲可能是畸笏，業已刪去。寄兄稿忘了刪。我有個學生王瓊玲[7]（李壽菊師姐），博士生，這孩子對《紅樓》相當深入，告訴我此一說法，早有人駁斥，另蹈舊轍。要我刪去，今兄亦作此建議。可見我是幼稚生。

王瓊玲近作〈由秦可卿的疾與歿論紅樓夢作者的寫作技巧及醫學才識〉一文，將於四月十一日在他服務的學校世新新聞學院學術會議上發表，要我去講評。這篇二萬餘言的文字，在醫學常識及醫理上，給紅學家提供了一條研究作者的新線索。作者醫學常識之豐富，不難在康乾年間，尋出此人。此文會議過後，當寄上參考。祝

6　章益新即梅新。

7　王瓊玲（1961-），東吳大學文學博士，中正大學中國文學系暨研究所教授，研究專長是古典小說，現代文藝等，著有《野叟曝言研究》、《清代四大才學小說》等。

時祺！

弟子雲手上　一九九四年四月六日午後

附提：

近正校《土娃》書稿，又重新改寫了結尾。又多出一篇來，四十七篇矣！別奢望，會失望的。

175 四月二十三日魏子雲致歐陽健

歐陽兄：

　　寄上劉廣定作這篇指出又有人製造《紅樓夢》假文物的文章。指此一石碑乃偽造，是周汝昌先生。可想此公非馮、劉一幫衛護「曹學」者。這一偽造，似乎比早年的箱箱像像還要造得幼稚。

　　你那篇大作，早已遵囑掛號寄給《中央日報》（還有王同書一篇〈金瓶梅與聊齋志異〉），信封上寫的是王同書兄南京的地址。不用，也許會退回去。弟不以為推薦會比自行投寄，刊用的機會多。弟除《中央日報》副刊，他處都是年輕人，有些不認識。弟正校對《土娃》，竟近六百版。如快，六月可出書。葉子銘[8]先生將來中央大學開會。太厚重，不知能帶去？祝

好！

弟子雲手上　一九九四年四月二十三日

8　葉子銘（1935-2005），一九五七年畢業於南京大學中文系，一九五九年攻讀南大中文系中國古代文學史研究生並留系任教，歷任南京大學中文系教授，校學位委員會副主席，校務委員會副主任，國務院學位委員會學科評議組中文組召集人，中國現代文學研究會副會長，中國茅盾研究會會長，著有《論茅盾四十年的文學道路》、《茅盾漫評》等。

176 五月二日歐陽健致魏子雲

魏公大鑒：

　　大札拜悉。曹霑碑之出於偽造，稍有識別力者皆不難判定，而有人，為了坐實己說，不惜利用自己控制的刊物乃至揚州的國際紅學會，大肆宣揚，甚至說什麼「一致認定」曹霑碑是真的，作風可謂惡劣。《明清小說研究》第一期發表嚴寬[9]的〈曹霑墓碑舊案重提〉，也揭露了一些內幕。至於周汝昌，在此問題上的見解，我也是贊同的；但此公之反對曹碑，為的是樹立他「發現」的豐潤的另一塊同樣是毫無價值的殘碑。此公之慣於偽託（如偽造曹雪芹佚詩之類），亦非學界正人。紅學界為此輩所把持，豈能望有起色乎？

　　《明清小說研究》收到一些極有見地的來稿，作者雖非名家，但寫得很有功力，二、三期將陸續發表。王瓊玲之大作，盼寄我，可在《研究》上發表。

　　《土娃》已經付梓，令人嘆服。亟盼先睹為快。

　　劉孔伏其人，九〇年就來信說與魏公舊識，要來參加金陵研討會。其時會期已過，也就未予置理。此種鑽營者，到處都有。

　　今後再有文稿，當如所言，不再煩請轉遞，以往所累已多。此意當轉告在寧諸公周知。

　　近來學習電腦，已初步掌握漢字輸入之法，如有條件，當自己購置一臺。

　　明天起將赴連雲港社會調查。

　　問魏師母好！祝

9　嚴寬，北京市海澱區文物管理所專家，著有《紅樓夢八旗風俗談》。

大安！

歐陽健　94，5，2

177 五月十三日魏子雲致歐陽健

歐陽兄：

　　五月二日大札拜悉。關於《紅樓夢》問題，弟讀了十六回本所謂「甲戌本」之後，方始感於在這一十六回抄本以前，還有一「甲戌」（乾隆十九年）抄錄的底本。此一底本，可能出現於乾隆十年前後。則此一改寫《紅樓夢》的曹雪芹，已不可能是卒於乾隆二十七年，年方四十之「曹雪芹」。從書之本文，曹雪芹自敘之語氣來看，曹雪芹的這部《紅樓夢》，應是一面就舊有之稿整理，一面有脂硯、畸笏等人之參預。遂有抄本上的這些朱批出現。以我判讀，認為脂硯與畸笏都是大於曹雪芹的人。再從曹雪芹之不避曹寅諱來說，所以，我認為曹雪芹是偽託曹姓，而實非曹家後人。

　　若從兄之認為硃批都是民國年間人偽造。疑之則可，定之殊難。

　　還有，從事學術研究，切忌主觀。遇有與一己相左之意見，應客觀分析，誤者，駁之；是者，采之。己有誤，正之，或棄之，或罷之。萬不可如父母之為子女護短，以情緒出之語言。若是，則不但無助於子女之教養，且有損於作父母之為人。仲尼有言：「毋以人廢言。」（未查書）論文，不可論人。維有人為己之論見，作偽以保之。此乃掩耳盜鈴作為，人必恥之，文必棄之。是以君子不取而已矣。若在論文時，出之咒罵，則市井小人之謳言矣！未損於人，先損於已。誠應戒之。

　　兄函要王瓊玲此一論秦可卿之論文，已電話告之，當會寄上。弟今年不出門，《土娃》已三校，第二部已督今年完成，只是有了血壓

偏高信號，尚得留心健康！肅此祝

儷安！

弟子雲手上　一九九四年五月十三日午

附提：

寄《中央日報》的文章未見刊出，有否退還？

178 六月十三日魏子雲致歐陽健

歐陽兄：

　　紅樓會議，昨日圓滿結束。這次，北京上海兩地，共到十三人之多，周汝昌先生未到。今日到新竹一處新建庭園作一日之憩遊，弟體力不支，未隨行。早去晚歸，三日投入，至感疲憊。老矣！老矣！昨晚眠尚適，晨起餐後，快為兄作書。中央副刊張堂錡來電話，說到稿費事。惜乎南京無一人與會，葉子銘、談鳳梁[10]二公，乃中央大學另一會議，因故暫停。上海來六人，陳詔、孫遜等都是熟友（其他四人魏同賢[11]、應必誠、郭豫適[12]、朱淡文[13]亦知）。但終究兩地非邇，金錢之事，能不勞人，最好不要輾轉（已有過一次誤會），相信兄非急用

10　談鳳梁（1936-1998），一九六〇年九月畢業於南京師範學院中文系，曾任南京師範大學校長、教授，國家教委自學考試指導委員會委員，江蘇省學位委員會副主任，著有《中國古代小說簡史》、《古小說論稿》等。

11　魏同賢（1930-），一九五三年畢業於山東大學中文系，上海古籍出版社編審、社長，中國紅樓夢學會理事，上海紅學會會長，著有《胡適的紅樓夢考證在紅學史上的地位》、《俞平伯新紅學再評價》、《論紅樓夢對傳統文化的繼承》等。

12　郭豫適（1933-），一九五七年畢業於華東師範大學中文系。華東師大學教授、副校長、國務院學校委員會學科評議員、中文學科組召集人。著有《紅樓研究小史稿》、《紅樓夢問題評論集》、《中國古代小說論集》等。

13　朱淡文（1943-），上海師範大學文學研究所教授，著有《紅樓夢論源》等。

者，不如暫存報社一時。今日美金升值，一元兌台幣二十七元餘矣！
弟今年不作行動打算，正進行第二部寫作。《土娃》可望下月印出，
（最遲八月），學生書局接納，正改清校樣。但盼下月南京有友來
去，可省郵費。此冊近600P，航空郵費昂也。知兄在盼有先睹之快心
情。弟亦亟亟期兄之教言。此書三部特逾百萬言，寫一如草之小人物
耳！非弟自得，卻是弟生活所歷；溯洄從之，反履拾之，冀在煙塵宇
寰、雪泥山河、重獲我見爪跡之我思，虛構之以成說部也。學生書局
鑒於書中所寫，流水中涵泳有當代社會質素，願投此資本印行，助我
記一生之所見所思。省我一筆可觀金銀。明年，若能三部寫成，當謀
返鄉作三月遊憩，南京、徐州，我鄉里也。自當列為第一里程。下學
期，不願接聘，再到金陵，不會再匆匆來去。可以暢懷矣！

　　劉廣定兄已查到八旗藝文編目之興廉字宜泉，於咸豐八年由侯官
抵臺灣鹿港任理番同知。若居實，則張宜泉非曹雪芹同時代人，自可
肯定。然而，弟仍盼兄行文立說，切忌應離開主觀梁柱，周氏能力主
曹碑是偽造，足徵此老治學認真，毛抄事，乃報實也。頌
儷祺！

　　　　　　　　　　　弟子雲手上　一九九四年六月十三日晨

179 六月二十六日歐陽健致魏子雲

魏公大鑒：

　　六月十三日大札拜悉。知《土娃》即將印就，學生書局慧眼識
寶，願意投入資本印行，大為暢快。此一巨著，既為吾公之一生之寫
照，又不啻一時代之剪影，誠願先睹為快。

　　我與曲沐等三人合作校注之程甲本《紅樓夢》，業已由花城出版
社出版，刷印尚稱精美，然定價不低，我自購了幾十部送人，所得之

校點費大約已差不多了。若臺灣有人來寧，當托其送上一部。又，我的《紅樓新辨》，亦已辦好一切手續，即將開印。此書由我自費印刷，預算當投入人民幣一萬三千元。我關於紅學的基本觀點，基本上包括其內。此書出來，若不能說服學界中人，則我亦無能為矣。

不過，從紅學權威對我的批駁（馮其庸先生新近發表二萬餘字長文，主帥升帳，乃其高潮）中，我看不到他們的「是」，而益加堅定自己的信心，這倒不是「護短」。

大作〈求答〉與此次所賜之文，擬皆刊於《明清小說研究》第四期，十二月一日出版（第三期已發排，趕不上了）。

王瓊玲之文已閱，探考細密，然其以靖本為立說的根據，似不妥，蓋脂靖本之作偽，海外如趙岡先生早已疑之，現在大陸多數專家皆以其為毛國瑤[14]之作假。王文如何處理，俟與友朋同人商議後再告。

稿費之事，不必著急，暫存報社可也。

問魏師母好！祝

大安！

歐陽健　94，6，26

180 七月六日魏子雲致歐陽健

歐陽兄：

六月二十六日大札奉到。知校注程甲本《紅樓夢》已出書，甚慰。書太厚重，弟不急需，等到有便人，或我明年返大陸再拿不遲。我的《土娃》省了我四千美金，原可這月出書，學生承辦人的孩子住

---

14 毛國瑤，一九五九年在靖應鵾家發現《紅樓夢》抄本，摘錄其中一五〇條批語，先後寄給俞平伯、周汝昌、吳世昌、吳恩裕等人，人稱之為靖本，為紅學一大公案。

院，擔擱了一些日子。稿還未付印。看情形，見書要到八月去了。此書厚六百頁，郵寄負荷不起。算一算，金陵友人最少十位。還不知如何寄去。我的小兒子可能到合肥，為美商蜂忙。如去得成，叫他帶去付郵。另外，還有蔡敦勇、陳美林兩兄的稿費，各台幣七千元左右，也準備領來交兒子帶到合肥，你們三人去一人取來，旅費三人分攤，卻也划得來。否則，就存在我手上，明年我親自帶去。不想一問中央日報副刊，你那筆明清小說（二月十六、七日）稿費，已按他們核發時間，於三月間即照稿上所注通信地址及姓名寄匯完結。收款人是桃園縣平鎮市復興路二段199巷＊號＊樓張振發先生收託。兄三月間信上說，是由一位朋友轉寄的不是徑投的。且與編者張堂錡通過信，堂錡兄也與我通過電話。他不知稿費已經處理過了。據《中央日報》長河版胡小姐電話上說，這位以歐星宇作筆名的張振發先生，在長河版發表了不少文章，今（七月六日）天還有一篇（五月刊兩篇，注月刊一篇，都用歐星宇作筆名，想來此公還是位讀勤寫也勤的文家）似不致吞去兄這筆稿費（共台幣5600元）。今天有電話上問詢此事，方知該文稿費三月間就處理完畢了。問我要去兄的通訊地址，會徑行寫信你的。第二部《金土》已成兩篇，約三萬言。第三篇寫了一個月了，寫了撕，再寫又撕，被現實資料絞了。可能得重行fiction（虛構）。祝好！

　　　　　　　　　　　　弟子雲手上　一九九四年七月六日六時

附提：

今年如完成第三部，明春去金陵。預想也。

181 八月三日歐陽健致魏子雲

魏公大鑒：

　　我七月二十四日赴天津參加環太平洋地區文化文學交流國際研討會，八月二日淩晨方回南京。會議由天津師大主辦，在昌黎縣的黃金海岸召開。黃金海岸在北戴河、南戴河之南，海灘長八公里，沙細浪平，乃海水浴之極佳場所。到會的有日本、韓國與越南的學人。中國學者多系從事比較文學的。唯與越南學者交流明清小說研究情況，尚覺有趣也。

　　我的《紅樓新辨》已印就，陳益源兄來信，談已向香港學峰書店預定，先睹為快。然此書系我自費印刷，尚未交書店發行，恐一時難以買到。故此寄上三本，一本敬請魏公賜教，另二請轉劉廣定、陳益源二位。程甲本甚沉重，還是俟便人來寧回帶交。

　　《中央日報》之稿費，可不急急處理。不過，以歐星宇為筆名的張振發先生既然七月六日以後還有文章發表，從中扣下以往誤發的稿費，問題不就解決了麼？

　　南京近來天氣持續高溫，做事效率極差。

　　餘不一一，問魏師母安吉！祝

大安！

歐陽健　94，8，3

182 八月九日魏子雲致歐陽健

歐陽兄：

　　我七月六日給你的信，至今未得覆，至念！我知道你近來，受到一些指責。凡事，如能撤去心上的梯子，則無煩惱生。仲尼引詩云：

「不忮不求，何用不臧。」（詩邶風）弟心中總是放著這幾句話：「名也者，響也。身也者，影也。能克己，乃能正己；能正己，乃能勝己；能勝己，乃能成物。」成物，即成器也。人生在世，只一個敵人，這個敵人，就是我自己，不是別人。凡是能戰勝自己的人，必是一位成功者。在生活上，受到一些挫折，算得了什麼？被人推倒在地，爬起來，撣撣衣上的土，只當自己不小心摔了跤。人之患，在求這個字。不求，則不期得，不期得，就不會苦惱。仍舊作你的原職，安之若素。盼！盼！盼！

　　《土娃》已出版，由海郵寄蔡敦勇收轉。此頌
胸襟敞開！

弟子雲　一九九四年八月九日。

附提：

不知《中央日報》稿費怎麼回事？我不能再過問。

183 八月十六日魏子雲致歐陽健

歐陽兄：

　　剛於日前寄去一信，今日收到八月三日函。大作《紅樓夢新辨》收到後，當一一轉去。弟《土娃》已海運郵出，兩包共十本。寄敦勇收轉的，郵程要一月，要九月初才能到。作品出版後，品頭論足，全是別人的事，作者如生身父母，任何話都不該說。喜是學生書局丁董事去欣賞它，又寫了三千多字評介。內人在閱讀，有時拭淚，有時大笑。頗為忻慰。

　　你的那筆稿費，我上封信，已說清楚，你似乎沒有看明白。這位「歐星宇」今天（八月十五日）還有一篇。茲寄上，全是抄襲別人作

品中的史資，拼湊而成的。我問你，你那篇文章是寄給這位「張振發」先生嗎？怎的會由此人寄出發表？發表後也不通知你。又有編者張堂錡給你寫信？此事，弟不便再去追問。有位姓胡的小姐寫信給你過沒有？我的意見是你直接寫信給張堂錡。要他把稿費轉給我。二百美元有奇。祝

好！

弟子雲手上　一九九四年八月十六日

附提（一）：

我手中還有美林、敦勇各一筆。

附提（二）：

程本弟明年去再帶回。近來寫第二本，進展極緩。苦惱甚！

附提（三）：

中央副刊的主編是章益新（新詩作家，筆名梅新）我老友。他是副刊組主任。張堂錡主管長河這一版，刊出之稿必須梅新在程序上簽字。張堂錡任職較久，有兩年多了。過去，不到一年一換。久則生弊也。

184 八月二十五日歐陽健致魏子雲

魏公大鑒：

我於十九日去無錫參加《三國演義》會議，昨夜回到南京，即拜讀九日、十六日二札，魏公愛我，深以為感。

然信上所云，我近來受到一些指責，則不知是出於誤傳還是有人之謊告，倒不是事實。要說是《紅樓夢》之探研，確有人在《紅樓夢

學刊》上組織文章對我「全面批駁」，而且態度不佳。但隨著我的程甲本新注本與《紅樓新辨》的出版，隨著我幾篇答辯文的陸續發表，自覺處於劣勢的非我，而恰在此輩權威；要說是所裏的事務，則我所做之一切，皆可表之天日，坦蕩磊落，盡力盡心。我來社科院已十五年，遇事一向克己忍讓，不忮不求。我的毛病，在責己嚴，責人亦嚴。君子小人之辨，不願混含，如是而已。總之，我會善自處理，魏公勿憂。

此次在無錫，得識淡江大學陳瑞秀[15]教授，承邀請，與黃霖、曲沐、蕭相愷、陳年希諸位，座談了一次《紅樓夢》與明清小說之研究，贈以《紅樓新辨》與程甲本《紅樓夢》，這大約是臺灣同行最早看到此書的人了。陳教授說與魏公相熟，已托其代為問候了。

《土娃》得魏師母之共鳴，想一定妙甚，亟盼先睹為快。

祝

大安！

歐陽健　94，8，25

張堂錡處已寫信，要他把稿費交魏公。

185 十月五日魏子雲致歐陽健

歐陽兄嫂：

黃山谷有言：「百戰百勝，不如一忍；萬言萬當，不如一默。」望兄忍而恕，隱而默。萬不可離去。此事弟雖在天外，雨絲風片，亦能蠡而梗概。弟一生不忮不求，也不立大志。《在這個時代裏》乃胸

---

15 陳瑞秀，香港遠東書院博士，淡江大學語言學院專任副教授，著有《三國演義研究》、《紅樓夢中神話寓境》、《三國夢會紅樓》、《清代小說縱論》等。

中塊壘，適巧遇上兩岸開放文化交流，遂觸發我欲嘔之吐之。必須通過小說的虛構（fiction），方能委婉於紙上，血淚於筆端。每想兄述說之童年，比我更傷倍蓰也。兄之為人治學，弟至為敬佩。諸多發現也。為人率真也。

關於稿費，此人於九月初接兄信後，來過電話。應允送到我家來。迄無消息。弟於九月十九日又上一函，迄今未得覆。今（十月五日）見中央版又刊出此人，筆名歐星宇一篇。悉是第二三手資料組成。或可以此文之稿費作抵。再等消息吧。

第二部，進行緩慢。在情節上又生枝節。至今已十萬言，尚未結束第一組故事。怕是鋪張太多，非所宜。正苦惱中。

子雲 十月五日

附錄：

堂錡兄：

我在寫作，進行在泥濘中，必須險灘急流沖下，是以在苦思中。當能瞭解我這比喻。歐陽先生那筆稿費，寄台幣給我即可。上海京劇院友人可帶去。

撰祺！

弟魏子雲手上 八十三年十九日

186 十月十三日歐陽健致魏子雲

魏公大鑒：

十月五日大札拜悉。敦勇兄送來《土娃》，快讀一過，堪稱那一時代之風俗畫，書中對於皖北農村生活之充滿感情的描述，令我這生活在蘇北農村二十年的後輩，無限之親切。金聖歎曰：文成於難，第

二部之構思在泥濘中進行，諒必能愈加生色也。

我非不能忍不能恕者，相反，我之忍與恕，當今可謂已多不見。然彼輩忮刻之小人，偏好生事端，百般挑釁，人生世上，終該有個是非，不能隨利害而轉移。我欣賞克己忍讓，但卻不能服膺托爾斯泰之不抗惡主義。我之副所長聘任期到明年四月，到時當不再繼續，圖個自在輕鬆。《紅樓》版本之探疑，亦非意在爭勝時人。《紅樓新辨》既出，當沉默一、二年，讓他們去喧騰可也。

《中央日報》之稿費，請魏公不要再去交涉，些許金錢，不值得與之計較，不講道德的人，到處都有，惹閒氣實在犯不著。時間寶貴，不忍再浪費了。

劉廣定、陳益源都寄來了臺灣紅學會議的論文，本擬與大作一道刊出，忽聞《紅樓夢學刊》明年一期將編會議專輯，經研究，不擬與之爭奪文稿，所以都抽下來了。此中苦衷，諒必能鑒宥耳。

寄上的《紅樓新辨》三本，想都已收到了，念念。

問魏師母安吉！祝

大安！

歐陽健　94，10，13

187 十月十三日魏子雲致歐陽健

歐陽兄：

今天，遇見張堂錡，他馬上把稿費台幣伍千陸百元給了我。明天，我就去兌換美金。敦勇還有一筆未到，算來，加上陳美林兄的一筆，幾乎超出美金千元。我兒子在合肥，到如今連個住址也沒有。這孩子是老么，作事或多或少有點西方人的觀念，連父母都算上，最好別給他添麻煩。他媳婦在杭州，有時回香港。十月四日在香港來了電

話，給他媽說了幾句。說是很忙，今年不回家。他為美商作夥計，在合肥設廠。我很想明春到金陵相聚，我很想念你們這些朋友。只是第二部寫作進度不理想。不知你讀了《土娃》沒有？最好一一排出缺點，別說客氣話。你工作忙，不一定耗時間去讀他。陳遼兄的評文，此處不能用。第二部是另一架構。寫得不滿意。年老力衰，相當的，靈感也黯淡了。祝

好！

弟子雲手上　一九九四年十月十三日晚九時

188 十月二十九日魏子雲致歐陽健

歐陽兄：

　　十月十三日見到堂錡，他馬上給了我。他在東吳讀博士班。今之青年人，十九都是賺錢第一，別的——尤其人生雜事，置其次。十四日我就換來美金兩百一十二元（餘台幣一元）。我的么兒是不是在合肥？這小子連個信都沒有。中秋節來個電話，向他媽賀節，至今無消息。手頭有南京三人的稿費（上函已說到），如何帶去？我近來血壓高過180，昨天去醫院，給了兩周的藥，今後，得兩周到醫一次。醫說：「越是沒有感覺越討厭，得天天量。」小說第二部已成三之一，不敢連續工作下去，終究年歲不饒人，得服老。

　　讀你的信，想像你還沒有沉靜的心情一讀《土娃》，否則，你不會只寫這幾句應酬話。你早就期盼這本書了。我的書，大多不是用浮言泛語寫的。我，如無創意，如無發明，不會下筆。我是多麼祈盼你拋開客套，用你的誠摯像挑剔《紅樓》學家似的——指出缺點（三本書收到後即一一轉達，都有信來電話來），文發不發，不要緊。指出我不曾自知的地方。無論是史觀、社會觀、藝術觀、以及人生觀，望

能為之評斷。王同書兄來信給了我二十餘字，其中說到「國步維艱」
四字，我說此書的土娃，不曾瞭解到這些。（我下筆時，腦中也無這
四字）。松三爺也只教他認識「社會」人生而已。

　　王瓊玲希望看到夏敬渠的《浣玉軒集》，蕭相愷兄論文提到此書
在南京圖書館。能否影印到？瓊玲已寫信，我一時找不到蕭兄地址，
要好寫信由你轉。特別說明此事。影印費多少？我可代付。

　　不知《明清小說研究》還能湊全不能？盼告。如果今年（春節
前）可以寫完《金土》，打算到金陵與大家相聚。看健康情況來定。
我連繫么兒（魏至穎[16]），最好要他在合肥付（美金）。再說。此頌
闔家安樂！

弟子雲手上　一九九四年十月廿九日

附提（一）：

放下橫逆，《孟子》語。望一讀〈離婁〉下。

附提（二）：

信又拆開重封，為了裝一張換款據。

189 十一月十六日歐陽健致魏子雲

魏公大鑒：

　　十月二十九日大札拜悉，當即檢翻《孟子‧離婁下》，細讀三
遍，已悟得深意矣。然我之治弄《紅樓》版本，與人商榷，莫不以仁
存心，以禮存心，自反而忠。但橫逆猶是也。近來益發變本加厲，附

16　魏至穎（1954-），臺灣大學商學系畢業。魏子雲先生四子。

上《報刊文摘》之剪報，當知其一斑。外有馮、張，內有陳、王，莫不冀圖置我於死地。雖欲逆來順受，不可得也。笑一聲「於禽獸又何難焉」，似不解決問題，故不得已乃作書控告，以求排憂。此輩之洶洶，不表明其學問之博大，適徒顯其孱弱耳。

劉廣定先生近來一書，言讀我之〈列藏本辨證〉，頗有贊許之意。他發現此本使用新式人名標點，從另一側面證實我之推斷。

《土娃》出版，令我心喜。本擬細細研讀，一則因心靜不下來，二則侯忠義先生主編小說史叢書，頻頻來催我儘早完成《晚清小說史》之書稿，加之《明清小說研究》編務冗繁，故現在只能說一些面子上的話。前天與福勤兄談天，聞他因病，倒將《土娃》細讀精研，所發諸論，多為我所心許。不久他可能會給您寫信，詳談觀感。

為取稿費之類的瑣事，屢屢麻煩，心甚不忍，以後再別去攬這些事了。

王瓊玲信已轉蕭兄，南圖因搬遷，尚未開放，蕭兄當已復信了。

《明清小說研究》創刊十年，全套中唯缺5、6、7三期。

望多加保重。《金土》一書可從容進行。

問魏師母好！祝

大安！

歐陽健　94，11，3

190 十一月十八日魏子雲致歐陽健

歐陽兄：

你的稿費換了美金二百一十二元，尚餘台幣一元。水單已經寄去。我小兒子（至穎）回家來了，托他帶到合肥去。相信敦勇會到合肥去取。他的兩份多些。

我血壓服藥後，已控制。只是每日按時服用，對我來說，極不慣。小說在繼續，自覺不如第一部情節多彩多姿。諸暨戰場五晝夜，已經寫完。只是描述了戰場上的一些記憶景象，未著眼人物。金土是個小草樣的人物，我不可以去寫他像英雄似的去立功。看情形，我在明年一、二月可煞清第二部。再考慮到金陵來聚。此頌

文祺！

　　　　　　　　　　弟子雲手上　一九九四年十一月十八日

附提：

鍾來因兄上次來函說到的書稿，應請先與王三慶談，他如無處送。我也無處張羅。出版業極為蕭條。學術類更差。不及。

191 十一月二十七日魏子雲致歐陽健

歐陽兄嫂：

　　十一月十六日大札奉到。對　兄「撰文控告」一事，良不以為是。俗云「冤仇宜解不宜結」，仇怨愈結愈深也。仲尼有言：「其恕乎？己所不欲，勿施於人。」言「恕」字乃人之終身行之而不應渝。子輿云：「敬人者人恒敬之。」人之辱，若非自取，於心復何戚焉！

　　么兒至穎上周歸來，已將　兄等之稿費（兌成美金共1015元）帶去。（兄212元）。已函告蔡敦勇兄到合肥去取，我這孩子為人役使，不可能專程送去。王瓊玲近作一文，論《野叟曝言》版本者，我要她寄一份給你，可發《明清小說研究》。稿費可抵《明清小說研究》全集否？弟明春不能來，秋間參加金學會，一定轉來金陵。《土娃》何必急著讀，第二部《金土》已成其半。別留情分，挑缺失，置其首要。祝

好！

弟子雲手上　一九九四年十一月二十七日

192 十二月五日歐陽健致魏子雲

魏公大鑒：

　　十一月二十七日大札拜悉。恰美林先生來電話約我去他府上，原來至穎世兄已專程由合肥來寧，將攜來之稿費交敦勇兄了，行色匆匆，未得晤面，憾甚。此類瑣事，屢屢麻煩大駕，心甚不安。以後還望不要再去操持此等細事，保重身子，撰成《金土》為要。

　　紅學之官司，有南京《服務導報》記者來訪，我已作了一番談話，且已發表，茲剪了奉上，供一閱。

　　我已專心投入《晚清小說史》之寫作，進展尚可，唯於明年上半年完稿，尚須加倍努力耳。

　　前日拜訪福勤兄，與談《土娃》，時間長達兩小時，他之領悟極深，至為佩服，力勸他寫成文字。不知有否給信告之？

　　王瓊玲論《野叟曝言》之版本文，可寄我發表。

　　餘不一一，問魏師母好！祝

大安！

歐陽健　94，12，5

193 十二月三十日魏子雲致歐陽健

歐陽兄：

　　上次接到你的信及所附一紙報上新聞稿，頓時對於你的心性所求，感到遺憾！你與人爭者，竟是這「表面文章」嗎？（你居然沒有

讀懂《孟子》的那一段話，憾哉！）自以為有關《紅樓》之論，惹出來的相對論，是《水滸》林沖的誤入白虎堂嗎？在我看來，你這比方的話，乃「引喻失義」。我在學問上，一辭一語，都是認真的。你應該推論你這話是對的嗎？林沖之誤入白虎堂，是陸謙的陷害設計成的，是陸謙把林沖引進白虎堂的，你的《紅樓》論辨是你在學術上的了不起的發現，有誰導引你去這樣論辨《紅樓》的？如有人引發，你的論點還值錢嗎？

你的《紅樓新辨》，論點無不發人猛醒，可謂疑人所不曾疑，見人所不曾見，可說是《紅樓》世界中的一聲警鐘。然而揆之作文，吾兄極少在行文上，論證上，為一己留有求益的空間。幾乎是語語都是入殮後蓋棺時釘入的鐵釘，幾已不許任誰開棺再驗棺中死者的基因，幾乎是強人同意你。斯乃論文之大忌。亦惹起紅學家反感的主因。 兄論《紅樓》之文，率多是獨裁似的主觀之判，絕少求教的語氣，提出問題，尋求大家討論。這樣的主觀論斷，極易步上《十五貫》中的過於執之誤。應給自己的主觀，留下餘地也。

福勤兄的評文，寫得若是深入，不曾想到生前還能讀到這樣認真而深入的論評。他在頭暈病中完成此文。我讀不到三之一，即已淚眼模糊，泣不成聲矣。只是贊與多論短少。昨日回信，已將弟寫此長編意想告知他。百餘萬言，寫一小說人物的七十年歲月，瓜分起來，每年所佔有字數不到兩萬言，求之達成小說藝術，如何可能？小說寫人藝術也。當可想知弟之此一《在這個時代裏》一書，著眼者乃「時代」，（我的人生觀是人活在這個時代，活下去實不容易）寫實主義的小說，悉是環境為第一主角也。第二部已成五之三，明春三月，可能寫完。許多友人都是把《土娃》看作我的自傳，實則，《土娃》的故事，連我百之五的實生活都無有。當然，既以人物為小說主線寫其一生，怎能不以自傳體式下筆去經營。既能被人當作是作者的自傳，

可證此一說部不曾寫失敗。明秋,攜第二部書來。

　　來因兄的那本稿子,仍在王三慶處,出版問題,他已托過臺大的吳宏一[17]教授,出版界很蕭條。我更無能力。

　　我家中已無親人,南京的朋友,最親。陳遼、同書、敦勇、美林、新雷、蕊青,我都欠過情。福勤這位鄉弟,竟為《土娃》投下如此多精力,又在病中。極不安。祝

好!

　　　　　　　　　　　　弟子雲手上　一九九四年十二月三十日

17　吳宏一(1943-),臺灣大學中文博士,歷任臺灣大學中文系教授、香港中文大學文學教授。研究專長是中國文學批評。著有《讀古文想問題》、《清代文學批評論集》等。

一九九五年

194 一月十日歐陽健致魏子雲

魏公大鑒：

　　九四年十二月三十日大札拜悉。當此迎新歲之際，得吾公之教誨，感激之至。

　　古人有云：文如其人。我之為人處世，向以率直無隱為尚，絕不作違心之論，也絕不做圓滑態，故一生坎懍，皆自招也。初弄《紅樓》之版本，並不意會惹下如許麻煩，也是有甚說甚，直白道來，友朋謂之曰「不策略」，吾公則評之為「不為一己留有求益之空間」，皆極中肯綮。元旦日劉冬同志來，暢談三小時，為我設想程本脂本關係之三大問題：優劣，先後，真偽，而每一問題，又皆可作兩種推想，只須憑實據細細剖分，論證何種推想更為合理，無疑可得多數人之首肯與心服。此論甚高，大受教益。今後再為文，當按此理路行之。

　　然我之遭一班「紅學家」之抨擊，卻非我之「獨斷」所致。一二權威慣於在學界稱王稱霸，不容他人發表不同意見，此種風氣，早為學人所不滿，也成為學術發展的障礙。我之心性所求，非只為個人，亦為學界。「誤入白虎堂」之語，乃我九一年在貴陽會上所說，原意謂不該涉足紅學，「白虎堂」非我輩所應到，本是一句謙詞，不想去年有人指責說：歐陽健自比林沖，那麼，誰是高俅呢？譬喻是跛腳的，而居然有人自己要朝那個方向想，有什麼辦法？現在看來，紅學界確實有近乎高俅之人，設計陷害，欲置人於死地。作為被傷害者，不起而自衛，是大愚之人。至於吾公以為是陸謙之導引，我更無此種思想，乃誤會也。

要之，紅學之論爭，在新的一年中還會進行，我因要弄晚清小說史，就樂得放一放，看看人家說些什麼。

福勤兄因病，不能做別事，倒認真地讀了兩本書，一為吾公之《土娃》，一為我的《紅樓新辨》。他在《土娃》中投入的精力更多，可謂心與神遊。《土娃》非自傳，但卻融進了深刻的人生體驗，願第二、三部早日成稿，當效福勤兄，認真研讀以求得對於人生的真悟。

劉廣定先生曾經來信，說到他發現列藏本之採用新式標點，此點為他人所未道，我早已請他撰文寄來，不知因何未見回信。

問魏師母好！祝

大安！

歐陽健　95，1，10

195 三月二日歐陽健致魏子雲（佚）[1]

196 三月十三日魏子雲致歐陽健

歐陽兄：

昨日（十二日）午後，中央大學《紅樓夢》研究室舉辦之《紅樓夢》專題演講，由俄國學人：孟列夫[2]、李福清[3]解說聖彼得堡藏之抄

1　本信已佚，在歐陽健日記中記載：「二日，多雲，寫給魏子雲先生信。」

2　孟列夫（1926-2005），俄國敦煌學家，一九五二年畢業列寧格勒大學東方系中文科，東方研究所列寧格勒分所研究員，著有《曹雪芹紅樓夢》、《中國古典戲劇的改革》等。

3　李福清（1932-2012），俄羅斯漢學家，蘇聯科學院通訊院士。一九五五年列寧格勒大學東方系畢業，一九六一年獲副博士學位，一九六五至一九六六年在中國進

本《紅樓夢》之收藏經過，以及版本上兄所疑各點，一一加以解說。結論是，認為你懷疑的問題，都不能成立。李福清先生說他與你見過面，孟列夫先生說，他們二位當初作這一抄本考訂時，已寫明他們的服務地址，何以歐陽先生不先寫封信，去問問他們？因此表示遺憾！

　　關於求學有疑問題，乃治學的必要，只是兄下筆行文，主觀太強，總是以所疑為是，不為疑點留問號。斯乃治學大忌。弟函已言之矣！弟近在為第二部寫煞尾，自感寫得失敗，因而進度遲緩。總之，這個月可以結束。

　　今年秋，也許會到山東參加金學會，預訂先到南京逗留數日，近來由於血壓高，每日必須服藥，我這老東西總是忘了。是以內子很不放心我出門。

　　上次我信上說你沒有讀完《孟子》那句話，弟著眼的是《孟子》說的，「君子有終身之憂，無一朝之患也。」還有，在生活上，處事上，處人上，最要緊的能容、能恕、能讓，總結起來，是一個「忍」字的功夫。金陵的朋友，兄是我最仰仗的一位，實不忍見你為自己惹出了不少不應該有的人事折磨。我說的重話太了。已超出了仲尼的告誡：「毋自取辱也！」祝
好！

弟子雲手上　一九九五年三月十三日

　　修，一九七〇年獲博士學位。著有《從神話到章回小說，中國文學中人物形象的演變》、《中國的講史演義與民間文學傳統——論三國故事的各種口頭和書面異體等》等。

197 三月三十日魏子雲致歐陽健

歐陽兄：

原以為二月可結束《金土》，今已三月過完，最後一章連頭還沒有開。第十一章三月初寫完，且已打字完成，在校對時，卻越看越覺得庸俗。近來忙著寫龔鵬程主辦古典文學會的論文，稍稍冷靜一下，再來重寫末後兩章。越寫越糟，主要是現實史料掌握太多，極難處理到小說情節中去。先告訴兄臺，第二部不如第一部。

嫂夫人退休，可能在家閑不慣。弟今秋一定到金陵，仍盼住在兄家，有好些治學的問題，要與兄切磋。

福勤兄頭暈症，不知好了無有？近來通信，我只是感到衰老了，精力不繼。祝
儷祺！

弟子雲手上　一九九五年三月卅日

198 五月十七日魏子雲致歐陽健

歐陽兄：

三月卅日曾上短箋一紙，迄未得複，不知忙些什麼？《金土》終於五月三日寫完，這兩周來，一邊校勘，一邊修正。作者的作品，一如父母之於子女，生出後便不是父母可以表達愛憎的，應是讀者大眾的事。作父母的，護不了短，也不應護短。但父母對於子女們之有所偏愛，自亦人情之常。若以此理來說，我較比喜歡《土娃》。近正洽談印刷事，紙、工都飛漲逾倍，《土娃》銷路差，「學生」不再承印，得由自己出錢。一千冊得台幣十六萬元。也許超出。這筆錢，對我不是小數目。我已不再教書，每年少二十萬元收入。我之遲遲未能

出遠門，斯亦原因。兼之，老人病一一出現，血壓高、關節炎，都使我不得不多作休息。第三部，也得下筆，不能等到精力消退，想寫也煥發不起靈感了。在考量《金土》印出後，到金陵會友。七月間可望印出，我怕熱，九月間出行較好，我知道，陰曆六、七月南京最熱。近來如何？總是惦念著你。祝

文祺！

弟子雲手上　一九九五年五月十七日

附上《金土》序文及目錄，請閱後能給福勤兄，又及。

199 六月二日魏子雲致歐陽健

歐陽兄嫂：

今接福勤信，知你決定離開南京，到福州師大去，而且搬家。心頭突加沉重，但福勤兄說：「樹移會死，人動會活。」他說你的離去，因素複雜，雖不希望你走，也莫可奈何！相信你到了福州，會有個海闊天空的工作環境，方始心安下來。

第二部是寫完了，我已告訴你，從小說立場說，不如《土娃》，從表現這個時代說，比第一部尖銳。我赤裸裸地道出了國民黨失國的基因。

我原說八月間到南京去，你這一走，我的談話對象，少了你，已感乏味。雖說福勤兄對我如此深入的認知，他又寫了一篇，還有意在我大部分的作品上步入研究，總覺少了你，像少了神髓。也許，我會邀同福勤兄同去福州看你，把行動的時間挪後，等你安定後再出門。福州我沒有去過。建陽、建甌、南平、永安、我都到過。第二部金土，寫了這些地方。

別以為是失敗，應認為是勝利的起點。祝好！

弟子雲手上　一九九五年六月二日端午

200 六月十四日歐陽健致魏子雲（佚）[4]

201 六月三十日魏子雲致歐陽健

歐陽兄：

　　大札到來時，正巧江蘇京劇團來此演出，淮陰的宋長榮來了，看了幾場戲。終究是老衰了，晚上看戲晚睡，第二天早上，就得休息。否則，就沒精神再看一晚。《金土》已付印，今天印刷廠來電話，下周先曬藍圖給我看，免得印妥後，發現錯誤不易改。最重要的是頁碼不能點錯。看情形，等出書來，要到七月十日前後。海郵要一月有奇（最少二十天），你的一冊，還是一起寄南京，託福勤兄轉寄，等你到差後再給我住址，就更慢了。（《梅蘭》尚未動筆）。

　　你的調動，我看到了你未來的光明遠景。我有兩方圖章「競千秋」：不爭一時也。也就是《孟子》說的人生觀：「君子有終生之憂無一朝之患也。」今天在電視新聞上，見到嘉義在整理布袋港，準備與廈門直航。可能明年可直航福州。今年不擬出門，明年到福州會。

　　時祺！從字裏行間，吟味到你的心情已平適，慰！

弟子雲　一九九五年六月卅日午後

4　本信已佚，在歐陽健日記中記載：「十四日，下午，寫給魏子雲先生信。」

202 十月二日歐陽健致魏子雲（佚）[5]

203 十月十一日魏子雲致歐陽健

歐陽兄嫂：

今日收到由福州寄來的第一封信，馬上把《金土》包裝交海郵掛號寄出，通常三周可到。正好日前收到福勤兄來函，告知你走後，引發了頗多人士的反應，認為社科院處理有欠公允。為江蘇失去了一位人才。兄既看過去的事已是歷史，那就對了。弟一生之中可以說能作到「不忮不求」，卻也難免對某些不在學問上努力，專門去混名頭的人物，感到憤懣！會說幾句罪人的話。此一不好的脾氣，雖一再自責，仍舊改不了。

第三本《梅蘭》正在進行，寫得並不順。大致的情節，都已想好了。希望明年六月能脫稿。今才成稿三幾萬言。明年，會到福州去看你。祝

闔家安康！相信你會生活得更好！

　　　　　　　　　　弟子雲手上　一九九五年十月十一日
書寄到中文系

204 十一月十二日歐陽健致魏子雲

魏公大鑒：

十月十一日大札，經兩個往返，於上周收到。以後來信，可寄福

5　本信已佚，在歐陽健日記中記載：「魏子雲先生信。」

建師大花圃＊座＊，這樣，就不會弄錯了。

　　學校中青年人多，充滿著朝氣與活力。近十天，中國社科院的鄧紹基[6]先生，山東大學的袁世碩[7]先生、張可禮[8]先生，應邀來福建師大中文系交流、講學，學術氣氛很濃。此間中文系被評上全國學科人才教學培養基地，對學術比較重視，經常邀請外地學者來交流訪問，這是江蘇社科院所不能比擬的。

　　中文系的郭丹[9]先生，今年曾到臺北探親，並參加學術會議，還曾會到您，至今還津津樂道。他要我代致問候。明年，您如有興趣，可否以來校講學的名義，以便各方面安排得更好一點？我可以陪您到武夷山去遊覽，再到玉山、江山舊地重遊？盼告。

　　我的《晚清小說史》已基本完成，下一步擬寫《清代小說史》，儘量多搜集資料，並重新式梳理發展演化之脈絡。其中關於《紅樓夢》的時代定位，我以為要重新考慮。要緊的不是作者是否姓曹，而在於它究竟該成書於何年何代？從小說史看，《紅樓夢》決不會寫在《歧路燈》之後。

　　《金土》還未收到，到後我一定會連同《土娃》一道，認真拜讀的。

6　鄧紹基（1933-2013），中國社會科學院文學研究所研究員、學術顧問，中國社會科學院研究生院教授、文學部主任。中國杜甫研究會顧問、中國水滸學會顧問、中國紅樓夢學會顧問和中國近代文學學會顧問。著有《中華文學通史》、《中國文學通史系列》、《中華文學通典》和《中國大百科全書》文學卷等。

7　袁世碩（1929-），中國作家協會會員。山東大學教授。中國作協山東分會副主席。著有《孔尚任年譜》、《蒲松齡事蹟著述新考》等。

8　張可禮（1935-），山東大學中文系教授，著有《三曹年譜》、《建安文學論稿》、《東晉文藝系年》、《東晉文藝綜合研究》等。

9　郭丹（1949-），福建師範大學文學院教授，曾任福建師大工會主席、教代會執委會主席，福建師大校學術委員會委員、學位委員會委員，福建師大閩南科技學院院長，著有《春秋左傳直解》、《左傳國策研究》等。

我來福州，亦為避世，然有人又復來信到師大有關方面對我詆毀有加，真是殺人可恕，情理難容。

　　祝
大安！

歐陽健上　95，11，12

205　十二月三日魏子雲致歐陽健

歐陽兄嫂：

　　十一月十二日大札奉到。福州信件，似乎比南京要多費些時日。遂使我期盼兩岸能早日統一，或早日通航，海程也不過一日之間。飛機直飛，類同臺北港澳，那就方便多了。

　　明年四月下旬，四川內江師專舉行明清小說研討會，來函邀約。蕭相愷兄是其中籌備人之一。我已應允前往，不知

　　兄臺去不去？再者，弟委實有意獨去兄處暢談數日。得等第三部寫完。（預計明年六月可煞清，今已達十萬言。第四章在進行中。）陳兄何竟如此？殊不解也。望一笑置之，勿記恨！
祝闔家安康！

弟子雲手上　一九九五年十二月三日午後

拙作《金土》想收到。又及。

206　十二月十二日歐陽健致魏子雲

魏公大鑒：

　　十二月三日大札拜悉，《金土》亦已在月前收到，伴我度過了這十幾個夜晚，終於讀完。因所敘之地方，多在浙江、江西（我母親是

諸暨人，家在斯宅，陳蔡那個地方，我1967年還去過），所敘之歷史，又是我所關心的，所以倍感親切。書中的人物，以盧姑給我的印象最深，而金土的命運，竟因列車的意外改向而大變，真令人感慨系之。

　　來福建師大以後，已進入平靜的心境，《紅樓》之事，又漸萌深入之意。林辰先生擬於明年暑期在大連召開明清小說研討會，紅學為中心議題之一，命我就若干關鍵問題寫成提綱，供與會者討論，我自然樂於從命。北大學學報刊出周汝昌先生之長文〈還紅學以學〉，提出了極重要的問題，引起我很多思索，遂寫成〈紅學的體系與紅學的悲劇〉一文，現奉上，請批評。如可能，望轉給《書目季刊》一閱。此文似比當年〈重評胡適紅樓夢版本考證〉要深入一些。

　　內江的會議，我當力爭參加。我也十分渴望您能來福州小住，既可談心曲，還可為師大師生講學。郭丹兄囑代為問候。

　　問魏師母好！祝
大安！

歐陽健上　95，12，12

207 十二月二十二日魏子雲致歐陽健

歐陽兄嫂：

　　十二月十二日大札及附稿，昨午收到。正巧哈爾濱方面來長途，希望我能赴會。一再說天氣不會陰礙，防寒衣物準備周到。想想，還是不敢去。不能不服老，七十八矣！關於周先生大作，容我到圖書館去調出北大學報讀上一遍。近日寫《梅蘭》幾乎章章都為濃縮時間傷神。卻又每每苦於敘述太多，損害了場面以及人物性行的塑造與描寫。今已行將寫完第四章（全書預計十二章），可說近乎三之一。這

一部的處理時空方法，又異於第二本。環境使然也。謝謝你讀完《金
土》，我喜歡《土娃》，《金土》賦序時代太多。徐朔方說我未能以
小說之技融會。誠哉斯言。望兄指我更多缺失之處。

　　四月內江之會，我決定去，不知飛機落在何地方便？旅行社在查
告中。大作今明送《書目季刊》，也只有此處可刊用。只是稿酬太
低。祝
儷安！

弟子雲手上　一九九五年十二月廿二日

附提：

行文務必以謙遜為要。立論最好留有餘地。斯弟意也。

一九九六年

208 一月七日歐陽健致魏子雲

魏公大鑒：

　　新年裏收到大札，非常高興。

　　福建師大是一個非常適宜我的地方，學校有朝氣，有活力，對於學術研究，給予種種鼓勵。我的《紅樓》研究，在江蘇社科院，是被視為大逆不道，而到了福建，我的新著《紅學辨偽論》被校部批准為學術基金資助之書，下學期又決定由我給四年級開「《紅樓夢》研究」之選修課，二者相較，真有天淵之別。南京之怪現狀，乃陳、王之輩所釀成，聞我走後，仗義執言者頗多，《明清小說研究》在蕭相愷、王學鈞[1]主持下，依然決定堅持《紅樓夢》大討論，看來人的口，是封不住的。

　　來示一再囑我行文以謙為要，我當銘記在心。我之寫評周汝昌文，就注意貫徹與人為善，既不憚說出自己的意見，又注意尊重對方的人格，不搞意氣用事。此文給一二朋友看過，評價尚可，不知《書目季刊》可得刊用否。為此瑣事，又累您奔走，甚感不安。

　　四月內江會議，我也準備參加。飛機可由香港至重慶，然後改乘火車或汽車，都不遠。

　　會後，或可同我一道到福州，來師大給師生作一點學術報告，至所歡迎。

　　《梅蘭》有大的進展，盼早日問世，以便拜讀。

1　王學鈞（1950- ），江蘇省社科院文學研究所副所長，研究員。著作有《劉鶚與老殘遊記》、《劉鶚‧曾樸》、《李伯元年譜》，《1898–1949中外文學比較史‧第二編近代文學時期》等。

　　《金土》所敘抗戰事，與我以往所讀小說大有不同，在我感覺，不是賦予時代太多，而是感到時代與人物的故事融合得不太夠，斯亦當時之環境使然。

　　祝

大安！

歐陽健　96，1，7

209　一月十八日魏子雲致歐陽健

歐陽兄：

　　一月七日大札，昨日奉到。剛剛寫了一封信給內江曾良[2]先生，問他臺灣還有那幾位，以便聯繫同行。再問到成都或是重慶下飛機，乘火車方便還是汽車？有無人接？不然，我一個老人，實在怯於單行。兄如去赴會，我很願意隨你到福州，再由福州返臺。（福州如有飛機往返香港，若是兩岸通航，那說方便多了。）南平、永安都是我抗戰期間，來回三幾次的山道。

　　謝謝你讀完了《金土》，所告缺點，同於徐朔方等友看法。此書之敗筆，在經營盧教士之戀子情結，占去篇幅太多，後面不敢鋪張場面。《梅蘭》正記取覆轍，力謀剪接。我有心印文集（約一千五百萬言），希望兄能代為張羅，願貼部分印費。祝

儷安！

弟子雲拜　一九九六年一月十八日

2　曾良（1957-），內江師範學院中文系畢業，復旦大學訪問學者，現為內江師範學院副校長、教授；著有《東周列國志研究》、《明清小說研究》、《古典文獻學》等。

附提：

金陵事已有聞。望勿記在心上。人生若是也。

210 一月二十六日歐陽健致魏子雲

魏公大鑒：

　　十月十八日大札拜悉。

　　編印文集，誠為一極有意義之壯舉，我非常贊成。來福建以後，與海峽文藝出版社有過幾次接觸，現正為其謀劃一套叢書，所以關係尚稱融洽。該社為新聞出版總署定點出版臺灣作家著述之唯一出版社，已經出版包括《臺灣文學史》等較有影響之著作，還有不少小說、散文作品。收信後當即與之電話聯繫，他們表示有興趣接受。唯文集篇幅浩繁，投資較大，需進一步商談。我提出以下幾點：一、大陸之版權委託海峽出版社一家；二、創作小說、戲劇等效益較好的，可另出單行本；三、學術專著等，適當給予印費補貼。他們表示可以考慮。我說到四月來榕之事，他們願意進一步面談。

　　我意可將文集之編目寄我，由我再與之聯絡，暫不要把補貼的口開得太大，只在不得已情況下作一點讓步。

　　此事我與系裏郭丹先生談過，他也十分熱心，表示願促成之心。郭丹曾到臺灣訪問，與您見過面，還與翁同文先生有過交往。如有暇，可給郭丹寫一封信。四月內江會後，一同來福州，可由福建師大中文系邀您來師大講學、交流。我來此日淺，有郭丹為之呼應，就好辦多了。不僅福州的活動，到南平永安都無問題。

　　福州至香港，每天都有二、三航班，聞三月以後，可由臺北經澳門轉廈門，不須換機，那就更方便了。

　　陳益源兄從您處瞭解到我的地址，給我來了信，心甚感激。七月間大連召開的明清小說研討會，林辰先生委託他聯絡臺灣學人，他說到時可能有不少人會去。我應林辰先生之約，寫了一篇《紅學ABC25問求答》，提的都是實證性的問題，列印了一份寄給陳益源兄了。為紅學論爭，一九九五年是極為喧囂的一年，許多不正常事都出現了。相信一九九六年會好一點。在福建師大，情況比南京不啻天壤。我的《紅學辨偽論》，已獲校優秀學術著作基金資助，雖僅五千元人民幣，但已足見支持之情。下學期系裏又決定由我開設《紅樓夢》選修課。

　　去內江之事，可設法會議覓一重慶人與會者到機場迎接，然後一同到會。

春節將至，祝

闔府安吉！

歐陽健　96，1，26

211 二月十四日魏子雲致歐陽健

歐陽兄：

　　接內江曾良先生來信，知臺灣只弟一人。我推薦王瓊玲去，邀請函也寄來了，瓊玲不能去，她不願請假。每次，她都在假期中出門，治學、教學、這孩子都非常認真。

　　我一個人出門，必須對方有人接應，在這類生活上，我不是闖家。曾約一位朋友張放³先生（小說家）同去，昨天，他又表示不能

3　張放（1932-2013），政治作戰學校影劇系第一期畢業，菲律賓亞典耀大學藝術碩士，小說家。著有《驚濤》等書。

去,女兒從美國回來。因此我想先到福州,四月十八日上午到福州,
你來接應。(我先到香港住一晚)會同你一起走。開完會從重慶回臺
北,不到南京去了。蕭相愷兄他們來,可把一些小禮物帶到南京去。
如何?乞速複知。此頌

文祺!(開會通知又改了。我看了兩遍,可能在260元以外,還要付食
宿費。)

弟子雲手上　一九九六年二月十四日

嫂夫人均此不另。

212 二月二十四日歐陽健致魏子雲

魏公大鑒:

　　二月十四日大札於正月初六拜悉。今年春節,天氣陰冷,除了和
北京、南京、貴州的幾位朋友打電話拜年以外,哪裏也沒有去。

　　內江會議的通知,我還不曾收到,或許是寄到系裏去了,時處寒
假,無人收發之故。一個人出遠門,確實得考慮周到一些。先來福
州,是一個可行的方案。來福州後,可與海峽文藝出版社接觸一下,
談談文集的出版事宜,還可向福建師大中文系的師生作一二次學術報
告,然後我們一同前往內江。去重慶若是乘飛機,請將護照的影本寄
來,以便購票。若乘火車,當從武漢轉車。

　　我在內江會議後,還要去成都參加《明代小說輯刊》的編委會,
您從重慶直接回去,我也就放心了。

　　從電話中得知,福勤兄也擬去內江參加會議。他最近也在研究
《紅樓夢》的版本,據說有不少的發現。我近讀唐德剛[4]譯注的《胡適

4　唐德剛(1920-2009),美籍華人學者,歷史學家、傳記文學家、紅學家。中國口

口述自傳》，頗有所悟。承轉薦給《書目季刊》的那篇〈紅學的體系和紅學的悲劇〉，不知結果若何？

　　請代向師母拜一個晚年！

　　自從有了電腦，握筆寫字，不但感到不習慣，甚至還有些害怕了。為了把信及時寫出，我想今後都用電腦寫信。這似乎有點兒失禮，請予原諒。

　　祝

闔家歡樂！

歐陽健　1996年2月24日

附提：

家中電話（0591）34243**，必要時可隨時聯繫

213 三月五日歐陽健致魏子雲

魏公大鑒：

　　給郭丹兄的信已轉致，勿念。

　　內江會議的通知於昨日收到，會期定在四月二十二日報到，曾良先生要我提前在二十一日到內江，以便幫助他做一點會務工作。我查了一下福州至重慶的航班，一周惟週五有班機（四月二十四日有航班），您如四月十八日來福州，就趕不上會期了，只好另行設法。由福州至內江，無論乘飛機、火車，都得中轉，福州至成都的飛機，為每週二、五、日，票價人民幣910元（至重慶票價900元），到的時間

述歷史的開創者之一，開創了別開生面的寫史方式，為後人留下了寶貴的民國歷史資料，著有《李宗仁回憶錄》、《胡適口述自傳》、《胡適雜憶》、《顧維鈞回憶錄》、《海外讀紅樓》等。

都相當的晚，十分不便；我又發現至貴陽的班機為週一、五，票價比較便宜，僅550元。我與郭丹兄商量，建議您能在四月十六日（星期二）到達福州，四月十九日（星期五）乘飛機去貴陽，然後由貴陽乘火車至內江（貴陽有開往成都的快車）。這樣的好處是時間銜接較緊湊，開支也較小。貴陽有我的朋友曲沐先生，他也擬去內江，可以托他代買火車票，一路上也有照應。這個方案不知以為當否？盼示。

如同意此計畫，則十六日到福州後，十七、八兩日可作如下安排：一天與福建師大師生作學術報告，一天與海峽文藝出版社談文集的出版事宜，還可在福州作一點旅遊。出版文集事，郭丹兄也在熱心地向出版社聯絡，您可事先作若干準備。

二月二十四日一信，諒已收到。

　　祝
闔家歡樂！

歐陽健　1996年3月5日

214 三月十六日魏子雲致歐陽健

歐陽兄嫂：

　　三月五日大札奉到。遵兄指示安排行程。四月十六日起程，當日到福州，留二日，十九日飛貴陽，乘火車入川。我約了一位友人，張放先生，少我十齡以上，小說家，曾任中學校長。內江已將邀請函寄到。弟年歲已高，近八十矣！家人不放心我一人獨闖。我在臺北已摔過跤。走路也靈魂出竅，不看地。不同意我一人出門。不知內江可乘船到漢口否？打算船過三峽，由漢口回香港。歸期訂在四月二十八、還是二十九日。漢口有馮元娥同學（夫婦二人我都認識），如過漢口，她希望我代她探望（她們高中同班畢業又同入國立幼專）。文集

尚未張羅，也遵照兄意見作。1.文集 2.小說集 3.戲劇集 4.書信集（往還不下千封，只印我方也相當多）見面再談！祝

好！

弟子雲手上　一九九六年三月十六日

附提：

郭丹兄函收到，並此不另。

215 三月二十九日魏子雲致歐陽健

歐陽兄嫂：

　　昨晚，考量近來血液不正常。怪我老是不能按時吃藥。醫生說要小心。問他可否遠行？我說了一下行程。醫生回答，最好多多休息，三個月內維持正常後，再出遠門。究竟年紀已近八十，最要緊的是不要在生活上折騰。為了不給朋友添麻煩，不給家人添憂心，我決定此行還是停止。茲寄上論文，請代宣讀。（曾良先生處已另函報告。）

　　關於文集事，兄建議甚是，茲先附上三種目錄，文集太多，類別等等，還需要徹底整理。今年寫完這小說，再仔細蒐集編定，專程到兄處來。在大連，可能碰面。祝

好！

弟子雲手上　一九九六年三月二十九日

216 五月四日歐陽健致魏子雲

魏公大鑒：

　　我四月二十日乘飛機經重慶至內江參加明清小說研討會，之後又

到成都出席侯忠義兄主持的《明代小說輯刊》編委會，三十日回福
州。

這次內江會議開得很好，學術氣氛很濃，黃霖、劉福勤、蕭相
愷、曲沐諸位，都參加了。我在全體大會上代為宣讀您的論文，受到
很多人的關心。這次如按原議，福建師大和貴州大學都準備邀您講學
的，所以，許多人都有些感到惋惜。

大連會議將如期召開，我和福建師範大學中文系主任齊裕焜[5]先生
將前往參加，熱切盼望與您見面。

問師母好！祝

大安！

歐陽健　1996年5月4日

217 五月九日魏子雲致歐陽健

歐陽兄嫂：

昨晚（五月八日），又撥了兩次電話，一次無人接聽，一次在講
話中。上次也是，必須報告此行不得也。遂撥到郭丹先生家轉告。未
能去內江，深感遺憾。七月中旬，決定到大連去，同行人多。

終究歲月不饒人，這兩年來，體質變化很大，耐不了冷，也忍不
了熱。還有冷氣敏感。血壓不正常，九四年九月發現，每天得服藥，
不是老伴提醒，總是忘記。膩煩人也。

近來，應酬多些，大陸友人來了好幾批，南京的陳遼，山東的袁
世碩，北京的安平秋，都見了面。《梅蘭》才寫完第八章。（預定十

5　齊裕焜（1938-），北京大學中文系畢業，福建師範大學文學院教授、中國《三國演
　　義》學會副會長。著有《中國古代小說演變史》、《中國諷刺小說史》等。

章），五月，是完成不了。這一本，寫了不少教學問題。想來，更加無人要讀它。心頭只有嘔吐生活在這個時代裏的感受，從未想到有沒有人讀它。比上兩本，自然還要更孤獨於一隅。此書完後，就著手編我的文集，總得一個月。七月到大連，希望能帶去目錄，與兄商定，希望九月中旬專程到福州，連同文稿全部帶去。《金瓶梅》十餘種，已全部蒐齊，戲劇也容易，只是文稿既零碎又雜亂，這些編集的事，全得自己入手才好。

完成了這三本書，今後的寫作，不會這樣有推動的壓迫感，但寫作總是停不了的。九月間，帶去《梅蘭》，希望 兄認真提出意見。老實說，大陸的文友，只有兄是我念念不忘的一位。九月，可以多談談。祝

儷安。

弟子雲手上　一九九六年五月九日午後

附提：

郭丹兄代為致意！

218 五月二十六日歐陽健致魏子雲

魏公大鑒：

五月九日大札拜悉。我自內江會議後，曾給您寫了一信，談及會議情況，想已收到。大作在大會上代為宣讀，受到關注。侯忠義、黃霖、劉福勤諸位都關心您的近況，對未能見面表示惋惜。這次會議學術氣氛比較自由活潑。大家相約，明年再在昆明重新相聚，由雲南教育學院中文系主辦。

大連會議通知已到，我準備如期與會，唐繼珍也擬同往，望魏師

母也能去，以便有再次相見的機會。

《梅蘭》即將寫成，令人寬慰。「嘔吐生活在這個時代裏的感受」，正是一部有價值作品的精髓所在。當認真拜讀。

九月能來福州，最好。出版社所考慮的是文集的篇幅不能過巨，對於同類內容，可否作些歸併？請酌。

劉廣定先生最近與我通信，談到《紅樓夢》的避諱問題。其中提到「璉」字之不避諱，以為是小說「不必嚴格避諱」的例證，但我想到可能更與小說成書年代有關。按永璉於乾隆三年（1725）十月殤，年方九歲，十一月諭曰：「永璉乃皇后所生，朕之嫡子，聰明貴重，氣宇不凡，皇考命名，隱示承宗器之意，朕御極後，恪守成式，親書密旨，召諸大臣藏於乾清宮正大光明榜後，是雖未冊立，已命為皇太子矣。今既薨逝，一切典禮用皇太子儀注行。」（《清史稿》卷二二一）又有諭旨避「璉」字諱。若《紅樓夢》寫於此後，作者就不應該自找麻煩，為作品中的重要人物取名「賈璉」，這適可從反面證明，《紅樓夢》當成書於乾隆三年以前；而其一旦寫成，已無必要把「璉」字一律改掉，至少在程甲本刊印的五十三年之後，時過境遷，「璉」字的避諱可能已經淡忘。可見同一例證，在不同的角度下，就可作出不同的判斷。不知以為當否？劉廣定先生為福州人，九月來福州，可否邀他同行？

餘不一一，祝
大安！

歐陽健　1996年5月26日

219 六月二十二日魏子雲致歐陽健

歐陽兄嫂：

　　齊教授到後第二日，就撥電話給我。他們的活動時間很緊，希望能即刻去。好在距離不遠，一面交代內子準備午飯，打算接到家中吃頓午飯，閒聊聊。不想九點多到了旅舍，他一直接電話，放下一個又來一個。居然已與別人約好（文津出版社我不認識）未能如我之願。知道他在臺北只活動到二十日。廿一日起便去中南部，由高雄返航。我無時間再去打擾。預計六月十五日前後出版之新書《星色的鴿哨》，結果至今未印出。我近來每晚九時前即入寢，廿日九時不到，曾撥電話電話送行，未接通。齊教授說到印文集事，海峽開口太大，可能使我卻步。下月吉林見。齊教授說也去。再詳談吧！

　　　　　　　　　　　　　　弟子雲手上一九九六年六月廿二日晨六時

220 八月四日魏子雲致歐陽健

歐陽兄嫂：

　　未能去內江，使南京、上海友人「撲空」為悵！實則，個人也想啟行，家人反對。此行卻也考慮到了，身子骨不如五年前，午間不休息，晚上委實倦怠。精神尚可，回家後三日未出門，好好睡了幾覺，方始恢復過來。

　　大著《紅學辨偽論》前雖讀到一些，沒有今日讀來感受得深。弟又閱讀過去存下的史料，深切的感受到「版本」誠是一大問題。從歷史基礎上說，在乾隆55年前，除了周春一條資料，說到抄本，其他便只有程偉元刻本序說到。怪哉！像這樣膾炙人口的說部，既在乾隆二十七年前即已出現，何以三十餘年沒有人說到該書？又一怪事，則是

抄本的出現，全在程氏兩本印行之後。此乃大問題。兄去查程氏原刻本35回中的銀模子，有「菱角的」，似乎原刻本的「菱」字刻的是「薐角」，薐，原字也。去查。我贊成程本是紅書原本。「曹雪芹」其人大有問題。（兄文評人比評書多，一大缺點。）祝

　　好

　　　　　　　　　　　　　　弟子雲手上　一九九六年八月四日

附提：

印書事，以後再談。

221 八月二十日歐陽健致魏子雲

魏公大鑒：

　　我們於七月二十七日迎著七號颱風飛回福州，幸虧風不大，一切順利；如果是八號颱風那樣的聲勢，問題就嚴重了。

　　回來以後，忙著校對為南大古籍所校勘的《冊府元龜》，又將為福建海峽文藝出版社編輯的晚清翻新小說叢書做最後的收尾工作，至今還未結束，眼看就要開學。一個暑假，可以說一點也沒能休息。開學後，除了上《紅樓夢》研究選修課外，主要是趕寫《中國小說通史》，任務是很重的。

　　這次在大連，是我和您第一次在一起參加學術研討會。您主持小組會的風度，給我留下深刻印象。本來關於《紅樓夢》的討論，是這次會議的重點，後來因為情況的變化，就放到次要的位置上了。研討會在會務安排上雖有諸多不周，但從總的方面來說，還是提供了一個與海內外學者交流切磋的機會。我的發言，反應似乎尚可。上海師大的孫遜同志也說我的思路清楚，一點未表示反感——儘管他的觀點與

我是完全不同的，這就讓我高興了。

寄上在旅順拍的相片，可惜少了一點。

問師母好。歡迎九月間能一道來福州。

祝

大安！

歐陽健　1996年8月20日

222 八月二十三日魏子雲致歐陽健

歐陽兄：

歸來已三周，一直忙著第三部《梅蘭》的清校上面。下週一大概可以把清校樣送出改正，要這月底方能付印。必須十月間才能出版。

我尋集了全部《金瓶梅》論文，還沒有整理，一大堆書，我收到何處去了？找了半天，還沒找到，可以想知我的書多麼的亂。

茲寄這篇短文，大陸方面能容忍這麼一部「張本」存在？弟近來疑到何以乾隆56年以前的人，竟無人說到「紅樓夢」？你注意到沒有？

文祺。（十月十一月可能到兄處去）

弟子雲手上　一九九六年八月二十三日

附錄：

曹雪芹該顯靈了吧！——讀張本《紅樓夢》有感

魏子雲

自從胡適先生寫出《紅樓夢》考證一文，認定曹雪芹是該書作者。七十年以來，雖有繼起者在曹家史乘上，發掘了不少文獻，但曹

雪芹其人，是不是曹寅的孫男？至今尚未能揭開底牌，攤出令觀者非得承認的鐵證。何況，與胡適之先生同時提出的「索引派」，至今尚在與「曹學派」，並駕而齊驅。兼之，版本上的問題，在後來的研究文章中，似乎越討論越是複雜。連兩部向被「曹學派」認定是程本（包括甲乙）祖本的「甲戌」、「庚辰」抄本，都被新起的《紅樓夢》研究者，提出質疑。

當廣州花城出版社出版了程偉元本的「校訂本」，序說程本是《紅樓夢》的原始底本，遂引發了一場不小的「造假學說」風波。如今，又有一部《張本紅樓夢》由湖南出版社出版。承蒙北京朋友常君實教授饋贈一部，當晚便在旅邸拜讀了其中的序言。序中雖然說：「紅樓夢的整個大結構可以說是天衣無縫的。」可是，這位張先生卻鬥起膽來，不但修改回目文辭，兼且更動情節上的文句。如「第一回『甄士隱夢幻識通靈，賈雨村風塵懷閨秀』是到賈雨村差人傳話，甄士隱岳父封肅聽了嚇得目瞪口呆為止。後面有一大段文字與『賈雨村風塵懷閨秀』有重大關係，而與第二回合『賈夫人仙逝揚州城』毫無牽連，作者卻把它拖入第二回。因此，我將賈雨村娶甄士隱的丫環嬌杏，並將她扶作正室這段文字移到第一回，到『偶因一回顧，便為人上人』，這與『賈雨村風塵懷閨秀』這個回目才吻合。而將原來銜接兩面之間的『不知……陪笑啟問』這二十九字刪掉。」

再如「第二回『賈夫人仙逝揚州城，冷子興演說榮國府』與第三回『托內兄如海薦西賓，接外孫賈母惜孤女』之間，出入不大，為了乾淨俐落，我將第二回『冷子興演說榮國府』之後，『於是二人起身』這一小段作第三回開頭，以吻合『托內兄如海薦西賓』的故事。刪掉了原來銜接兩回間的十九個字。」下面又改第三回，說：「第三回黛玉回到了賈府之後，『次早起來』就遇著王夫人和熙鳳談論薛姨媽等進京之事，這一段文字作者留在第三回不如留在第四回開頭好，

因為第四回『薄命女偏逢薄幸郎，葫蘆僧判斷葫蘆案』是敘述薛蟠因事爭奪英蓮而倚財仗勢打死了人，舉家進京的，這也就是黛玉進賈府之後，寶釵跟蹤而至。這是第四回的事，與第三回『接個孫賈母惜孤女』無關，所以我作了這一調整。並刪掉了原來銜接三、四兩回的『之意』到『王夫人處』二十一字，保留了其中『黛玉』兩字。」這位張先生就是如此的挑挑剔剔、刪刪減減、加加添添。計算其序文中所說，全書百二十回，竟然抽筋剔骨、剝皮挖肉似的，篡改了大半情節。

　　隨我同去北京的學棣王瓊玲博士，是一位兢兢業業在明清小說上著力多年的青年學人，對於《紅樓夢》一書，更是他經常置手邊的讀物，當他到我處見到此書的此一序文，忍不住驚詫地大聲說：「此人居然敢改篡《紅樓夢》，真格是荒唐大膽。」當時勸我把書收起來，早一點休息，明天一早還要到機場，搭機去遼東大連開會呢。

　　儘管如此，還是忍不住又翻閱了下去。見到下面還有「勘誤」的作為，竟然認為「菊花盛開」的季節，寶玉與賈母不應該吃桃子，他改為「吃橘子」（第十一回）；又認為第三十八回『林瀟湘奪回菊花詩，薛蘅蕪諷和螃蟹詠』，文中寫『迎春卻在花蔭下拿著針兒穿茉莉花』。這位張先生說：「這又不對景。因為茉莉花是初夏開放，在中國北方，秋天是沒有茉莉花的。所以我將它改為『拿著個小紗袋兒盛桂花』。」另一處說：「第八十回金桂替香菱改名，她說：『……香字意不如秋字妥當，菱角菱花皆盛於秋……』這話只對了一半，菱角雖盛於秋，菱花卻盛於夏。因此，我將它改為『菱花雖盛於夏，菱角卻盛於秋』。」由於旅途有他事羈絆，我雖懷疑這位張先生的篡改，是有問題的，也只得記在卡片上，留著返家再查看，一證所疑是否我對？還是我疑的不對？

　　歸來一查，在北京時，常君實教授陪我到琉璃廠書店，買來的

那部《三才圖會》，就載有，桃、菱、茉莉等等，在卷之十一（草木部），其中記有「唐貞觀時，康居圖獻黃桃，大如鵝卵，其色如金。桃用柿樹接，桃枝亦為金桃。」又說「早熟者謂之絡然白，晚熟者謂之遇雁紅。」都是秋果，還記有「十月桃，子（桃實）到十月始熟。」再者，《韓詩外傳》卷七，記有這麼一段話：「夫春樹桃李，夏得陰其下，秋得食其實。」（《說苑》「複恩」篇，亦有類似語。）

至於「菱花、菱角」，菱字正為還有水旁，寫作「蔆」，此乃正書。《爾雅》釋草，「蔆，蕨□。」李時珍《本草》，則稱「芰實」，說：「其葉支散，故字從支。其角棱峭，故謂之蔆，而俗呼為蔆角也。」又說：「昔人多不分別，惟王安貧《武陵記》以三角、四角者為芰，兩角者為蔆，三春間即放花，入夏即有蔆角可食」，抵秋始罷。《列子》說符，有言曰：「夏日則食蔆芰，冬日則食栗橡。」今日節令風物，也是菱角在夏日即上市，秋末即下市。處處有書可證，似不是這位張先生的不知有書而徒知師心自用者，可以斗膽篡改《紅樓夢》的。

再說茉莉花，書上記載的更多更詳。

按茉莉花，非我中土所固有，它原產波斯，《釋名》說它原名「奈花」。李時珍的《本草》說，「嵇含草木狀作『末利』，《洛陽名園記》作『抹利』。《王龜齡集》作「沒利」。洪邁作「木麗」。一看即知是音譯，所謂「本胡語，中文無正字。」另外還有意譯名「狎客」、「遠客」。李時珍說初由波斯移植南海，今滇廣人時植之。其性畏寒，不宜中土。開莖繁枝，初夏開白花，重瓣無蕊，秋盡乃止。不結實，有千葉者，有紅色者，蔓生者，其花皆夜開，芬香可愛，女人穿為首飾，或合面脂，亦可薰茶，或蒸之取液，以代薔薇水。《三才圖會》說：「茉莉花開，時在夏秋，六、七月最盛。」堪

證茉莉，秋亦有花。讀了這些記錄文字，當可知《紅樓夢》寫迎春在花蔭下，以針兒穿茉莉花，意在作為首飾。張先生將此語改為「用小紗袋盛桂花」，想來，去情節中的意蘊夠多遠呀。

還有，他把元妃省親，蓉兒說的一句「頭一年省親」，認為時間錯了。（張先生筆下說此文在第五十五回？）我則推想這話可能是指元妃頭一回省親，不是指的「頭年」、「今年」吧？

關於這些以及「張本」中自作聰明篡改的那麼多情節與文辭，應是紅學家論斷的事。總之，像「張本」改篡的這種情況，在學問上淺薄者如我，則認為前未曾有之。若《三國》、《水滸》、《西遊》、《金瓶梅》，版本之不同，未嘗有人敢掛出自己的招牌號，說是他修訂的。像這位張先生自命：「張本」《紅樓夢》者，斯亦今世之沽名釣譽新張本焉！所以我忍不住要喊：「曹雪芹該顯靈了吧。」（青年報96／8／22）

223 十月十九日歐陽健致魏子雲

魏公大鑒：

新近收到朱傳譽先生的來信，說到想將小說提要合作制作光碟，這是一個好的建議。但新計畫的《中國古代小說總目提要》未能措手，原有的《中國通俗小說總目提要》似有不少的毛病，如要製作光碟，最好能夠加以修訂；再者此書非我個人所專有，具體製作的有關事宜，還得與各位同仁商議。朱先生來信未寫明地址，故此信煩請轉致給他。

十月將過，十一月將近，《梅蘭》想已快要出版。福建之旅，不知能否成行。

來福建師大，一轉眼已經一年多了。此間的環境和條件，都比南

京要好得多。近一個時期，系裏為了申報博士點，一直在鼓勵大家多出成果。我們的重點項目中國小說通史，我分擔的神怪小說卷，系裏一再希望能在明年上半年完成，下半年出書。從大連回來以後，就一頭鑽了進去，忙得烏天黑地的，中秋、國慶兩大節日，都沒有休息。神怪小說的材料很多，問題也很多，一邊要注意佔有更多的資料，一邊又要注意有所發現，所以幾乎把全部力量都使上了。

　　餘不一一，祝

大安！

歐陽健　1996年10月19日

附提：

我已遍查抄本及刻本，都是菱字，無水旁。只有程甲本臺北無。幾家圖書館我全查過了。

224 十一月六日魏子雲致歐陽健

歐陽吾兄：

　　十月卅一日晚由上海歸來，見到大札還有朱傳譽一件，業於日前轉寄出去。我於十月廿日曾隨同公辦訪問團（教部政務次長領隊），到西安、北京、南京、上海四大城訪問，海協會副秘書長劉剛奇先生全程陪同，見到不少珍貴地下古物，在西北大學還見到弟藏秦畫磚拓片之原磚，一時興奮失態。各大學與博物館，都給我頻添無限天地。交通、市容之突飛猛進，誠有士別三日之感。弟一向厭美，擷下懸之太平洋上的帝美太陽，非我中國人而莫所屬也。雖十二天之訪問日程，晨出夜歸，弟以七八高齡尚能隨之未落單，感戴上蒼之恩我。知此行不便單獨行動，沿途亦未與友人聯繫。福州之行，改以明春，時

期直航，則便捷矣！無乃政客心狹視短，最可憾者不敢言NO耳！承人鼻息，哀哉！痛哉！附上近作一篇，乞正之。弟孔孟之徒，頌堯舜者也。長篇三部，史觀亦如是。祝好！嫂夫人均此不另。

弟子雲手上　一九九六年十一月六日晚

225 十一月七日魏子雲致歐陽健

歐陽吾兄：

　　十月二十日曾隨公辦訪問團，到西安、北京、南京、上海四大城市，訪問十二天。見到不少出土珍貴古物，給我心田頻添不少天地。雖在日程中，晨出晚歸，弟以七八高齡尚未落後，良應感上蒼之恩我。福州之行，只好移之明春，齊主任不是準備明年四月在武夷山召開明清小說討論會嗎？弟願去湊熱鬧。先到幾天，多請益些。

　　我不是寄了一篇〈讀張本紅樓夢〉短文嗎？文中頗感慨於你的《紅樓》校本被批。還有一封短簡，要兄去查程甲本第三十五回中的「菱角」一詞，「菱」字是否古寫「薐」？弟在臺北查了，獨缺程甲本。貴校圖書館準有日本《大漢和辭典》，請看第九冊866頁。薐角條，引《紅樓夢》35回詞，作「薐角的」。編者諸橋徹次既能從《紅樓夢》引出菱角作「薐角的」，當為原始本所書。若能查到，則程甲或某抄本，應是曹雪芹原著無疑。今查出，再提一句。此頌
時祺。

弟子雲手上　一九九六年十一月七日晨

附提：

我已遍查抄本及刻本都是菱字，無水旁。又程甲本台北無，幾家圖書館我全查過了。

226 十二月四日歐陽健致魏子雲

魏公大鑒：

近來一直在盼望您來福州，郭丹兄前天還問起您的行蹤。接來示，方知十月間已到西安、北京、南京、上海等地訪問，福州之行，只好移於明年，甚以為憾。但您以七十八高齡，長途跋涉而未曾落人之後，又實在令人深感欣慰。

武夷山的小說史研討會，擬於明年七月召開，主要是考慮到海外的同仁請假之便。現正在做各方面的準備。齊裕焜先生十分歡迎您能出席，並能邀請更多的臺灣同仁。只是我們的相會，又要推後了。到時可先來幾天，好好敘敘衷曲。

舉家南下福州，對於年過半百的我來說，是一件重大的事情，現在看來，這個抉擇是正確的。此間的環境和條件，都比南京要好得多，人的精神狀態也好，領導開明，經費充裕，鼓勵大家多出成果。我們的重點項目《中國小說通史》，我分擔的神怪小說卷，要求在明年上半年完成，於是一頭鑽了進去，忙得烏天黑地的。忙雖說忙一些，但心情愉快，亦似有新的發現。近來我已寫到唐代小說，不久就要進入說部的神怪小說部分。得讀關於《封神演義》的大作，深受啟發，當細細消化之。

關於《紅樓夢》的版本，第35回之「菱角」，遵囑查了程甲本，亦是作「菱角」的，並無三點水。不知日本《大漢和辭典》何據而發此論？當再思再查。

今年是施耐庵誕生七百周年紀念，劉冬同志來信，說蘇北要召開紀念大會，但後來又無了消息。我最近寫了一篇關於《水滸傳》「結末不振」問題新議的文章，以示紀念。今奉上，請指正。若以為可，請能代轉《中央日報》「長河」版，看他們有無興趣刊出，以緬懷這

位偉大的小說作家。

　　前曾奉一書，談到朱傳譽先生擬以《小說總目提要》入光碟事，不知他有何見教。

　　問師母好。餘不一一，祝

大安！

歐陽健　1996年12月4日

一九九七年

227 一月十五日魏子雲致歐陽健

歐陽兄嫂：

　　大札拜悉。〈水滸〉一文，中央副刊已退回，因為已改版，今後有關學術文稿，不刊用了。為了適應當前社會。再者，學生書局也在改組中，也像政治一樣，要改朝換代了。據新貴透露，唯一的一本民間具有學術性的《書目季刊》，也要改變內容。怎麼改法？雖不得知，總不免降低學術氣息，作書目書評而已。第三本《梅蘭》已寄出，另附寄三本《教國文》，托轉給齊、郭二位兄臺，《梅蘭》就不給二兄了。他們二位不可能喜愛，若是希望有一本，開會時，我再帶去。這部書雖已寫完，反應極為淡漠。見面再談我這本書吧，相信，兄也未必欣賞。

　　關於「薐」字，劉廣定兄也查過告知了我。何以日人諸橋引錄如是？不知源自何本？弟仍在疑。弟未深及《紅樓夢》，但已是兄之同黨矣。

　　近好。

弟魏子雲手上　一九九六年歲杪

附提：

另有一文：〈說書人的底本乎？〉，駁梅節兄強調金書是打談人底本說。

228　一月十七日魏子雲致歐陽健

歐陽吾兄：

收到討論會預備通知。茲寄上回執，請收轉。

我希望再邀一位朋友張放先生去，小說家，論評也不錯。（通訊處：臺北縣新店市華中街＊巷＊號＊F）其他人等，用不著我代為聯繫，齊先生認識不少。

若是在經濟上，我能多得些稿費，很想四月間到香港再到兄處走一趟——或到金陵。也得看身體狀況。近來，感覺坐得太多，在行動上，走幾步就覺得小腿腹繃痛，臀部也酸。症候不佳。得去檢查。終究是老人，七十九，向八十爬上爬上。好累。非常懷念你這位朋友。在人生中，談得投機的不多。祝
闔家安泰。

弟子雲手上　一九九七年一月十七日

附提：

寄去的書，諒已收到。

229　一月二十二日歐陽健致魏子雲

魏公大鑒：

九六年歲杪大札拜悉，所贈大著亦已收到。兩本《教國文》已轉給齊、郭二位，他們均深表謝意。

《梅蘭》收到後，當即連夜趕讀，花了一個多星期，終於基本讀完。碰上我要在一周內趕校我在四川巴蜀書社出版的《古小說研究論》的清樣，只能擠晚上的時間來讀，前半部讀得很細，後半部只能

粗粗流覽了。在《這個時代裏》三部曲中，我最欣賞的是《梅蘭》，心中有很多話要說，可惜的是我近來實在太忙，我的《神怪小說史》是系裏的重點項目，必須在六月底前寫完，已經與江蘇教育出版社訂好了合同，要在年底前出版。這是系裏的硬任務，彷彿立了軍令狀，我現在就像香港回歸倒計時似的，一天天計算時間，一點也懈怠不得。我想待任務完成以後，七月間騰出手來，好好地寫一篇評論。

三部曲中，《土娃》能喚起我共鳴的是，我曾在蘇北農村的生活經驗；《金土》能喚起我共鳴的是，我對江西浙江福建的若干瞭解；而《梅蘭》喚起我共鳴的，則真正是對於這個時代的體認和感悟。我想寫一篇讀後感，題曰〈對於這一時代體認的同和異〉。但不寫則已，若寫，就一定要有新意和深度。好在七月間要在武夷山相聚，如可能，就將寫成的文章呈閱，或者進一步就文章的寫法作深入的討論。

春節將至，祝
闔家安樂！

歐陽健　1997年1月22日

一九九八年

230 一月十四日魏子雲致歐陽健

歐陽兄嫂：

　　會後至今，業已歲月半載，未獲隻字。工作繁忙，自是基因。然你我相交，今已十年，未嘗疏落若是，頗費解也。此次武夷山之會，深信收穫最多。接觸到小說史也。呈上之短文，乃心得之論，或有罪人之毒，未曾慮之焉。會贈之小說史論，誠焉一在史乘。含有腋之裘，佳論、費辭，悉在著者之史觀遞邐，明者清心，瞽者清神耳。今年八十，體力日衰，動難如往，頌

　　年禧！

弟子雲拜上　一九九八、一、十四

231 一月二十四日歐陽健致魏子雲

魏公大鑒：

　　頃得新年賀卡，不勝惶恐之至。半年來，雖時時欲提筆致書呈上，奈為大稿未得落實，無以為報，致使延宕。大稿為武夷山會議後最先之迴響，深為齊先生諸公所重視，當即轉送《福建師大學報》編輯部。學報有關編輯按照慣例，要我寫一閱稿意見，我當時寫了四大理由，力薦編輯部立即發表，有關編輯亦已表示首肯。不料到了發稿之時，學報主編（原校長）忽然插手此事，曰福建師大學報一向不發表校外來稿，蓋為內稿積壓，意見較多之故。後雖經多方交涉，仍無結果。萬般無奈之下，只好將稿子寄南京蕭相愷兄處理。前些日與他通了電話，說已經決定於今年初刊出，這才放下心來。

近半年來，諸事忙亂。一是課程較前為多，為本系學生開了一門古代小說研究的選修課，又為外系學生開了一門古代小說漫談的講座，齊先生他們的研究生，又要讓我為他們講一點版本學、文獻學知識。二是幾個出版社紛紛來拉差，且又催得甚急。先是為上海辭書出版社編寫了《明清小說500部博覽》中的四十條，後又趕寫遼寧春風文藝出版社的《中國文學小叢書》的中《青瑣高議》小冊子，都要求在年底完成，前者寄去後，又嫌簡單了，還得趕緊補充，頭腦弄得麻木不堪。十月份去南京開了一個全國文言小說研討會，決定編纂一套《全古小說》，由侯忠義先生任主編，我負責清代卷，兩年完成，於是忙著編輯清代文言小說全目，調查版本，組織人力，一天下來，往往精疲力乏。心中本積有許多話要說，但一拖下來，就好像懶得說了。總之，這都是我的不是，務請見諒則個。

浙江古籍出版社的《晚清小說史》，不知有否寄到？我在江蘇教育出版社出了一本《中國神怪小說通史》，當奉上求教。

春節將至，祝闔府

安吉！

歐陽健　1998年1月24日

232 二月二十七日魏子雲致歐陽健

歐陽兄：

那篇〈談小說史〉文字，還累兄等費了許多周折，頗為不安！不知何日能直接通航？直航，往還便矣。

說真的，你我相交已十載，從來沒有隔得如此久長不通音訊，當然，你近來委實比過去忙。而我，不到校上課，確實騰出不少時間。但還在讀、寫不輟。為了要指正《淮南子》天文訓中的「極不生」問

題之「姑洗生應鐘，應鐘生蕤賓」不是二變，我又寫了萬餘字。在樂律衍生學理上，指出淮南之文，未嘗言及二變。由於樂家讀不通古書，竟然有清一代之學人，如王念孫、黃侃等人，也都以訛傳訛。弟在《五音六律變宮說》小書中，已經說到。惜乎今之文學家不知聲律，古琴家不通古書。中國音律問題，比文學史學的危機更大。連中國音樂之本質，都立論錯了。我們的民族自卑感，尚未恢復也。文印出後，再呈指教。此頌

　　潭第延厘！

　　　　　　　　　　　弟子雲手上　一九九八年二月廿日

附提：

乞代問齊公好！

一九九九年

233 四月一日歐陽健致魏子雲

魏公大鑒：

　　大著《八大山人之謎》拜讀一過，大受教益。對於此一論題，我雖原先毫無基礎，但一進入境界，亦感到非常親切。看來，這又是一樁「將真事隱去」的歷史公案，得銖分毫析，真相已漸坦露。就「破」的一端看，從寧王的封藩入手，考證八大山人不可能是弋陽王孫，完全可以認定；就「立」的一端看，推測八大山人可能是崇禎的「太子」之一，也很有道理。「假作真時真亦假」，對於「太子案」的解釋，以為殆有所謀，即非出而謀君位，而是為掩護太子長藏民間以待，尤其是道前人所不曾道。由此，更讓人悟到治學的真諦，一要注意一切皆從根腳起，一枝一節，都不能輕忽；二是要獨具慧心慧眼，從似乎不相干的事物中看到內在的聯繫，這樣方能抓住要害，有所發現，有所突破。

　　這本書還把我引到了那一時代的氛圍裏去。我想到有關《紅樓夢》、曹雪芹的問題，恐怕其中也有不少類似的汨渤鬱結，留下了很多有待後人去解的謎。由於先入之見，人們往往只挑選對自己「有用」的材料，而不自覺地漠視或抹殺於自己「不利」的材料，這是許多問題始終不得解決的癥結所在。我去年寫成一篇〈如何對待曹雪芹材料中的矛盾〉，準備參加北京紀念周汝昌先生八十大壽的研討會。後因會議延期，未能出席。現將此文呈上，供一哂。

　　來福州工作，倏忽已近四年，一切都好，就是忙了一點。疏於問候，實在抱歉之至！

　　問魏師母好！

　　餘不一一，祝

大安！

歐陽健　1999年4月1日

234 五月三十一日魏子雲致歐陽健

歐陽兄：

　　大作〈如何對付曹雪芹的矛盾〉一文，早經收到。似乎我已寫了回信，此文且已印了一份給劉廣定兄，他也認為曹雪芹的問題甚多。弟認為曹雪芹非曹家人。弟卻無精力去探索這些了。年逾八十，誠應照古語生活，應服老也。（廣定說，關於曹順，奏文不可能改，罪至死也。）

　　關於八大山人問題，弟認為個山小像問世，就應該確定了他的身世。小像上的跋文，如蔡受跋、饒宇樸跋等，都是明喻。何以研究者，不從文之義理上去探究呢？饒氏跋文中的「豫章王」以及「多□……的四世孫」都是問題？「豫章王」三字按不到朱權頭上去？朱權是親王，王號一個字，郡王才兩個字，朱權從無「豫章王」之綽號，怎會出現在饒宇樸筆下？弟已寫了續篇，下個月可望寄呈指教！我非常同意你的意見，《紅樓夢》的問題，關鍵在曹雪芹三字上面，若果，連敦誠、敦敏的詩，都有問題，都粘不上曹雪芹這位《紅樓夢》作者頭上，問題就更易解決了。可是，這麼一來，豈不掘了紅學家的祖塋，那還得了！也像八大山人一樣。

　　郭丹兄日昨來信，告訴我書已特送到圖書館，齊公的也轉去。還給我指出《明季南略》是計六奇作，排成許六奇。乃其中之誤，其他多處未誤。下月寄上續編，（因悶氣而寫，批駁了師孟森呢！）他未引《國榷》及《甲申傳信錄》還有《明季南略》等，當然，還有個山

小像他未見。你是我永不能忘的好友。此頌
闔家安樂。

弟子雲手上　一九九年五月卅一日

235　八月六日魏子雲致歐陽健

歐陽兄嫂：

　　近來，讀了貴州的《紅樓》季刊，石昕生等人的文章，已把所謂的《靖本》揭出了底案。對於此一問題，我這兩年來，方始知道一些，由於知道的少，還摸不清底案。臺大的劉廣定兄竟把他手頭的一些，全部印給了我。我這才弄明白。原來高陽在二十年前就判定是假骨董。兄對此案也說了一些。認定是造假。我寫了三千言的短文，寄給貴陽梅玫[1]。我在大連認識梅玫。還是我小同鄉。

　　八大山人問題，我又補寫了五萬字，已交付里仁，托之付印。可以肯定是崇禎的皇儲，上次寄出的短文，兄已見到。還有金瓶梅的問題，值得探討的問題，多得很。只是年老精衰，無力大作下去。《紅樓夢》的問題，我不敢介入，看來，連作者曹雪芹其人，未必是曹家人，已有證據，他不避曹寅諱也。魯東孔梅溪已有人尋出其人年籍，曹死時他才十九歲。再說，敦誠敦敏的詩，也是問題。兄文中的問題，未來都會被人引作論證。

　　你們總是作此綜合性的大部頭。我建議你還是作《紅樓夢》吧。看情形，紅學應另立門庭矣。頌
時祺。

1　梅玫（1946- ），筆名鬱文（雯）、文竹、豔芳、忠潔、蒙柯等，《紅樓研究》雜誌主編。

弟子雲手上　一九九九年八月六日

附提：

齊先生處代問好。

236　八月十七日歐陽健致魏子雲

魏公大鑒：

　　大札拜悉，十分高興。

　　感謝鼓勵我作《紅樓夢》。關於紅學，關鍵不光在曹雪芹，更在脂硯齋。關於脂批偽託，爭論了八、九年，仍不能取得共識，我們對脂批的把握和論證的不充分，也是一個實在的原因。為了彌補不足，我投入了相當時間，將甲戌本、己卯本、庚辰本的批語，全部輸入電腦，對照原本逐條校訂，並統一予以編號。我得到的統計結果是：甲戌本脂批1587條，己卯脂批754條，庚辰脂批2318條，合計4659條；扣除內容重複的批語，脂批的總數實為3610條。然後，以逐條辨訂為基礎，從各個角度進行的辨析，力求對脂批的年代、性質和價值等，作出建立在資料基礎上的全新解釋。

　　我發現，脂硯齋有許多具有鮮明針對性的「重評」型批語，它們往往是針對有關《紅樓夢》的某一種意見、某一種觀點而發的，有的甚至還挾帶著濃烈的情緒化傾向。諸如「誰謂獨寄興於一『情』字耶」、「若看其寫一人即作此一人看，先生便呆了」、「但云為賈府敘坐位，豈不可笑」、「有得寶卿奚落，但就謂寶卿無情」、「餞花日不論其典與不典，只取其韻耳」、「所謂一人不曾放過」、「若必以此夢為凶兆」、「竟有人曰賈環如何又有好詩」、「人謂鬧寧國府一節，極兇猛；賺尤二姐一節，極和藹。吾謂鬧寧國府，情有可恕；

賺尤二姐，法不容誅」等等。

運用梁啟超「從思想的時代的關係辨別」的考證方法，我考得脂本這些極富鋒芒的「重評」型批語，都是針對護花主人、太平閒人、大某山民、塗瀛和花月癡人們而後發的。而這批人的紅學著作，問世年代最早的，當推護花主人道光十二年（1832）雙清仙館本《新評繡像紅樓夢全傳》，其次是道光二十二年（1842）涂瀛的《紅樓夢論贊》，道光二十三年（1843）花月癡人的〈紅樓幻夢自序〉；太平閒人的《妙復軒評石頭記》雖完成於道光三十年（1850），但直到光緒七年（1881），方由孫桐生於湖南刻印出臥雲山館本；廣為流傳的三家評本《增評補像全圖金玉緣》，則在光緒十年（1884）始由上海同文書局石印。那麼，合乎邏輯的答案應該是：這批「重評」型脂批，當出在道光十二年、甚至光緒十年之後。我已經完成〈關於脂批的「針對性」和鋒芒所向——脂硯齋「重評」型批語條辨〉，寄給了《紅樓夢學刊》。今年十月在金華召開紅學會議，也準備帶去相關的論文。

來福建已經整四年了，一切都好。今年我也招到了兩名研究生，人品態度都不錯，就是研究的靈機還差一點。

問師母好！祝

大安！

歐陽健　1999年8月17日

二〇〇〇年

237 四月二十四日魏子雲致歐陽健

歐陽兄嫂：

　　寄來大著《紅學百年滄桑史話》四冊，另三本當時即分別轉給劉廣定、康來新、陳益源（日前方掛號寄）。我的一本師大王關仕先生借去。我已閱讀大半，這才認知了幾部抄本，全有偽篡之嫌。

　　兄等認為最早版本是程甲本，按理應是正說，竟被視為誤說。誠難服人。臺灣師大之王關仕教授潘重規弟子，從事《紅樓》研究已三十餘年。（江西人）對兄之研究，大多由我處獲知。可能他會有短文發表。我好友也。（此兄稍長幾歲）

　　我仍舊啃書。客冬到了南京、徐州、上海，只是訪友而已。終究老衰，獨自一人不敢出門，一己照顧不了。事事都反應遲頓。回到臺北時，還差一點摔跤。也許今冬的《金瓶梅》會議，陳益源陪我去。請代問候齊、郭諸公好！頌
閤家安康！

弟子雲手上　2000年4月24日

238 五月三日歐陽健致魏子雲

魏公大鑒：

　　四月二十四日大札拜悉。此前所贈大著《八大山人是誰》，亦已分送齊、郭二位與福建師大圖書館，他們均表感謝。茲將福建師大圖書館感謝信呈上。

　　自貴州《紅樓》雜誌去年刊出您和劉廣定先生的〈春柳堂詩稿中

的曹雪芹〉、〈春柳堂詩稿的作者問題試探〉後，蔡義江在《紅樓夢
學刊》第三期發表〈此曹雪芹即彼曹雪芹——春柳堂詩稿釋疑〉。開
始我還未及注意。去年十一月，去金華參加中青年紅學會，我和蔡義
江方始有幾次交談，在龍遊石窟旅遊，他還主動拉我合影，用的是梅
節先生的相機。我誤以為彼此觀點雖不同，還是可以相互理解、相互
切磋的。不料《紅樓夢學刊》今年第一期，刊出了他的〈千禧年紅學
感言〉，竟用公佈私下交談並加歪曲的手法，進行新的人身攻擊，不
由得大為震驚。但這也好，逼得我對《春柳堂詩稿》進行了一翻新的
考索，從中找到不少內證，證明宜泉做過官、到過福建一帶。如〈感
遇二首〉云：「捧檄當為悅，監池詎避嫌。」「捧檄」一典，出《後
漢書》卷六十九毛義事。注：「檄，召書也。」「捧檄」，就是奉命
就任。宜泉在詩中以毛義自許，表白他也是「家貧親老，不擇官而
仕」，況且毛義和他恰好都是做的縣令。又如〈冬暮二首〉云：「題
柱情猶壯，書裙興尚豪。」「題柱」之典出《華陽國志・蜀志》，司
馬相如初赴長安，過成都升仙橋，題句於橋柱，自述致身通顯之志，
曰：「不乘高車駟馬，不過汝下也！」宜泉當日亦懷致身通顯的題柱
之志，如今壯志已酬，故有以陳登（字元龍，舉孝廉，為廣陵太守）
自比之豪情。

　　《春柳堂詩稿》還記錄了宜泉的官宦生涯。〈壁彩對參差〉云：
「羨伊工賦物，珥筆藻思殫。」末批曰：「宏敞秀麗，是金華殿中人
語。」《漢書》卷一百上顏師古注：「金華殿在未央宮。」《三國
志》卷十九曹植疏：「執鞭珥筆，出從華蓋，入侍聖問，拾遺左右，
乃臣丹誠之至願。」後世因以「珥筆」謂侍從之臣插筆於冠以備記
事。宜泉以「金華殿中人」的身分，來寫他看到的大內宮殿的輝煌景
象，說明他確實在宮中當過侍從之臣。

　　《詩稿》還記載了宜泉做地方官的任職情景。如〈殉節詩十二

韻〉題下注：「黃門次女齎志從夫，慨歸泉壤，因具疏上聞，表彰鄉閭，詩以紀之。」將本地節婦烈女事蹟及時上疏朝廷，予以表彰，以正風化，正是地方官的職責。詩中有「鳳簫梅嶺弄（注：上年十月於歸），鸞扇麥田空（注：次年四月殉節）」之句，末有「紳維由此振，聲價倍江東」之句。查《中國古今地名大辭典》，「梅嶺」有八，其中有四處在江西，一處在浙江，三處在福建，其一在閩侯縣北。查《福州市地名錄》「郊區地名圖」四，宦溪鄉有梅嶺。「江東」通常指長江下游之南，但宋代又稱「江南東路」，而以江西全境為「江南西路」，福建處江西之東，或可以「江東」稱之。既稱「江東」，則四處在江西之梅嶺，自可排除；閩侯之梅嶺在閩江之東北，稱為「江東」，亦無不可。可以肯定的是，北方是絕無稱作「江東」的。這正是宜泉做過閩侯知縣的證據，亦即宜泉為興廉之證據。通過這一番努力，《春柳堂詩稿》非曹雪芹史料，當可定讞。

我於上月撰成〈遵守論辯規則 切實探討學術——評蔡義江先生春柳堂詩稿釋疑〉一文，寄給《紅樓夢學刊》。劉廣定先生曾來信，言張慶善[1]二次赴臺，有「促成良性討論」誠意。《風雲錄》所言，句句發自學人之良心，雖當路人皆欲可殺，固無悔也。

我將於本月八日與齊先生一道去安徽蕪湖參加《三國演義》研討會，之後去四川綿陽參加《紅樓夢》小型研討會，月底回來。

我已搬進新居，有130平米，較前為寬暢。來信請寄新址：福建師大花香園＊座＊室。盼有相聚之日。問師母好！

餘不一一，祝

大安！

1　張慶善（1952-），中國藝術研究院副院長，中國紅樓夢學會會長，《紅樓夢學刊》主編，研究員。著有《漫說紅樓》、《曹雪芹與紅樓夢研究史事系年》、《三國圖錄》等。

歐陽健　2000年5月3日

239　五月十六日魏子雲致歐陽健

歐陽兄：

　　接到來函，固有所感歎！但卻慶幸你那篇文章，沒有發表。我不贊同你匆匆草草地把意見勾勒出去。我與劉教授都認為你的新證據，尚欠求證。弟極為讚賞你提出的「殉節十二韻」一詩，尚須查明此一殉節事實的根梢。此類烈女事件，遜清一朝最為重視，必有旌表在傳。（清之史志所載之烈女傳，歷朝首驅。問題是宜泉先生詩中寫出的史料太簡。連夫家姓氏也未提。兄推想到興廉上去，未免匆促太甚。興廉也符合不上宜泉之詩與序文也。）弟耗去兩個半天去查了京畿二十個縣，未能發現。不知你查了閩侯縣誌否？宜泉之詩若是事實，此一烈女傳不可能無傳。問題是宜泉先生是何處人也？如今，我們只知他是漢軍旗，像一般人說曹雪芹是「包衣」（漢人歸宗旗人）一樣。那麼，從漢軍各旗可能尋到此人在女真國的那一部族。查對了，他殉節十二韻中的烈女是何時人？就能印證上宜泉是何朝人。（總在道光以後）。歐陽兄，去查查吧！我認為，若在閩侯縣誌中查到這位黃氏烈女，這位宜泉可能是興廉。（問題是，他的《春柳堂詩稿》怎的沒有說過秋闈中式的事。《春柳堂詩稿》中的時代，宜泉先生五十多了。在年齡上印證不上他任閩縣縣令的時代。）

　　詩句中的「梅嶺」與「麥田」，未必是可以對仗的典故，末句的「聲價倍江東」，松花江東比兄推想到的大江之東，還要可能些。八旗族群胥在松花江兩岸。有關宜泉先生與曹雪芹之不相干，查明其年籍，則了然矣！頌

文祺。

弟子雲拜上　二〇〇〇年五月十六日

附提：

兄出差歸來，即可見到此函，又及。

二〇〇一年

240 十月二十八日歐陽健致魏子雲

魏公大鑒：

　　大文〈東魯孔梅溪的問題〉並附札拜悉。知師母因住院手術，我和內子都很掛念，願她早日康復。

　　您和李壽菊、陳益源諸君經北京去天津出席紅學會，侯忠義先生後來都和我講了。我原本也受到天津師大的邀請（北京紅研所的人則表示不歡迎我去），但香港有一個黃世仲（黃小配）的研討會，要我參加，我恰好對黃小配的《鏡中影》考證有一點新見，加上所有費用均由對方支付，於是便舍天津而去香港了。雖然是初到香港，但那裏的種種並沒有留下太美好的印象，會議一散，就立刻返回了。

　　關於孔梅溪的事，我總感覺吳玉峰也好，都是假語村言，不能作實。甲戌本批語署名的「梅溪」，與孔梅溪不應是同一回事。《紅樓夢》的成書年代，不應該晚到孔繼涵之後。劉廣定先生也將他為天津會議撰寫的論文〈談版本研究〉寄來福州。此文精彩之處極多，特別是針對「今而後惟願造化主再出一芹一脂」，首次提出「造化主」一辭為中國古時所無，可能是基督教傳入後才出現的。我最近以一千元買得《國學寶典》的軟體，可以查閱近三億字的文獻，即從中查找「造化」一詞，得1600多條，竟無一作「造化主」者，證明劉廣定先生的發現極有價值。天津《文學自由談》第四期發表李國文[1]先生的〈上當的紅學家〉，作者才氣橫溢，揮灑自如，調侃嘲弄，頗有服人

---

[1] 李國文（1930-），中國作家協會專業作家，中國作家協會第四屆理事。著有小說《冬天裏的春天》、《大雅村言》、《月食》、《危樓紀事之一》及《樓外談紅：李國文破解紅樓夢》等。

的力量；我自問無其才華，但陳寅恪有名言曰：「證明其無，要比證明其有更難。」對脂本、脂批，還需要進行深入的「證明」，我準備加緊《還原脂硯齋——脂批條辨》一書的寫作，爭取一年內完成。

從南京來到福建已歷六年，按校方的規定，即將面臨退休。這樣也好，擺脫許多瑣事，正可以做一點自己想做的事情。

盼有相聚之日。繼珍附筆問師母好！

來信請寄：福建師大花香園＊座＊室。

餘不一一，祝

大安！

　　　　　　　　　　　　　　　　　　歐陽健　　2001年10月28日

二○○二年

241 九月八日魏子雲致歐陽健

歐陽吾兄：

　　很久未通音問，念未嘗釋懷。不知近況如何？弟不慎，在公車上摔了一跤（九月四日上午），傷及下腰部分，傷及一塊脊骨，兼及臀部神經，今已六十餘日，酸痛至今未消，疼楚之極。近在復健，兩周無進步。已製作束腰鋼架，尚能起身活動，憾不能行動如常。生活增加苦楚。

　　近兩月以來，讀了甲戌本及胡先生大著，益感此本之脂批，有後人作賈情事。裕瑞之《棗窗閑筆》一書，更有後人偽造之嫌。在病中寫了兩文。弟有一本《淺品集》將之收入。在關《紅樓》問題之《春柳堂詩稿》之與《紅樓夢》曹雪芹，簡直搭不上關係，這幾篇短文（兄已讀過）自應收入。當然，印出總得半年。我又寫了甲戌本有後人偽篡之嫌。《棗窗閑筆》一書之偽篡，更是漏洞處處。憾然治紅樓者，十之九都為裕瑞補失。弟乃讀書人，以文氣為主而入論也。草稿校讎時，再印請兄臺指正。

　　腰部疼痛，不知延長多久？苦甚！此頌
時祺。

　　　　　　　　　　　　　弟子雲手上　壬午年九月八日臺北
闔家均此！

242 九月二十日歐陽健致魏子雲

魏公大鑒：

　　我已於今年元月辦好退休手續，上半年把兩個研究生送走，就什麼事也沒有了。去年底侯忠義、蕭欣橋二位來電話，說小說史叢書中《歷史小說史》，原請陳曦中[1]先生撰寫，拖了近七年，仍未交稿，要我承擔，且須在2002年8月完成，以便將叢書出版完整。我只好勉為其難，於8月15日完成，20日去杭州將書稿連同軟碟交浙江古籍出版社。23日從杭州赴太原，參加清徐縣文聯25日召開的羅貫中學術研討會。清徐會後，我原買了29日到南京的車票，中國社科院的王學泰[2]先生說，山西大學還有一個「北方民族政權下的文學與文化研討會」，不收會務費，還要組織去五臺山，動員我留下來。於是我們到了運城、永濟、臨汾轉了一圈，9月3日回太原報到，將我的《歷史小說史》中的一節改為〈宋元平話年代考〉作為會議論文。會後去五臺山、大同遊覽。9月9日，應邀到天津外院，為學生講了一次《紅樓夢》。13日到南京，參加了為劉冬同志祝八十大壽的活動。17日回到福州。

　　回到家中，方得展讀9月8日大札，驚悉在公車上摔傷腰部，十分掛念。上海11月要召開古代小說研討會，原以為一定可以與您相見，但願能及時康復，以實現此願。

　　《春柳堂詩稿》作為紅學研究的個案，通過您我及劉廣定先生的共同努力，我以為完全可以作出結論，斷然將其排除出曹雪芹史料之

1　陳曦中（1942-），一九六二年畢業於北京大學中文系，北京大學教授，中國《紅樓夢》學會理事，著有《紅樓疑思錄》、《水滸傳會評本》、《三國演義會評本》等。

2　王學泰（1942-），北京師範大學中文系畢業，中國社會科學院文學所研究員，中國社會科學院研究生院教授。著有《中國人的飲食世界》、《中國流民》、《華夏飲食文化》、《幽默中的人世百態》、《水滸與江湖》、《中國飲食文化史》等。

列。如可能，可編一本《春柳堂詩稿討論集》，以了此公案。《棗窗閑筆》的情況與此相類。我下一步擬集中精力撰寫《還原脂硯齋——脂批條辨》，不用論戰的方法，而用擺事實講道理的方法。一切從史料出發，從而「還原」出一個真實的脂硯齋來。

問師母好！並望好好調養，早日康復。

餘不一一，祝

大安！

歐陽健　2002年9月20日

243 十月九日魏子雲致歐陽健

歐陽兄嫂：

光陰迅捷，武夷山一別，倏然數載，至今未晤，而我已八十有五，兄已屆齡退休。雖工作仍在手上，不能輟，終與在職情景不同。來信言及《春柳堂詩稿》，縱然吾等指出此詩稿，在著作時間上，與曹雪芹之在世時代，相差出乎五十年，何能相干也。三年前來臺展覽《紅樓夢》史料，《春柳堂詩稿》，亦赫然占在主要地位，年輕學子立在案前抄寫。觀之，心痛。近數年來，讀了甲戌本以及脂硯齋之版本，乾隆間人袁枚與周春，居然未曾提及脂硯其人。傳世之周春作〈閱紅樓夢隨筆〉一文，其行文語次，似有前後不聯情致。至於裕瑞之那篇《棗窗閑筆》一書，從抄本之毛筆字形象觀之，非情喜書畫之親王後人筆意？然吳恩裕之文，以曾目睹裕瑞之字畫多件，認為書法之形神，堪證字跡類同。你我未見裕瑞之字畫者，不能反唇也。實則，其《棗窗閑筆》之抄寫行草，委實庸俗不堪一睹。胡文彬兄有短文說到此《棗窗閑筆》之外，尚有《棗窗近稿》一種，未能查證是同一種還是另一種？未能查對。

再說，其《閑筆》談及《紅樓夢》七種，除首篇是程偉元之《續紅樓夢》之後四十回（行文亦抄誤）之外，尚有六篇，《後紅樓夢》（書後），不知何處有此《後紅樓夢》？《雪塢續紅樓夢》（書後）《海圃續紅樓夢》（書後）《紅樓複夢》（書後）《紅樓圓夢》（書後）共六種，當裕瑞在世時（道光十八年以前）有此六種續或另寫之這六種抄本乎？我不是研究《紅樓夢》的，讀了裕瑞之熱心讀了這七種《紅樓夢》，除卻程本，人所知之。其他六種，既然裕瑞熱心讀之，還寫了讀「後書」，未見有人論及之也。讀了裕瑞的此一《閑筆》，忍不住想問？今人讀後，有無人問及裕瑞讀後的這六種，也都發現到讀到了嗎？請問

歐陽兄知之否？

上海今年十一月十三日的會，並未約我，老哥八十五矣。不必去了。給大會添麻煩。此頌

秋祺。

弟子雲拜　壬午年十月九日

此一問題，有一短文給貴陽梅玟。

244 十月二十日歐陽健致魏子雲

魏公大鑒：

十月九日大札，因信封上地址少寫一「香」（應為「花香園」），致輾轉時日，於昨天收到。

關於《棗窗閑筆》之書法，誠如所言，雅非喜愛書畫之親王後人筆意，庸俗不堪一睹，吳恩裕謂其與裕瑞之書法形神相類，實為妄斷。裕瑞已刊之專集如《東行吟草》、《沈居雜詠》、《再刻棗窗文稿》，均有裕瑞書於嘉慶癸酉、道光戊子、道光庚寅手書自序，承遼

寧大學朱眉叔[3]教授惠寄影本，乃據手書寫刻，雖有刀工痕跡，仍不失其書法之特徵，書藝極佳。而《棗窗閑筆》之書法確如潘重規先生所云，不惟「字體頗拙」，且有「怪謬筆誤」，決非裕瑞所書。

至於《棗窗閑筆》談到的幾部續書，如《後紅樓夢》三十回、《雪塢續紅樓夢》三十回、《海圃續紅樓夢》四十回、《綺樓重夢》四十八回、《紅樓復夢》一百回、《紅樓圓夢》三十回，均有刻本問世，周汝昌《紅樓夢新證》第九章〈脂硯齋批〉謂：「裕瑞生得不晚，可是《棗窗閑筆》是部很晚的書，作年雖不可考，但書內評及七種《續紅樓夢》和《鏡花緣》，可知已是嘉道年代的東西，離雪芹生時卻很遠了。」這幾種續書，有的我也曾粗讀一過，但未曾聯繫《棗窗閑筆》的評論來考慮與裕瑞的關係，今後當注意一下。也許會有新的發現。

前些天去安徽參加近代文學研討會，在屯溪老街看到許多以「硯齋」、「硯堂」命名的店鋪，如「千硯齋」、「三百硯齋」、「多硯齋」、「寶硯堂」、「多硯堂」等，多是硯臺的店名；清人的集子也有題作《□硯齋集》的，不知「脂硯齋」云云，與此種習氣是否有關？

您腰部的傷勢，不知有否好轉？念念。望好好調養。

問師母好！

餘不一一，祝

大安！

歐陽健　2002年10月20日

3　朱眉叔（1922-2006），遼寧大學教授，兼任中國紅學會理事、遼寧紅學會理事長、滿族文學學會副理事長、大連小說研究中心顧問。著有《紅樓夢的背景與人物》、《莊廷龍明史案》、《李汝珍與鏡花緣》、《中國古代公案故事研究叢書》、《誰是百廿回本紅樓夢的最早讀者和原稿收藏者》等。

245 十一月五日魏子雲致歐陽健

歐陽兄：

由於身體尚未復原，還是放棄此行。

我一向未在《紅樓夢》上用過心，說來，還是兄臺向我談論《紅樓夢》之與《春柳堂詩稿》不相干，方始印來這部書。讀後便寫了兩三篇文稿。此書，委實與《紅樓夢》不相干也。跟著，便發現裕瑞的這本《棗窗閑筆》與甲戌本也扯上了關係。越步入此書，越發現此書是偽作。這一點，還未能與劉廣定兄見解相合。他不以為此本，只是抄胥所膽抄，非偽造。弟日前在嘉義大學開會，偶然與朱教授（鳳玉）同桌吃飯，她是潘重規的高足，偶然談到裕瑞的《姜香軒文稿》，她說手頭還有多餘一冊，遂於翌日給我。在火車上讀了幾篇，不但書法清麗，其文也高雅。遂又讀過胡文彬的論裕瑞身世，錄出其文稿目錄，居然有《棗窗近稿》一本，無《棗窗閑筆》。推想是一本書而兩名呢？還是兩本呢？今從此一論《紅樓》六篇「書後」來推想，則今所見之閑筆，十之八九是偽造的一本。但從其中抄錯了字「狥」作「狗」，「委」作「尾」，可能是抄錯，也可能另有裕瑞的抄本抄來的。在筆劃上，實有學習裕瑞筆循情況。可是，從其談到《後紅樓夢》書後，其文筆之前言不答後語，誠非裕瑞之文筆也。

廣定兄告訴我，六本《書後》的紅樓，注有出版年月，後《紅樓》出版於嘉慶初年（或乾隆末年）兄讀過這些書？有裕瑞文中那些話嗎？請一讀弟與廣定兄之函件。（李壽菊帶去了）。頌
好！

弟子雲匆匆作書。 壬午十一月七日

附錄：

　　題證之抄誤，也只能證之抄者所誤，還應想到此一抄本，並非奉作者之命抄之。若是，則作者焉有不校勘之也？既有偌大錯字，任之誤之身後，良非裕瑞其人焉。此一傳世之裕瑞作之《棗窗閑筆》，居然一錯再錯，還有兩個「原委」的「委」，兩處誤書為「尾」字。此字若以古人之假借字甚寬，（形近、音近、義近，均相假也）然在乾嘉之後，通假字已不通用矣。

　　此一問題，吳恩裕先生寫一篇〈跋裕瑞蓋香軒文稿〉短文，對於潘重規先生認為《棗窗閑筆》原稿，疑是偽造。吳恩瑞先生則認為他的看法，與潘先生剛剛相反。「我認為《棗窗閑筆》是裕瑞的手寫稿，而《蓋香軒文稿》則或者出於抄胥之手，或者是其中年以前所寫。」他的結論是：「總之，《閑筆》是裕瑞的親筆，《文稿》不能否證也。相反，他倒是可以否證《蓋香軒文稿》之為親筆。」我想，只是見到了《蓋香軒文稿》與《棗窗閑筆》兩件文稿並肩攤開相比，文家掃之以目，也會答之非一人所書者也。

　　若吳恩裕先生者，何以有此意念，獲其所儲私產也。書此敬請指正！文祺！

　　　　　　　　　　　　　　　　弟子雲手上　壬午十一月五日晚

附提：

近日函告續書六種，大都嘉慶元年（乾隆末）出版。但《棗窗閑筆》之《紅樓夢》，所論之文，如「此書自抄本起，至刻續成部，前後卅餘年，恒紙貴京都，雅俗共賞。遂浸淫增為續部六種。」此段之「自抄本起」，應是自甲戌本起說，然不？何正言道出「甲戌」抄本也耶？在前文「曾見抄本卷額本本有其叔」之語，殆亦指「甲戌」抄

本。何不明言也？斯非問題耶？子雲又言。

246 十一月二十五日歐陽健致魏子雲

壽菊並呈魏公：

闊別十年，又得在富陽再見，十分高興。

魏公信中所說《棗窗閑筆》事，〈書後紅樓夢書後〉云：「曾見抄本卷額，本本有其叔脂研齋之批語，引其當年事甚確，易其名曰《紅樓夢》。」核查一下，細節上頗有不合之點：A. 卷額，指書頁的「天頭」。在天頭上所作的批語，稱為眉批。現存的己卯本沒有一條眉批，庚辰本的眉批則集中在二、三兩冊，並非「本本」皆有；B. 庚辰本的眉批署名的全是「畸笏」、「畸笏叟」、「畸笏老人」，沒有一條署作脂硯齋。署有「脂硯」、「脂研」或「脂硯齋」的批語又不是眉批，而是文中的雙行夾批。至於說脂研齋將《石頭記》「易名」《紅樓夢》，而甲戌本第一回明明寫著：「至脂硯齋甲戌抄閱再評 仍用《石頭記》。」兩種說法，完全相反。

《棗窗閑筆》的標題是：〈程偉元續紅樓夢自九十回至百二十回書後〉，但一般人指程偉元、高鶚所「續」的《紅樓夢》，是自第八十一回以後算起的四十回，而不是「自九十回至百二十回」。就是按《棗窗閑筆》本身的邏輯，程偉元續《紅樓夢》，也應該是「自九十一回至百二十回」，而不是「自九十回至百二十回」。又說：「《紅樓夢》一書，曹雪芹雖有志於作百二十回，書未告成即逝矣。」問題是，曹雪芹既然未寫完《紅樓夢》，安知他之所作必為一百二十回？《棗窗閑筆》是自稱見過脂研齋批語的，但今存庚辰本第四十二回回前總批說：「今書至三十八回時，已過三分之一有餘。」按照庚辰本的演算法，曹雪芹「有志」所作只有一百十回，而不是一百二十回。

李治亭[4]主編《愛新覺羅家族全書》十卷本，其第七冊《文集述要》，還專節介紹了裕瑞撰述的《思元齋全集》：「此集共11種，每種分別成書，各自刊行。初刻於嘉慶七年（1802），止於道光十三年（1833），總稱為《思元齋全集》。其中在北京時所刻6種，其中詩4種、賦1種、文1種，即《姜香軒吟草》1卷，嘉慶七年刻；《樊學齋詩集》1卷，嘉慶十年刻；《清豔堂近稿》1卷，嘉慶十三年刻；《眺亭賦抄》1卷，嘉慶十五年刻；《草簷即山集》1卷，嘉慶十六年刻；《棗窗文稿》2卷，嘉慶十七年刻。謫居瀋陽後所刻五種，其中詩、文各一種，詩賦文合一種，雜著二種，即《沈居集詠》1卷，道光八年刻；《東行吟鈔》1卷，道光九年刻；《再刻棗窗文稿》1卷，道光十年刻，又名：《棗窗文續稿》；《續刻棗窗文稿》1卷；《論孟餘說》1卷，道光十三年刻。此五種又稱之為《續集》。」（第176-177頁）細檢《思元齋文集》書目，未見著錄《棗窗閑筆》。

　　《棗窗閑筆》評及的諸書中，問世最晚者為《鏡花緣》，江寧桃花鎮初刻本刊於嘉慶二十二年（1817）下半年或二十三年（1818）春，因此《棗窗閑筆》成書之上限，不會早於嘉慶二十三年，其時在排印程甲本的乾隆五十六年（1791）後。潘重規先生以此稿首載《風雨遊記》及《書風雨遊記後》，與吳恩裕先生所得裕瑞所書自作《風雨遊記》對比，證明《姜香軒文稿》確為裕瑞的作品；又據篇末所綴當時名士法式善（1572-1813）、楊芳燦（1754-1816）、張問陶（1764-1814）、吳鼐（1755-1821）、謝振定（1753-1809）諸家手評，及嘉慶八年（1803）自序，判定是裕瑞中年以前之作。他還通過書法鑒定，《姜香軒文稿》「真行書頗具晉唐人筆意」，進一步

4　李治亭（1942-），吉林社會科學院歷史研究所副所長、所長。著有《清史》、《吳三桂大傳》、《中國漕運史》、《清康乾盛世》等。

斷定是「工詩善畫」的裕瑞的自書手稿。而相形之下，《棗窗閑筆》「字體頗拙」，且有「怪謬筆誤」，於是作出一個判斷：「顯出於抄胥之手」。《棗窗閑筆》的手稿性質首次遭到質疑，對紅學研究是非同小可的事。吳恩裕先生1979年撰《跋裕瑞〈萋香軒文稿〉》，對潘重規先生此說提出了反駁。他認為：「《棗窗閑筆》是裕瑞的手寫稿；而《萋香軒文稿》則或者『出於抄胥之手』，或者是他中年以前所寫。」證據是，1954年他曾獲睹瑛寶為裕瑞所繪之《風雨遊圖》手卷，並將此圖與圖後裕瑞自己手寫的《風雨遊記》一併拍照，吳恩裕先生拍攝的是《遊記》的後半段，共七行文字，末署「思元裕瑞初稿」，其為裕瑞之真跡當無可疑，《萋香軒文稿》首篇即為〈風雨遊記〉，通過比較，二者書法水準一致，起、收筆的運筆特點，完全反映了書寫習慣的同一，其筆意精神是相通的。個別文字的寫法稍有不同，則是因為不是同時同地所寫，《風雨遊圖》之記寫於嘉慶五年庚申（1800），《萋香軒文稿》寫於嘉慶八年癸亥（1803），時隔三年，筆劃雖稍有變易，但其間承嬗之跡，依然清晰可辨。裕瑞保留下來的真跡還不止〈風雨遊記〉一件。在已刊的專集《東行吟草》、《沈居雜詠》、《再刻棗窗文稿》中，均有裕瑞寫於嘉慶癸酉（1813）、道光戊子（1828）、道光庚寅（1830）自序。承朱眉叔先生惠寄三書自序的影本，知自序系據裕瑞之手書寫刻，雖留有刀工痕跡，然仍不失其書法之固有特徵，驗之《萋香軒文稿》，可謂如出一轍（附圖）。故《萋香軒文稿》之為裕瑞自書手稿，當可定論。裕瑞工詩善畫，且具相當學識，是我們判定他的手稿的前提。而《棗窗閑筆》之書法，確如潘重規先生所雲，不惟「字體頗拙」，且有「怪謬筆誤」。除潘重規先生已發現的將「狗」誤作「狗」字外，還將「原委」誤寫作「原尾」，一出於形近而誤，一出於音近而誤，均可證明書手實為一極不通之人。

　　《棗窗閑筆》不是裕瑞手稿，還有一個證據。自序末署「思元齋自識」，下有「思元主人」、「淒香軒」二印。裕瑞的書齋應當是「萋香軒」三字。「萋」，狀草木茂盛貌。《漢書‧班倢伃》：「華殿塵兮玉階澀，中庭萋兮綠草生。」張協〈雜詩〉之一：「房櫳無行跡，庭草萋以綠。」《棗窗閑筆》所鈐之印章，竟刻成「淒香軒」，就錯得很不應該，足以證明《棗窗閑筆》不但不是裕瑞的手稿，而且也不是受裕瑞請托而抄寫的。

　　我這次在上海的古代小說研討會上，提出了庚辰本第二十三回「西廂記妙詞通戲語，牡丹亭豔曲警芳心」的一組批語的年代。引起熱烈討論。批語是：

> 一幅采芝圖，非葬花圖也。
> 此圖欲畫之心久矣，誓不遇仙筆不寫，恐褻我顰卿故也。己卯冬。
> 丁亥春間，偶識一浙省發，其白描美人，真神品物，甚合余意。奈彼因宦緣所纏無暇，且不能久留都下，未幾南行矣。餘至今耿耿，悵然之至。恨與阿顰結一筆墨緣之難若此，歎歎。
> 丁亥夏，畸笏叟。

　　第二條是眉批，寫於己卯年冬。說的是：「此圖欲畫之心久矣，誓不遇仙筆不寫，恐褻我顰卿故也。」「此圖」云云，應是《葬花圖》；「欲畫之心久矣」，但誓不遇「仙筆」不寫，為的是恐怕「褻」（「褻」字之誤，褻瀆）了我心愛的「顰卿」。「久」到什麼程度？沒有說。看來不會是作者方寫至此所批，與作書時顯然有較長的距離。又為什麼會「恐褻我顰卿」？或者是擔心畫家對黛玉不理解，或者對黛玉的看法原來就存在著分歧。第三條是眉批，從署名看是畸笏叟所批。批語說：丁亥春間，他偶然結識一浙省發，看見他的

一幅白描美人，甚合己意，奈他匆匆南行赴任，以致失之交臂云云。
要理解這條眉批，需要辨清如下幾個問題：

　　一是「偶識一浙省發其白描美人」的斷句。有人斷為「偶識一
浙，省發其白描美人」，以為「一浙」者，一浙江人也；「省發」一
詞，則作「領會」、「啟示」講，如《五燈會元》卷十五：「初謁雙
泉雅禪師，泉令充侍者，示以芭蕉拄杖話，經久無省發。」然「偶識
一浙」之說，不合說話之習慣，「白描美人」非聖佛之經義，尤談
不上「領會」、「啟示」。故此句應斷為「偶識一浙省發，其白描
美人」。「省發」乃官員委任的一種制度，《元史》卷八十三《選
舉三・詮法中》云：「征東行省令譯史、宣使人等，舊考滿從本省
區用，若經省部擬發，相應之人依例遷用，如不應者，雖省發亦從本
省區用。」「院臺以下諸司吏員，俱從吏部發補，據曾經省發並省判
籍定典吏、令史，從吏部依次試補。」《元史》卷八十四《選舉四・
考課》：「今後院臺並行省令史選充省掾者，雖理考滿，須歷三十月
方許出職，仍分省發、自行踏逐者，各部令史毋得直理省掾月日。」
「太府、利用等四監同。省發者考滿與六部一體敘，其餘寺監令譯史
正八品，奏差正九品。令典瑞監、前典寶監人吏出身同大府等監，系
奉旨事理。」「令史省發，考滿正八品，奏差省發，考滿正九品，自
用者降等敘。」這一制度，在明清小說也有反映，如《禪真後史》第
二十二回：「劉仁軌令去綁釋放，給賞官銀五十兩，省發回籍。」從
下文「彼因宦緣所纏」看，此人確是「奏差省發」、往浙江赴任的官
員。

　　二是「其白描美人」，所畫到底是什麼人？聯繫上批「此圖欲畫
之心久矣」，一旦發現這幅「白描美人」，便讚歎為「真神品物」，
說「甚合余意」，可能就是嚮往已久的《葬花圖》。再從下文所發感
慨「恨與阿顰結一筆墨緣之難若此」看，這種判斷是能夠成立的。按

照文學作品的傳播規律，以《紅樓夢》為題材的詩詞、戲曲、圖畫等藝術形式的再創作，都應在它廣為流傳之後。據一粟[5]《紅樓夢書錄》載，長洲李佩金（字紉蘭）《生香館詞》（有嘉慶二十四年刊本），中有《瀟湘夜雨·題葬花圖》，為最早產生的葬花圖，時在嘉慶六年（1801），正在程甲本排印十年之後；又曹慎儀《玉雨詞》（有嘉慶二十一年刊本），中有《念奴嬌·題葬花圖》；歸懋儀《聽雪詞》（有道光三年刊本）有《鳳凰臺上憶吹簫·題痤花圖》；江瑛《綠月樓詞》（有光緒八年刊本）有《燭影搖紅·題葬花圖》（《紅樓夢書錄》第236-237頁，上海古籍出版社1981年版），都是例證。畸笏叟說他「丁亥春」在京都見到一幅《葬花圖》，這丁亥就不會是乾隆三十二年丁亥（1767），而應是道光七年丁亥（1827）、甚至光緒十三年丁亥（1887）了。

有人以為，「其白描美人」畫的是一般的美人，這位「浙省發」不是收藏家而是畫家，由於他繪畫技巧高超，「甚合余意」，故畸笏叟要請他畫一幅葬花圖，故不構成丁亥為乾隆三十二年丁亥（1767）的反證。問題是，批語稱讚的是「真神品物」，亦即繪畫本身；如果畫的不是他嚮往的葬花圖，怎麼能說「甚合余意」？又怎麼能說「恨與阿顰結一筆墨緣之難若此」？退一步說，就算「浙省發」是繪畫高手（仙筆）；但《紅樓夢》還在寫作中，他肯定沒有讀過，又怎麼會產生再創作的欲望與衝動呢？又怎麼能保證他畫的黛玉一定會甚合己意呢？再說，恐褻瀆了「顰卿」的意念，實與社會上對釵黛的褒貶的分歧有關。王希廉道光十二年（1832）刊《新評繡像紅樓夢全傳》，以「黛玉一味癡情，心地偏窄，德固不美，只有文墨之才」（《紅樓

---

5 一粟（1928-），本名林英頤，中國書畫家協會畫師，筆名一粟。編有古典文學研究資料彙編《紅樓夢卷》。

夢卷》第150頁）責之，鄒弢《三借廬筆談》卷十一更記述許伯謙「謂
黛玉尖酸，寶釵端重」，二人「遂相齟齬，幾揮老拳」，都是畸笏叟
擔心恐褻瀆「顰卿」的原因。此種心理活動，也不可能在《紅樓夢》
尚未寫成時產生。不知以為然否？

我關於《三國演義》的文章，另以附件發上。

餘不一一，祝

大安！

歐陽健　2002-11-25

247 十二月十九日魏子雲致歐陽健

歐陽吾兄如晤：

日昨，壽菊來，帶來上月廿五日函，談到裕瑞的著作目錄，知有
《棗窗文稿》及續刻，由嘉慶十六年刻，到道光十九年再刻，再一年
又續刻。並無《棗窗閑筆》，然而《棗窗文稿》刻而再刻，此刻得之
且易。應有讀者讀到。若二者內容不同，則堪以肯定《閑筆》及後人
偽附之也。然夫？

今從流傳之《棗窗閑筆》，從其模擬裕瑞字之形體而書其文，且
文氣粗俗，行文不成文句，足證其書乃偽造者也。兄何不以徵之乃偽
造者也。兄已在《閑筆》之圖鈐上，證出其異（刻蒌香軒為「淒香
軒」），亦不必費辭矣！

兄臺之此函，談及弟所錄之《閑筆》之文，一是「曾見抄本卷
額，本本有其叔脂硯齋之批語……」二是……「自九十四回至百二十
四出後」，凡此文句，怎會是裕瑞之文？略識文墨者，也會讀到此
而不撮其唇者，無也。弟所指大處之先言脂硯齋乃作者之叔。再下之
文，則尚不知曹雪芹之名是啥？更不知其漢軍旗是何旗？誠然，前言

不答後語也。

　　讀了裕瑞的《棗香軒文稿》必可知《棗窗閑筆》之非裕瑞作焉！弟仍盼獲得《棗窗文稿》一對。此文一刻再刻，不難尋也。此頌

時祺！闔家歡慶！

弟子雲手上　壬午新曆十二、九

附提：

齊公等友乞代問候！

248　十二月十九日歐陽健致魏子雲

壽菊並呈魏公：

　　壽菊的兩次電子郵件都已收到，第一封打開後，文本內中許多問號，不能連貫；第二封打開後，更全是亂碼，但當我將第二封轉為純文本檔，就清清楚楚了。看來是各自操作系統的問題。此次郵件，擬在附件中以純文本檔來發，不知能否順利收到。若可行，今後就這樣處理，速度也可以快一些。

　　魏公十二月九日的來信也已於今天收到，所言甚是。《棗窗文稿》大連圖書館有藏，當設法向友人問詢。

　　上次信中，囑我讀《紅樓夢》諸續書，以檢驗《棗窗閑筆》之真偽。我照此辦理，果然有新的發現。其〈紅樓圓夢書後〉云：「十萬石米，便捐一郡主缺，太便宜。」這話從何說起？原來《紅樓圓夢》第二回寫賈政道：「現在饑民百萬，天天吵賑，無如揚州倉穀早虧空完了，向紳商寫捐，又緩不濟事；且外江米商船只不到，真正沒法！」黛玉聞知，便將用珠子換得的十萬石米捐出賑濟百姓，朝廷遂恩封黛玉為「淑惠郡主」，道其「清貞自守，乃能於鬥米萬錢之時，

善繼父志，捐米煮賑至十萬石之多，實堪嘉尚 」。《棗窗閑筆》將
黛玉此舉比之為捐納，實屬皮相之談，卻無意中留下了時代之烙印。
捐納從康熙十三年（1674）即開始實行，迭經反復，至清後期愈加失
控。據《清史稿》卷一百十二《選舉七‧捐納》：「宣宗、文宗禦極
之初，首停捐例，一時以為美談。自道光七年開酌增常例，而籌備經
費，豫工遵捐，順天、兩廣及三省新捐，次第議行。其時捐例多沿舊
制，惟於推廣捐例中准貢生捐中書，豫工例中准增、附捐教職而已。
咸豐元年，以給事中汪元方言，罷增、附捐教職，其已選補者，不許
濫膺保薦。是年特開籌餉事例；明年，續頒寬籌軍餉章程。九年，復
推廣捐例。時軍興餉絀，捐例繁多，無復限制，仕途蕪雜日益甚。同
治元年，御史裘德俊請令商賈不得納正印實官，以虛銜雜職為限。下
部議行。尋部臣言捐生觀望，有礙餉需，詔仍舊制。四年，山東巡撫
閻敬銘言：『各省捐輸減成，按之籌餉定例，不及十成之三。彼輩以
官為貿易，略一侵吞錢糧，已逾原捐之數。明效輸將，暗虧帑項。請
將道、府、州、縣照籌餉例減二成，專於京銅局報捐。』從之。時內
則京捐局，外則甘捐、皖捐、黔捐，設局遍各行省。侵蝕勒派，私行
減折，諸弊並作。」據牛敬忠[6]先生《清代同治、光緒年間賑災中的捐
納》（載《內蒙古師大學報》2001年第5期）介紹，光緒三年到四年，
晉、豫、直、陝等省大旱，山西巡撫曾國荃、河南巡撫李鶴年上奏辦
理賑捐，晉、豫、陝三省辦捐遍及全國18省。正如王韜所言：「守財
之虜，紈袴之子，只須操數百金、數千金、數萬金以輸之，即可立致
顯榮。」《紅樓夢》時代的捐納行情，見第十三回「秦可卿死封龍禁
尉」：賈珍為賈蓉捐了個五品的龍禁尉個前程，只平准一千二百兩銀

6　牛敬忠（1965-），內蒙古大學歷史與旅遊文化學院歷史系教授，著有《近代綏遠地
　　區的社會變遷》、《近代綏遠地區社會問題研究》等。

子。《官場現形記》時代的行情就大大地看漲了。第五回寫江西何藩臺，捐知縣花了一萬多，捐知府連引見走門子又是二萬多，八千兩銀子買一密保送部引見，三萬兩買一個鹽道署上藩臺：先後共花了近十萬兩銀子。在「斗米萬錢」之際，一石米便值十萬錢，林黛玉的十萬石米共值一百億錢；據《山西通志》卷八十二〈荒政記〉，光緒三年九月，太原每銀一兩易八三錢一千四百文，省南地方紋銀一兩易錢一千一百文，元絲銀則僅易錢九百餘文。姑以一千錢折合一兩銀子計，一百億錢等於一千萬兩銀子。《棗窗閑筆》敢說「十萬石米（一千萬兩銀子）便捐一郡主缺太便宜」的話，其時豈不到了賣官鬻爵大為氾濫的光緒之後，還可能出自嘉慶年間的裕瑞之口嗎？

〈紅樓圓夢書後〉又說：「作者不知旗人合巹禮節，巧謂轉借南方撒帳例，其誰欺乎？」原來《紅樓圓夢》敘寶玉、黛玉奉旨完婚道：「先是廿四名女樂奏著笙歌，隨即提燈、宮扇，雙雙引道，然後簇擁郡主，花團錦簇出廳西立；太監遂引寶玉並肩東立，拜了天地、和合，一同謝恩謁祠。然後退入上房，照南方例，行合巹、撒帳等禮畢，隨即雙排儀從，到賈政公館拜見。」這種描寫原極平常，符合《紅樓夢》及其續書「無朝代年紀可考」的敘事特點；《棗窗閑筆》偏偏要強調旗人習俗，「旗人」云云，實不可能出於「天潢貴胄」的裕瑞之手，且蔡元培〈石頭記索隱〉謂：「《石頭記》者，清康熙朝政治小說也。作者持民族主義甚摯。書中本事在弔明之亡，揭清之失，而尤於漢族名士仕清者寓痛惜之意。」在很長的時間裏，此說佔據著主導地位。而視《紅樓夢》為「滿族文學」的觀念，則是出現得很晚的。上面所說，不知能否成立？

《三國演義》的論文，亦以純文本附上。請壽菊一併列印出來呈魏公一閱，省得我再從郵局付寄了。

　　元旦、春節將至，祝
閣府安泰！

歐陽健　　2002年12月19日

後記

　　參與本書的校注工作，不僅體悟了《莊子》語中「始卒若環」的無盡緣起，也見證一段與眾不同的忘年情誼；惠我良多則是兩位大學者論學的思辨過程：動念、提問、辯證、互勉，一覽無遺。書信，是歷史文獻的原始材料，屬第一手資料，是學術界引證的至寶，卻因授權複雜、人事隱衷、小眾市場等侷限，出版難度較高。因此，本書得以出版，其中天助因緣，杳不可言。

　　緣始於第一封信，我不斷被點名說起。話說一九八七年，我正攻讀東吳大學中研所碩士學位，魏子雲先生是我的指導教授，我研究《三遂平妖傳》，參考了大陸學者歐陽健先生的〈三遂平妖傳原本考辨〉一文。寫完論文，完成學位，以為就此畫上句點。不料這段學術關係不是結束，而是開始，既啟動了兩位先生隔海相知的真摯情誼；更注定今日校注工作非我莫屬，無可取代的因緣，時序綿延近三十年。

　　可以說，先生為指導我的碩士論文而結識了歐陽老師，兩人關係卻在「海峽兩岸明清小說金陵研討會」的籌備期間逐漸熟稔。此會是解嚴後，兩岸第一次大型學術交流活動，於一九九○年二月在南京召開，江蘇社會科學院主辦，歐陽老師當時是主要承辦人員；臺灣方面則由先生策畫近三十位臺北古典小說戲曲訪問團前往參加。當年雙方如何邀請學者、安排時程、籌畫活動，甚至兩岸的政治氛圍，本信札鉅細靡遺地記載彼此的立場與情境。這是兩岸開放以來，學術文化交

流史上的第一手資料，彌足珍貴。先生賞識歐陽老師的才華與慧心；歐陽老師則敬重先生的治學與為人，二人相知相惜長達二十年。而我在那年開會時，初見歐陽老師的印象是嚴屬不苟，只見他話語俐落，條理分明，如同他的論文論述犀利斷金，不拖泥帶水。當時剛畢業，玩心特重，根本不懂學術交流，更遑論其他。在兩位先生魚雁往返熱切討論學術之際，才疏學淺的我根本無力置喙，汗顏之至。

在我心中，他們兩人都是至高且大的巨人。先生已於二〇〇五年仙逝了，當時非常迷惘，彷彿一切都斷了，先生的老友不論在臺灣或大陸，我一個也沒有聯繫，我不知道能為先生做什麼？直到二〇一一年十月，先生長公子至昌大哥將先生的手稿全數捐贈國家圖書館（以下簡稱國圖）典藏，我才開始參與手稿典藏的協助工作，完成分類整理、數位規劃、家屬授權等工作；接續二〇一二年，臺灣第一屆《金瓶梅》國際學術研討會，首場於國圖展開，這才又與先生的老友們互有往來。大會上我發表了一篇〈建構魏子雲先生手稿資料典藏兼析往來書信〉論文，十多年未曾聯繫的歐陽老師突然來信說，他手中的「收信」遠遠超過我的統計數量。二〇一五年三月，歐陽老師暨師母來臺自由行，專程前來給先生上墳。睽違近三十年，七十五歲的歐陽老師，渾然是一位和藹可親，慈眉善目的長者，嚴峻面容已不復見了。他特地赴國圖查看書信，國圖亦慎重接待。老師表示他與先生的書札內容都是陽光的，均可公諸於世，且願意授權將雙方往返書信全數出版。國圖亦樂觀其成，遂發出邀請函。恰巧那段時期，《魏子雲先生著作集》（金學卷）正在緊鑼密鼓的編校中。歐陽老師得知此訊，立刻推薦參加徐州舉辦的第十一屆國際《金瓶梅》學術討論會。八月，我和先生長女魏貞利女士連袂參加大會，見到先生諸多老友，並發表《金學卷》的出版紀實。這段順理成章的際遇，原本各方互不通曉：我不知徐州有會，也未料歐陽老師會到臺灣；而大陸金學會

根本不曉臺灣有《金學卷》出版一事。只因歐陽老師「適時」出現，《金學卷》「適時」出版，大會「適時」舉辦，這「適時」二字，道出「因緣俱足」的關鍵點，所以一切發展都是自然而然，「水到渠成」而已。

更妙的是歐陽老師接受國圖正式邀請，訪臺四個月處理捐贈和出版事宜。這個任務對國圖和歐陽老師來說都是頭一遭。國圖積極填寫繁雜的表單，終於在退件、補件中拿到許可證，有驚無險；許可證下來後，歐陽老師要在大陸辦理入臺申請，聽說程序耗時曠日，變數太多，大家忐忑等待。結果，喜乎望外，居然輕鬆取得入臺證。二〇一五年十一月份，歐陽老師帶著一百三十六封原件到臺灣，包裹得極其嚴密，打開後看見師母高偉英老師為先生的信札投入的心血，一百多封的原件，整整齊齊，她以針線縫合信封和信紙，不以別針或訂書針便宜行事，只為不想傷害原件，這份對史料的謹慎，是一種專業的展現，令人肅然起敬。

歐陽老師認為此書的定位絕對是文獻史料，不是普通噓寒問暖的書信。他已將書信一字一句數位化，並為方便讀者使用，特加入人名索引，因應海峽兩岸讀者不同習慣，而有筆畫和拼音之分。出版規畫如此親力親為，全然書生本色。他曾經研究過晚清小說史，由於晚清的史料記錄不清不楚，研究課題困難重重。使得他不得不將此書的定位提高，不是為現代人編注，而是要為百年後人提供明確的史料記錄而校注。校注只針對信中人物進行記錄，包含出生年、學歷、經歷及著作等內容。我熟悉先生的筆跡，就由我校注先生寫給歐陽老師的信札；至於歐陽老師寫給先生的信札，則由他的女兒歐陽縈雪負責。

最後，非常感謝萬卷樓圖書公司為了弘揚學術價值，既出版了《魏子雲著作集》（金學卷），繼而又出版《魏子雲歐陽健學術信札》，讓先生的著作更為集中。感恩福建師大文學院慷慨挹注經費，

方使此書有較高的出版品位。北京大學侯忠義教授是兩位先生共同的好友，他擲地有聲的序言，充分反映學術情誼的可貴，讓本書更添光彩。收穫最多者應屬我和縈雪，晚輩能與長輩一起工作，是增長知識的最佳途徑，我們何其幸運呀！如今親歷一連串的進展，隨順一切因緣，何者為因？何者是果？人生多彩，好一個「始卒若環」的無盡緣起。本書順利出版，就是最佳明證。

李壽菊

於二〇一六年元月十日

《魏子雲歐陽健學術信札》
編注始末

　　李壽菊博士和我校注《魏子雲歐陽健學術信札》之緣由，得從兩位前輩學者的情緣說起。

　　家父歐陽健先生初次聽說魏子雲先生，是一九八五年在首屆《金瓶梅》學術討論會上，方知他是臺灣研究《金瓶梅》的大家；而魏子雲先生偶讀一九八五年第三輯《中華文史論叢》中家父的〈《三遂平妖傳》原本考辨〉，對此頗加讚賞，他指導的碩士研究生李壽菊的《三遂平妖傳研究》論文，便以家父的論點為行文之結構樑椽。後來，魏先生托人將李壽菊的碩士論文帶給家父，一九八九年二月二日又給家父寫了第一封信，至此，兩位先生開始了近二十年的情誼。

　　二〇一五年三月，家父去臺灣自由行，將魏子雲先生給他的一百三十六封信提供給國家圖書館，同時獲得他給魏子雲先生一百七十六封信的副本。雙方一致感到，兩位學者的通信不僅是以文會友的典型，也是連通海峽兩岸的珍貴文獻，實有整理出版之價值。

　　明清小說金陵研討會的舉辦，是海峽兩岸明清小說研究的大事，也是《魏子雲歐陽健學術信札》的重要內容。在一九八九年六月十九日的信中，家父提起研討會開始正式籌備，希望魏子雲先生能動員更多的臺灣學者參加。魏子雲先生極為熱忱，說臺灣學者的連絡可由他一力促成。研討會一九九〇年二月一日開幕，由江蘇省社會科學院明清小說研究中心發起，宗旨是以文會友，聯絡感情，廣泛交流海峽兩

岸明清小說研究的歷史現狀，交流學術上的新發現、新觀點、新開拓，弘揚光大民族優秀文化，共同探討進一步繁榮海峽兩岸明清小說的研究大業。這次會議，大陸學者近百人出席，臺灣學者二十四人組成「臺北古典小說戲曲訪問團」，團長魏子雲，副團長龔鵬程、鄭向恆。這是大陸四十多年來第一次在人文學科中有眾多臺灣學者參加的學術活動，在海內外產生極大影響。魏子雲先生以七十三歲的高齡帶團，體重降了四公斤，十分辛勞，正如家父信中所說：「此行先生所付出的精力最大，然也確然譜寫了中國文化史上的新章，其價值將隨著時代的發展，而愈益為後人所認識。」

魏子雲先生出生安徽宿縣，少習私塾，十三、四歲將四書五經背得滾瓜爛熟，故以桐城傳人自居。他在信中多次提到《金瓶梅》的考證，如以《金瓶梅詞話》第一回入話「丈夫隻手把吳鉤，欲斬萬人頭，如何鐵石打成心性，卻為花柔。請看項籍與劉季，一似使人愁，只因撞著虞姬戚氏，豪傑都休」，認定《金瓶梅》是有關政治諷喻的書；《金瓶梅》作者是南方人，屠隆是前期抄本之作者，他的罷官「謠諑一興妒，深宮擯娥眉」，解釋了寫作《金瓶梅》的動機等。他多次動員家父參與《金瓶梅》研究，稱讚家父「且能在不疑處有疑，斯善讀書者也」；「讀書具千慧目萬慧心者。若步入《金瓶梅》研究，必是一位神將下界」；「兄如進入金瓶，必有後來居上之勢」。當時家父正研究《紅樓夢》版本，魏子雲先生反被他吸引了過來。

蓋在編纂《中國通俗小說總目提要》的過程中，家父對《紅樓夢》版本產生了疑問，認定程甲本是《紅樓夢》最早的本子，所有的脂本都是偽作。魏子雲先生讀了家父的《紅樓夢甲戌本研究》，對甲戌本、《春柳堂詩稿》等產生了興趣，說：「因為你這篇辨析運用的是我們桐城家法：以義理入而訓詁出，與弟研究《金瓶梅》之解析《萬曆野獲編》那段話，如出一轍。弟孜孜矻矻於《金瓶梅》二十年

有奇，自始至終，都在解說那段話。一步步的尋出了漏洞，指出了問題。然而直到今天，被承認的，只有馬仲良『司権吳關』之『時』，改正了《金瓶梅》出版於萬曆三十八年之說。但已被鄭振鐸等人導誤了五十年矣。想不到《紅樓夢》被胡適導誤了如此之久。」魏子雲先生贊成程本是紅書原本的見解，熱情向臺灣的治紅學者翁同文、劉廣定、潘重規等先生介紹家父的考證成果，以為發現「《紅樓夢》問題可能越搞乎越多」，「看情形，紅學應另立門庭矣」。

　　魏子雲先生是集學術、戲曲、寫作三領域都有所成就的學者，曾主編《青溪月刊》、《文學思潮》等雜誌。作品題材廣泛，尤其以與《金瓶梅》相關作品最著名，有《金瓶梅探原》、《金瓶梅的問世與演變》、《金瓶梅審探》等。又有連載小說《星色的鴿哨》、「《金瓶梅》的娘兒們系列」、榮獲中山文藝獎的百萬言長篇《在這個時代裏》（土娃、金土、梅蘭）三部曲等。學術信札中，提到的書有「《金瓶梅》的娘兒們系列」裏的〈秋菊之死〉、〈吳月娘〉和〈潘金蓮〉，最多的是《在這個時代裏》：「此書三部特逾百萬言，寫一如草之小人物耳！非弟自得，卻是弟生活所歷；溯洄從之，反覆拾之，冀在煙塵宇寰、雪泥山河、重獲我見爪跡之我思，虛構之以成說部也。學生書局鑒於書中所寫，流水中涵泳有當代社會質素，願投此資本印行，助我記一生之所見所思。」家父認為：「三部曲中，《土娃》能喚起我共鳴的是，我曾在蘇北農村的生活經驗；《金土》能喚起我共鳴的是，我對江西浙江福建的若干瞭解；而《梅蘭》喚起我共鳴的，則真正是對於這個時代的體認和感悟。我想寫一篇讀後感，題曰〈對於這一時代體認的同和異〉。」

　　《魏子雲歐陽健學術信札》中，最最珍貴的是魏子雲先生對家父「交淺言深」的教誨。魏子雲先生生於一九一八年，家父生於一九四一年，兩人相差二十三歲，家父對魏子雲先生以師事之。魏子雲先生

常常感慨：「我總是把兄臺當作知己交往，所以在考據論文寫作方面，不時向兄說重話。信寄出後，就後悔未免交淺言深，得罪人。」「對於治學一事，你我執著相似，弟幸於兄者是幼入塾屋，學得訓詁、義理、辭章、考據一套桐城家法（尚有神理、氣味，格律、聲色八字，更是今日絕響，斯乃桐城研習文章義理的要訣，今已無人能實驗之矣。）那天，恕弟冒昧，重現了先師教我時之嚴辭厲色，事後頗為不安。未知兄能以知己交我也。今得來書言及此，心始安然。」家父回覆道：「蒙再三啟我愚蒙，實在感激」；「說到治學之道，自魏公以嚴師之責以後，我每一命筆，都自然地愈加兢兢業業，不敢輕易苟且。可見我這個人，尚不是麻木之徒，今後還請直言教我，嚴則實愛也。」忘年之情躍然紙上，讓人豔羨。

　　《魏子雲歐陽健學術信札》有幸得到福建師範大學文學院熱情關懷與大力支持，由萬卷樓圖書公司出版，李壽菊給魏子雲先生的信校注，我給家父的信校注，在這過程中我們有很多的感悟。正如家父所說，他與先生的書札內容都是陽光的，均可公諸於世。魏子雲先生在我家住過幾次，家父給我看過一張一九九二年我和魏先生合拍的照片，拍照時不知怎的吐了舌頭，做了怪相。現在想來，也許正因為魏子雲先生是一個平易近人、和藹慈祥的老爺爺，我才會突然做那樣的表情吧。

歐陽瑩雪

於二〇一六年四月二十二日

人名索引
筆序

一劃

八劃

十一劃

二十二劃

人名索引

音序

A

C

魏子雲著作集　1602A01

魏子雲歐陽健學術信札

主　　編　李壽菊、歐陽縈雪
責任編輯　邱詩倫

發 行 人　陳滿銘
總 經 理　梁錦興
總 編 輯　陳滿銘
副總編輯　張晏瑞
編 輯 所　萬卷樓圖書股份有限公司
排　　版　游淑萍
印　　刷　森藍印刷事業有限公司
封面設計　百通科技股份有限公司

發　　行　萬卷樓圖書股份有限公司
　　　　　臺北市羅斯福路二段 41 號 6 樓之 3
　　　　　電話 (02)23216565
　　　　　傳真 (02)23218698
　　　　　電郵 SERVICE@WANJUAN.COM.TW
香港經銷　香港聯合書刊物流有限公司
　　　　　電話 (852)21502100
　　　　　傳真 (852)23560735

ISBN 978-957-739-988-5
2018 年 9 月初版
定價：新臺幣 580 元

如何購買本書：
1. 劃撥購書，請透過以下郵政劃撥帳號：
　　帳號：15624015
　　戶名：萬卷樓圖書股份有限公司
2. 轉帳購書，請透過以下帳戶
　　合作金庫銀行　古亭分行
　　戶名：萬卷樓圖書股份有限公司
　　帳號：0877717092596
3. 網路購書，請透過萬卷樓網站
　　網址 WWW.WANJUAN.COM.TW
大量購書，請直接聯繫我們，將有專人為
您服務。客服：(02)23216565　分機 610

如有缺頁、破損或裝訂錯誤，請寄回更換

國家圖書館出版品預行編目資料

魏子雲歐陽健學術信札 / 李壽菊、歐陽縈雪
主編.-- 初版.-- 臺北市 ：萬卷樓, 2018.09
　　面；　　公分.--

ISBN 978-957-739-988-5(平裝)

856.286　　　　　　　　　　105000674